漂泊的年华

洪兆成　王晓明　著

浙江工商大学出版社
·杭州·

图书在版编目(CIP)数据

漂泊的年华 / 洪兆成，王晓明著. —杭州 ：浙江
工商大学出版社，2019.7

ISBN 978-7-5178-3001-6

Ⅰ．①漂… Ⅱ．①洪… ②王… Ⅲ．①长篇小说－中
国－当代 Ⅳ．①I247.5

中国版本图书馆 CIP 数据核字（2018）第 235264 号

漂泊的年华
PIAOBO DE NIANHUA

洪兆成　王晓明 著

出 品 人	鲍观明
策划编辑	沈　娴
责任编辑	沈　娴
封面设计	观止堂_未氓
责任校对	何小玲
责任印制	包建辉
出版发行	浙江工商大学出版社
	（杭州市教工路 198 号　邮政编码 310012）
	（E-mail：zjgsupress@163.com）
	（网址：http://www.zjgsupress.com）
	电话：0571-88904980，88831806（传真）
排　　版	杭州朝曦图文设计有限公司
印　　刷	杭州高腾印务有限公司
开　　本	710mm×1000mm　1/16
印　　张	19.5
字　　数	300 千
版 印 次	2019 年 7 月第 1 版　2019 年 7 月第 1 次印刷
书　　号	ISBN 978-7-5178-3001-6
定　　价	56.00 元

目　录

引　子

答案在水下

　　尽管几十年过去了，赵程仍然很想回到家乡，去问一问当年那场大水是怎么回事，究竟是什么原因要迫使他们踏上那条艰辛的迁徙之路。

　　这些字，这些词，这些问题，已经在他心头积压得太久太久。

　　此刻他就站在这片让他魂牵梦萦的山水之间，面对着一片比天更蓝，比山更青，比树更绿，也比镜子更加平展的湖面。他还来不及提出心头那些积压太久的问题，就发现在那一阵阵如同呼吸一般轻柔的微风吹拂下，湖面上泛起了一丝丝粼粼闪动着的波光，仿佛孩童般眨动着好奇的大眼睛，在向他无声地发问："你是谁？你从哪里来？要上哪儿去？"

　　赵程嘴角不由浮上来一道抑制不住的笑纹，很想大声地回答它们："你们问我，我还想问你们呢？你们又是谁？从哪儿来？为什么改变了这里的一切？"

　　是啊，这儿是他的家乡奎星桥，他祖祖辈辈居住的地方。在没有这片浩瀚水面之前，这儿的景物根本不是这样的，那时候奎星桥是个繁盛喧闹的水陆码头，是青溪县北部一个交通要道和商贸集市中心。沿着长长青石板铺就的古驿道，两边全是些鳞次栉比的店铺，那些熟悉的店名和熟悉的人：梅天瑞药店、源顺达副食品店、洪家旅店、协茂货栈、永泰百货店、仙龄药店、老许文具店、方氏酒行……

　　六七岁以前，这儿留下多少或苦或甜的记忆啊：他曾去雄龙溪与东溪交汇处那座千年古石虹桥下垂钓；去村后高高的奎星峰丛林砍柴摘苞谷；去溪边那两座整日不知疲倦转动着的高大水碓边戏水;去街那头的小伙伴燕子姐姐家玩耍……可是如今,如今它们都上哪儿去了?

哦,一切都已经淹没在这片明镜般的水面几十米甚至百余米之下了……

几艘玩具般精巧的游艇拖着白练一般长长的航迹,悠悠地划过远处湖面,将他从深沉的回忆里突然拉扯回来。对了,这儿早就已经不是什么奎星桥,而是仙岛湖,一座因为岛屿,因为湖泊而驰名全国的生态风景城市,是每年都在吸纳潮水一般涌来的上千万游客的世界著名风景旅游胜地。

变了,一切都已经变了。山变了,水变了,而更重要的是,人也变了。不是吗?他已经从当年那个穿着破旧土布衣衫,冬天提着破"火熜"上学的穷苦孩子,变成了如今拥有全套影视制作、院线发行、拍摄基地等完整生产链的影视集团老总!

那一刻,赵程的心变得就像这片湖面一般开阔悠远。是的,这所有的改变,其实最先都来自眼前这片碧水连天。没有这片汪洋恣肆,他和他的乡亲就不会踏上那一段艰辛曲折的迁徙之路,不会走向丘陵,走向疆场,走向海岛……并且最终走向与改革开放紧紧相连,由一代伟人亲手在南海边画出的"那个圈"。

都说柔情似水,可正是这片表面上风情万种的清波秀水,才让他和他的家乡变得如此刚强!

这一刻,赵程发自肺腑地感到,原来普通人的命运,也可以与祖国、与时代、与改革开放水乳交融般地紧紧联结在一起。

不知道什么时候,湖面上已经悄悄浮起一片淡笼烟纱般的雾霭,就像近年来,他心头那种常常不期而至的旧时记忆那样朦胧、悠远,而又情意绵绵、意味深长……

第一篇
随波逐流

一

　　奎星桥村的山民们祖祖辈辈见惯了延伸着的长长驿道，见惯了挑着沉重担子长年行走山间的脚夫，也见惯了村边那些青葱梯田，不过却无法见到那些挂着白帆劈波斩浪的帆船。要看到那样的船只，非要乘上沿溪而下的小船，去到几十里远的千安江边才行。他们中间从来没有人会想到有这么一天，这些白帆会像山间的云朵一样，忽闪忽闪径直漂浮到自家的门前。

　　可是这一片宁静，却在 20 世纪 50 年代后期的一个春天，被永远终结了。在此之前，村支部书记就带来过一个消息，政府要在前边的大山中间建造一个很大很大的水库，他们现在身居的这个村子将会被淹没掉。

　　"水库？什么是水库？水库是干什么的？"绝大多数山民还是第一次听说这么个新鲜名词，这也成为他们如今见面时脱口而出的第一个话题。奎星桥村历来不缺水，雄龙溪与东溪一左一右搂抱着村子，村民们从来不用为浇水灌溉的问题发愁，因此也从来不知道这世界上还存在着什么"水库"。

　　紧接着而来的第二个问题是："村子淹了，我们怎么办？莫非去当鱼，去当虾？"

　　到后来大家纷纷开始怀疑这个消息的真实性，但是不知从哪儿沿着山洞不声不响紧逼过来的一片片流水,每日每时都在引发着村民们的不安和思索。刚开始,大水还只是远远停留在山坳那一边。可等到布谷鸟开始鸣叫,像每年春天一样召唤人们去不远处山坳水田里播种插秧的时候,村民发现,那些祖祖辈辈养育着他们的肥沃水田已经不见了,此刻出现在眼前的,只是无边的水面。

　　一天清晨,当枝头小鸟发出第一声鸣叫,小惠就跟着住在隔壁的燕子姐姐,结伴上山去砍柴。刚刚走到村口,她们就惊讶地停住了脚步。不知什么时候,那条通往奎星峰的熟悉小路,已经被大水淹没了。在一团团弥漫着的晨雾的笼罩下,黑黝黝的水面显得那样深邃,还不时泛起一阵阵涟漪。而在这一片从天而降的大水边,一个脱得光溜溜的小男孩正一条腿摸索着伸向水面,像是打算下水。

　　"干什么呢,小尘? 一大清早就脱衣服。"年长一点的燕子姐姐关切地开口问道。

　　男孩脸上挂着亮晶晶的泪珠,嗓音明显带有哭腔,他指指下面那棵大树说:"燕子姐姐,我的百宝箱……不见了。"

　　燕子和小惠一番询问之后才知道这个名叫小尘的孩子总爱把自己放着心爱宝贝的"百宝箱"悄悄藏在下面那棵大树的树洞里。昨天上午来的时候,那片大水离树洞还有好长一段距离,可今天起来,却发现树洞已经完全被大水淹没了。小尘说着哭了起来:"我那些宝贝,全让这该死的水给淹了。"

　　燕子虽说年纪大不了多少,但从来都像大姐姐一样懂事,她关切地把衣服给小尘披上,问他:"你那'百宝箱'里,都藏了些什么?"

　　小尘抽泣着,说里面有爸爸在镇上为他买的几本连环画,还有奶奶给他的几个铜板,以及他玩游戏赢来的一些烟盒和花糖纸,现在全都没了。

　　"就这些呀? 待会儿跟姐姐回去,我送你两本好看的连环画。"小惠大方地说。

　　小尘摇摇头,干脆脱下衣服丢在地上,光溜溜地向那片大水走去。

　　"你会游泳吗?"燕子问。

　　"不会。"

　　"不会怎么敢下水,这水涨得好大,那么深的山坳都给淹了,下去准会没命的。"

"你看,那是我前几天藏宝的大树,现在还能看到点树影,再过一会儿,恐怕就什么也看不见了。"小尘说着,"扑通"一声跳进水里,但立刻就把头钻出水面咳嗽起来,燕子姐姐急忙把他拉了上来。

"别去了,我不是说了啊,待会把爸爸给我买的几本小人书全都给你,行吗?"

"对,我也给你两本,就别下水了吧。"小惠也急忙说。

"我不要你们的东西,我只想找回自己的东西,谁也别想夺走。"小尘仍然固执地沿着小路摸索着往水里钻。两个女孩费劲地在后面拉住他,争执中小尘那副倔强的面容,深深印进了小惠心底。

拉扯了一会儿,小尘突然站直身子说:"你们说说,这片大水是从哪来的,不声不响就夺走了我们那么多东西。再过几天,眼看就要把村子全都给淹了,到那时,我们该怎么办呢?"

两个女孩一时都愣住了,还是燕子先摇摇头说:"我不知道,小惠,你爸爸是支部书记,他知道吗?"

"听他说,好像山下要造什么水库,咱们这地方可能全要淹到水底下去。他还叫我妈放心,说政府不会放着大家不管,估计很快就会有办法的。"

三个孩子在那片来历不明的大水边惴惴不安地说着,可等他们再抬起头的时候,却一下子惊呆了。不知什么时候起,原先密布在群山间的那些浓云密雾已经散去,远远的山岭间竟然有一只大船顺着水面缓缓驶来,船上还高高挂着一张白帆,山野里看不见的风把白帆吹得鼓鼓的,一下子就行驶到了他们眼前。

没等停稳,船上就急如星火一般,跳下一个身穿蓝色制服的大汉,打雷似的高叫一声:"把船停好了,下午三点钟起程返航。"

大汉回身,望望眼前几个孩子,问:"喂,你们是奎星桥村的吗?"

小惠和小尘胆小,怔怔地望着大汉不说话,还是年龄大点的燕子姐姐回答说:"我们是奎星桥的,可你是谁呀?"

大汉说:"我是区里的韩区长,快带我找你们村支书去。"

顺着青石板路没走几步,就见小惠爸爸匆匆忙忙迎了上来,嘴里一迭连声地说:"韩区长,韩区长,可把你老人家给盼来了。乡亲们都急得不知如何是好了。"

小惠爸爸嘴里的"老人家"其实并不老,怎么看也不到四十岁,他说:"我这不是来了吗?有什么可急的,你快把乡亲们召集起来,一个也不许漏掉,我来给大家报告好消息。"

其实用不着召集,早就快大水逼疯了的村民们老老少少一个不剩,全都黑压压一片涌到了区长身边,就连平日里从来不出门的老人,这会儿也颤颤巍巍拄着拐棍来了。村口老樟树下那块平日里供大家乘凉歇脚的大石头,这时正好让区长站在上面讲话。

韩区长是山东南下的老干部,个子就像《水浒传》里的那些山东大汉一样魁梧。个子大,他嗓门自然也大,不用扩音机,一开口就能让站在最远处的村民们也听得清清楚楚:"乡亲们,我今天来,是要给大家正式报告一个好消息,之前也和大家说过,国家已经拨出专款,要在我们这一块建一个大水库,一个有史以来从未有过的大水库。"

韩区长提高声调又说:"这水库呀,就是要在咱们这片山里安上一个大水桶,一个大水盆。雨水多的时候,把这些用不着的水先放在水盆里蓄积起来,等到天旱水少时再引出来,供大家浇水灌田,这样就不用担心春天发洪水,夏天干旱的麻烦了。不过这回造大水库,还不光是为了引水灌溉,更重要的是发电。电!乡亲们都还不知道电是个什么东西吧?嘿,电可重要了,这有了电,咱们才可以家家点上电灯,村村用上机器,过上和城市一样好的日子。更重要的是,有了电就可以发展工业,制造很多很多的好东西,供咱们的城市和军队使用。没有电,咱们国家就永远不能富强,不能实现毛主席给大家定下的工业化和社会主义建设大目标。"

说到这儿,区长清清嗓子又说:"要建设这座全国最大水库,可不是件轻松平常的事情,必定要有一些人做出些牺牲,承担点损失。大家伙看到了,再过几天,因为造水库封坝而囤积的大水,就要淹到咱们这村子里来了。所以上级决定,咱们这村子全体移民,大伙儿一个不剩,全都搬到几百里以外的国营农场去重新安置。到那儿,去过咱们想也想不到的好日子。"

大樟树底下"呼啦啦"一片立刻乱起来,村民们面面相觑,七嘴八舌地叫喊起来说:"什么,什么?这么快要让咱们从村子里搬走?"

"搬,这怎么能搬呢?老家热土,祖祖辈辈住在这儿,都已经好几百年了，我爷爷的爷爷就在这儿开荒种田。现在一下子要搬走，那么容易吗？"

就连小惠爸爸都听傻了，悄悄拉了拉区长的衣襟说："区长，这么快搬迁呀？这事可太大了，大家伙儿拖家带口，一代代在这儿住了几百年，怎么能一下子说走就走呢？"

韩区长原先欢笑着的脸一点一点绷紧，很快就严峻得像他脚底下那块大石头一样坚硬，嘴里说出的话也一句比一句更像石头一样硬邦邦了，他说："为了建设社会主义，哪能不做些牺牲呢？人人都想坐享其成，那共产主义的好日子，难道会自己从天上掉下来？你们这些人呀，还是些小农意识、落后思想！我看呀，纯粹是在山里闭塞得太久，不知道外面发生的变化，更不知道全国人民为建设这座水库，已经做了多么大的贡献。实话告诉你们，现在整个青溪县城都已经搬空，从县委书记到普通居民一个不剩，全都搬到新地方安居去了。他们是为什么？不就是为了建成大水库，早日发电，好为国家建设做贡献，也为我们大家过好日子吗？人家已经做出榜样，咱们还好意思拖水库建设的后腿？"

喧嚣着的人群开始渐渐安静下来，望着区长那张变得铁青的脸，村民们都意识到，事情显然已经无法挽回。正如区长所说，整个青溪县城都已经搬空——哇，青溪，那可是古时候称为"贺城"的青溪县啊，是村民们心目中一直向往的"大城市"。如今连县城都已经搬空，更别说他们这样比较偏远的山村了。沉默了一会儿，才有个老人怯生生地打破沉静，问道："那，到了新地方，咱们住哪儿呢？"

区长充满怜悯地望了望老人，心里分明是在可怜老人见识太少，他说："住哪儿，住什么，这还用发愁吗？有句老话大家一定听说过，'旧的不去，新的不来'。"区长一边说，一边指了指村里那些白墙青瓦的古旧屋舍。

"告诉你们吧，外面现在热火朝天，到处都在轰轰烈烈地搞建设，忙着盖高楼大厦、漂亮房子。到了新地方，政府自然会给你们全都安排新房子的。"

区长的话让一些年轻人脸上浮上了笑意，不过小尘等一帮小孩子最关心的，却是"吃"的问题，他们争先恐后地跳起来问区长："区长区长，到了那儿我们能吃饱饭吗？都吃些什么呀？"

区长哈哈笑起来，走下石头摸了摸前边几个小孩的脑袋说："还是孩子们聪明。放心吧，你们这回去的，可是个现代化的国营大农场，干什么都是机械化。犁田用拖拉机,收割用收割机,就和电影里的苏联集体农庄一个样。吃饭就更加方便啦,不用自家开伙,全吃公共食堂。我看你们这回干脆连锅也别带了,带上几个搪瓷盆,到时候自己去食堂打饭就行。吃的么,自然都有大米饭,管饱管够。到时候,可别把你们这些小肚皮给撑破了哟。"

区长的这番话让人群又多了一分平静,大家从中得到了许多安慰与鼓励。小惠爸爸审时度势,在一边开口问道:"区长,那咱们什么时候开始搬呀? 等田里的这些庄稼收获再走呢,还是等明年春天?"

区长转身说:"时间比较紧,现在是一天等于二十年。大家加把劲,不过这搬家也确实不容易,咱们得考虑一下老百姓的难处。这样吧,现在是上午时间八点半,从现在起给你们五天时间,到第六天的中午十二点我带船来,你们把要带的东西全部搬上船,然后全村人一个不剩全上船,一起搬迁去新地方,不能拖延!"

就像挨了一颗炸弹似的,刚刚平静下来的人群这回又乱了起来,几个年轻人炸雷一样地叫嚷起来说:"什么? 五天? 五天时间能干什么? 这可是全村人家搬家呀,至少也得给十天半个月吧。"

有几个白发苍苍的老人已经哭出了声,战战兢兢跪在地上说:"故土难离,故土难离呀! 我们走了,那祖坟怎么办? 活人不管,可至少得给我们几个月时间,去安顿一下祖宗的尸骨呀。"

目睹这情况,小惠爸爸也只能无奈地说:"区长,这五天时间实在太短了! 要离开住了几百年的村子,五天哪能够呢? 再给大伙宽限几天,行吗?"

区长的眉峰皱紧起来,他板起面孔对小惠爸爸说:"这样大是大非的关键时刻,最重要的,就是要看你们这些村干部能不能真正在群众当中发挥模范带头作用,不然要你们这些人干什么? 没什么价钱可讲,你们村干部必须自己带头搬迁,一刻也不能延误。"

小惠爸爸向后退了一步,不过他回身看看后面乱成一团的村民,还是壮起胆子来对区长说:"区长,你看看眼下这情况,时间实在太紧,工作难做呀。"

区长沉吟了好一下,咬了咬牙说:"不是我老韩不通情理,我和你一样,也是个农民出身,知道你们的难处。考虑到你们的实际情况,加上水涨到你们这儿还要个八九天,这样吧,再宽限一点,七天,就七天,等第八天中午十二点钟的时候,必须要全体搬迁,一家、一户、一个人都不准剩下。"

小惠爸爸一跺脚,说道:"行,那就按区长的意见,一周,就一周! 这回我也豁出去了。"说完他一挥手,带领几个村干部先回家搬迁去了。他们走到哪儿,哪儿就立刻变得乱糟糟的一片,人群里哭的、喊的全都有。还有些人一使劲,推倒了平日里千辛万苦才垒起来的围墙,有些人用力砍断门前栽种着的树木。那些平日里悠闲惯了的鸡呀,鸭呀,狗呀什么的,此刻全都满村乱飞乱窜,几头老牛"哞哞"叫着被拉到船边,却梗着脖子硬是不肯上船。

小惠在家帮妈妈清理了一会儿东西。等她走出屋的时候,发现村里的道路上已经乱七八糟堆满了家具杂物,许多过去被主人宝贝一样守护着的古老家具,现在被毫不吝惜地扔在了路边,有些已经被主人自己手持刀斧砍得支离破碎。几个跟随区长一起前来收购值钱旧家具的区供销社工作人员,正在挨家挨户地做工作,动员村民们把那些带不走的沉重家具、物品卖给他们。不过那收购的价格也实在低得可怜,一张硬木的八仙桌只肯给三块钱,一只上好的樟木箱只肯给两块钱。主人若是稍稍和他们还还价,他们就会说:"反正你也带不走,不给我们,就只能扔在这儿。等过几天大水一来,你上哪儿找去? 劝你还是早换点钱放在身边,到了新地方还能用上。"

听他们这一说,主人往往只能无奈地点头,然后看着自家使用了多年的那些宝贝,就那么轻易地被人扛走了。

好不容易来到自己家门口,只见一向被妈妈视为心肝宝贝的那张大床,已经被扛到了门口。几个供销社人员正像发现宝贝似的,围着它一遍遍地细细打量。那确实是一张让任何人看了都会惊叹不已的珍贵木床,通常被人叫作"千工床",是旧时江南富裕人家给女儿做嫁妆用的。为了表达对出嫁女儿的喜爱,也为了表达娘家的富裕排场,这种"千工床"往往选取最名贵的木料,有些甚至还是从遥远南洋进口的木料,请来当地最有名的木匠,不计工本地精雕细琢,床榻围檐还要雕刻上许多戏曲人物,或是著名的古代传说故事,让整个床显得精巧雅致、金碧辉煌。小惠家的这张床就是当初土改时,从村里最大的地主家分浮财分来的。

只听一个供销社人员说:"哇,这张床实在太珍贵了,我从来没见过这么好的家具。不过它实在太重了,我看,四五个人也扛不动,那么远的路你们怎么带走呀? 不如让我们收购了吧。这么着,东西好,我们也不会让你们吃亏，二十块钱，就把它交给供销社吧。"

小惠看见妈妈迟疑了一会儿，心里实在有些不舍得，不过想想那么远的路也实在没法带走，只好犹犹豫豫地点了点头，工作人员怕她反悔，话音没落，就七手八脚把那张床抬上了供销社大船。接着他们打听到桥那头的洪姓人家，还有一张比这还要精致的大床，立刻急如星火地赶过去。不过时间不长，就见他们满脸沮丧空着手回来了。原来那户洪姓人家一听这么低的价，路上又实在难带，二话不说，就把那张床干脆利落地扔进了水里，大伙儿眼睁睁地看着那张造型精美的大床缓缓沉进了水底。

急急忙忙、紧赶慢赶，尽管乱作一团，一些老人还死乞白赖躺在地上，死活不愿上路。有的甚至公然以死相逼，说情愿死在这块自己从小长大的土地上，也不愿去那听也没听说过的陌生地方。但在韩区长强有力的作风面前，再加上小惠爸爸等村干部全力配合，当第八天中午的时候，搬迁船队竟然奇迹般地扯起满帆，向着远处那片未知的地方缓缓驶去了。

船越走越远，小惠缓缓回头，不知道是不是真实的场景，她看见身后那一片汹涌的大水正以很快的速度，无声地吞噬着那棵大樟树的身躯，只一会儿工夫，那片硕大的树冠就渐渐淹没在水波荡漾的一片水面之下，再也看不见了……

二

顺着清澈湍急的江流顺风顺水行驶了几个小时，船队傍晚停靠在一个名叫毛竹园的码头，一长排大卡车早在那儿不耐烦地等候他们了。

别说孩子，村民里的许多大人都是第一次坐汽车，当然也不知道这些卡车长得怪模怪样，不是车顶上驮一个鼓鼓囊囊的大气包，就是车头上多一个烧木柴木炭的小锅炉。大家手忙脚乱地扶老携幼，带着自己的东西赶紧上车。车队就在连绵不断的青山之间，载着他们摇摇晃晃地翻山越岭了。坐在车上的人开始挺新鲜，只觉得一排排青山从远处急急忙忙地迎面奔来，转瞬间又擦过他们的车队渐渐退去。不过到了上坡或难走的路段，这种汽车往往自己先吃力地爬不动了，像个老头子那样"吭哧吭哧"喘息半天也爬不上坡去,司机只好回头来让乘客们下去推着它前进。有时候运气好,推一推车子动了,可以坐上去继续前进。有时半天推不上去,只好让前面等候的车子回来牵引。有一次最滑稽,载着小尘他们几家人的那辆车突然熄火,司机满头大汗爬出驾驶室,说是锅炉里的木炭没有了,要车上的大人赶快分头去找木炭。我的天,这前不着村后不着店的荒僻地方,临时上哪去找木炭呀?正当大家一筹莫展之时,后面小惠家那辆卡车到了,从他爸爸行李里翻出几十斤木炭,这才重新点着火,让那辆卡车"吭哧吭哧"地再度上路。

车队行驶的第三天,缓缓展现在移民眼前的,就是一片望不见尽头的黄褐色丘陵了。视线所看到的范围内鳞次栉比,到处铺展开一个个馒头形状的低矮山包,上面稀稀落落散落着几棵低矮的马尾松,许多地方还裸露着一块块坚硬的红砂岩,根本看不见什么土层。一座座小山包间隙,会不时闪现出一片片翠绿的田野,绿茵茵的水田里生长着茂密的水稻。间或也会出现几个村庄集镇,炊烟正在那儿袅袅升起,然后就能够听见一阵阵热闹的鸡鸣犬吠声。

移民们举家前往的,就是这样一块贫瘠而又充满生机的土地,这儿是中国东南地区最大的丘陵地带,连绵不断的小山养育着另一种形状的江南美景。为加速这片土地的开发建设,20世纪50年代开始,国家在这片丘陵上建立了一个机械化的现代国营农场——"五一"农场。一大批军队退役官兵,以及一些大城市的无业青年汇集前来,要把这块原本荒寂贫寒的土地开发成丰腴的粮仓。从青溪来的水库移民将组成这儿的第三分场,而奎星桥村民是其中的第四移民大队。小惠爸爸,也就是原来的村支书,将担任移民大队的大队长。

拖着长长的烟尘尾巴,车队缓缓停在了一个满目疮痍的荒山坡上,只听有人高叫一声:"到了,大家就在这儿下车吧。"可车上的移民却都迟迟犹疑着不肯下车,只顾从车厢里探出头来疑惑地四下打量:不是说去一座现代化的国营农场,楼上楼下,电灯电话吗?可眼前看到的只是一片荒凉山头呀,癞痢头一样斑驳的山丘上稀稀落落,摇曳着几棵永远长不大的马尾松。这样的地方,怎么能够住人呢?

马上就有几个身穿蓝制服干部模样的人走向车队,满脸笑容地对大家说:"同志们都下车吧,这儿就是'五一'农场第四移民大队,看,那儿就是刚刚为你们建造好的新住房。"

　　顺着他们手指的方向，移民们看见侧边山坡上果然搭着一式四排低矮的茅草屋，不过看上去也太简陋了，一律用毛竹片编成的墙体，上面匆匆糊上一层和地表同样颜色、还来不及干燥的黄色泥巴，屋顶上盖着的，也只是薄薄一层稻草。小惠爸爸上前和几个干部握手，然后问："怎么，我们就住在这里？"

　　领头的干部一挥手，说："是啊，这就是以后的大队部，你们全都安置在这里，这还是我们根据上级通知临时抢建的呢。一直忙到昨天晚上才完工，为了迎接你们，大伙可是累坏了呀。"

　　听完干部们的话，再看看那些将要住进去的茅屋，果然明显是临时抢建出来的，依稀露出来的毛竹片上还泛着一层新鲜的青绿，有些上面还带有尚未枯萎的竹叶。而那些临时糊上去的黄泥巴湿漉漉的，好像一碰马上就会掉落下来。看见这样的住房，许多移民的眼泪又止不住簌簌地掉落下来，因为他们想起刚刚离去不久的老家村庄，那一排排青砖黑瓦、错落有致、沿着青石板路整齐排列的徽派建筑老房。用老辈人的话形容，那应该叫作"粉墙黛瓦马头墙，石库台门四合房，碧纱隔扇船篷顶，镂空牛腿浮雕廊"，精致讲究，拿来和眼前这些临时抢建的简陋草屋对比，真可说一个在天上，一个在地下。

　　尽管大人们伤心欲绝，迟迟不愿意挪步下车，可小孩子显然没有那么多的事，他们一个个像小猴子一样蹦蹦跳跳地下车。来不及站稳，小惠就感觉肩头被人重重拍了一下，回头看去，是满脸兴奋的小尘和燕子，他们手里都捧着一个硕大的脸盆。小惠好奇地问："咦，这是干吗？"

　　"打饭去呀，快去，迟了可就领不到了。"小尘兴冲冲地说，脸上全是向往的神情。

　　"上哪？去领什么？"

　　"那个叫作什么'公共食堂'的地方呀。没听区长说吗，有大米饭、红烧肉呀！"小尘说着，几滴口水不由滴落到地上。

　　孩子们全都跟着兴奋起来，几个小伙伴兴高采烈跟着小尘，一路打听着找到他们几天来始终念念不忘的地方，却发现那儿只是几排简陋茅草房中的一间。一走进去，眼前的情况让他们有些失望，根本闻不见红烧肉的扑鼻浓香。仔细嗅嗅,依稀只有一点米饭的香味在飘荡。食堂中间摆放着两个大桶,里面一些乳白色的汁液在冒着热气,旁边还站着个大师傅,围一件已经看不清本来颜色的破围裙。小尘一下子冲到他面前,大声喊叫着问:"叔叔,叔叔,我要吃红烧肉。"

大师傅翻翻白眼,奇怪地瞪一眼小尘,问:"什么红烧肉?哪来的红烧肉?"

"区长说的呀,他说我们到这里,就可以天天吃红烧肉和大米饭了。"

"他还叫我们可着肚子吃饱,千万别浪费了呢。"几个孩子七嘴八舌地抢着说。

大师傅愣了好一会儿,才"扑哧"一声笑出声来说:"嘿嘿,我的天,还有这样的好事,我自己也想吃红烧肉呢,可上哪找去?上回吃红烧肉,还是一年多前的事。红烧肉,呸,想得美!"大师傅骂了一句,然后朝地下吐口唾沫说:"是来打饭的吗?说吧,你们家几口人?不许多报啊。"

"五口。""六口。""我们家人多,十二口。"孩子争先恐后地叫起来。

大师傅不慌不忙掀开身边一个蒸笼,满笼蒸熟的番薯正在里面不停地冒着腾腾热气。他说:"把盆子都拿过来,每人一顿两个番薯,外加一勺稀饭,可不许冒领啊。"一边说,他一边从那个冒着热气的大桶里舀出一勺勺清水一样的东西倒进孩子们的饭盆,然后又一个个地给他们清点完番薯。望着盆里面那些照得出人影的"稀粥",孩子们都不由大眼瞪小眼,全都愣在那儿了。

大师傅起身走出门外,"当当"地用力敲响门口挂着的一节废旧铁轨,然后张开破锣一样的嗓门大声吆喝起来:"开饭喽,开饭喽!"

这钟声伴随叫喊声传出去很远很远,很快成为移民们,尤其是孩子们一天到晚翘首盼望的声音,尽管每顿饭每人照例只有一勺清粥外加两个番薯,但对于整天都处于饥肠辘辘中的孩子来说,已经是能够填饱肚子唯一的指望了。

三

虽然居住条件简陋,薄薄的稀粥和越来越小的番薯也让孩子们每天都处于饥饿当中,但农场对于孩子们的学习还是挺上心的,一所新建的农场子弟小学很快在不远处的三分场建立,小惠、小尘和燕子姐一起被安排上二年级。

就像那个年代几乎所有的事物一样,这所匆忙建设起来的子弟学校也只能因陋就简,从校舍、桌椅板凳、教材,甚至到教师,无一例外都带着仓促简陋的痕迹。几座用茅草临时搭建起来的教室四面漏风,遇到下大雨,师生们还得先披上雨具再去上课。而下课时间那两间同样简陋的茅房前,男女生会分别排成两列长长的队伍。有些调皮男生等不及,干脆就把黄色的尿水一股脑儿全都浇到教室墙壁上。天气一热,一阵阵尿臊味就会伴随一片黑压压的苍蝇,从那两扇缺了玻璃的窗户里肆无忌惮扑将进来,一直扑进师生们的鼻翼,让他们上课时全都有些分神。

在这片灰色的暗淡里,唯有一点亮色会不时在小惠眼前跳荡,那是一个与众不同的漂亮女孩的颀长白皙的脖颈。农场场长是个从省城下放来的干部,场长女儿陈莉娅自然也带有一副省城女孩特有的洋气。火辣辣夏天来临的时候,小女孩会穿起一件碎花布的长裙,那款式,那花色,都是小惠这些乡下孩子从来没见过的,据说这长裙还有一个洋气十足的苏联名字,叫作什么"布拉吉",就像场长女儿的名字一样好听。

拥有洋气名字的场长女儿自然气派非凡,一扭腰、一伸手天然带有浓浓的表演意味。那个时候的大人都不准涂脂抹粉,可这小妖精却天生有一套梳妆打扮的本领,每天都会偷偷涂上一些从场部文工团偷来的口红、胭脂,小嘴唇整天红艳艳的。农场没有会烫头发的理发匠,小女孩小指头一绕一绕,就让自己的头发不知不觉间带有了几分自然卷。当她扭着腰从农场田埂上走过的时候,一边干活的农工们都会直起腰来说:"看看这小妖精,长大了一准像她妈。"

每天上学时,妈妈都会在陈莉娅两条小辫上用红布扎两个大大的蝴蝶结,小女孩上课时总爱炫耀一般地东张西望,于是那两个蝴蝶结就一整天都会在后排小惠的眼前跳荡,跳得她心里越来越自惭形秽。

场长女儿爱漂亮,但学习成绩却不怎么样,尤其好像天生缺乏数字概念,数学成绩老是不合格。课堂上两位数以上的数字三绕两绕,就把她可怜而又可爱的小脑瓜给绕晕了。为帮助她学习,老师特地把学习成绩好的小尘和她安排在一起，以便随时给她提供学习上的帮助。

听了老师的安排，小尘挺高兴，虽说出身农家，但他心灵深处却天生对美有着强烈追求。平日里喜欢看青青的山、红红的花、蓝蓝的天，当然也喜欢看身边美丽的小女孩。尽管平日里小惠对他十分照顾，可他心里还是喜欢和燕子姐姐在一起。他说不出有什么特殊理由，只是内心深处总感觉和燕子在一起更开心舒服，仔细想想，恐怕就是燕子姐姐长得漂亮的缘故吧。

不过场长女儿对老师的安排却毫不领情，当小尘抱着自己土布缝制的书包，兴冲冲坐到她身边时，迎接他的，却是场长女儿微微眯缝着的傲慢眼神，那目光里分明流露出几分敌意。她从文具盒里掏出把小刀，一抬手，便在桌子上"唰"的一声画出一道霸气十足的直线，留给小尘的那一部分十分可怜。还没等他明白，场长女儿已经噘起红红的小嘴高声宣布："这是一条'三八线'，你要是敢学美帝国主义搞侵略，可别怪我不客气。"

兴冲冲的小尘愣了片刻，也马上从书包里掏出一截短短的铅笔头，在线的那一边也"唰"地画出一道线来说："你才是美帝国主义呢！告诉你，我可不是好惹的。"

"你，你敢骂我美帝国主义。他骂我，老师，老师，他骂我！"场长女儿带着几分哭腔叫起来，"小尘欺负我，欺负我。"

班主任刘老师年纪大了，丈夫又是个从省城下放农场改造的"右派分子"，平日里语言动作都格外小心，她走过来用明显偏袒的语气对小尘说："你是个男孩，怎么可以欺负女同学呢？不像话，太不像话了。"

小尘不服气，昂起头来嘴巴噘得高高的，全班孩子的目光顿时全聚集到了他们身上，教室里的气氛也一下子变得异样。从那一刻起，奎星桥村的移民孩子，便和原来农场的干部子弟形成了两个明显对立的阵营，明里暗里都在较劲。

这天早晨，小尘踩着刺耳的铃声一阵风一般冲进教室，一屁股坐在凳子上大口大口喘气，那阵风里隐隐带有股怪味。原来他一清早便去附近池塘打猪草，路过树林子时被"臭屁虫"喷了一身，虽然就着池塘的水洗了半天，但那股怪味却依然不依不饶地黏在身上。这味道显然让场长女儿娇嫩的鼻孔很受伤，她掏出花手绢堵住鼻孔喘息一会儿，便尖着嗓子叫起来说："老师，老师，这儿有人不讲卫生，很臭。"

刘老师一听便急急忙忙赶过来,问:"谁? 谁不讲卫生?"

场长女儿指着小尘说:"他,浑身的臭屁虫味道,快熏死人了。"

"你说谁臭?"小尘一下子站了起来。

"你,就是你,臭屁虫一只!"

角落里的燕子看不下去了,站起来对场长女儿说:"有话好好说,你怎么随便骂人呢?"

场长女儿不甘示弱,也起身指着小尘和燕子说:"干什么? 关你什么事,莫非你也是只臭屁虫? 对了,你也是移民,你们呀,全都是些臭屁虫。"

周围的几个移民孩子忍不住了,一时间全都愤怒地站了起来。

"小尘,你什么态度? 还有你,燕子,这个时候帮什么腔? 陈莉娅同学请不要生气,来,你先坐下。"老师的嗓音也变得高亢起来。

场长女儿像受了莫大委屈似的慢慢坐下,紧接着就"哇"的一声哭出声来:"你们欺负我,欺负我,我要去告诉爸爸。"

刘老师顿时慌起来,她冲到小尘面前,伸手在他肩膀上打了一下,说:"你呀,老是给我惹祸。"

小尘不再说话,那天剩下来的时间里他都默默无语,表现得异常安静,下午放学的时候,连刘老师都忍不住表扬他说:"看来小尘同学已经认识到自己的错误,今天表现非常好,希望你继续保持下去。"

第二天一大早陈莉娅兴冲冲地背着书包来到教室,可能是因为昨天取得了"胜利",所以今天心情特别愉快,来到自己的座位坐下前,还特地炫耀地晃晃脑袋,让头上那两个大大的蝴蝶结跳舞一般蹦跶了几下。就在她打开抽屉打算把书包放进去的时候,奇怪的事情发生了,只见陈莉娅的脸色刹那间变得雪白,小小的嘴唇一下子噘起,整个人就那么呆呆地站在那里,很长很长时间以后才发出一声又尖又细的惨叫,接着眼泪和鼻涕就"哗啦"一声全下来了。全班同学都不由愣住,过了好一会儿才有几个同学上前,顺着她的眼光往抽屉里一看,只见那里面蹲着一只碗口大小的癞蛤蟆,正气呼呼地瞪着两只凸出的大眼睛,紧接着全身一耸,"呼"的一声喷出一缕缕乳白色的毒液……

陈莉娅呆了一会儿,突然指着站在一边的小尘叫起来:"是他,肯定是他,我要去告诉爸爸,告诉爸爸!"

刘老师这回真的慌乱了，走过来用手里的教鞭狠狠抽了一下小尘说："你呀，只会给我添乱。"

"这些小移民太不像话了，一天到晚欺侮我。"陈莉娅哭叫着说。

刘老师跟着狠狠骂一句："小尘，你给我滚出去！"

小尘应声而起，头也不回地冲出教室，燕子姐姐见状，立刻叫了一声，也跟着跑出了教室……身后还有几个移民的孩子也跟着要走，却被刘老师给呵斥住了。

小惠不敢走，不过却始终放心不下，便趁着课间休息的时候悄悄溜了出来，她知道负气的小尘和燕子此刻不会在别处，肯定就在后山那片密密的小树林里，那儿有一片浓密的茅草地，还有几个隐秘的小山洞，草丛里经常有野兔和黄鼠狼出没，山梁上长着一棵茂密的大樟树，能够让孩子们想起远方那片已经被大水淹没了的山村老家。这儿已经成为他们即使饿着肚子，也常常感觉到无限乐趣的家园了。

沿着那条时隐时现在草丛中的小路，小惠眼看就要走出小树林，却隐约听见身后有声响，回头看看，是一只身形硕大、毛色灰黑的"大狗"正尾随着她。开始她没在意，走着走着一回头，才看清那狗有两只，不过长相有些怪异，和普通的狗似乎不同。浑身灰黑的毛色，背后拖着的那条毛茸茸大尾巴看上去特别蓬松，好像已经拖到了地上。其中一只"大狗"抬起了头，小惠顿时吓得停住了脚步，因为她看见"大狗"眼中炯炯的目光冷峻冰凉，就像两条寒冷彻骨的冰柱直直刺入她心扉。一个原本陌生的字眼，此刻突然一下跳上她的脑际，她想起了老人们曾经说起，自己却从来也没有看见过的可怕怪兽——"狼"！

"狼，狼，有狼啊！"小惠忽然扯着嗓子喊起来，尖利的呼喊声在小树林密密的枝叶间缠绕了一会儿，才陡地冲上半空，然后被风吹送得很远很远。随着她这一声惊呼，那只狼突然拖着一条血红的舌头猛扑过来。就在狼爪已经搭在她肩头，狼嘴里那一股浓烈腥味向她猛喷过来的时候，空中突然一道寒光闪过，狼警觉地把头一低，放下搭在小惠肩头的爪子向后退了一步……

小惠回身，看见身后站着面色苍白的小尘，他的手里高高举着一把寒光闪闪的柴刀。不过当他接触到饿狼那两道冰冷的目光时，也不由一下子惊呆了，手中高举着的柴刀没敢再砍下去。可是那只狼显然已经有了忌讳，它舍弃了小惠，突然将身一弓扑向另一边匆匆赶来的燕子，狠狠一口，丛林里立刻响起燕子姐姐那凄厉的惨叫声。

"救命呀！"几个孩子都拼命地狂叫起来，小尘不顾一切地扑上前，一刀一刀，全都砍向另一只仍在凶猛扑来的恶狼……

远处山坡上正在劳动的人们听见呼喊，都纷纷抄起锄头扁担往这边赶。那两只狼却依然视若无睹地待在原地，一只继续和举着雪亮柴刀的小尘对峙，一只凶猛撕扯着已经躺在地上的燕子姐姐。直到喧嚣的人声渐渐逼近，两只狼才很不情愿地尾巴对尾巴互相靠在一起，张开血淋淋的大嘴对着围上来的人群。

心存恐惧的人们自然不敢围得太近，二十多人把狼团团围住，双方暂时形成对峙。看着这孤立无助的狼，听着远方传来的嘈杂的人声，大家都感觉这两只狼跑不了了，个别村民有些懈怠下来，一个村民把手里的锄头杵在地下，用嘲笑的眼神看着那两只绝望的狼。突然一只狼以迅雷不及掩耳的速度冲向这个村民，惊慌中他来不及反应，狼的爪子已经搭在了他的肩头，他下意识用挂着锄头的双手向外一推，身体向后倾倒，只见两只狼已先后从他胸前一跃而过，狼的后爪在他手上挠出几道深深的爪痕。等大家回过神来时，两只狼已经消失在绿茵茵的树丛里面了。

这时小尘爸爸才看见儿子正背靠一棵小松树，一只手仍然高高举着柴刀，脚下不远处躺着一个小女孩，那是已经倒在血泊中的燕子。伸手摸摸女孩苍白的脸，小尘爸爸立刻像被蛇咬了一口似的叫了起来："完了，完了，没气了。"后面赶到的人也纷纷围上来，七嘴八舌地问："怎么，怎么？孩子死了？"

"死"这个陌生的字眼伴随尖叫扑进小惠和小尘的耳朵，也从此深深刻印在了他们心头。两个人不约而同呆呆望着躺在地上的小伙伴，只见燕子脖颈上已经被恶狼撕开一个血淋淋的大口子，一股股浓稠的鲜血正从那儿汹涌地喷溅出来，染红了周围荒草与泥土。

"死，这就是——死！"两个孩子对视一眼，然后一起放声大哭起来。

燕子血淋淋的尸体被放进两个拼接起来的簸箕中，抬回到了移民大队部，那具因为鲜血近乎流光而显得异常瘦小的身躯随着人们的脚步一颤一颤，小女孩纤细的脖颈一抖一抖，仿佛脑袋随时都会掉落在地上，浓稠的血水淅淅沥沥洒落一路,在这片黄土地上显得格外触目惊心。

农场领导十分重视,当天就从城里请来两个高手,这两人穿一身洗得发白的军装,满嘴吹牛皮,不过身上的行头倒十分像样,脖子上挂着高倍望远镜,肩扛两只带瞄准镜的半自动步枪。一时间场部人声鼎沸,趁领导们杀猪把酒、酒酣耳热之际,那哥俩开始互相吹捧,都说对方是如何了得的神枪手,有过不少上山打老虎、下海擒蛟龙的丰功伟绩。酒足饭饱之后,场里保卫干事陪着他们四处熟悉地形,当走到三分场宿舍区边缘时,其中一个好像突然发现了情况,举着望远镜向远处的草丛深处张望,随即便爬上一个稻草堆,举枪校正标尺,只听枪声一响,大家以为恶狼肯定毙命,欢呼雀跃地走近一看,草丛里躺着的,原来是一只家养的小狗。

不过这一枪倒也打出了高人的威风,让大家感觉到豺狼的死期即将临近。可是左等右等,就是不见有捷报传来。又过了半个月,两个枪手干脆连踪影也不见了。后来才听说是一天夜里,两人在猪舍附近蹲守,两只狡猾的狼却从他们背后冒出来,嘴里还拖着一口即将出栏的大肥猪。他们发现后,慌乱中几枪都没有击中,狼又安然无恙大模大样地溜走了。后来场部保卫科总结说:"狼是一只没灭,猪倒已经灭好几口了。"

燕子就这样死了,再也不会回来陪伴她和小尘了,不过那具血淋淋的身躯和那张苍白的脸,却永远留在了小惠的记忆里。她心里明白,如果不是小尘的那一刀,那被咬死的就不会是燕子,而肯定是自己了,是小尘不顾一切救了她的命,是燕子在顶替她去死。自己这一辈子已经永远欠下了两人的情意,这是一份一辈子做牛做马,也要想办法报答的深重恩情呀!

从这天开始,移民村的人就总在小尘身边看见支书女儿小惠那瘦小的身影,无论太阳底下还是月光下,都像他的影子一样默默地陪伴着,他们一起上学,一起打猪草、砍柴,就像当年他们和那个死去小女孩燕子形影不离一样。

小尘默默接受着小惠的陪伴,他觉得这种陪伴,其实就是一种纪念,当初燕子姐姐和他们一起时,总是他和燕子姐姐两个人滔滔不绝地说话,而小惠只是在一边默默陪伴。如今燕子姐姐不见了,如果小惠也消失了的话,那童年最珍贵的记忆就会全部失去。因此,尽管面对这个厚嘴唇的女孩他一句话也不愿多说,但心里却仍然愿意和她在一起。因为接受小惠,就是接受当初那个俏丽乖巧，一张小嘴整天叽叽喳喳的可爱燕子姐姐啊。

小尘从狼嘴里勇敢救下小惠的事迹传遍农场。大伙都一迭声夸奖他是勇敢孩子，这么小就敢举着柴刀和饿狼对抗，还有人在背后指手画脚地说："你看看，他爸爸那么老实，甚至有点窝囊，却生出这么一个勇敢的孩子。"上级有关部门派记者来采访，写了一篇题为《狼嘴里救人的英勇少年》的通讯稿子，不过送到农场场部审核时，官员们考虑到场长女儿，还是悄悄把这份稿子给压了下来。

小女孩燕子的惨死让全体移民无一例外地痛心，甚至悲痛到有些愤怒的地步。他们可以允许自己住在简陋得四面通风的茅草屋里，也可以忍受每天喝那些近乎清水的稀粥，但他们却绝对不能容许自己的孩子每天生活在对狼的恐惧之下。那片远远的，已经淹没在一片浩瀚水面之下的故土，这个时候重新清晰地浮现在每个人眼前，让他们内心深处萌生出一种刻骨铭心的依恋，因而也爆发出一种前所未有的愤怒。他们要离开这片并不适宜他们居住的荒芜丘陵，下决心集体迁回奎星桥那片梦中的青山绿水中去，他们打算去找那些当初匆匆把他们打发上路的干部，争取在家乡熟悉的山水间重新得到安置。

对！他们要回去，回到曾经生他们养他们的家乡土地上去。这一回他们不找别人，单单就找当年那个把他们送上磨难之路的山东汉子韩区长，打算好好问问他，那些曾经许诺过的"好日子"，究竟上哪儿去了？

不愧是北方大汉的后裔，刚刚十一岁的韩红英长得纤细高挑，比起同龄的孩子来个子明显高出一截。圆圆的苹果脸上泛着朝霞般的红晕，一双乌溜溜的大眼睛就像夜空中的星星那样晶莹。看见这小姑娘的人都不禁会暗暗赞叹："好一个美人坯子，像她娘，长大后准定会像她一样漂亮。"

是的，韩红英的娘就是县里有名的美人，不但漂亮出众，而且担任全县妇女们的最高领导——县妇联主任，她丈夫就是奎星桥移民们千辛万苦回来寻找的那个韩区长。不过人家已经升了官，如今的称呼是县委韩副书记了。

这天是周末，一大清早，韩副书记仍匆匆往办公室赶，因为他答应今天要和远道而来的奎星桥村移民见面,正在假期中的韩红英也习惯性地跟着父亲一起来到办公室。

小惠父亲领着十几个衣衫褴褛的村民进来了,工作人员客气地让他们坐下,他们却不肯,就那么一直笔直地站着,一双双满含冤屈的目光,全都集中在这个已经一年多没见的干部身上。只看了一眼,他们满肚子的怒火就立刻熊熊燃烧起来了。

是啊,怎么能不愤怒呢? 一年多未见,坐在椅子上的这个韩书记已经明显胖了一大圈,去年那张有棱有角的四方脸盘如今圆鼓鼓的,而且显得分外白皙,两只原本有神的大眼睛如今几乎不见,深深地嵌进那些仿佛才刚刚生长出来的横肉里面。

"好啊,我们在那边喝稀粥吃番薯,整天饿得前胸贴后背,你却胖成这副模样? 这公平吗? 你凭什么养得又白又胖?"

面对昔日的老领导,小惠爸爸总觉心虚,不敢理直气壮上前去质问。可两个须发斑白的老农民却忍不住了,他们愤愤地指着他的鼻子开口,说:"韩区长,不,你现在官当大了,要叫你韩书记了,当初赶我们走时说的那些话,你还记得吗?"

"我,当初说些什么?"

"你许诺的那些楼上楼下,电灯电话呢,啊,都在哪里?"

"当初你骗我们,说到了农场可以天天吃米饭、红烧肉,可我们去了,整天吃什么你知道吗? 除了稀粥、番薯,还是番薯、稀粥,别的什么也没有!"

"还有狼,我们的孩子……"说话的人看了看韩红英,指指她说,"你看,就是像她这么一般大的孩子,白白地让狼给咬死了,你说,这让我们怎么受得了!"

仍然是老农民颤抖的声音:"韩书记,你在这儿当大官,白白胖胖的多舒服,却把我们送到那么个鸟不拉屎的地方去,过那样困难的日子。问问自己的良心,你还像个共产党的干部吗? 你对得起我们吗?"

这边正满腔怒火,却偏偏还有人不识相,只见一个扎着油腻围裙,看起来像厨房大师傅的人进来,把一个白布包袱递给韩书记说:"韩书记,这是您这个月的营养补助,我给您送来了。"

就像有人往正在熊熊燃烧的野火上浇了一勺油,移民们的情绪猛然间达到了爆发点，先是两个年轻人愤怒地叫起来："好啊，我们过那样的日子，你却在这儿花天酒地，发什么营养补助，你这干部是怎么当的？"

"对，太不像话了，你们！"几个平日里沉默寡言的老农这回也耐不住了，愤怒地跺脚破口大骂起来。

一片喊叫声中，小尘小小的身影挤到前边，夺过桌上那装着营养品的包袱，狠狠一把摔在了地上。一些农民挣脱小惠父亲的拦阻，冲到韩书记办公桌前，愤怒地挥舞手臂，似乎马上就要把那张办公桌给掀翻在地。

"不准欺负我爸爸！"突然一个尖细的嗓音叫喊起来，那么稚嫩尖利，让屋里所有的人都不由得大吃一惊，"我爸爸是好人，天底下最大最大的好人，你们不许碰他！"

人们东张西望一会儿，才发现这声音是书记身边那个漂亮小女孩发出的，只见她脸色通红，张开双手老鹰护小鸡那样护在父亲身前，那出人意料的姿势与神态，让屋里所有的人都安静下来。

韩书记推开女儿，苦笑一声对移民们说："乡亲们，我知道你们在那边过得很苦，当地政府答应的许多事情都没有落实，当初应该发给你们的住房补贴等经费也没有兑现，让大家受苦了。我对不起大家，对不起！不过我在这儿的日子也不是你们想象中的那么美，大伙看看，我这是真发福了吗？"

说完韩书记撩起裤管，把一条"又肥又胖"的大腿放到桌子上用力一按，只见大腿肌肉深深凹进去一个坑，半天也恢复不过来。人群中几个老人瞪圆眼脱口而出："哦，这是浮肿，不是肥胖，以前我们也经历过。"

韩书记微笑着点一点头，说："对了，还是老同志经验丰富。连饭也吃不饱，我哪还有资格去肥胖？这完全是饥饿和营养不良引起的浮肿。"他说完捡起地上的包袱，打开对大家说："你们再看看，这些'营养品'，大家应该都认识吧？"

随着他的指点，人们看见包袱里一小包一小包，全是些淡黄色的粗粝米糠，有人不相信，上前拈起一撮放到鼻子底下闻闻，不错，还真是些普通米糠，可是，这又算是哪门子的"营养品"呢？

大伙正在诧异，韩书记又开口了："我这呀，就叫作'打肿了脸充胖子'。不过也不止我一个，咱们县里的干部，今年'胖'起来的还真不少。其实，还不都是给饿的。"他指了指桌上的米糠说："可别小看这些不起眼的米糠，好年景只能用来喂猪,可现在,还是经过县委特批,才专门发给我们几个浮肿病患者的呢。每人每天二两,不多也不少。据说这样吃上一个月,浮肿病就会痊愈。"

说到这儿他苦笑了一下:"现在是困难时期,全国人民都在勒紧裤带度过饥荒,谁也跑不了。我们这些国家干部每月粮食定量已经减到二十一斤,其中有一半还是粗粮,每天也就靠喝点菜粥半饥半饱地过日子,还得照常去上班出差。根据目前统计,我们全县七百多名干部,已经有三百多人患上了我这样的病症。大家想想,咱们县还处于山清水秀的江南,自然条件比全国许多地方都好,有些地方的干部群众,日子就更难过了。"

说到这里,韩书记嗓音明显有些颤抖:"告诉大家吧,就连咱们的毛主席,现在都不吃红烧肉了,他要和咱们父老乡亲们同甘共苦,一起熬过这苦日子。"

望着桌子上那些"营养品",再听说连毛主席都不吃红烧肉了,屋子里的移民一时全都愣住。韩红英这时狠狠瞪了小尘一眼,小尘有些不好意思地低下头。

"当然我这样说,并不是想逃避责任,虽说你们的户口早在一年前就迁到国营农场,不再是咱们县里的人了,可毕竟大家祖祖辈辈都在这块土地上存活,是为给国家做贡献才举家搬迁的,所以我们对大家仍然责无旁贷。我在这里代表县委表个态,由我们出面,负责和国营农场交涉,把大家当初应该落实的安置政策兑现好,争取给每家每户都盖座好一点的房子,还要争取让大家,尤其是孩子先吃上饱饭。"韩书记大声说。

"不,我们不回去,再不回那鬼地方去了。"一听说还要回到那片荒芜的丘陵,许多移民代表眼前不约而同浮现出那几排简陋的茅草房、那凶恶狡猾的狼……屋里的气氛又变得热烈起来,移民们在小惠爸爸示意下,全都异口同声地表态:"不,我们不回去,再也不回去了!"

韩书记坐在椅子上沉吟了一会儿,看得出来,这个同样农民出身的干部此刻心里也是翻江倒海,他同情这些移民的遭遇,对自己当初的草率鲁莽怀有深深的愧疚之情。过了好一会儿,他突然想起什么似的站起来,从桌上拿起一份文件看了看,然后说:"要不这样,咱们争取找一个好地方,大家都能够满意的地方去重新安置。巧了,正好昨天江西有几个县给我们县来函,说他们那儿地广人稀急需开发，愿意安置一部分水库移民。"

"江西？"移民们异口同声地问。

"对。"韩书记回答。

屋里面顿时乱了，移民们开始七嘴八舌地自说自话，有人说："可听说江西那地方穷。""离老家太远了。""行，我看行。"

听着大家七嘴八舌，韩书记最后不慌不忙地总结说："是的，江西以前确实很穷，可和咱们这儿最大的不一样就是，浙江地少人多，水库建设又淹没了大片土地，现在全县人均只有三四分良田，根本养活不了大家。可江西就不一样，许多县人均五六亩土地，还有大片的山林可以开发。凭着咱浙江人的勤劳能干，又有那么多土地，忙上个一两年，大家就再也不会为吃饱肚子而发愁了，说不定还会有不少余粮呢。"

听他这一说，移民们都不由有些心动，毕竟那个年代，能够填饱肚子就是每个中国农民可望而不可即的最大愿望。

只听韩书记又说："去江西还有一个好处，就是不缺柴烧。我知道许多移民提出的安置条件中，除了有田种，还要有柴火烧，这一点你们现在的国营农场无法实现。可江西就不一样，那儿山多，不少地方至今还有漫山遍野的原始森林，到了那儿，就再也不会为烧柴这样的事情发愁了。"

听到这儿，许多移民的眼睛都有些发亮了，哇，有田种，有柴烧，一个种田人家除了这些，别的还需要什么？小惠爸爸立刻站出来表态说："韩书记说得好，咱们不能再回国营农场去了，就去江西，不过这一回，咱们要像毛主席说的那样，那个，怎么说来着？叫作'没有调……'"

韩书记接上来说："没有调查研究，就没有发言权。"

"对，对，就是调查研究，调查研究。咱们这次一定要先派人去实地看看，究竟有多少田好种，有多少土地可以建房子，不能再让人给骗了。"说到这儿，小惠爸爸看了看韩书记说，"别误会，我不是在说你。"

韩书记脸上有些发烧，不过仍然点点头说："对，对，这次咱们一定要事先去好好侦察，就像以前打仗一样，先侦察好地形和敌情，绝不打无准备之仗。"

移民们满意地点头，屋里第一次响起鼓掌的声音。

"爸爸，爸爸，看，外边下雪了。"小女孩韩红英突然指着打开的窗户叫起来,只见纷纷扬扬的雪花已经飘满了整个天空,屋外的树上和地面上,都已经铺起了一层薄薄的白雪。

这片突然间从天而降的白雪仿佛不期而至的希望,也缓缓飘落在移民和韩书记心里,大伙眼睛不约而同都有些湿润。一片静寂里,韩书记的话也像雪花一样缓缓飘落:"你们放心,这事我一定会负责到底。江西那几个县都有我的老战友当领导,你们选几个代表,要德高望重,说话有人听的。我带他们一起去,这次,咱们一定要选个好地方,能过好日子的地方。"

韩书记说着,一片异样的红晕爬上他那张虚胖的大脸,那一刻,他看上去怎么也不像个患了严重营养不良症的病人。

四

20 世纪五六十年代,像韩书记这个层面的领导干部,大多都是刚从死尸堆里一刀一枪拼杀出来的铁血汉子,他们可能识不了几个大字,也说不出什么长篇大论的漂亮话,可他们的实干精神却不同寻常,干起工作往往像当初在战场上那样风风火火,不管不顾地拼命干。顶着漫天飞舞的鹅毛大雪,韩书记当下就领着小惠爸爸和几个移民代表连夜赶往江西,一心想在来年开春插秧之前,把奎星桥村整体移民搬迁的事情全都落实好。

江西柳溪县李县长是韩书记老战友,一见面就亲热地握着韩书记的手不放,非要拉他去自己家里喝个痛快,说虽然眼下粮食困难,但家里还有两坛前几年存下没舍得喝的上好白酒,他用一口地道的山东方言嚷嚷着说:"上次咱哥俩喝酒,还是那次庆祝淮海战役胜利的宴会上,那回俺草鸡,让你给灌了个人事不省,两天后才醒过来。不行,这回咱们一定要刺刀见红见个输赢,不把你姓韩的小子给喝趴下,就把俺这李字倒过来写。"

韩书记拱拱手对李县长说:"老李啊,你这回饶了我吧,没看见我带着这么批移民,上老大哥你这儿要饭来了吗?不把他们再安置的地方选好,我一口酒也喝不下去啊。这样,等他们安置好了,你上我那去,咱兄弟俩一定痛痛快快喝上一场。"接着他就把移民再安置的要求,一五一十全都和李县长说了。

李县长听了有些为难，说："哎哟，要找出这么一大片闲置的土地，安置拖家带口几百号人，还真不是个小事。"他说完起身走到那张挂在墙上的"柳溪县域图"前，认真看了好一会儿，突然指着右上角一片地方叫起来说："对了，老韩呀，你别说，还真有这么块地方。你看，这上边的大山坪村怎么样？位于几个县交界处，历史上曾经热闹过几回，当年闹红军时被白匪军一把火给烧成白地，村里人有的被杀，剩下的也逃得不见踪影。那么大的一个村子，到今天还在深山里荒着呢。"

当天下午李县长就派了辆吉普车，沿着一条蜿蜒的山间公路行驶了好一会儿，又下车沿着一条几乎已经被两边荒草吞噬得险些看不见的石板小路走了一会儿，穿过一个狭窄的山垭口，大伙突然感觉眼前豁然开朗，原先总是严严实实遮挡住视线的那些大山，此刻全都远远地退避三舍，在四周群山簇拥之下，眼前出现了好大一片平展展的坡地。在一片疯长的野草和杂树丛里，隐隐约约还能分辨出一些断壁残垣，这显然是一座被废弃多年的村庄遗迹。几条近乎无法辨别的灌溉渠道蜿蜒伸展，勉强划分出一片昔日水田残留的痕迹。一个白发苍苍的移民代表拨开那些长得近一人高的荒草，伸手捻了一撮泥土看了又看，闻了又闻，只见那土质黑黑的、细细的，里面还隐约透出一股腐草泥腥的怪味。老农不由眯起眼睛频频点头，陶醉一般地连声说道："好，好，这土质好，能长稻子。"

放眼四顾，可以看见周围一片山影重重，一道山峦紧紧连接起另一道山峦，尽管冬季铺天盖地的大雪掩盖了一切，但仍可以看出雪片下面那些挺拔的绿色树丛。再细细观察对面的坡地，只见在一片皑皑白雪之下，一条奔涌着湍急流水的小溪从远处山坳里急急奔来，在满山的洁白中用力画出一个黑色的"S"形，然后渐渐消失在远方更加浓重的山影之中。

看见这一切，上到韩书记，下到所有的移民代表都不由频频点头，在已经饱经折磨的他们看来，这实在是一片慈悲上天特意赐封给他们的风水宝地。这片山地，这片水田，这条溪流，尤其是那一块可供建造完整村庄的平展山坡，实在是踏破铁鞋也难以寻觅的宜居宝地，他们一定能够在这儿重新建立理想家园，让当年那个富庶而又美丽的奎星桥村，在这片异省的大山坳里复活兴盛。

不过事后也有几个一起前去的移民代表回忆，说当时他们在心满意足之时，心里边也不时会有一丝诡异的疑惑闪现：在一片晶莹白雪的遮掩下，这片山坳，这片绿茵，一切都显得过于宁静、过于完美，在这么一个残酷无情的世界上，上天怎么还有可能把这样一片世外桃源般的福地，留给他们这些备受折磨的可怜人呢？还有个别人添油加醋，说他当时曾在那一片清澈溪水的潺潺奔流声中，隐约听见某种不祥的杀伐之音。

当然那都是事后诸葛亮式的无用话语，因为当时所有在场的领导，所有的移民代表，确实没有一个提出异议。相反，当时他们全都兴奋异常，他们相信，凭借这样得天独厚的优越自然环境，再凭借着浙江人那股子与生俱来的勤劳聪明，他们一定会在这儿重新建设自己理想中的美丽家园的。

那一刻，一个个五颜六色的奇思妙想，就在这些已经上了年纪的人面前，像东方初升的太阳一样冉冉地升起来了。

回到"五一"农场之后，小惠父亲立刻代表移民四大队全体人员提出重新安置的申请，通过韩书记和几级地方政府同意，一列闷罐子列车很快把昔日奎星桥村全体人员一个不剩全都送到了江西那片莽莽苍苍的大山，那片群山环绕的绿茵丛中。移民们吸取当初迁移的惨痛教训，这回都多了些心眼，搬迁工作进行得有条不紊，他们把自己能够带走的一切，包括坛坛罐罐一个不剩全都随身带上。

借助山坳里原本残留着的一些断壁残垣，几百间草房很快在那片曾经荒芜的山坡中重新竖立，新建的房屋虽说依然简陋，但比国营农场那些临时搭建的茅草房可要强多了。黄土垒筑了厚实泥坯墙，屋顶上铺着厚厚的茅草，有些讲究的主人还费尽心机从山外运来一些砖瓦，建起几幢还算漂亮的砖瓦房。

当第一缕炊烟袅袅升腾起来的时候，一个崭新的村庄——大山坪移民村正式挂牌成立了。韩书记、刘县长等人特意赶来祝贺，一张张饱经风霜的脸上都不由流露出欣慰的笑容，那些笑容就像一个个光彩闪烁的肥皂泡那样诱人。不过等到来年春天暖烘烘艳阳慢慢升起，漫山遍野的布谷鸟开始催促人们"布谷布谷"的时候，这些五颜六色的肥皂泡就突然间一个接一个地爆裂了。

踏碎第一个肥皂泡的，是那头名叫"青牯"的肥壮大水牛。这头彪悍威猛的水牛还是当年奎星桥人带到国营农场，再辗转带到这片崇山峻岭中来的,人们看重的就是它力大无比、勤恳耐劳,能够毫不费力地一天犁出好几亩水田。每年开春时节,村里的水牛照例都由它带领来到田头,看它首先下田拖动犁铧,在那已经冻结了整整一个冬天的田地上划开第一道梨沟,其他牛儿才能跟着下地干活。不过这一次当青牯披红挂彩,拉着雪亮犁铧走进水田的时候,情况变得有些异样,只见它用力昂起头,任凭主人如何驱赶鞭打,却怎么也不肯踏进那片水田去。几次三番鞭打驱赶之后,小惠父亲有些火了,他用力牵动牛绳,一把就把青牯推进那片灌满春水,不时冒着黝黑泡沫的水田。只听"扑通"一声响,出乎所有人预料,青牯四条肥壮有力的大腿就突然深深陷进那片水田,泛着泡沫的黑亮泥水一下子涌上来,直接就淹到了青牯肚子那里,身后闪着寒光的雪亮犁铧也像掉进水里一样再也看不见了。

"不好!"旁边几个富有经验的老农一起叫起来,赶快撩起裤腿跟着下水,那冰冷刺骨的烂泥浊水一下子淹没到他们的大腿根,他们在泥水里来回蹚了好几个来回,脸色不由都有些发白,原来这竟是一块难以耕作的"烂冬田"。铁青着脸的小惠爸爸带上几个青壮劳力,赶快又去旁边几块田里反复踏看,这才发现,这一片平平展展近乎三百亩的水田,竟然大部分都是这样的"烂冬田"。

人们还很快发现,这儿不仅到处是烂污泥,而且灌溉用水的温度特别低,也就是人们通常所说的"冷水田",稻子等农作物在这样的低温下很难生长。再转到旁边溪里试试,也感觉到水的温度要比山垭外边低好几度,这样的田地显然无法种植双季稻,只能在气温最高的季节里勉强种上一季单季稻。

小惠还清楚记得,那是一个暖风融融的春天,正午的太阳照得人身上暖洋洋的,尽管漫山遍野一片莺飞草长、蜂飞蝶舞,但整个大山坪移民村却像死了人一般地死寂。爸爸回家来的时候,脸上就像涂了一层油漆那样一会儿黑一会儿黄,就是不见一点红润。他和村里干部连夜商议,赶快安排人去外地购买大批石灰撒进田地里,以便提高水温改进土质。可不管怎样努力,那一年田里长出的稻子就像他们这些三年困难时期长大的孩子,绵软的茎秆上顶着一个瘦骨嶙峋的脑袋,秋后的收成眼见没多大指望了。

随着第一个肥皂泡破灭,更加恐怖的一幕在夏季快要过去的那些日子降临了,尽管田里稻子仍长得不怎么样,但村里的几个青壮年却不约而同"发福"起来,这种"肥胖"还胖得极不均匀,只见肚子一天天鼓起,身上其他部位肌肉反而在一点一点萎缩。到最后这些原本年轻力壮的小伙子一个个都像挺着大肚子的脆弱孕妇那样举步维艰,别说是下地干活,就连喘口气,都变得十分困难了。

到了这一步,尽管谁也不愿说破,但一个可怕的病症——"血吸虫病",却像再也无法摆脱的噩梦,一天天缠绕在了全体村民心头。当第一个年轻病人像枯萎了的黄叶终于在秋季凋零,村民们的痛哭声山崩地裂一般响起的时候,小惠爸爸铁青着脸把这个噩耗上报给了公社。县里的干部不敢怠慢,立即派防疫站工作人员前来。一番检查和测试之后得出结论,这片水田里和溪流里果然密密麻麻遍布钉螺,是一个严重的血吸虫病流行病区。

小惠爸爸打电话,把这个消息告诉了韩书记,还没等他把话说完,那边韩书记就一屁股坐在椅子上,再也站不起来了,他想不到自己千辛万苦带大家选定的,竟然是这样一个可怕的血吸虫窝,韩书记很快千里迢迢赶到正处于绝望中的大山坪村。

虽说作为县委副书记的女儿,韩红英从小就受到来自各方面的关注与娇宠,但农民出身的父亲从来就对她严格要求。那时的党和政府提倡"知识青年到农村去,与贫下中农相结合",韩书记不仅身体力行,还总是让自己的女儿多到基层和农村走走,有意让她交上几个农家孩子作为朋友,这样能够让她从小接触社会实际,少些娇生惯养的毛病。万一哪天响应上级号召上山下乡插队落户,也能够迅速适应环境。因此他每次到移民村来都要带上女儿。正好那几天学校没课,扎着红头绳的韩红英便和爸爸一起来到这个偏居一隅的山村,看见了人群中的小尘和小惠。

其实要说和农民孩子交朋友,韩红英实在没多大兴趣,在学校时围在她身边献殷勤的男孩子数都数不过来,她哪里还会对这偏僻山乡的孩子感兴趣。不过当韩红英听说了小尘狼嘴里救人的事迹,便忍不住"哎呀"一声叫起来,竖起大拇指对小尘摇了摇:"哇,你真勇敢,竟敢和恶狼面对面搏斗!快跟我说说,你是怎么从狼嘴里把人给救下来的。"

小尘却淡淡地不愿提及往事,仿佛那是一件根本就不值得一提的小事。这个时候他心里涌上来的只有一阵深深惋惜,当初自己为什么没能把燕子姐姐救下来呢？

韩红英的热情却并没因为他的冷淡而有丝毫减弱，反而对他竖起大拇指说："你呀，应该去当兵，将来上了战场，准保会是个英雄。"

小尘扫了她一眼，没有回话。倒是在一边的小惠不知怎的插了一句："是的，他呀，就应该去当兵。"

世界上什么样的药都好找，唯独就是后悔药难觅，事情到了这一步，领导们只好无奈地宣布，村民们可以自找出路，愿意回"五一"农场的，由韩书记负责落实，愿意留在村里继续坚持的，可以继续享受移民应该有的各项优惠政策。

或许是因为经过了两次折腾，大多数村民都已经感到精疲力竭，在命运接踵而至的打击面前，他们都已经认命了，因此大多数村民都不肯再回农场，回到那片黄土丘陵上去，他们要在这儿和命运再拼搏一番，努力在无可奈何中为自己争取一个好的前景。

那些天，死一般的寂静笼罩在大山坪移民村，人们已经顾不上抱怨，也顾不上再互相埋怨了，大多数人都相信，这事不能怨别人，只能怨自己，是自己天生注定的。再说啦，这事还能够去怪谁呢？那么多双眼睛死死盯着，在好几个地方反复进行了比较，最后仍然一头扎进了烂泥田，扎进了这个血吸虫窝里。因此他们大多数都选择逆来顺受，把抗击血吸虫的希望寄托在政府派来的医疗队身上，又把改造冷水田的任务留给了自己。他们相信凭着一双巧手、十分勤劳，自己一定能把这片烂泥田改造成理想的农耕乐园。

这就是中国农民，当生活的噩运像蚂蟥一样死死叮咬的时候，他们大多数人只会选择默默忍受，只会认命。当然也有少数人选择了另外一条路，盘算着能够逃避噩运，这中间就包括小惠的父亲。

虽说也是在奎星桥村土生土长的山民，以前和大家一样家徒四壁，在村里也毫无地位，不过身为穷人的儿子，小惠爸爸却偏偏有一对富有远见的父母，宁愿自己勒紧裤带饿个半死，也要把儿子送去上几年私塾。当1949年戴着解放帽的土改工作队进村时，这个出身贫农，肚子里却有几滴"墨水"的年轻人就从一大堆"睁眼瞎"中间脱颖而出，被选拔去跟随土改工作队队长当通讯员，整天背着杆破旧土枪，跟着队长跋山涉水四处奔忙。近一年的时间里他其他本事没学会，单单就学会了看报纸。每天早晨起来第一件事，就是去看昨天晚上邮递员送来的报纸，虽说有几年私塾底子，但开始时他根本看不懂报纸上那些长篇大论，只会看上面那些用黑体字印出来的醒目标题。不过看着看着他也就慢慢看出点名堂来了。报纸上那些大字标题，正好十分适合用来向村民们做政治报告，比如《新婚姻法》颁布，他就会大声地对村民说："废除包办婚姻，提倡婚姻自主。"就凭这样一些简洁短小、朗朗上口，有时还十分吓人的标语口号，他竟然被公认为全公社水平最高的大队党支部书记。

那些年无论走进奎星桥村，还是到后来的农场移民大队，都能看到一个矮壮结实的汉子披一件中山装，在粗声大嗓地给村民们做报告："同志们，咱们国家的形势现在太好了，不是小好而是大好。你看看人家同志加兄弟的某国，都快把美帝国主义打趴下了。还有那个欧洲的社会主义明灯，就是出那个什么骆驼牌香烟的国家，叫个什么阿……尔巴尼亚，别看那香烟的味道不咋地，一股子臭味，可人家的斗争精神真不小，把美帝国主义都快给整趴下了……"

因此当村里大多数人都还在这严酷打击下默默垂泪的时候，小惠爸爸早就将自个家庭的一切精明细致地算计好了。他本人不可能再回到那片黄土丘陵上的国营农场去，因为这次鼓动大家重新安置，他已经把农场领导给得罪了，回到那儿就意味着失去职务。而一旦失去职务，他还能干什么？谁还会再认识他？他必须要在这个移民村里继续待下去，掌他的大印继续当他的书记，而且这一当，就要当到再也干不动的年纪。他能够忍受苦难，却不能让自己的子女再重复老一辈悲惨的命运，他要充分运用上面给的优惠政策，把小惠先安排回国营农场，在那儿当一名领工资的"农民"。

而他给儿子计划的，则是一条更加光明的出路。小惠弟弟马上就十六岁了，到时候他可以给儿子瞒上两岁，正儿八经地送他去部队当兵，这又是一条脱离农门大有希望的宽广道路。儿子最好有出息，能在部队里成为军官，回来后培养上几年，就可以名正言顺接他支部书记的班。

五

这些年里，老家的县委韩书记总要来大山坪村看望这群移民的乡亲，每次前来都会带上女儿韩红英，他要让女儿多看看农村农民的现实生活，以便更好地锻炼成长。大人看望大人，叹他们那些扯不尽说不完的"苦经"，孩子们也自有自己的世界，韩红英来时，都会去主动看望小尘和小惠这两个小伙伴，他们会相互仔细打量，每次都惊讶地发现，对方又出乎意料地长高了一截，长大了一些。小尘在山外的初中读书，很快长成一个修长沉稳的小伙子，结实的身板，黝黑的肤色，淳朴中露出几分书卷气，在学校的各项成绩全都名列前茅。

小惠也在长大，但不知怎的个子不见长高，却往横向里发展开了，整个人又圆又胖，圆圆脸上厚厚的嘴唇，圆葱头一般的鼻子，性格也比小时候更显沉默，整天就知道默默地干活。作为大女儿，她已经替母亲挑起了全家日常生活的重担。每天太阳一出山，就看见她忙碌的身影在村里风一般流转，直到晚上月亮升起，月光下仍能见到她埋头劳作的影子。

与他们两人相比，身为县委领导的子女就太幸运了，韩红英小小年纪就成长为一个亭亭玉立的美人。每次见到她，小尘和小惠就会自觉地退到一边，尽管韩红英像她的父亲那样不计贫富，乐于助人，而且也喜欢和这些移民子弟打交道，但小尘和小惠仍然对她退避三舍。在他们看来，这个扎着两个蝴蝶结的美丽女孩显然和自己不是一路人，她的热情很大程度上只是怜悯，只是同情，可是他们并不需要这种装出来的怜悯。

小惠的户口很快迁回国营农场，成为一名正式农场职工。不过人算不如天算，就在小惠爸爸把子女们的前程全都算计得清清楚楚，就等着秋后开镰收割的时候，一个不幸的消息突然霹雳一般炸响：小惠弟弟在学校体检中查出了血吸虫病，几年之内不可能通过体检，去当兵了。这个噩耗彻底把小惠爸爸给打晕了，男孩是他的独生子，按照算计，一年以后他就能穿上军装，可如今却患了血吸虫病，他还怎么再去实现下一步的计划呢？

浓浓的颓丧开始笼罩这个向来志得意满的全村"第一家庭"，支书脸上那几天总是罩着一层浓密的阴云。村里的高音喇叭那几天也跟着哑巴,听不见往日那个志得意满的大嗓门用方言喊叫,传达那些《人民日报》上的长篇社论了。那些天支书甚至都懒得起床,只是躺在被窝里一支接一支抽烟,把自己包裹在一团浓浓的烟雾之中。那天他照例又在云里雾里地发愁,可是突然有人推开窗户,支书一抬头,眼睛不由突然间亮起来。因为他听见了小惠说的话:"爸爸,弟弟明摆着已经不能当兵了,你能不能把这个名额让给小尘,他身体可棒了,一定能够通过征兵体检的。"

当女儿第三次说这番话的时候,支书抬头,第一眼看到的,却是女儿那双似乎从来没有这么明亮过的眼睛,还有脸颊上那两块从没见过的红晕。他的心怦然一跳,连忙转头细细打量局促地站在一边的小尘,这才不无惊奇地发现,原来就在大人们担惊受怕、艰辛漂泊的日子里,这些原本他没有关注的孩子却已经在不知不觉间长大了。看看这个男孩明显拔高的身板,那喉咙间不时滚动的喉结,再看看女儿已经凸起了的胸脯,他觉得这些天里一直暗淡无比的屋里,顿时明亮了许多。

当天晚上小惠爸爸第一次破例来到小尘家,看到支部书记意外光临,小尘爸爸不由惊呆了,记忆里支书到他家只有一次,还是站在门槛上通知一笔罚款的事。他怔了半天才慌忙招呼支书坐下,可偏偏忘了堂屋里连一条板凳也没有。

还是支书老练,就像进了自家门一样地从容,自己从墙角里找出条板凳坐下,然后热情地招呼主人说:"坐呀,快坐下,别站在那儿呀。"

支书说完,从随身的挎包里取出两瓶东西,放在那张唯一的八仙桌上。小尘爸爸扫了一眼,心头又不由一惊,原来那是两瓶包装精致的"四特酒"。哇,四特!这可是他慕名已久,平时连看也不敢多看的好酒呀。前几年公社供销社柜台上曾经出现过几瓶,积满灰尘也没人买得起,听说就连周恩来总理喝了这酒,都夸奖说不亚于茅台呢。支书带着这么贵重的酒到自己家,我的天,是出了什么事吗?

支书开始说话的时候,仍然像往常做报告一样正儿八经:"老哥呀,现在咱们国家的形势可是一片大好,这不,苏修在东北的珍宝岛闹事,刚刚让咱们解放军给打了个鸡飞狗跳……"不过他很快发现眼前听众只有一个人,言语立马变得柔和亲切起来:"老哥哥,你看,孩子们都大了,咱们这些当爹的,该为他们将来好好考虑一下了。"

支书说着，目光在屋里转一圈，停留在堂房正中墙上那几排小尘的"三好学生"奖状上，看了良久才点点头说："小尘这孩子不错，上进，该去当兵，就今年。"

"当兵？那敢情好，可这样的好事，能轮到咱家？"

支书拍拍胸脯，高声问他说："老哥，在这大山坪移民村，我要是说行，莫非还有谁敢说个'不'字？"

小尘爸爸不安地搓了搓手："要是能去当兵，那小尘这孩子可就烧高香了。"

"不过呀，咱得先把孩子们的亲事给定下来。"听支书口气，就好像这事早已敲定过一样，"我家小惠虽然年纪不大，可这几年不断有人上门来给她提亲，前几天公社人武部张部长，还特地找媒人来为他的二儿子说亲。可我想想，到底还是自己的老乡靠谱。再说了，小惠和小尘从小一块长大，我早就看好他们了。要我说，这事别再拖了，就这么定了吧。"

支书说完，伸手在那张八仙桌上拍了一下，说："宜早不宜迟，我看三天以后，咱们就摆几桌定亲酒席。你们家条件不好，别拿太多见面礼，意思意思就行。等今年冬天征兵开始，马上让小尘去报名。"他说完站起身来往外走，走到门口又亲热地补上一句："老哥，从今往后咱们就是一家人了，这大山坪村要是有人敢欺负你，你告诉我，看我怎么收拾他！"

小尘父亲惶恐地看着支书的身影消失在巷口，这才想起自己还没有说一句同意或者不同意的话，更没有征询过小尘的意见呢。不过他觉得这些都不重要，最重要的是，村支书竟然要和自己结为儿女亲家，这么一桩打着灯笼也难找的好事，还用得着征询儿子的意见吗？

第二天一早村子里的高音喇叭又响起来，而且声音比平时还要洪亮好几分。等晚上小尘从学校回到家里，父亲和他把事情说了。出乎意料，儿子竟然跳起来说："我还没同意呢，谁让你答应他的？"

父亲像看一个什么怪物似的望着儿子，说："这样的好事，答应还来不及呢，你还要考虑，考虑什么？"

小尘没有听见父亲回答，眼前走马灯似的先闪过小惠那张扁平的脸，然后是燕子苍白俊俏的脸，最后浮上他脑际的，竟然是韩红英那张俏丽白皙的脸庞，于是他的喉咙便雷一般炸响了："不，我不同意！"

"你不同意,小子啊,忘了支书说的,只要定下这门亲事,今年年底你就可以当兵去。"

正气冲冲出门去的小尘一下子停住脚步,转过身来问道:"当兵,今年底?"

"是,小惠爸爸说的。"

…………

要去参加征兵体检的前两天,小尘的行踪有点奇怪,老是偷偷摸摸的。那天晚上校医务室的窗子被人砸了,不过什么也没少,单单就少了一包降压药。第二天小尘带着这包降压药走进征兵体检点,趁着没人注意,悄悄把它吞了下去,过一会儿为他检测血压的医生皱起眉头,有些奇怪地说:"小伙子,你的血压怎么那么低?差点儿就过不了关呢。"

体检结果出来的时候,小尘已经被折腾得险些要趴下了。虽然检测结果除了血压稍低一点,其他各项指标全部合格,但一阵阵虚脱感仍然紧紧抓住了他,等回到家便一头栽倒在床上,睡了两三天才恢复正常。

几天以后的订婚酒宴上,小尘始终一言不发,只是一个人默默地喝酒,到最后还吐了一地。就在大家都以为他喝醉了的时候,他却突然口齿清楚地提出一个要求,当兵以后他要改个名字,不再叫"小尘",他要改换正式的大名——"赵程"。

"赵程,哪个程?"端着酒杯的小惠爸爸问道,"前程远大的那个'程'?好,好!不愧是我女婿,有志气,有志气!前程,前程,咱就要前程!"

赵程的嘴角微微抽动了一下,其实他心底的那个"程"并不是什么"前程",而是"路程"的"程",他抬起一双略微有些醉意的眼睛,执拗地向屋外望去,眼前长长铺展着的,似乎只有一条风沙满眼的漫漫征程,或许,那就是他一生命运的写照,是吗?

第二篇
险些当了"陈世美"

一

对于 20 世纪六七十年代的少男少女来说，能够穿上一身"65 式"军装，"一颗红星头上戴，革命红旗挂两边"，就是他们最美的憧憬与梦想，当然也是人生最好的出路与选择。不过梦毕竟是梦，能够美梦成真，真正实现这美好理想的，毫无疑问，都是那个时代拥有"狗屎运"的少数幸运儿。

韩红英就是这些"狗屎运"中尤为幸运的一个，年满十八周岁那年，部队来县里征兵的带队首长不是别人，恰恰是父亲当年的一个老战友。于是韩红英便顺理成章，成为全县第一个应征入伍的女兵，胸前佩着大红花，在一片敲锣打鼓声中来到了南海前哨的某个军营，三个月的新兵训练结束后，她因为嗓音甜美，又被优先分配到军通信总站当了名话务兵。

当最初的紧张与新鲜感悄悄过去，韩红英就觉得这话务兵的生活有些单调了，每天都是几乎一模一样的"三点成一线"，营房、机房，然后是伙房。白天机房里紧张忙碌时还觉察不出来，可一到晚上单独值班，日子立刻就显得那么寂寞无聊。偌大个值班室只有几个女兵零零星星散乱地分布着，眼前全是一排排板着冷漠面孔的铁疙瘩机器，上面一个个闪亮的红绿灯神秘无言跳动着，仿佛是有无数双好奇的小眼睛在窥视着她们。这样的日子过得久了,韩红英总想要找个什么方式,来打发这日渐冗长的寂寞无聊。渐渐地,她对自己话筒的那一端产生了浓厚兴趣。对呀,这长长电话线连接着的,不正是无数个单位和连队吗?那儿不正好也有无数个像自己一样澎湃着青春热血的少男少女,正在急切寻找着打发寂寞无聊的方式吗?对了,话筒的那一端是个什么样的人呢?男的还是女的?高的还是矮的?瘦的还是胖的?最要紧的是,他人……长得好看吗?

整天这么想着想着,韩红英的好奇心便变得越来越浓厚,心里边痒痒的,总想去和电话那一头的同行聊一会儿天,虽说这违反纪律,可是她不在乎。再说啦,这又不是她一个人,哪个老话务员值班寂寞的时候,不去偷偷煲一回"电话粥"呢。于是一天晚上夜深人静时,她终于试探着揿下了开关。

"你好,我是1号站16号值机员。"

"你好,我是5号站9号值机员。"

聊了几句以后,韩红英便很快关闭了通话开关,因为电话那头的声音听上去又尖又细,还特别娇柔无力,分明是一个比自己还嫩的小女兵,而且肯定还是个花骨朵般柔弱,遇到点屁大的小事也要大惊小怪的小女生。和这样的女兵聊天,太婆婆妈妈没意思了。过一会儿,她又忍不住拨通了下一个开关:"你好,我是1号站16号值机员。"

"你好,你好!我是5师通信站的,你是军部总站吗?"又是短短几分钟,然后韩红英又立马关上了开关,这回对方虽是个男的,可是那声音太急切,太仓促,一听就是个毛手毛脚、乳臭未干的小伙子,和这样的小毛孩子有什么可谈的?在摇头晃脑好不容易又熬过一小时以后,韩红英还是咬咬牙拨通了今晚第三个电话。

"你好,我是3号站9号值机员,你是……"耳机里,突然有一个低沉浑厚的男中音跳了出来。

"你好,我是1号站16号值机员。"说了没几句话,韩红英便觉得自己的心脏突然开始敏感地跳快起来,这不仅是因为漫长的黑夜不再寂寞,还因为这个男中音里不知怎的,好像带有一种让她十分熟稔的成分,她敏感地觉察到,在对方那已经算十分标准的普通话里,隐约夹带有自己家乡所在县域的特殊音韵,虽然那么依稀寡淡,可乡音就是乡音,就像是家乡菜肴中那种从小就在口舌上萦绕的滋味一样,即使只剩下寡淡的一小点,也依然会让你舌头一转就立刻品尝出来。于是那以后有事没事,韩红英总爱找机会和这个 3 号站 9 号值机员说上几句话。她还经常利用监听的机会,悄悄倾听这个男中音和别的话务兵对话。虽然按规定,值机员可以监听正常通话,但时间不得超过三秒。不过这个纸面上的规定,并没有几个话务兵认真执行。在半夜偷听别人的对话,是那时话务兵们的家常便饭。他们经常会因此而偷听到许多有趣的内容,有时甚至是一些不宜公开的隐私与机密,而这已经成为话务兵们的特权与乐趣,是他们借以打发无聊值勤时间的最有效方式。

十几天之后,对方那浑厚的声音已经渐渐把韩红英的耳膜碰撞出茧子来了,与此同时,她的好奇心也在随之不断加重,闲下来的时候经常会不由自主地寻思:对方到底是个什么样的人? 这声音里,怎么会有一种让她似曾相识的奇妙感觉呢? 于是这天晚上趁着值机,韩红英又把信号切到那个 3 号站的 9 号机位:"你好,我是 1 号站 16 号值机员。"

"你好,我是 9 号。请问你要哪里?"

"9 号,我能问你一个私人问题吗?"

按照规定,韩红英此刻已经违反了通话纪律,9 号在这个时候应该立即关闭这路信号,不过对方显然也对电话这一头的异性产生了浓厚兴趣,更何况还是这么长时间一直在悄悄通话的女兵,于是他大胆地回答:"行啊,你问吧。"

"你的老家,一定是浙江省青溪县吧?"

对方惊讶地停顿了一会儿,然后回答:"你怎么知道?"

"听你的口音。"

"哟,我乡音很重吗?"

"不重,但是我能听出来。怎么,你真是青溪人吗?"

对方没有马上回答,停顿了好一会儿,才说:"不! 我不是青溪人,我甚至都不能算是浙江人。"

"那你是哪儿的?"

"江西省柳溪县。"

韩红英一下子愣住,不过她立刻"扑哧"一声在电话里笑出声来了:"你别和我开玩笑了,你这口音不折不扣,分明就是土生土长的青溪人,别想躲过我的耳朵。"

对方也不由"扑哧"一声笑出来，说："哈哈，你还真弄错了，千真万确，我就是个江西柳溪的兵。"

"那，你说几句柳溪话我听听。"

这回轮到对方沉默了，好一会儿才含含糊糊说了几句，惹得韩红英得意地大笑起来说："哈哈，怎么样？瞒不过我耳朵吧，你就别伪装了，你呀，地地道道就是我们青溪老乡。"

对方又沉默一会儿，才开口说："我说的是真的，我还就是个江西兵。不过你说我是青溪人也对，你耳朵真灵，我其实……是千安江水库的移民。"

韩红英的心突然"嘣"的一声剧烈地跳动起来，不知不觉就有一句话脱口而出："江西柳溪，水库移民？对了，我去过你们那儿的大山坪移民村，我在那儿，还认识两个人呢。"

"大山坪村，谁？"这回轮到对方奇怪了，语气里满满地全是无可置疑的惊讶。

"是个小名叫作小尘的男孩，还有一个名叫……对，叫作小惠的女孩，不知他们现在怎样了？"

很长很长时间，电话线那头传来的只有电波单调的"嘶嘶"声，韩红英怎么也听不见对方回答，一个念头突然间浮现在韩红英脑际：电话的那一头，不会就是那个童年时认识的男孩小尘吧？天呐，世界这么广阔，人像蚂蚁一样那么渺小众多，不会真有这么凑巧的事吧？想着想着，她的声音也不由有些颤抖起来："咦，你怎么不说话呀？"

对方的声音终于传过来了，听上去好像也有些颤抖，他说："巧了，还真巧了，我们村确实真有这两个人，认识，我都认识，他们现在都很好。"

"我想，那个小尘，也一定出来当兵了吧？"

"当兵？你以为那么容易？"对方的语气不知怎的，突然多出了几丝怨气，"不用我猜，你呀，家里肯定是个高干，平时就是个小公主，所以说起当兵的事，就像吹灰那样容易。你可知道我们这些农家孩子，要想外出当兵有多么困难吗？"

"怎么，莫非你就是那个小尘？"韩红英屏住呼吸问道。

"不，不是。"对方很快回答。

"那，你知道小尘现在在干什么吗？"

对方又沉默了,好久好久,还是韩红英先打破沉寂问道:"咱们见个面好吗?"

对方的回答这回挺干脆:"好啊,下个星期咱们不就见面了吗?"

"怎么?"

"你不知道? 下个星期通信总站不是要举行全站会操嘛,到时候全集中在一个操场上,咱们不就见面了吗?"

听他这一说,韩红英也突然想起,对了,下星期二是军通信总站全体官兵第一次会操的日子。所有的男兵女兵那一天都要集中在一个操场上操练,这个9号肯定就在那个阵营里,可到时候,自己能够认出他来吗? 而他,真的会是当年的那个小移民吗?

日思夜盼之中,韩红英迎来了军通信总站队列会操的日子。这天一大早,来自三个区队的官兵便整齐划一地集结在军部大操场,面对面排列成一个"品"字队形。初春温暖的阳光毫不吝啬地挥洒热量,热忱地拥抱着眼前一片片亮闪闪的新绿。那一张张充满青春气息的脸庞,一个个小白杨一般挺拔的身躯,参加校阅的少男少女们全都昂首挺胸,努力要把自己英姿焕发、生气勃勃的一面,展现给前来阅兵的军部首长。

事关荣誉,三个区队事先都做了充分准备,集体操练项目完成后,还特别用心地挑出几个队列训练中的尖子,来代表本区队做示范表演。第一个念到名字的,是一区队的赵程。只听随着一声嘹亮的"到"字,一个中等个头的英武小伙以严整的军容走出队列,按照条令规定开始进行标准的正步操练。只见他用力把手臂挥动到胸前第二个纽扣的高度,左脚向正前方踢出约七十五厘米,着地后身体重心迅速前移,然后有力地挥动左臂迈出右脚,以每分钟一百一十至一百一十六的步速不疾不徐行进。"啪、啪、啪",有力的脚步声着力拍打着大地,也敲击着周围每一颗年轻的心房。

韩红英在队列里紧盯着小伙子那张似乎有几分熟悉,却显得陌生的脸庞。他会是那个9号吗? 更重要的是,他就是当年那个小尘吗?

看着看着,女兵队伍里有些人按捺不住了:"哇,好帅呀,这小伙!"有人发出了一声轻微得几乎听不见的赞叹。

"这也叫帅? 别逗了,你还是看看对面第三排左起那第三个兵吧,那才真称得上帅呢。"

一双双少女的眼睛立刻像被磁石吸引的钢珠一样，"滴溜溜"全都掉转了方向，韩红英也好奇地顺着她说的方向望去，果然在那绿色丛林般的行列里，看见了一个鹤立鸡群般的秀气小伙。

"看到了吧，就是他，名叫汪泉山，不但帅，还是个高干子弟呢。父亲是广东省一个领导，官可不小。"

"高干子弟?"又一个女兵轻声插嘴了，"真正的高干子弟在那边，你们看第一排右起的第八个。"

于是女兵们的视野里，又出现了第一排第八个小伙的身影，不过一看之下，大伙都感觉有些失望，这个兵看上去又黑又瘦，个子也不高，肤色黝黑粗糙，和刚才那个兵比较，相貌相差太远了。

"不会吧?"一个白白胖胖的小女兵撇撇嘴角笑起来，说，"这样的人还会是高干子弟? 那样子，活脱脱就是个刚从山沟沟里出来的老农民。"

刚才那个女兵不服气，嘴里"哼"一声说："嘿，你呀，有眼不识金镶玉，告诉你，闪光的可不全是金子，那不露声色的，才往往是宝贝哩。他可是个货真价实的高干子弟，父亲是……"

"不准说话!"女兵排的排长突然转过头来，一双愤怒的眼睛瞪着，嘴里呵斥说："谁再敢乱嚼舌头，我回头就把她发配到最远最远的海岛上去，让她这辈子别再想看到男人!"

几个说悄悄话的女兵都吓得住了嘴，没人再敢吱声。不过站得笔挺的韩红英心里却仍在一个劲嘀咕："看样子自己这回来当兵，可是当对了，太对了。瞧瞧，这个世界上的好小伙子，不全都跑到军营里来了吗?"她这么想着，心里边顿时涌上来一股说不清道不明的爽快，暗暗为自己做出的抉择感到庆幸。

韩红英之所以不顾一切要来当兵，其实内心深处，还有一种无法对人言说的秘密心结：她和那个年代几乎所有的妙龄女子一样，都想到军队里来寻找自己的另一半。那是个崇尚英雄的时代，军人对于女性，几乎具有一种无法抵挡的特殊魅力，这其中除了那套几乎风靡整个中国的绿色军装之外，还因为军营里集了太多英姿勃勃，即便在男人当中也属于"最男人"的卓越儿郎。他们身上几乎汇集了韩红英这样的女孩心中，世上男人所应该拥有的所有优良品质,譬如英勇、忠诚、严谨、刻苦,尤其是高度的责任感和献身精神……

或许因为父母都是军人出身,韩红英从小就觉得自己将来的另一半不在别处,一定就在这片充满阳刚之气,漂浮着红帽徽、红领章的绿色海洋中。她心目中从小仰慕的男神,绝不是那种奶声奶气的白面小生,更不是一个充满市侩气的小市民,而是一个浑身上下英武倜傥,能够在你死我活的战场上叱咤风云的盖世英豪。这样的潇洒男儿除了在部队,还能再去哪儿寻找呢?韩红英历来瞧不起那些文质彬彬书生模样的小白脸,这样的人身材再高大,五官再漂亮,家庭出身再高贵,她也会毫不客气地一脚把他踹到路边的水沟里去。

这样的男孩倒还真有一个,就是县里人武部部长的公子刘猛。小伙子名字里有个"猛",外表却一点儿也不见猛,反而还有些"娘"。一张小脸蛋唇红齿白,一开口满嘴字正腔圆的京腔,腮边总是挂着略带羞怯的笑容。韩红英和他在县里的宣传队里是搭档,韩红英唱歌,刘猛拉手风琴伴奏,有时也会在一起表演男女声二重唱,什么《毛主席呀派人来》《逛新城》之类的红歌。两人往舞台上一站,那股子般配劲呀,用古代语言说是"郎才女貌,天生一对",用现在粗鲁的语言形容,则叫作"管子配龙头,再合适不过"。许多人都看好这对少男少女的将来,不但当众拿他们开玩笑,就连韩红英心底一开始都有些默认。可是在一次突发事件之后,她的这种认识就来了个一百八十度的彻底转变。

那次宣传队去慰问同一派的武斗战友,中途在一条山沟里遭到对方的伏击。那时候武斗还没有发展到热兵器时代,双方用的还都是些大刀长矛之类的冷兵器,只见一排雪亮的长矛闪着冷冷的光焰,突然对着他们的胸膛紧逼过来,生死存亡之际,只见刘猛腿一软,竟然向对方跪下求饶了。还是韩红英一股子血性瞬间爆发,就像当年战场上当过战斗英雄的父亲一样不管不顾,她摔掉头上的军帽,披散着一头乌黑的长发,从身边的战友手中夺过一把大刀,就向对方猛扑过去,硬是把那一排雪亮的长矛给逼退了好几丈……从那以后,韩红英就再也不拿正眼去瞄一下白面书生刘猛了。

那天晚上值机的时候,韩红英又摇通了9号的线路,直截了当地说:"哎,咱们见个面好吗?"

"见面?"对方问,"有这个必要吗?"

"有必要,我想和你认识一下。"

"行啊。"对方爽快地答应,"可是,在哪儿见面呢?"

"这个星期天,西翠湖边游船码头上。"

"可是咱们俩互不认识,怎么认出你来呢?"

韩红英沉吟了一会儿,说:"咱们做个约定,带一样什么东西作为接头标志,不就认出来了吗?"

"嗯,那带什么呢?"对方又反问道。

"我要你带一样东西?"电话里韩红英略带神秘地说。

"什么东西?"

"一包米糠。"

"米糠?"对方惊讶地反问了一句,然后立刻沉默下来,没有再接着追问下去。于是韩红英心里便如同洒满阳光一样立刻透明瓦亮了,不错,这就是那个名叫小尘的移民孩子,而他也一定明白自己是谁了。

一时间,当年那座大山里荒芜破败的村庄,那个小小的倔强身影……全都栩栩如生地浮现在韩红英眼前。

周末的游船码头十分热闹,不过不远处的几棵大树下仍然比较冷清。韩红英一早就站在那儿,九点钟的时候她果然看见了迎面走来的那名士兵,他中等个头,身材不胖也不瘦,方正的脸膛上,那双总是微微眯缝着的小眼睛炯炯有神。不过目光里不知怎的,总是似有似无地流露出几丝淡淡的忧郁,这果真就是会操那天走正步的那个小伙子。四目相对一会儿,小伙子默默无言地摊开手掌,只见掌心里有一个白色纸包,韩红英打开一看,里面大约有二两的米糠,和当年在韩书记办公室里看到的完全一样。

"你,果然是你。"韩红英感慨地摇了摇头,不由笑出声来。

"是我。"小伙子也摇摇头,若有所思地说,"这个世界真是太小了,绕了那么大一个圈子,我们还是在军营里遇上了。"

两人找个地方坐下,又相互默默对视了好一会儿,奇怪,虽然已经多年没有见面,而且当年也并没有相处过多少时间,但现在面对着面,相互之间却并没有什么陌生的感觉,相反,他们心头都仿佛有一种十分熟悉的感觉,好像和对方并没有分开多少时间,而是刚刚在家乡某个街头告别,几天后在天涯海角偶一抬头,眼前又出现了那张熟悉的面孔。他们很快用家乡方言交谈起来,互相把分手后的遭遇细细交流了一遍,特别谈起各自如何当的兵,以及在军营里遇到的那些趣闻轶事。谈了不多久,他们便开始用对方的小名彼此称呼,目光也不时热烈地碰撞在一起,然后又下意识地分开,不过紧接着就会是更加长久的对视。

这样的时间自然过得特别快,不知不觉已经到了回营报到的时候,临分手时韩红英问赵程:"怎么样?你觉得话务员这位置有意思吗?"

"没多大意思,我还是想下连队,去当一个正儿八经的战斗兵。"赵程摇摇头说。

韩红英说:"对呀,你小时候不是打过狼吗?我觉得你浑身是胆,完全应该去当个侦察兵。"

赵程叹一口气,摇摇头说:"我何尝不想,可哪有这样的机会呢?"

韩红英兴奋了,她说:"眼前就有这样一个机会,我给你透露个好消息吧,为适应实战需要,军部决定在侦察教导队新组建一个侦察通信排,战时充实到前线去担任通信联络任务,人员将从底下各个通信站里选拔。"

"哇,那太好了,我回去一定努力争取。"

"对,你一定要好好争取,我觉得,那才是你能够施展身手的地方。"

赵程也用欣赏的目光望了韩红英一会儿,说一句:"红英,我觉得你也不应该当这个什么话务员,你完全可以去当一名文艺兵,去唱歌跳舞,我记得,你以前唱歌唱得可好听了。"

韩红英叫起来说:"不不,我才不要当那个什么文艺兵呢,我也想和你一起,去当个女侦察兵。"

这回轮到赵程笑了,他说:"这怎么可能呢?"

"你别说,还真有可能,我打听过了,这次侦察教导队要组成一个女兵班,我想去争取一下。"

"好啊。"赵程说,"咱们都努力一把,过几天争取去那儿碰头。"

"好,咱们就一言为定。"

"一言为定。"两人说完,伸出手来彼此轻轻对拍了一下,随着掌心那轻轻的触感,心底都不由泛起一股异样的甜蜜。

韩红英说的还真是实话,凭嗓音与外形条件,她完全可以在部队文工团当一名优秀的文艺兵。不过生性大大咧咧的她一向很不喜欢文艺团体的氛围,总感觉那儿的脂粉气太重,不是她原来想象中的铁血军营,倒和她原来待过的红卫兵宣传队有几分相似,在那儿待久了会浑身上下不舒服,没多大意思。尽管她一再遮掩,但她的歌唱才能还是很快被部队首长发现了。那是在一次通信总站举办的联欢会上,她登台唱了一支歌,上台容易,下台却难了,战友们热烈的掌声差点把会场屋顶都给掀翻,非逼着她唱完一首再唱一首。唱到第三首歌的时候,前来参加联欢会的政治部主任一拍巴掌,当场决定说:"这小鬼,歌唱得硬是不错嘛!军部文工团正需要这样的人才,明天就让她去报到。"

韩红英一听不乐意了,无论大家怎么鼓掌,也不愿再登台。第二天文工团团长根据主任指令赶来,点名要她去文工团报到,韩红英怎么也不肯。在这僵持的关头,机会来了,军部首长想选拔精兵强将,在新成立的侦察教导队里设一个女子侦察班。韩红英立刻找到父亲那位老战友,坚决要求不去文工团,而改行去当一名女侦察兵,那位首长一听也来了兴趣,说:"好啊,不过你说说,为啥子放着唱歌跳舞不去,偏要当一名女侦察员呢?"

"首长你忘了,当年我母亲不就是游击队里有名的女侦察员,她还立过功呢。"韩红英调皮地说。

首长一听哈哈笑起来:"是啊是啊,我还差点给忘了呢,行,行,你明天就去侦察教导队报到吧。"

一

有句俗话说得好,"条条大路通罗马"。韩红英去侦察教导队报到那天,发现不仅赵程如约来到队里,她平日里关注的那几个小伙子也一个不剩,全都在这个队里会合了。在报到地点她第一个看见的,就是汪泉山那挺拔的身姿,然后是高干子弟曹征那张黑黑瘦瘦、冷峻严厉的狭长脸。找了好一会儿,才看见赵程也在后排呆呆地站着,她惊喜地上前,一把拉起赵程的手说:

"嘿,你还真来了,这下子咱们可真要在一个锅里吃饭,成为地道的战友啦。"

可是赵程脸上却不见丝毫喜色,不知怎的,还有几分尴尬的神情,等到四下没人,他才悄悄告诉韩红英说:"我这次来侦察教导队可说是阴差阳错,出尽了洋相。"

"阴差阳错?怎么回事?"韩红英奇怪了。

"嘿,马尾提豆腐,快别提了吧。"赵程不肯说。韩红英催促了好几次,他才吞吞吐吐,说出了事情原委,原来这次去通信站选拔新成员的,是侦察教导队的苏副队长,这是个很有意思的人,年龄不小,三十多岁,精力却比小伙子还旺盛。小小的个子在偌大军营里窜来窜去,到处都能看到他的身影。刚才你还看到他在东院里指手画脚地嚷嚷,一转眼的工夫,就已经在后院参谋长家的菜地里忙活开了。有人说他就像风,没有他钻不进去的地方。

侦察兵在军队里,一向是个充满传奇与诱惑力的兵种,而教导队更是个培养骨干,甚至是未来排长、连长人选的地方。能去那儿培训,无疑能为自己未来的军旅生涯开辟一条宽广的通途。因此被选拔单位的士兵一个个都挺直腰杆,努力要把自己最精神的一面,展示给前来选拔的领导们。

小个子苏副队长从队列前挨个走过,目光随意扫视着那些正如同葵花向阳那样,眼巴巴仰望着他的年轻脸庞。他在赵程面前停了下来,上下打量一下这个面容白皙的小伙子,问道:"小伙子,姓什么?"

"报告首长,我姓赵。"

"哦,姓曹,好啊,名字呢?"

"赵程。"

"曹征,哦,好,好,这个名字好,大江大河,万里长征,革命事业接班人嘛!这个名字真起得好。看来你一定是军区曹副司令的儿子吧?他老人家可好?"

赵程一怔,正想张嘴说话,苏副队长热情的话语已经像冲破堤岸的滚滚洪水那样倾泻而下,弄得他压根无法开口了:"你爸爸曹副司令,那可是咱们军的老军长啊,当年带着咱们部队从白山黑水的东北一直打到广东,立下了多少赫赫战功。我虽然没在他老人家手下直接工作过,但他的事迹却如雷贯耳,听得太多了。上次他来咱们部队视察,我没赶上接待,太可惜了。听说那回招待所王所长眼拙,还闹了个大笑话。他看首长个子不大,旁边一块陪同来视察的司令部徐处长倒又高又胖，就以貌取人，把徐处长当成你爸爸，带进了专门准备好的套间，反倒让你爸爸去住两个人的标准间。这以貌取人的教训可是深刻，哈哈，实在是太深刻了。"

站在身后第二排的曹征这时不安地晃晃身子，赵程则满脸都是尴尬的神情。因为赵程和曹征这两个名字，闹笑话已经不是第一次了。还是在新兵连第一次点名时，那个满口四川腔的新兵连连长上台点名，喊出的第一个名字就是"赵程"，话音刚落，队列中就有两个新兵同时答到。连长愣了一会儿，拿起名单仔细看看，又看了看眼前两个兵，好一会儿才反应过来说："我喊的是赵程，赵子龙的赵，程咬金的程，不是曹操的曹，长征的征，都听好，以后别弄错了。"他说完，拿腔拿调地又叫了一声"赵程"，谁知听上去仍然"赵""曹"不分，两个新兵又不由异口同声地答"到"，弄得全连炸窝一般哄堂大笑，最后还是换了北方籍的指导员上台，才把问题给解决了。

眼下苏副队长意犹未尽，摇摇头又抓住这名字开始长篇大论了："曹征，曹征，你听听，首长给取的这名字多好啊，思路多么长远，胸襟多么开阔，一听就是地道的革命后代。有些人不同，连给小孩取个名字都取不好，小里小气的，满脑袋高粱花子，土啊，土得都要掉渣了。也难怪这些人，一辈子都没走出过高粱地，眼前看见些什么，儿女就随便乱叫个什么。地里长玉米，儿子就叫苞米，地里长白菜，女儿就叫菜花。"

他说完，抬头望望高出一截的赵程说："你到侦察教导队的事定了，陈副站长，把他的名字写上，到时候人送不上来，我可要拿你是问哟。小曹，咱们教导队再见。"

苏副队长转身昂着头扬长而去，身后的陈副站长却偷偷地抿嘴乐了，他打心眼里喜欢赵程这个好兵，如今看他阴差阳错上了苏副队长首选的名单，心里边高兴坏了。

今天到教导队报到，隔着老远，赵程就看见了门口小个子的苏副队长，立刻给他行了一个恭恭敬敬的军礼，这么多天来，他始终打心底里感激这位首先把他选进教导队的首长。他看见苏副队长伸着手向他走来，便赶快上前伸出两手想要握紧他的手，可苏副队长却像没看见他一样，从他身边径直走了过去，一把握住他身后曹征的手，嘴里十分热情地说："小曹，小曹，曹征是吧？我早就听说你了，是个表现非常好的优秀苗子，很有培养前途啊。哈哈，请问曹副司令他老人家好吗？"

等到和曹征寒暄够了，苏副队长才转身，出乎意料地给了赵程一个冷冰冰的面孔，说出的话语更是冷冰冰地直扎心底："你是小赵赵程吧？年纪轻轻，为人最要紧的是诚实，可不能投机取巧、耍奸弄刁，更不能随意欺骗领导呀！骗得过一时，你却骗不了一世，早晚要露馅的，懂吗？"说完这句话，他看见赵程似乎要开口辩解，便又板起脸来说："别以为你长着一张小白脸，就有了什么资格。告诉你，只要有半点差错，我马上就会把你退回通信站去。"

这天的新兵见面会上，苏副队长的训话依然句句精彩，他说："看看你们每个人的名字，就可以八九不离十地猜测出这个人的素质和能力来。曹征，你们听听，这名字多好，多谦虚，多朴素，从名字里，就可以看出老一辈无产阶级革命家的一片雄心壮志和伟大气魄。我们首长给自己家小孩取名字就是有水平。可透过有些人的名字，我们看到的是什么？比如说什么'程'，自以为大江大河，征程万里，一听就让人觉得野心勃勃、自高自大，啊，至少也是不谦虚嘛。"

赵程呆呆地站在队列里，十分奇怪地望着苏副队长那张不断蠕动着的嘴，同样的一张嘴，上次说的可和这次完全不一样啊。同样是名字，怎么到了这张嘴里，就能够说出截然不同的两种话语来呢。不过他已经明白，他可不像曹征和汪泉山这些人那样，就算躺在床上，天上也会掉下馅饼来。命里注定，他赵程只能是一匹荒原上的野狼，长年累月在蛮荒的原野上四处奔波，却连一只小兔子都不一定能够顺利逮到嘴里。从呱呱坠地的那一刻起，他就注定只能是终生奔波打拼的劳碌命。为了同样的成功，他需要比别人更加努力地发奋图强，比别人多付出至少十二万分的力气。

侦察通信队集中了一批精心挑选出的男兵女兵，领导们的意图，是要把他们打造成全军的侦察尖兵，战时成为撕开敌方要害的一把尖锐匕首，所以训练任务安排得格外繁重艰苦。用汪泉山的一张巧嘴形容，训练科目被他叫作"晨曲""午歌"和"晚乐"。所谓"晨曲"就是十公里全副武装越野；"午歌"是在实战背景下快速通过蚂蚁窝、沼泽地等十多个障碍；而"晚乐"通常是指俯卧撑、杠铃举起、刺杀等"五个一百次"动作。

队员们如此搏命，是因为他们心里全都明镜一般清楚：侦察兵的训练标准没有最高,只有更高,优秀只是刚刚及格,这儿的及格线要远比一般的全训连队高出许多,五公里武装越野二十二分钟在这儿刚刚合格,步枪精度射击四十五环合格,而手榴弹投远则要四十五米才算勉强合格……

夏日南方的海滩上烈日高悬、热浪升腾,队员们整日在沙滩上摸爬滚打,顶着风浪完成冲刺跑、俯卧撑等体能训练,然后马上转入障碍场。不容休息,这些刚刚从齐腰深泥坑爬出来的士兵,又要投入"负重穿越火障"等艰险科目当中……

就连最普通的射击训练,在侦察兵这儿也都变得不再普通。他们讲究的是一招制敌,必须做到"头靶打眉心,胸靶打心窝"。为了练"稳",赵程和曹征他们在枪口上挂上砖头,一直练到举枪两小时纹丝不动。为了练"准",他们在射击时专门让战友在身旁突然引爆炸点或者放出烟雾,随时锻炼自己的心理素质和环境适应能力。

此外队里还组织了特种射击、野外生存、深海潜水、水下爆破等多种军事科目训练,全都有意识地选在恶劣天气和复杂地形下进行。其中最让官兵感到害怕的,是那种叫作"岛礁生存"的科目:身上仅仅携带一斤米、二两盐、一壶水,就要在缺少淡水的近海某荒岛上整整生存两天。每天连贯完成侦察渗透、特种战术等十多个科目训练。有时实在饿得不行了,也找不到任何额外的伙食供应,为保持充沛的体力,就只能靠抓蜥蜴和海蛇充饥了。别说那味道,刚开始时士兵们连眼睛都不敢直视它们。尽管饥肠辘辘,险些饿得前胸贴着后背,但当头一次面对那条色彩暗淡、还在蠕动着的海蛇时,赵程无论如何都下不去嘴,思想激烈斗争了半天,才一咬牙把那条蛇五颜六色的表皮撕开,几乎囫囵吞枣一般把那些略带粉红色的蛇肉生生咬进嘴里,咀嚼时只觉得一阵阵臊腥难挨,胃里一阵阵翻江倒海的抗议,他也只能苍白着脸忍受着,努力不让自己吐出来。

训练艰苦的时候,一向调皮的汪泉山便开始说怪话了:"这哪是军事训练,简直是要让我们下地狱嘛。你看看摸爬滚打,不但得上天还得入地,每天不让我们脱去三层皮,教官就不会甘心让我们过关的。"

"对!"其他几个兵也嘀嘀咕咕地跟着说,"真是太紧张了,让人受不了。"

听到这些话,一向严谨的曹征就会认真地板起一张黑脸说:"你们在说什么呢?没听教官一再说吗,我们是侦察兵,可不是普通的步兵,一旦开战就要身处最危险的第一线，逢敌亮剑，孤身杀敌，那时候能拼的，就是今天练出的这一身胆气和武艺了。"

曹征这样说，却没有谁敢去反驳他，这是因为他历来言行一致，不仅这样说，还从来就身体力行地带头去做。这个将军的儿子进队以后不仅全面完成训练任务，还入迷一般地爱上了阻击战术，一天到晚端着一支20世纪50年代中国从苏联进口的老式"莫辛-纳甘"狙击步枪，纹丝不动地趴在地上勤学苦练，还常拉着赵程去给他当副手，帮他测量风速，观察地形地势，统计打靶成绩。

无论有意还是无意，如今的军营都给了韩红英一个观察男人的最好角度。从这个角度看过去，她感觉自己几乎见识了世界上所有最为优秀的男人。当然像世界上所有的花季少女一样，让韩红英心动的第一个小伙子，无疑就是那个外貌英俊的汪泉山，不仅是她，几乎所有侦察队女兵班姑娘第一个瞄上的，毫无疑问也是他。这可真是一个公认的美男子，就是把他放进一万个人当中，他也会在下一秒钟鲜活地跳跃而起，不但跳进少女们的眼帘，也会钻进她们的心底。

他是那样的英俊，举止动作又是那样潇洒，周身上下散发着一股令女性难以阻挡的魅力。那时的"65式"军装简直是全世界最为简陋的军服，可穿在他身上，却随时都能闪耀出军礼服一般靓丽的风采。无论何时何地，只要他往女兵的行列前走过，就连那些最能言善道的姑娘，也会在一刹那变得默默无语、脉脉含情。

汪泉山的名字不仅在军营里不胫而走，慢慢还传遍了部队驻地的那个小城，每天外出训练的时候，队列里第一辆侦察车的副座上，坐着的必定会是汪泉山，他穿一件翻领的夹克式作训服，高挺的鼻梁上架一副当时还不多见的墨镜，那副模样，比多少年以后才能出现的男性模特还要酷上三分。这辆侦察车很快成为小城姑娘眼中一道看不尽的亮丽风景。每天那个时候，都会有许多当地姑娘痴痴地守在路边街头，为的就只是等候这辆侦察车出现，看上一眼副座上那个架着墨镜昂着头的帅小伙子。

汪泉山对自己的魅力知晓得一清二楚，还不时会拿出来炫耀一番。部队出去办事办不下来的时候，只要对方是个女性，他就会自告奋勇地说："你们都给我到一边凉快去吧,只要我汪泉山出马露个脸,就没有办不了的事。"

开始大伙都认为他是吹牛,你又不比我们多个鼻子多双眼,我们办不了的事,你小子就能这么轻易地给办了?谁知等他一过去,那些事情还真的快刀斩乱麻一般立马就给解决了。只见那些女人冷若冰霜的脸,此刻就像见了太阳的冰块一样马上消融了,像一朵鲜花似的绽放起来。原先反复强调的那些制度和规定此刻全都成了摆设,这些老老少少的女人不仅不再以此搪塞敷衍,反而还会卖力地去帮着汪泉山出主意想办法,千方百计把那些所谓的制度规定全给推到一边。

接触时间长了,韩红英也渐渐发现了汪泉山一些明显的弱点,那些让她不怎么喜欢的东西。仗着自己见多识广,汪泉山一有空就喜欢给战友,尤其是那些农村来的士兵聊些天南海北、千奇百怪的事。他最爱说的,就是父亲因为公事曾经登上过天安门城楼。他绘声绘色地告诉大家,那城楼是多么富丽堂皇,多么气象万千,站在那上面俯瞰广场,又是怎样一幅庄严神圣的场面。看着他那滔滔不绝、口若悬河的样子,就好像站在那城楼上的不是他父亲,而是他自己。

汪泉山这人确实聪明,无论什么训练科目,他稍稍接触一下便立刻入门,不过一旦达到良好境界,他就会好高骛远,又忙不迭地学下一个动作去了。而且还不时会半途停下,得意地吹着口哨看看旁边的这个那个,然后时不时来上一句:"嘿,怎么还没学会?我都在这儿等你好几个来回了。"那得意的样子,就差直接说人家笨了。汪泉山还特别喜欢嘲笑农村来的兵,老是讲一些有关"乡下人"的笑话和丑闻。就连队里那个农村出身的教导员,汪泉山有一次也忍不住奚落说:"瞧丫那德行,一脑袋的高粱花儿,满脚的臭狗屎,一张嘴苞米茬子乱蹦!"惹得那教导员差点大发雷霆。

他这些做法惹得许多农村兵不高兴,对他群起而攻之,那个教导员也怀恨在心,几次扬言要找机会给这个目中无人的公子哥一个教训。

不过千万别据此认为汪泉山是个自大狂,这人也就是嘴巴上厉害,心其实挺善良的。一旦身边战友有什么困难,或者家里出了什么事,首先伸出援手必定是他,而且一出手还非常大方。队里有两个农村兵家里断粮,他闻讯后二话没说,立刻就从口袋里掏出当月的津贴费,一分不剩全部塞了过去,弄得那两人热泪夺眶,一时间感动得说不出话来。

性格与此完全相反的,是另一个高干子弟曹征。如果说这两人其中一个是山,那另一个必定就是海;一个是南,那另一个就是北了。曹征说话办事异常稳重认真,言谈举止全经过一番深思熟虑,简直像照着书本上印出来的那样严谨刻板,可以说无懈可击。他的外貌也不符合通常人们印象中的高干子弟模样,长得瘦瘦小小,皮肤黝黑粗糙,一眼看去不但不像城里人,还常有人把他当作一个刚在地里干活的农民。他偶然说出来的话也往往冷冰冰的,没有一点热情。不过和他接触久了,就会发现在这副貌似冷漠的外表底下,曹征其实是一个非常重情谊讲感情的人,胸腔里潜藏着一颗火山般炽热的心。只要他看准了或者答应了的事情,无论有多少困难,他都会不顾一切地去干。

时间久了,人们才知道曹征的外貌性格,其实也来自他特殊的身份与经历。他的父亲很早就参加红军,远离家乡转战西北一带。曹征早年间跟着爷爷在江西一个偏远的小山村长大,直到读初中时才被接到京城,这样特殊的家庭、身份与经历,造就了他现在有些特殊的个性。

韩红英很快还有了一个不小的发现,军队里不仅许多精英分子,还同时拥有更多嘻嘻哈哈、幽默逗趣的人物。有些人准保你见过一面,以后就再也忘不了。比如说一次学习讲用会上,韩红英就认识了这么一个十分有个性的人物。这男兵的长相说起来不值一提,个头虽然很高,整个人却松松垮垮,走路甚至有些向前佝偻着。一张黑乎乎的脸庞上两片厚厚嘴唇,一看就是个刚从田里洗脚上岸,身上烂泥还没抖干净就穿上军装的农村兵。不过正所谓"人不可貌相,海水不可斗量",这个初看老实巴交,名叫陈昌福的士兵脑子却十分活络,他口才虽然一般,但每次学习讲用会上的发言都能够不同凡响,收到别人所没有的震撼效果。比如最近一次讲用会上,他就用一个开场白吸引了全场听众的注意。那天他一上台,开口第一句话就是:"同志们,和在座各位相比,我的家庭出身不太好,属于被改造的对象。"

这话一出口,会场上就如同响了一声炸雷,所有在场的军官和士兵都不由惊呆了。要知道,那时参军入伍必须经过极其严格的政治审查,有时甚至要查遍祖宗十八代,出身成分不好的人是绝对不能进部队的。那这陈昌福又是怎么回事呢?于是大家不约而同地集中精力,聚精会神地听他往下说。

只见陈昌福满脸沉痛的表情,他说:"我的家庭出身不是贫农,也不是下中农,而是个中农,从严格的意义上说,我和你们甚至都不能算是一家人,有一首歌不是唱得好嘛,叫作'贫农下中农一条心,天南海北一家人,共产党领导我们向前进,毛主席的话儿记在心'。你们听听,贫农下中农才是一家人,咱们这中农还排不进去。这说明什么? 说明了我这样的人政治上先天不足,后天思想改造的任务非常繁重,因此我和你们相比,更需要加强政治学习,把在座的每一个人都当作老师,好好向你们请教,争取在思想上早日加入贫农、下中农的队伍。"

听到这里,会场里不由"轰"一声闹翻了天,大家这才知道,原来这陈昌福是故弄玄虚。中农算什么出身不好? 他根本就是在夸大其词。不过说真的,大家伙儿还不能不佩服他这份机智和幽默呢。

让韩红英越来越产生兴趣的,还是她那个童年就已结识了的小伙伴,侦察教导队最优秀的学员之一赵程。用通常的话来形容,赵程是个晚熟的人,无论是和人交往或是训练成绩,开始他都不会显得多么出众。不过这类人总是一步一个脚印,每一个脚印都踏踏实实地踏在大地上。训练开始的时候,赵程的各项成绩往往平平,不过态度却格外认真,每一个单兵动作都会反反复复练上好几遍,直到达到最高境界为止。于是在教导队考核的名单上每一次名列前茅的,就总是他和曹征两个人,而绝顶聪明的汪泉山却总是在良好和优秀之间徘徊,一个不小心,还会远远掉到后面去。

很快严峻的考验就落到赵程身上来了,那天他迎来了军事训练中最大的一个短板——手榴弹投掷。在正式训练开始前的体验投弹中,教官声嘶力竭地告诉大家,投掷手榴弹是侦察兵必不可少的一门战斗技术,从今天开始,每个人每天必须要投掷模拟手榴弹四百枚,一枚都不能少。汪泉山听后不由吐吐舌头,躲在人群里偷偷嘀咕了一句:"哇! 那还不把手臂都给投断了。"

话音没落,曹征就第一个出列进行模拟投弹体验,谁也没看好这个又黑又瘦的小个子,总觉得他能把手榴弹给投出去就不错了。谁知他上场之后抓起教练弹,先做了个灵巧的转体动作,然后扭腰挺胸用力一甩,那手榴弹立刻就像飞鸟似的,从他的手中向着远方高高地飞去。报弹员跑过去看看,立刻用很响亮的声音喊了一声"四十三米"。连教官都不由竖起大拇指说:"行啊,作为新战士,这就非常不错了,再加个两米,这成绩就是优秀。"

第二个上去的汪泉山，他投弹的动作仍然像跳舞一样潇洒好看，一出手，教练弹落在了三十八米的距离上。"不错，也不错，这捣蛋鬼，也还有两把刷子。"教练点点头说。

第三个轮到赵程了，只见他拿起教练弹，用力地挥挥手，然后才用力甩了出去，可能是角度有问题，那手榴弹出手之后不仅没有往天上飞，反而走出了一条笔直向下的弧线，接着就听见了手榴弹在不远处落地的声音。"二十一米。"报弹员的声音也显得有气无力。

赵程的脸红了，没等教官开口，他又抓起一颗手榴弹拼尽全身力气向前投去，可是那教练弹不仅没有往远处疾飞，反而直挺挺地一下子落在了他眼前。这下子教官不乐意了："十米，才十米，行了，你就别投了，看看这次什么成绩。"

"哇，十米，不错，真不错！"汪泉山又在人群中说起怪话来了，"没炸死敌人，倒把自己给炸死了，赵程，你还真行哟！"听他这么一说，周围的人全都笑了起来。

整整一天赵程都显得闷闷不乐，当天晚上的熄灯号吹响以前，他就找到曹征询问提高投弹成绩的方法了。

"你的问题我看了，主要是上肢力量不足，没有力气自然就投不远。不过这也没什么捷径可走，当下最主要的，就是要加强自己的上肢力量训练，比如做俯卧撑、单杠引体向上等等。"

没等他说完，赵程就立刻在床前做起俯卧撑来了。曹征在一边给他数着数，数到第三十五个的时候，赵程就再也起不来，一下子扑倒在了地上。不过他二话没说立刻又爬起来接着再练，这回练到第十八个的时候就再也练不动了。曹征赶紧劝他，说一口吃不成个胖子，咱们明天一早再接着练吧。

第二天早晨起床号吹响的时候，曹征看看身边床上，赵程早就身影全无了，起身来到训练场上一看，单杠那里有个脱光了上身的小伙子正在反复练习引体向上。看样子已经练了好一会儿了，赤裸的背脊上满是豆大的汗水，头发湿漉漉的，像是个蒸笼似的正在呼呼地冒着热气。

"赵程，你可真早啊，什么时候起来的？"

"我也不知道，反正听见外面村子里公鸡叫，我就起来了。"

"行，你小子有种，好好练吧。"曹征赞赏地点点头。这天上午连续投完四百枚训练弹后,眼看赵程已经累得连拿起手榴弹的力气都没有了。

就这样苦若训练了将近一个月,阶段考核的时候赵程的投弹成绩已经达到了三十八米。可是要继续提高就不那么容易了,因为他的投弹角度总是不对,训练弹一会儿像只小鸟那样一飞冲天,一会儿又像只蛤蟆似的径直落地。最后还是教官给他指出了问题所在,主要是投弹的角度不对,正确的出手必须是四十五度角,否则,如果角度高了,弹体会上天,如果太低,弹体又会钻到下面。教官教给他一个方法,让他拿根背包带绑在树上,然后在远处设定一个目标,每天去练习熟悉这个角度,时间长了,投弹角度自然就对了。这下操场边的那棵大树就遭罪了,每天早晚都会发出一阵剧烈的"簌簌"抖动声,那是赵程正在按照教官的指点反复练习。

这一切都被韩红英默默看在眼里,她发现在这个世界上,似乎还没有什么事情能够难倒这个移民的孩子。于是每天早晚她也睡不着了,总是寻找借口,一趟趟去操场上陪着赵程训练。偶尔有几次训练场上看不到赵程,她心里就会牵肠挂肚分外地想念:赵程哪儿去了? 他不会是因为劳累过度而生病了吧? 于是便起早摸黑,一遍遍地去训练场反复察看,直到在那棵枝繁叶茂的大榕树下面,又看见了那个挥汗如雨苦练的人影为止。

时间一长,这种思念、牵挂和等待,就慢慢演变成一种少女甜蜜而又无法言说的特殊情感了,韩红英总是寻找机会,尽量争取和赵程待在一起。她帮赵程捡回投出去的手榴弹,帮他计算投弹数字与距离,甚至还会拿自己的毛巾去给赵程擦拭脸上的汗水。每逢这个时候,赵程就会显得异常紧张,推开她的手说:"别这样,韩红英你要注意啊,这样影响不好。"而韩红英就会回嘴说:"什么影响,我才不在乎呢。我就在这儿给你当训练监督,你呀,别想着偷懒。"

有时候看赵程练得累了,韩红英就会对着他那张疲惫的脸说:"看你累了,我来给你唱首歌吧! 你听了,肯定会马上恢复过来的。"说完她就会压低嗓子,轻轻地给赵程唱上一首歌,那歌声清清亮亮的实在太好听了,就像军营旁边那条清亮的小溪那样悦耳动听,天冷的时候还会暖暖地沁人心脾,天热的时候又会变得那样清凉惬意,赵程的劳累疲倦就会像见了太阳的冰雪一样,在这些歌声中不知不觉地悄悄融化。

一天韩红英突然叫着他的小名说:"小尘,离开这么多年,你还记得家乡的歌谣吗?"

"家乡?"赵程看了她一眼说,"你说的是哪个家乡,浙江的还是江西的?"

"当然是浙江喽。"韩红英说,"来,你歇着,听我给你唱上一首家乡的歌,这歌呀,可好听了!"接着她就用地地道道的江浙方言,轻声唱起了一曲婉转动听,名叫《老老嬷》的歌谣:

那年你到山背,
报她去去便来。
她日日望着这条路,
总看不见你侬归来。

那些时间,
她一个囡,你侬个后生;
这么些年过去,
总说不来她(为什么),
心里还有点怕,
心里还有点怕。

怕你侬回来变个老货,
怕你侬回来还后生么俏。

怕你侬回来看见个老嬷,
怕你回来一下便认出她。

山背的藤梨熟了,
树上的毛栗空了;
溪滩里的水流空了多少,
为什么还有鱼,
为什么还有青蛙?

(《老老嬷》——著名作家张广天根据家乡民歌改编)

听着这从小听熟了的歌声,赵程心里一时间感觉有些醉了,眼前缓缓浮起来的,是江南山清水秀的田园风光,那山坡上青青绿绿的竹林,那些田地里紧张劳作着的人,水田里不断闪动着的粼粼光点,最后从那水田里面缓缓浮现出来的,竟然是韩红英那张美丽而亲切的脸庞……他不由有些警觉起来,摇摇头说:"红英,这不是家乡的情歌吗?要是让人听见了,多不好。"

"有什么不好?谁要爱说,就让他说去吧,我才不在乎呢。"韩红英依然是平日里大大咧咧的样子,"情歌,你别说,我还就喜欢唱情歌。"

"这可不行,咱们是战士,还得注意影响不是?"

"什么影响?人活着,只要自己活得自在快活,就是最大的影响。我呀,就喜欢照自己的方式去生活,才不管人家说什么呢。"韩红英说完,又把这首名叫《老老嬷》的歌曲重新唱了一遍。

这天又是星期天,赵程没有请假外出,仍然在操场上反复训练,韩红英也仍在一边默默地计数,帮着去捡回那些投出去的训练弹。足足一个小时之后,两人才在营区围墙边坐下休息。一阵格外温馨的清风迎面吹来,两人这才惊讶地发现,即便是在有着铁一般纪律的军营里,姗姗来迟的春天仍然在掀动起一波又一波爱的浪潮。墙角的那一大片桃花杏花,还有那一大片不知名的小野花都开放得如火如荼,一对对蝴蝶正在那些花丛中紧张地忙乱着,不时三三两两地飞起,迎着晨风舞动起一片片五色缤纷的翅膀。看着看着,韩红英又掏出手绢来帮赵程擦汗,嘴里还小声说着:"来,擦擦汗,别受凉冻着了。"

赵程有些紧张,推开韩红英的手说:"红英,别用你的手绢给我擦汗,影响不好,我怕被人家看见会产生误会的。"

"误会,什么误会?"韩红英咬了咬牙说,"我才不怕什么误会呢。告诉你,别说现在没人,就是有人在这里,我也会大胆地说出来。我就是喜欢……喜欢你。"

"喜欢?"赵程惊讶地抬头看了看韩红英,说,"你在说些什么呀?你……会喜欢我?"

"是的,其实我很久以前就开始喜欢你了。因为你是个打狼的小英雄……而现在,我觉得更离不开你了。"

"不,不,不。"赵程说,"我们之间怎么会有可能呢?"

"有什么不可能的?"韩红英瞪瞪眼睛说,"只要我韩红英愿意,这世界上就没有什么不可能的事。"

"可是你又不是不知道,我,已经有小惠了。"

"小惠,哼,我才不管呢,我管她什么小惠还是其他的女人,我只知道我喜欢你。"

"可是,我们之间根本就没有可能呀。"赵程说着,悄悄把身子挪得离她远一点,可是韩红英立刻就站起来,示威一般地走近他身边,直视着他的眼睛说:"赵程,我就是喜欢你。告诉你,凡是我喜欢的东西,就必定是我韩红英的。"

那天剩下的时间里,赵程都没有说话,却始终在躲避着韩红英两道炽热的目光,一直以来他始终觉得自己和韩红英之间,相隔着一条深深的而且看上去好像是永远无法逾越的鸿沟。不过从这天开始,他却不由自主地一次次考虑起自己和小惠的关系:他们之间,难道真有所谓的爱情?

三

相处一段时间之后,汪泉山就对赵程从不买账渐渐转为钦佩了。军营里的比武和竞赛,绝不仅仅只在演兵场上,也在一个个血气方刚的小伙子之间暗暗进行着。汪泉山等几个不安分的士兵总在琢磨着闹出点新动静,玩出点新花样。不过这一次,他们的恶作剧非同小可,据说是为了考验人的胆量,或者说是为了测验一个人的心理承受度。不管怎么说吧,反正那测验的内容听起来就让一般人心惊胆战,是要在半夜三更伸手不见五指的时候,单独去营地后面的一个墓地里,取回白天放置在那里的某一样东西。

那片坟地就在军营围墙后面不远挺大的一块荒山坡上,那里鳞次栉比排列着一座座坟墓。那些坟墓一律用海岛上坚硬的花岗岩砌成,墓碑全都有意识地面朝浩瀚的大海。那里面埋葬着的,据说都是些淹死在大海里的渔民。有些坟墓里干脆没有尸骨,就只有几件衣物,而他们的主人,却已经永远葬身在前方那片波动着的蔚蓝之中了。不管里面有没有尸体,反正这片坟地给人带来的恐惧与可怕的感觉,仿佛比一般埋葬着尸体的坟地更加浓重。每逢夜深人静，就连荷枪实弹的士兵都不敢靠近。据说经常有凄惨的哭泣声从那儿传来，让人不寒而栗。

汪泉山他们看中的，正是这种莫名其妙的恐怖感，他们往往在大白天把人家的一本学习笔记或者一件衣服，放置在其中一座坟墓的墓碑上，然后半夜三更把主人叫醒，让他亲自去把那件东西给取回来。能取回来的就是合格的侦察兵，是英雄好汉，而取不回来的，嘿嘿，就是大家心目中的"狗熊"了。

都是血气方刚的小伙子，又都是百里挑一的侦察兵，谁愿意成为"狗熊"，谁不愿意成为英雄？许多小伙子跃跃欲试，嘴里都嚷嚷着要去，不过真正敢于尝试的，还真没有几个。陈昌福就在这样一次测试中摔了个大跟头。他平时喜欢唱高调，小本子上往往记满一些从报纸杂志，或其他讲用材料中摘抄出来的豪言壮语，什么"猪圈养不出千里马，花盆养不出万年松"，什么"敢上九天揽月，敢下五洋捉鳖"等，往往引得汪泉山他们侧目而视。一天汪泉山把他那个记了豪言壮语的小本子偷了出来，放到其中的一座坟墓前面，让他那天半夜去取回来。众目睽睽之下，陈昌福果然拍着胸脯去了。虽然脸色苍白，说话的声音也和平时有些两样，但不管怎么样，他还真的半夜三更溜了出去，而且还真取回来一本笔记本。

不过他的脑子再活，手段再巧妙，还是让汪泉山一眼看出来了，因为那拿在手里的，根本就是另外一本本子。陈昌福不知在哪里悄悄猫了半夜，根本没敢接近那块坟地，更别说那个坟冢了。军营里这下子可闹翻了天，小伙子们都在捂着嘴笑，议论这陈昌福根本就是个"嘴炮"英雄，弄得陈昌福那几天分外狼狈，见人就点头哈腰地说好话，还时不时给人递上一支香烟。

一连选了几个人都不敢去，汪泉山就把进攻的矛头对准赵程了。几次找到他说："你不是队里的训练尖子吗？尖子可不是光在训练场和光荣榜上的呀，真正的测试场应该是在战场。可是眼前咱们没有战场，那怎么办呢？这坟场明摆着就是个战场，是英雄是狗熊，你该上那儿去试试看。"

这天早晨起床，赵程洗脸时发现自己的白毛巾不见了，立刻猜到是汪泉山他们在搞鬼，这块毛巾眼下肯定已经放到坟地中间的某一块墓碑上了。

那天半夜的时候，赵程悄悄起床，他躲过哨兵，独自走上了海边通往坟地的那条小路。从浩瀚的洋面上刮过来的风是那么强劲，吹得路两边的茅草"唰唰唰"作响,就像是有无数个鬼魂正在那里游荡。路边那些黑洞洞的坟墓显得比白天更加阴森恐怖,仿佛已经变成了一双双黑洞洞的眼睛,正在死死地盯着他。几个缺了口的坟墓更是好像张开一张张黑洞洞的大嘴,马上就要把他一口气吞下去似的。赵程心里不由有些忐忑,不过他拼命稳定住自己的心绪,调节着自己的呼吸,仍旧以平常走路的速度绕过一个个坟墓。坟地中间的那块墓碑上果然有一块明显的白色物体,显然是他丢失的那块毛巾。可是就在他伸手去取的时候,墓碑后面突然传来几声怪腔怪调的笑声,接着就有两个白色的身影一下子站立起来。

鲜血顿时涌上了赵程的胸口,他觉得自己的心脏仿佛已经停止了跳动,头发也"唰"一下子全都竖立起来。怎么,难道这世界上还真的有鬼?他脑子里一阵眩晕,险些就要栽倒在地上。不过显然是平时的训练起了效果,他的手此刻并没有停止动作,而是先把手里捏着的那个手电筒迎头砸了过去,然后又回身抓起一块石头,对准其中一个身影就要动手。

"哎哟!"坟冢前突然传来一声痛叫,接着几个手电筒就一起亮起来,把那块坟地照耀得如同白昼。几个熟悉的声音一起喊起来说:"哎呀别打了,别打啦,是我们在开玩笑,开玩笑啊。"

赵程定睛一看,原来就是汪泉山和队里几个平时惯于搞恶作剧的坏小子。他的手一松,手里抓着的石头一下子落到地上。他这才觉察到身上凉飕飕的,穿着的衬衣已经被冷汗全部浸湿了,心里边一股怒气涌上来。他劈头盖脸照着对方就是两个耳光,汪泉山狼狈地捂住脸,嘴里叫起来说:"哎呀,你干什么?我是跟你开玩笑的呀。"

"开玩笑?玩笑能这样开吗?"赵程说完就转身朝营房走去,汪泉山和几个士兵跟在后面,嘴里连声地道歉说:"哎呀,对不起对不起,我们是和你开玩笑的。"

"这回我们知道了,赵程你还真是个英雄,是队里面胆子最大的人。"

"赵大胆,赵英雄。"

走到一半的时候,对面又朦朦胧胧出现了两个身影,走近一看原来是曹征和韩红英,他们刚刚得知了恶作剧的事,立刻赶了过来。一见面,曹征就毫不客气地说:"好你个汪泉山,一天到晚调皮捣蛋,从来没个正经样,我明天一定要把这事汇报给教导员,你就等着挨处分吧。"

　　韩红英却扑上来一把捏住赵程的手说："哎呀，你的手怎么这么冰凉呢，一定是被这帮坏家伙给吓着了吧。这帮坏蛋，一天到晚就知道捣蛋，你们坑害别人行，想害赵程可不行，曹征，你明天一定要去报告给队里。"

　　第二天一整天，汪泉山都在提心吊胆等着领导找自己查问，甚至还做好了被关禁闭的打算，谁知道等了一天也没见动静，很显然这是赵程和韩红英他们放过了自己，于是再见到这两人的时候，他便悄悄地拱拱手表示感激。不过还是应了那句话"出来混，总是要还的"，不久汪泉山还真的又闯祸了，这回闯的还是个大祸，大到险些让他挨上个重重的处分，然后断送掉他军旅生涯里的全部幸运与前程。

　　那次闯祸的事说起来，也确实有几分不同凡响，一般的人再怎么调皮捣蛋也琢磨不出来。那天侦察大队到野外进行山地训练，登上了一座紧靠海边的高山，山顶常年云遮雾罩，还建有一座友邻部队的气象站。

　　一天午休时汪泉山正闲得无聊，想找个地方外出散散心，忽听到气象站那边传来一阵欢呼声，跑过去一看，原来是有一只大老鼠不知好歹，一头闯进了小伙子们的宿舍。那时没有电视机，更没听说过电脑，站里几个二十多岁的小伙子也正整日闲得心里发慌，这下可找到事情干了。汪泉山带头关了门翻箱倒柜一阵折腾，竟然把那只大老鼠给活活逮住了。

　　应该如何处置这老鼠呢？大伙儿七嘴八舌各抒己见，最后还数本来就爱玩爱乐的汪泉山见多识广脑瓜子灵，他提议让老鼠坐一回"直升机"。这个建议立即获得了鼓掌通过。

　　气象站别的东西没有，可有的是气球。马上有人去拿来一个，大家伙七手八脚把那老鼠绑上，然后放开手一试。嘿，老鼠太肥，还不行，于是又加上个气球，这回行了。一松手，两个气球立刻带着那老鼠"嗖"蹿上了碧蓝的天空。

　　气球就这样带着一只大老鼠飞上了天，也带着汪泉山和气象站那些小伙子的快乐、发泄和忘乎所以，可没想到当那个气球落下去的时候，带去的却是一阵惊恐、一阵警惕、一片不知所措的兵荒马乱。

　　大伙儿为这事兴高采烈了好一阵，不过马上就把这短暂的快乐抛到九霄云外去了。不料个把月以后，上级保卫部门却郑重其事地来人，开始认认真真一个人一个人地谈话核查。一见这大阵势，大伙才知道这下坏了，闯下大祸了。

原来那天两个气球随风飘荡,一个很快爆裂,另一个承受不了老鼠的重量,又慢慢落回地面,掉到了距省城不远一个老乡家的菜地里。那时海防前线的老百姓很了不起,许多人受过正规的民兵训练,懂得很多防化学防细菌战的军事知识,广播喇叭里又天天"备战备荒",因此人人脑海里都紧绷着一根弦。这老乡一看有一个气球自天而降,上面还绑着一只大老鼠,这不是海峡那边放过来的细菌武器又是什么?于是他立刻撇下手里的锄头,飞跑到附近的驻军报告去了。

这下子可热闹了,一时间区域封锁,警报齐鸣,许多戴着防毒面具的人如临大敌一般赶到现场。那只已经冻饿而死的大老鼠被十分小心地放进特殊器皿,密封后一直送到省城化验去了。省里的专家们费了九牛二虎之力后却不由得傻眼:怎么这老鼠身上的细菌和当地老鼠一模一样,看不出有半点特殊呢?专家们分析研究了好几天,方才怀疑是有人恶作剧,于是保卫部门便查遍了当地所有的气象站。一番折腾之后毫无结果,这才有人想起,海边那座终年云遮雾障的高山上,还悄悄躲藏着一个部队的小气象站……

于是保卫人员上门清查,这一查就查出这个远在云雾深山里的小小气象站那天在场的全部捣蛋鬼,其中最捣蛋的,当然就是侦察教导队的汪泉山喽。这份"犯罪"记录立刻被转到了大队部,在那儿掀起了一阵轩然大波。教导员是个农村出身的军官,平日里最看不惯的,就是这帮在他眼里正事不干,专门调皮捣蛋的干部子弟,这下子可被他揪住尾巴了,立时火冒三丈。好你个公子哥儿,以前那些偷鸡摸狗,说俏皮话的前账还没算,你小子的后账又跟着来了。由着你们这样下去,部队成什么样子?于是他立刻找来汪泉山,高声大嗓教训了半天。就在他口干舌燥,正打算端起水来润润嗓子的时候,一抬眼却看见了汪泉山那张若无其事的笑脸,这下子心头更是怒火万丈:你个家伙怎么这么不要脸,我在这儿苦口婆心教育你半天,你不但没有一点悔恨的表示,还敢这么嬉皮笑脸。

这时汪泉山脸上已经换上了一副痛不欲生的表情,他用颤抖的手拿起桌上那杯水,端到教导员眼前说:"教导员你骂得太辛苦,教训得太对了。来,先喝口水润润嗓子,然后咱再接着骂。"

看着他那副嬉皮笑脸的样子,教导员顿时连愤怒的情绪都没有了,就像个泄了气的皮球似的一下子瘫坐在椅子上,挥挥手说:"走吧,走吧,你快给我滚出去!"

汪泉山前脚迈出门,教导员后脚就提笔拟了一份处分决定,要给他报一个行政记大过处分,然后再把这个捣蛋鬼给退回军务处去重新分配。

刚刚在报告上写完最后一个句号,门外突然传来一声响亮的"报告"声,叫进来一看原来是赵程。教导员历来对赵程的表现十分满意,认定他是个不仅踏实肯干,而且很有才华和灵气的农村兵,将来一定会前途无量。于是教导员立刻和颜悦色地问他来干什么。

"我是来请求处分的,这次在山上恶作剧,往气球上绑的那只老鼠,是我给绑上去的,你要处分还是处分我吧。"

"你……"教导员一拍桌子跳起来,正想要破口大骂,可是立刻就警惕起来了,他仔细看了看赵程的脸色说,"你想干什么? 赵程,这儿是人民军队,可不是江湖黑社会,你小子别想把社会上江湖义气那套东西,拿到部队里来。"

"不! 确实是我干的,教导员,你要处分就处分我吧。"

教导员皱起眉头,反复观察赵程的脸色,然后才慢条斯理地说:"你可要想清楚了,这事的后果可是很严重的。"

赵程平静地迎着教导员的目光说:"我早就想过了,那天的老鼠确实是我绑上去的。"

教导员缓缓坐回到了椅子上,伸手拿起那份处分决定仔细地看了一会儿,平时教导员一直把赵程当作农村士兵的优秀代表加以夸奖,每当有人说城市兵,尤其是干部子弟见多识广的时候,教导员就会拿出赵程来作为例子,说农村兵并不比这帮子城市兵和干部子弟笨。凡是城市兵会的,农村兵也都行。你们看看那赵程,什么都懂,什么都会,无所不精,学习训练的时候,第一个弄懂弄通的总是他。你们再看看汪泉山,除了吊儿郎当恶作剧,他还能干什么? 可是这回自己亲手树立的典型出了问题,这不是在打自己的耳光吗? 教导员想着想着,不知不觉就把原来拟定的处分决定撕成碎片,慢慢丢进了垃圾篓,然后对赵程无力地挥挥手说:"你,走吧。"

处分决定最后下来的时候出乎所有人预料,汪泉山只得了个警告处分,主要的板子全都狠狠打在了气象站那帮捣蛋兵身上,为首的一个还给记了个大过，就连气象站站长也没躲过去，得了个严重警告。这下子汪泉山惊讶了，四处打听了好久，才知道那天是赵程给他帮的忙。于是他默默找到赵程，开口就说："哥们，谢谢你，给我帮了这么大忙。说吧，你想要点什么？"

赵程抬头看看他，奇怪地问："想要什么？我什么时候要过你东西？"

汪泉山轻描淡写地说："咱哥们，就别说什么漂亮话了，在这个世界上，根本就没有免费的午餐，我知道你不可能大公无私，说白了吧，你帮了我，我总该付出点什么给你。怎么着？是不是想在复员之后让我父母亲帮忙，给你安排一份好工作？"

赵程的脸色依然那么平静，他默默看了看汪泉山说："你也太自作多情了，总以为自己有多大的能耐。不错，我是个农民，今后最好的打算也还是当个农民。不过我告诉你，我们当农民的没有你想的那么下贱，放心吧，我这人，是不会要你任何东西的。"

过一会儿，他看看汪泉山脸上惊讶的表情，才又慢慢地添上一句："说实话，我这回只是不想让你显得太可怜。"

汪泉山愣了好一会儿，才一下子抓住赵程的胳膊，使劲摇动着说："你是我的好哥们，你放心，你不想要什么，可我还是会千方百计报答你的！"

赵程甩开他手说："我压根儿就没想要什么报答。你放心，今后我赵程就是饿死，也不会找你帮忙的，放一百个心吧。"

从那以后赵程和汪泉山就成了一对无话不说的哥们，交往得多了，赵程才知道，就像俗话里说的那样，"家家都有本难念的经"，其实这些所谓的干部子弟家庭，也不全都是些无忧无虑的金窝银窝。和自己这样的普通农家相比，这些人也许少去一些吃喝穿戴上的烦恼，不会有那种吃了上顿没下顿的忧愁。不过他们面对的那些烦恼，那些大起大落的悲哀，却是自己这样的家庭一辈子都无法想象，更无法碰到的。

望着汪泉山那副总是嬉皮笑脸的样子，赵程这才知道，原来这个整天外表看上去乐乐呵呵，甚至还有些玩世不恭的公子哥儿，心里也有那么多的烦恼哀愁。有些事情在他这样的人看来，是简直无法想象的。

新年即将来临的时候，也是侦察教导队气氛最为紧张的时刻。考核那天上级领导来了一大堆，比武场上挤得满满的全是人。轮到赵程上场的时候,他两手习惯性地从地上抓起一把土,在手心里用力搓了搓,抓起一颗教练弹,右脚蹬地,微微扭动腰肢,然后侧身用力一掷,只见那教练弹就像一颗冲出炮膛的迫击炮弹那样急速起飞,远远地飞了好一阵才落到草地上。

"五十八米!"远处传来了报弹员兴奋的声音,操场上顿时热闹起来,就连几个前来考核的首长都禁不住连声叫好。

话音还没落下,就见赵程已经抓起第二个手榴弹,他把指环熟练地套在指头上,纵身一跃,跳出战壕向前奔去,通过一块开阔地后略略瞄准,挥臂用力一甩,只见手榴弹就像长了眼睛似的钻进了前方那个碉堡的炮眼,"轰"的一声炸开了。

接着进行的是射击比赛,无论站姿、卧姿还是跪姿射击,也无论是步枪、冲锋枪还是手枪,曹征全都名列第一,顺理成章成为侦察队第一狙击手。

也是在那几天,赵程第一次听说了苏副队长在偷偷追求韩红英的事情。这事又是汪泉山打听出来的,这小子有事没事总爱在营区里四处晃荡,探头探脑地打听些小道消息,也因此知道了许多新近发生的稀奇古怪事情。这天他当着赵程的面,带点讽刺意味地对韩红英说:"红英,我可是听说了,最近有个大官在追求你啊。"

"大官,什么大官?"韩红英撇撇嘴说,"你小子就是爱满嘴嚼蛆。"

"嘿,咱们的顶头上司苏副队长呀,听说他对你可殷勤着呢。"

"是他。"韩红英从鼻子里哼出了一声,说,"我才看不上他呢,那么个小个子,再说他可是结过婚的,你别忘了,本姑娘可是出身名门的黄花大闺女。"

"他结过婚不假,不是早就离异了吗?现在追求你也是名正言顺。再说你要是嫁给他,不就一下子成副营级干部家属了吗?马上就可以随军喽。嘿嘿,这么好的事,你还不赶快答应。"汪泉山不无调侃地笑着说。

韩红英狠狠瞪了汪泉山一眼说:"你就别胡说八道了,告诉你,本姑娘就是这辈子不嫁人,也不会看上他。"

她说着,眼睛朝赵程脸上有意无意瞥了一眼,那一眼就像一把锐利的尖刀,一下子刺进了赵程心底。

经过无数个不眠之夜的拼搏,教导队的最终考核成绩终于公布,经过一番激烈较量，考核成绩果然和大家平时猜测的差不多。列在名单最前面的是两个读音相近的名字——赵程和曹征，接下去就是通信队的韩红英。汪泉山在最后关头努力了一把，凭着他那点小聪明，也硬是挤进了优秀者行列。

考试成绩公布的前一天，赵程还发现他在这次优胜名单上排在第一位，不过当第二天正式公布的时候，却发现已经是曹征排在第一位了，而他不明不白就成了第二名。不过他不想去追问缘由，因为在他心里，这已经是让他心满意足的事了。

不知不觉间，大家发现还有一个人的成绩也总是名列前茅，这个人就是陈昌福，不过他的优秀成绩总是显得有些来历不明。平日训练的时候，他的成绩往往在中游，课余时间也没见他加班训练，不过一到休息时间他就开始忙活起来了。虽然口袋里十分羞涩，但陈昌福还是会从牙缝里尽量省下点钱，去买几包香烟或者一些糖果，给负责考核的班长或者教官送去，还不时主动陪他们说说笑笑，想尽办法和他们搞好关系。于是奇怪的事情就这样发生了，等到考试成绩正式公布的时候，陈昌福的成绩虽然超不过赵程和曹征，但有时候也会突如其来地排到汪泉山前面。

如果你去问他，陈昌福也会毫不隐瞒地笑笑说："电影《地道战》里不是有句话嘛，叫作'各村有各村自己的高招'。我呀，就是用我自己的招数来换取好成绩。人活着，总该想点办法，不能让自个儿的尿给憋死吧。"他说着，脸上照例会露出一份看似诚实的笑容，不过怎么看，里面也好像带着一股狡狯。

这些话倒确实是他心里真实的思想流露，因为他觉得这个世界上只要努力，就没有什么办不成的事情，也没有什么实现不了的目标，最要紧的就是不能傻乎乎地只知道蛮干。俗话说"一把钥匙开一把锁"，办什么事都要善于找诀窍，只要肯动脑筋想办法，再加上一层足够厚的脸皮，陈昌福觉得，他一定能够实现心目中早就计划好的人生理想。

平日在大家眼里，陈昌福的心机也确实比较深，比如说几个要好的士兵私底下聚在一起，免不了会偷偷摸摸开骂队长和教导员，每逢这个时候，陈昌福总是立场坚定地站在他们一边，斗志昂扬地煽风点火，一副苦大仇深要带头造反的样子。可真到了队长和教导员面前，他又显得比谁都亲热，还不时会偷偷打上一些小报告。最有意思的是那一天,当他正在义愤填膺,和大家一起痛骂队长和教导员的时候,一转身却发现不知什么时候,队长已经满脸怒容地站在一边了。这一下大家全吓坏了,不少人一脸尴尬,只有陈昌福不慌不忙,脸上一下子堆满了突如其来的笑容,显得比往日更加亲热地叫起来说:"哇,队长你来了,你听见了吗?大伙这会儿都在说你的好呢。"说完这句话,他又一转身去搬过一张椅子,拉着队长硬要他坐下来。

韩红英非常反感陈昌福这副做派,谈到他的时候,常常会朝地上吐一口唾沫,不屑地说:"呸,什么东西,见人说人话,见鬼说鬼话,压根儿就不是个好人!"

因此当最后考核成绩公布的时候,大伙都有些心照不宣,感觉陈昌福这小子,肯定又是走什么歪门邪道了。

四

按照军部领导的意见,这次教导队考核成绩突出的训练尖子,全都列在第一批提拔军官的名单上。于是那几天几个年轻人格外兴奋,一有空就凑在一起谈天说地,眉飞色舞,高兴得不得了。因为提拔为军官,就意味着他们将要穿上四个兜的干部服,拿一份在那个年代算得上高的薪水。在这片绿色的军营里,铺开自己鲜花一般的锦绣前程。

那些个夜晚,一个穿着绿色军官服装的年轻身影经常在韩红英的梦乡里出现,这身影有时候非常清晰,有时候却又变得模糊。不过渐渐地,这个身影就开始迈着坚定的步伐,一夜一夜地前来开启她的心扉了。哦!这个人不就是赵程,那个她从小熟悉,眉眼间总是若有若无挂着一层忧郁表情的男孩吗?

是的,多年的奔波流离,多年的艰辛挣扎,总是让成年的赵程眉间挂着一层淡淡的忧郁,正是由于这份表情,让这个男人在女人们的视野里变得更加沉稳,更显成熟,也因此一次次打动着韩红英的心。

自从韩红英第一次向他明确表示爱意之后,赵程就开始有意识地躲避着她。说实话,他打心眼里喜欢韩红英美丽的容颜、丰满的身姿,尤其是她的歌喉太悦耳动听了,让她的身边总是围绕着那么多的爱慕者与追求者。不过也正是因为她那份出众的美丽动人,所以他觉得在自己和韩红英之间,分明始终耸立着一座高高的山峰,而且是几乎不可逾越的崇山峻岭。作为一个移民的孩子,一个普通的士兵,他显然无法攀越这座高山。另外他也有些害怕韩红英那鲜明的个性,那种一旦爱上就会肆无忌惮的性情,他觉得这份爱太奔放,太无忌,太热烈,太疯狂。他曾不止一次地对韩红英说:"你一定忘了,我赵程只是个移民的孩子,你去过我们村,见过那儿的偏远荒凉,一贫如洗。我们两个人之间,差距实在是太大了。"

可是每一次他都会听到韩红英这样回答:"我才不管你是谁的孩子,也不管你明天会不会饿死,我只知道你中我的意。我,喜欢你!"韩红英的这份坚持,让赵程不由开始认真考虑自己与小惠的关系了:他真的爱小惠吗?今后真的能和她像那块毛巾上的鸳鸯一样,一起生活,长相厮守,白头偕老吗?这样想着的时候,他的眼前就会不时闪过小惠的身影,而这身影的旁边又常会不知不觉地出现韩红英那美丽的身影,于是他的眼里不再有小惠,而只能看见韩红英那张美丽动人的脸庞了。

他觉得不能再这样欺骗自己,也欺骗小惠了,他要给她写一封信,再把那条绣着一对鸳鸯的白毛巾,和信一起寄回去。

小惠最近被抽调到农场汽水厂上班了,一座宽大的厂房,一个个木质大桶中装着从附近山涧里引来的泉水,工人们分几次往里面添入一些她叫不上名字的陌生药粉,那桶里就会产生一种神秘的化学反应,泛起一阵阵小水珠一般细小的气泡。随之漂浮而起的,还有一阵阵甜得让人发腻的气味。这些经过加工的山泉水被依次装进一个个汽水瓶子,再贴上张简单的标签,便成为当时市场上炙手可热的抢手货了。

这些甜丝丝的气息不屈不挠地渗进女工们的衣服,附在了她们的皮肤上,让她们不管走到哪里,随身都带着一股甜丝丝的气味。那个时候正巧有一部电影上映,名字就叫《甜蜜的事业》,于是这些女工也很快被人起了一个非常贴切的外号,叫作甜蜜女人。

工作越来越甜蜜,可是小惠的心里却不仅感觉不到甜,反而还不时会泛起一阵阵的苦涩味。这种味道越来越浓重,最后渐渐积淀成一种摆脱不去的恐惧感。因为她已经敏感地觉察到,远方牵挂着的那个人,他的来信已经越来越少了。

自从赵程当兵以后,小惠开始大约一星期能收到他一封来信,后来就变成了半个月一封,再后来间隔时间就更长一些了。而且那上面往往都是官样文章一般,干巴巴地写着几句她早就背熟了的话:"一切都好,训练忙抽不出空,请放心,不要挂念,自己保重",等等。不过就是这样几句简单的话语,也往往会让小惠捧起信笺读了一遍又一遍。读着读着,那张无比亲切的脸庞就会从信笺上慢慢浮现出来,栩栩如生地活跃在她的眼前,让小惠一遍又一遍地感受到温暖与甜蜜,也让她一次又一次地忙活起来。北风刮起来的时候,她会亲手去给他打上一件毛衣;春暖花开的时候,她又会忙活着去给他做上一双布鞋。虽说每逢这时,隔壁的女孩和大嫂们就会大呼小叫地嚷嚷起来说:"哎呀你个傻女子,军队上吃的是公家饭,穿的是公家衣,赤条条一个人去就行了,还要你做什么衣服鞋子呀,快别浪费宝贵的布票和钞票了。"不过小惠仍然会认认真真一件一件地做好,然后又仔仔细细一件一件地收藏在自己的衣柜里。

不止一次,当她站在村口向邮递员通常来的那个方向望去的时候,眼前就会渐渐浮现出这样一幅美丽的图景:远处绿色的田埂上,慢慢走过来一个身材匀称的年轻军人。那张熟悉的脸,不,这张脸已经不再熟悉了,因为他已经明显胖多了,那身躯也高大了许多,只有脸上那副笑容依旧还是那样亲切。他一步一步地走来,当着大家的面一把把她搂进怀里,用无比温情的语调说:"小惠,咱们明天就去登记结婚吧。"

每当这时,小惠就会觉得眼前的油菜花突然全都漂漂亮亮地开放了,绽放得那么绚丽、那么灿烂,那是一幅她从来都没有见过的美丽图景。可是等到她再睁开眼睛的时候,却发现真有一个人站在她的眼前,仔细看看,正是梦里的那个乡邮递员。邮递员伸手递给她一个包袱,上面盖着一个三角形的军邮符号。她连忙抢过来一把抱在怀里,急急忙忙向屋里跑去。等到打开,第一眼就看见了里面那条绣着鸳鸯的白毛巾,小惠心里"扑通"一跳,立刻全都明白了,她一句话也说不出来,回身一下子扑倒在了床上。

过了好半天,小惠才挣扎着起来,打开包袱里的那封信,记忆中这是赵程写给她的最长一封信了,上面依然是寥寥不多的几行字:"部队的工作忙,我现在要集中精力学习,暂时不想结婚,怕耽误了你,所以……"

虽然小惠总在刻意掩饰,不过她最近微妙的变化,全都被一双十分老辣的眼睛看在了眼里。这双眼睛来自她父亲,那个移民村的支部书记。随着儿子越来越不争气,他开始越来越多地陪伴在女儿身旁,并且把自己今后的全部希望,都放在了远方那个未来女婿的身上。他会细心观察女儿的表情,从中判断他们目前相处的情况。一开始他很高兴,因为准女婿在部队进步很快,已经加入了党组织,成为一名共产党员。他也常常像女儿一样,眼前会一次次闪现出这孩子回乡时的情景:他长高了,长结实了,最重要的是,他身上穿着的,已经不再是那件两个兜的普通士兵服,而是非常神气的四个兜军官服装了。哦,自己的女儿马上就会是军官太太,可以随军,他自己的晚年也会有新的荣耀和依靠了。

因此那天,当他发现女儿拿着一个盖有军邮符号的包袱匆匆回家的时候,心里边立刻涌上来一种不祥之兆。等到女儿出门,他偷偷打开信封一看,一阵怒气霎时间汹涌澎湃地袭上老支书心头:"好你个'陈世美',还没有正式提拔为军官,你就想抛弃糟糠之妻了。臭小子,你以为天高皇帝远,老子我就管不到你了?别忘了我是谁,我懂政策,我懂政治,只要我提笔写上一两封告状信,看到时候你不回来跪在我和女儿面前,磕头求饶才怪呢。"于是老书记立刻提笔愤愤地写了一封信,写信的时候他脑子里翻江倒海,最近报纸头版上的那些大字标题,全都一条一条地出现在眼前,又被他写进了自己笔下,他写道:"解放军战士赵程最近变修了,忘本了,思想腐化堕落了,开始追求享受,要抛弃远在农村出身贫下中农的未婚妻,要变成新生的资产阶级分子了……"

信的最后老书记怒火满腔地发问:"这样的人,还能够留在无产阶级军队里,并且被提拔为军官吗?"

三天以后,这封信寄到了赵程所在部队政治部,不过政治部收到的还不仅是这一封,几乎同时,还有另外一封同样检举赵程的告状信,也飞到了政治部主任的办公桌上。这封信来自赵程所在的侦察教导队,里面举报的内容更加丰富详尽,不仅说赵程富贵忘本,准备在提拔干部以后,立刻抛弃远在家乡农村出身贫农的未婚妻,还说他和教导队里一个名叫韩红英的女战士眉来眼去,关系暧昧,影响十分恶劣。来信要求领导,对这样忘恩负义的

"陈世美"绝不能姑息养奸,而要立即采取措施,不仅取消即将下达的提干命令,还要立刻将这样的新生资产阶级分子开除军籍遣送回家,原地改造当农民。

那几天陈昌福虽然还在强颜欢笑,但总是不能掩盖脸上失望的眼神。一个人独处的时候,他甚至会悔恨地拿拳头捶打自己的脑袋。因为他已经打听清楚了,即将宣布的第一批提干名单中没有自己的名字,尽管他费尽心机,也尽其所能送了些礼品,却仍然是名落孙山。这样的结果让他十分伤心,对于曹征、韩红英这样的干部子弟,他没有意见,也无法有意见,谁让他们的父母都是高官呢!自己前世没有修下福分,那只能够怪自己。可同样出身农村的赵程为什么就能够得到提拔?就因为他每次的训练成绩都比自己好吗?不,他不服气,自己上不去,那就干脆大家都别上去,一块儿回家当农民去……

于是政治部主任的办公桌上,就多了这样一封没有署名的告状信。

给部队寄出的那封告状信,成了老书记近日的一块心病,治疗这心病的只能是酒精。那几天他每天都喝得酩酊大醉,并且在一次这样的大醉之后,把写告状信的事告诉了女儿。

第二天的火车站里,小惠默默提着包袱,挤上了南下的列车,她要去找赵程部队的领导把这事说清楚。自己的命当初都是赵程从狼嘴里救下来的,他不要自己也完全应该,她不能恩将仇报,反而再去害了他。

等到小惠爸爸急匆匆赶到火车站的时候,列车早就开远了。老书记想立马买票追过去,但看了看车票价钱,又摸了摸口袋,只好怏怏地叹口气,随后就被身后匆匆赶来的儿子一把拉住了。儿子告诉他说:"姐姐走的时候跟我说了,她到部队去找领导,让人家好好地批评教育他,让我千万看住你,别也跟着去部队给人家添乱。"

老支书无奈地叹口气,然后就破口大骂说:"你以为你姐姐会去批评他,还教育他?做梦去吧。她就是个实心肠的傻瓜,让人给卖了都不知道,这回去呀,十有八九是给那臭小子帮忙去的。老天爷不睁眼,怎么让我生了这么个一根肠子通到底的傻闺女呢?!"骂到这里,他又捎带着狠狠瞪了儿子一眼,说:"还有你这么个不争气的儿子。"

这天早晨的操练刚刚结束,汪泉山就匆匆忙忙一把拉住赵程,找了个没人的角落悄悄对他说:"赵程,情况有些不对,你要及早有个思想准备呀。"

看见汪泉山脸上那副从未有过的严肃神情,赵程不禁有些奇怪,便问道:"怎么了,大惊小怪的。"

汪泉山说:"这可不是大惊小怪,告诉你,这是我冒着风险好不容易打听来的。"原来他昨天到政治部办公室有事,趁着没人的时候偷偷翻了翻桌上文件,在一份提拔名单下面发现了一份墨迹未干的处分决定,上面写着:"赵程受资产阶级思想影响,喜新厌旧,抛弃农村家乡恋爱对象,在地方造成极坏影响,现决定撤销原提拔命令,并酌情给予严厉处分。"

汪泉山说完,又补充了一句说:"你想想,这样一来你提干的事不就泡汤了吗?说不定再过两个月,还会被列入复员名单呢!赵程,这事有关你的前途大事,可千万不能马虎呀!"

就像有个晴天霹雳突然在赵程眼前炸开,他的心一刹那间险些要碎裂了,几天来愉快的心情一下子全都烟消云散。自从给小惠寄出那个包裹,他一直没有收到回信,而现在部队却已经都知道了,这肯定是她或者他们家里来向部队告状了。这种事让人知道的后果他心里自然明白,前车之鉴还在眼前,去年已经有两个被提拔的青年军官因为舍弃家乡未婚妻而受到了严厉的处分,有一个还被当众开除军籍,遣送回家了。

隐隐地,耳边又响起了汪泉山的问话:"赵程,你是不是跟家乡的对象摊牌了,你和韩红英真好上了吗?"

赵程默默地坐下,一句话也说不出来,一直到汪泉山离去,他仍然一个人默默坐了好久好久,心里一遍遍地问自己:这事难道是自己错了吗?在小惠和韩红英之间,他究竟应该选择谁呢?不用说,作为一个健全的男人,他当然喜欢韩红英那张明月一般靓丽的脸庞,那副充满了青春朝气的身躯,当然,还有那异常健美的胸脯……当她从异性身边走过的时候,浑身上下都会散发出让男人们无法抵挡的女性魅力。而小惠那黑黝黝的脸庞,那除了善良和温顺,就再也没有其他特征的性格,还有那显得略微平坦的胸脯……

不,不仅仅是因为这些外貌上的差异,让他更加倾心喜爱的,还有韩红英的那份智慧、那份修养、那种得体的谈吐和见多识广的旷达与豪爽,和她在一起时仿佛总有着说不尽的话语，不知不觉就能倾心交谈两三个小时，丝毫也不会感觉劳累。而和小惠在一起时却恰恰相反，两人之间更多的只是沉默，只会是在默默地面对面坐上一阵之后，才听见小惠说一句："你饿了吗？想吃点什么？我给你去做吧。"

他最介意的，恰恰就是这份精神上的相互吸引和心心相印。和韩红英在一起，时时都会让他感觉到精神的愉悦、感情的契合，而和小惠在一起的时候，最缺乏的也恰恰就是这一点。他想："婚姻难道不应该有双方互相自由选择吗？国家不是有《婚姻法》来保护这种自由吗？莫非到了军队，这《婚姻法》就不管用了？"赵程的眉心紧紧皱了起来，他觉得怎么也想不通这个道理。

事情不声不响却发展得很快，不久就传来消息，说小惠已经来到部队，就住在军部的招待所里，而且已经到政治部领导那里去谈过好几次了。这让赵程十分反感，赵程心想："你到了部队不赶紧来找我，让我们俩当面说个清楚，反而还马不停蹄去领导那里告状，这算是怎么回事？行，你不来找我，我也就不去找你，咱们两个骑驴看唱本，这就走着瞧吧！"

这天下午，教导队围墙边的一个角落里，赵程、曹征、汪泉山和韩红英几个人默默围坐在一起，显然他们都知道了这事的进展，以及它的后果，面面相觑了好一会儿后，仍然没有谁先说话。过了好久，还是韩红英先打破沉默说："曹征，汪泉山，看样子这事确实有些麻烦，能请你们的爸爸妈妈出面来帮助解决一下吗？"

汪泉山说："要出面，也得请曹征家老头子出面，我父亲是个地方官员，部队的事他说话不灵。"

可曹征却坚决地摇了摇头，对赵程说："赵程，你是知道的，这事不用说，你也会知道我爸爸妈妈的态度。"

听他这一说，赵程的脸色反而平静下来了，他默默看了看曹征的眼睛，点点头说："你放心，这事我不会难为你的。"

墙角边又安静了下来，一会儿汪泉山给曹征使了个眼色，两个人先默默地起身走了，只剩下赵程和韩红英独自留在那里。事情发生以后，这还是两个人第一次有机会这样默默待在一起，他们静静对视着，彼此的眼睛里似乎都流淌出了一大堆话语。不过到了真要开口的时候，又都说不出话来了。

这个时候,其实赵程最希望听见的,还是从韩红英嘴里已经吐露过好几次的那三个字"我爱你"。他想,如果今天还能够听见韩红英再亲口说一遍这三个字,那他对自己做过的事情将会永远无怨无悔,会继续沿着自己选定的道路坚定不移地走下去,哪怕前面是刀山火海,是天崩地裂一般的彻底毁灭,他也会在所不惜。因为在这个世界上还有一个美丽的女人在真诚地爱着他,这个女人值得他去牺牲、去毁灭。赵程默默抬头看着韩红英,目光里急切地流露出了这份期待,甚至是祈求。

韩红英一定看懂了赵程目光里的那份期待,也读懂了他心里流淌着的那股情意,曾经一次次从胸腔里蹦出来的那三个字,就像是一个在敌前潜伏了很久的侦察兵,现在马上就要一跃而起,冲杀到短兵相接的第一线去了。可就在三个字即将出口的一刹那,她的耳边突然听见了一个语重心长的声音,有些苍老,有些感慨,却非常熟悉——那是妈妈的声音。年初回家探亲的时候妈妈曾经一遍遍地嘱咐她,找对象千万不能找农村出身的。她的眼前又突然出现了当年和父亲去江西时,曾经亲眼看见过的移民村那幅蛮荒景象:几乎不能耕作的水田,半截身子深深陷在淤泥里的水牛,还有那些挺着大肚子,目光里流淌着绝望的血吸虫病病人……这些冷冰冰的画面一次又一次浮现在眼前,就像一块块寒冷刺骨的冰块,把原先就要脱口而出的那三个炙热字眼硬生生给堵了回去。不,难道她真的愿意跟着赵程,回到那片她曾经见过,简直无法让现代人类居住的地方去吗?

想着想着,韩红英觉得自己再也无法面对赵程那充满希望的目光了,她那张美丽的脸庞渐渐地低垂下去,一句话也说不出来。

就像是天边突然涌过来一片乌云那样,赵程的脸色迅速暗淡下去。默默无言地与韩红英相对了一会儿之后,他轻轻地开口了:"红英,你放心,所有的事情都由我一个人承担,我不会责怪你的。"赵程说完,站起身来转身就走,走出好一段路,才听见身后韩红英那突然爆发的啜泣声……

那天早晨的太阳迟迟没有升起,军营上空始终一片灰蒙蒙的,只有不时从云缝里飘出的丝丝细雨洒落,教导队一大早就集合在操场上,听领导宣布重要的人事任免命令。

队列第一排站着脸色苍白的赵程,疲惫不堪的面容说明他已经好几个夜晚没有合过眼了,眼睛里红殷殷的血丝就仿佛他此刻纷乱的思绪。不过在他的心里,却已经是一块石头落地了。行啊,受处分就受处分,回老家也就回老家吧,就回到大山深处那个小山村里去,虽然是走投无路,但那毕竟也是一条人间的活路呀。或许这就是自己的命运吧,一生的宿命,他只能顺从自己的命运,却不愿意为此去向任何人低下头颅。

宣布命令的是教导队队长,就是那个普通话说得很不标准的四川军人,一上台,他就先大喊了一声"命令",台下所有的人都"唰"的一声立正,洪亮的声音让远处树上的几只大鸟突然惊飞了起来。接着队长开始宣读干部任免命令,喊出的第一个名字就是"赵程"。

台下的赵程心里不由愤愤地骂了起来,他想,这家伙的普通话就不能练得稍好一点吗,怎么又把赵程和曹征给念混了。

可还没等他清醒过来,就听见台上的领导先自我解嘲地笑起来说:"我的普通话可不太标准啊,这样,我再重复一下,这个赵是赵子龙的赵,这个程是程咬金的程。"他说完还怕人家听不明白,又把赵程的名字给大声念了一遍。

又是一个晴天霹雳在赵程耳边猛地炸响,一下子将他从刚才半睡半醒的迷蒙状态中惊醒。他大张着嘴怔怔挺立着,两眼一眨不眨地死死盯着台上领导的脸,直到命令宣读完毕,队长喊出了"解散"口令,周围的人渐渐散去,他仍然这样一动不动地呆立着,心里还觉得自己是听错了。是啊,这怎么可能呢?

队伍解散以后,许多人过来向赵程、曹征、韩红英等几个新提拔的军官表示祝贺,赵程却依然傻愣愣地站在那儿,弄不清楚刚才究竟发生了什么事。临来之前他已经做了最坏的打算,可怎么突然之间,就会出现这样一百八十度的急转弯呢?

这时背后有人重重拍了拍他的肩膀,赵程回过头,只见眼前一颗白发苍苍的脑袋,满脸深深的皱纹里嵌着一双充满关切神情的眼睛,原来是政治部主任,一个身经百战的老兵,当年曾经从牡丹江边一直打到海南岛,对眼前这些年轻的士兵和军官,他始终怀有一份父辈一样深切的情感。主任握着赵程的手,直到周围的人全都散去,才用浓重的东北口音说:"年轻人,有些意外吧。"

赵程愣了一会儿，语无伦次地回答说："谢谢首长关心，我，一定，一定……"

主任嘿嘿一笑，使劲摆了摆手说："你呀，烧香拜错了菩萨，其实你要谢的，是另外一个人。"

"另外一个人？"赵程奇怪地反问。

"对！是另一个人，不是别人，就是你的那位农村未婚妻，是她三番五次缠着我，反复跟我说不是你不要她，而是她不要你。因为她是农场的正式职工，拿国家工资，身份比你高，看不起你这个农村出身的毛头小子。"

赵程一下子惊呆了，嘴里反复念叨着两个字："是她，是她……"

主任的话语重心长，他一字一句地说："对，就是她，就是你那个长得确实不好看的农村未婚妻。小伙子，别以为我看不出来，那姑娘其实是在对我撒谎。她不是真的在骂你，要抛弃你。她完全是为了救你，让你能够不受这个处分，顺顺当当地提拔为军官，是为了你以后在军队的前途。她呀，也算是费尽心机了。"

赵程呆呆地站着，从昨天到今天，这已经是第三次有晴天霹雳在他耳边震响了。这时他又听见主任充满深情的话语在耳边响着："咱们东北人有句老话，叫作'丑妻薄地破棉袄'，居家过日子，这才是三件难得的宝贝呀。娶老婆，那是为了过日子，不能光顾着女人好看不好看。说实话，丑陋的女人才更能死心塌地陪你过一辈子，那些好看的，倒往往会靠不住。你呀，这回就完全是被这个农村姑娘给救下的。我说，今后无论你们俩的关系朝哪方面发展，你小子都不能忘恩负义，忘了她的大恩大德呀。"

没有等到主任把最后两句话说完，赵程已经回转身，向着部队招待所的方向急急奔去，跑出没几步就被地上的石头绊了一下摔倒，手掌磨出了血，他却立刻爬起来，不管不顾地继续向前奔去。此刻他的心里已经没有其他的一切了，只有小惠那张黑黝黝的脸庞一个劲在眼前浮动着，浮动着，他分明还看见了那张脸上绝望的泪痕……

直到这时，赵程才明白，谁才是他生命中真正的女人！

"小惠，小惠。"刚刚冲进招待所大门，赵程就不顾一切大声喊叫起来，却怎么也听不见回音。招待所管理员急急走出来，诧异地问他说："咦，你的未婚妻不是提着行李，早就上火车站去了吗？怎么，她没去和你告别？"

赵程一下子返身,以百米冲刺的速度向着火车站大步奔去。不!他不能让小惠就这样带着一颗破碎的心灵离去,在她离去之前,他一定要找到她,拦住她,把所有的话都和她说清楚。

火车站离部队驻地大约三里路,赵程急急忙忙奔跑着,一路上弄得鸡飞狗跳,还好几次差点撞到路上行驶的车辆上去。离着老远他就听见了火车站催乘客上车的广播声,于是便奔跑得更快了。他不顾检票口服务员的拦阻,一下子冲到站台上,一把拉住那个正要登车的熟悉身影,嘴里喊着:"小惠,小惠,你不能走呀,不能走!"把周围的列车员和乘客全都吓了一跳。

此刻小惠倒是显得十分平静,她回过头看了看赵程,脸上似乎没有任何惊讶的表情,依旧是平时那样淡淡的冷漠。

赵程呆呆地望了她一会儿,突然双膝一软跪倒在地上,双手紧紧拉着她的衣襟说:"我,我对不起你呀,小惠,对不起你!"

两行热泪顺着小惠黑乎乎的脸颊缓缓往下流,她没有说话,只是那厚厚的嘴唇在剧烈抖动着,抖动着,好半天才响起了她略带颤抖的声音:"你,你个没良心的。"在赵程记忆里,这是他们相处十几年来,小惠对他说的最重的一句话了。

赵程一下子从地上跳起来,不管不顾地一把抱着她说:"不,不,以后我会对你好的,谁也不能再把我们分开了,明年开春咱们就结婚吧,开春。"

这一幕和那些话语,被随后赶来的韩红英全看见了,全听见了。

那天晚上夜深人静的时候,营区另一边干部宿舍里也发生了一件稀奇古怪的事。韩红英一把推开苏副队长的房门,对那个正打算关灯睡觉的小个子男人说:"喂,你不是一直想要我吗?今天晚上我可把人给你送来了。"

睡意蒙眬的苏副队长一下子惊得呆住了,他愣愣地望着韩红英,不知道究竟发生什么事,好半天他才闻出了韩红英浑身的酒气,立刻上前去一把关上房门,回身对韩红英说:"你今天是怎么了?"

"怎么了?我把人给你送来了呀。你说我——我贱吗?"韩红英说着,突然开始一件一件脱去自己身上的衣服。苏副队长依然愣愣地站着,不相信自己眼前发生的一切,直到听见韩红英的最后一句话:"姓苏的,你赶快动手呀,趁着我还没有改变主意。"

苏副队长仿佛突然清醒了过来，转眼间就变得如同平日训练场上一样勇猛而敏捷，他像一只豹子那样凶猛地扑过去，一张嘴便狠狠亲在了韩红英滚烫的脸颊上……

两个月之后，传来了韩红英和苏副队长申请结婚的消息，据说领导马上就批准了。

第三篇
火线情仇

一

随着那年春天一起到来的，不仅有早春那种暖洋洋、甜蜜蜜的气息，还有另一种让官兵们不由血脉贲张的信息，刚过完年部队就接到上级通知，所有官兵一律要剃光头，军装、军帽里层一律写上部队番号、本人姓名及职务，并标注血型与家庭住址。紧接着大量的战事物资就络绎不绝地发放到了每个人手上：一个军用背囊、四包压缩饼干、一个急救包，还有净水片及防蚊防蛇的药品，新颖的防刺胶鞋可以抵挡竹签和铁钉的穿刺。至于塑料布的用途就有些让人不寒而栗了，开始大家都很高兴，以为这是防潮挡雨的好东西，后来才听说还有其他用途——是准备牺牲了以后用来包裹尸体的，这立刻让许多人倒吸一口气，把那块塑料布深深压进了背囊底下，生怕看到以后会不吉利。

事到如今，就连最迟钝的士兵也已经清楚地觉察到，一场大规模战争马上就要爆发了。

在紧张和忙碌的状态下，人总是会感觉时间过得特别快。没几天，侦察教导队的所有人员就已经完全收拢，充足的武器弹药配发到位，随行的物资准备停当，只待一声令下，就可以全员出动，随时应战了。在等待开拔的日子里,各分队按照统一部署开展了战前动员和保密教育,一时间请战书、决心书甚至血书都如雪片一般飞向大队部,一种"醉卧沙场君莫笑,古来征战几人回"的豪情与悲壮,一种为国捐躯、慷慨赴死的军人气概飞扬而起,飘荡在军营上空。

让大家在这紧张的临战训练和动员之中感觉最为满意的,就是部队伙食质量有了很大提高。那时普通战士每天的伙食费只有四毛七分钱,因为补贴不足,每个连队平日里都要养猪种菜。到了这个时候,部队就开始砸锅卖铁,连多年积蓄下来的坛坛罐罐也一律不要,全都换成好吃好喝,当然也包括好抽的,送进了官兵们的胃囊。猪圈里原来宝贝一般豢养着的几十头肥猪两天之内宰杀一空,大猪小猪剧烈的惨叫声一时响彻军营。菜地里所有的大白菜、大萝卜全部拔光打包。一切都显得那么紧张、那么痛快,却又是那样有条不紊。

军人也是人,都有着自己的七情六欲,那些日子里各种各样真真假假的传闻和小道消息在军营里到处传扬。不过虽说有些忐忑不安,但侦察队的小伙子总体来说情绪还算稳定,作为一支军部着力打造的精兵劲旅,他们一个个摩拳擦掌,一心盼望着早点和敌军中久负盛名的特工队硬碰硬地干上一场。队里的几个高干子弟也没像有些人猜测的那样临阵脱逃,或者调换到后勤部门工作,而是照样在队里坚守着岗位。据说汪泉山的父亲曾有过让儿子调离前线,去后方部队的打算,可被他本人坚决拒绝了。倒是临时被抽调训练成随队卫生员的陈昌福有些情绪波动。临上前线的那些日子,他经常要借助酒精来忘却眼前的恐惧,还时常会偷偷到厨房里去拿点小菜,或者偷着割下一块猪肉,拿上几个鸡蛋,回自己的卫生室去开小灶。这让队里的其他战士意见很大。

临战前一天晚上,部队早早吹响了熄灯号,好让战士们好好休息。可是这样的夜晚,这些往常总是脑袋一碰枕头就会进入梦乡的年轻人,这次都一反常态睡不着了。皎洁的月光顽强地透过窗户,把临时搭建起的军用帐篷照耀得如同白昼。赵程睁着眼睛呆呆地看着帐篷顶,眼前出现的却是另外一幅幅飘忽不定的画面:一会儿是趴在堑壕里举枪瞄准的敌军士兵,一会儿是炮弹掀起的浓雾烟尘,还有教员们和他们说过的他们设下的那些陷阱及草丛森林里密密麻麻看不见踪影的地雷……

想到这儿,他大腿上像是突然被针扎了似的起了一层鸡皮疙瘩,有一种莫名其妙的痛楚袭上心来。他不由从口袋里掏出小惠的照片,接着又掏出韩红英以前写给他的两封情书。"我还能见到她们吗?"看着看着,这个念头不禁一次次袭上他的心头。

时间一点一滴过去,睡意却还不知在哪里,赵程想着想着,一个念头慢慢在他脑海里坚定了起来:"无论多么残酷的战争都会有活着回来的人,我就不信一定会被打死。行,我偏偏要和命运去搏斗一回,争取回来再见到她们。"

月亮正好升到中天的时候,一阵低沉急促的催促声把他从迷离恍惚中唤醒,赵程明白,苦苦等待的那个时刻终于来临了,报效祖国的时候到了。可是奇怪,真到了这个时候,原先那些乱七八糟的想法一时间全都烟消云散,不知跑到哪儿去了,思路反而变得清晰而坚定。他翻身抓起事先已经准备了无数次的行囊,最后挎上一支"56 式"冲锋枪,还有一副新配备的夜视望远镜,便快速跑进了队列,跟随大部队向前线开进。

黑沉沉的夜幕一直笼罩着整个前沿,一支支向前线开拔的队伍借助夜色快速移动。走着走着,赵程惊奇地发现,这些在训练和前线侦察的过程中已经路过无数次的景物,在这一刻仿佛突然间起了巨大变化。临时赶修出来的急造军路在黑暗中延伸着,此刻已经挤满了向前线开进的部队。一会儿大地微微颤抖起来,越来越激烈,然后身后就突然出现了一列黑乎乎、小山丘一般快速移动着的东西。看着那从黑暗中冷不丁冒出来的长长炮筒,赵程明白了,那是一队队快速行驶着的坦克车。

很快他们就来到了作为边界的界河,河宽只有一二十米,因为是旱季所以水量很小,有些地方仿佛一抬脚,就能够轻松地跨越过去,河对岸就是对方国家的一座城市……

在我方阵地埋伏了两个小时之后,那个万众期盼的时刻突然来临了。只见天空中划过一道金黄色的闪电,飞快地劈向对岸一处黑压压的制高点,稍过片刻才听见"轰"的一声,接着就是火光迸溅,对方的阵地上刹那间燃起了一团烈火。紧接着就热闹了,半空中好似电闪雷鸣,数百公里长的火线上,数万门迫击炮、榴弹炮、火箭炮一齐开火,一条条火龙昂首嘶鸣,带着一道道烈焰飞向对岸,成千上万枚复仇的炮弹带着怒火,一排排倾泻在对方阵地上。炮弹爆炸的闪光此起彼伏、连绵不断,一时间敌方阵地上大地震撼、树木摇晃,完全变成了一片烈火与钢铁的海洋。

尽管炮弹激起的烟柱遮天蔽日,但赵程仍然可以清楚地看到,自己阵地前方的那两个高地片刻之间就被炸成一片焦土,飞进的碎石和弹片一起飞舞,破损的枪械、残缺的士兵肢体不时被炸飞到天空,又四散落了下来。

借助炮火的掩护,深山密林中一队队勇猛的身影快速集结,然后一起踏进了一条小河。早春二月的河水仍有些刺骨,但大家顾不了那么多,按照事先侦察好的路线快速蹚水通过。赵程也随着队列踏入那条冰凉而湍急的河流,他回身望了一眼,仿佛是在向那片此刻已经变得无比亲切的土地告别,然后就纵身一跃,投入了前方那一片看不见尽头的烈焰火海之中。

二

转眼间二十多天过去了,这是怎样的二十多个日日夜夜呀,雷鸣般的枪炮声一刻不停地在耳边震响。即使是穿行在热带丛林之中,也不时会有几颗子弹带着黄蜂般尖利的嘶叫声突然间掠过你的耳边。当夜晚的炮声终于沉寂,而你正沉沉欲睡的时候,突然会有一声惊雷在你的头顶轰然炸响,再看身边已经多了一个硕大的炮弹坑,接着就是战友的尸体,甚至一些断肢残臂掉落在身旁……死神仿佛时时刻刻都在你的头顶上狞笑着飞过,不经意间就会伸出巴掌,一把将你打入那无边无际永远的黑夜。

在真真切切的血里火里经历了这样一段时光之后,这些年轻军官就在这个命中注定属于他们的疆场上忽然长大了。他们的眉毛、胡子和头发一起疯长,整个人看上去蓬头垢面、疲惫不堪,但一个个却坚韧不拔地挺立着,炯炯的眼神也变得非同一般的坚毅刚强,让过去熟悉他们的人见了,都不由在心底里暗自赞叹,几天不见,这群年轻人就忽然之间长大了、成材了!

停战的前一天下午,侦察队终于抵达了我方阵地,就在这时,突然有一个不好的消息传来,由后勤徐副部长率领的一支小分队被敌军截断了退路,包围在距大部队约二十公里的一座小山包上,局势岌岌可危,需要马上派强力部队去接应。可是面对着这群已经在死神手掌下苦苦挣扎了近一个月的青年官兵,指挥员的目光不由有些迟疑,该让谁放弃这即将到来的平安,重新回到那充满死亡气息的地狱里去呢? 要知道,这些可都是百里挑一的难得好兵啊。

赵程第一个站出来打破死一般的沉寂。他悄然无声地拎起手边的冲锋枪,又从军械员那里要了几个满满的弹夹和手榴弹,说了句:"报告副参谋长,还是让我带人去吧!"说完,他又看了看不远处正在擦拭狙击步枪的曹征说:"曹征,你愿意跟我一起去吗?"

只听稀里哗啦一阵乱响,曹征已经把手里的狙击步枪组装完毕,然后站起身来说:"怎么? 你还想撇下我,独个儿去吗?"

第三个站出来的是汪泉山,他像是去参加什么盛大宴会似的拍打着衣服上的尘土,然后扣紧了风纪扣,再把军帽戴得整整齐齐,这才站到赵程身边说:"我也想去那儿玩玩。"

几个人往那儿一站,马上就有二十多名军官士兵陆陆续续站到了他们身边,看看人手好像不够,赵程又大声说了一句:"愿意去的都跟我去呀! 虽说可能会掉脑袋,可立功的机会很多哟,过了这个村,可就没那个店了!"听他这一说,马上又有几个人站了过来。

紧接着赵程又要了几个火箭筒兵,这才想起说:"对了,这次上去伤亡肯定不会小,我还需要一个卫生兵。"于是便叫了一声:"陈昌福,你小子别孬种,跟我们一块去吧。"

藏在人群背后的陈昌福略一迟疑,露出脸来回答:"好好,我也跟你们去。"

临时小分队出发了,又要回到他们好不容易才刚刚挣脱出来的那片地狱里去了。赶来给小分队送行的前线临时指挥部副参谋长是个经历过好几次战争的老兵,望着这些刚刚从死亡线上挣扎过来的小伙子,心里感到十分欣慰。"是啊,"他想,"现在我唯一能够指望的,就是侦察队的这些小伙子了,这些人在任何时候,都知道自己该干些什么。"

不过看到小分队里的曹征,副参谋长还是犹豫了一下,似乎想让他留下来,可曹征看也不看他一眼,就从他身边头也不回地走过去,让身后的副参谋长不由感动得连连点头。

进入敌军前沿不远,赵程闪到路边,看着队员们一个个从身边过去,不过他立刻愣住了，队列的最后出现了一个躲躲闪闪的身影，头上还罩着一顶不知从哪儿弄来的钢盔，仿佛是在有意遮掩着什么。可是不管怎样躲藏，那熟悉异常的身影却全都看在了赵程眼里。

"韩红英！"他叫了一声，"你来这儿干什么？"

韩红英无奈地停下脚步，说："干什么？我来找你的，跟你们一块儿去。"

"这是我们男人的事，和你有什么相干？胡闹，赶紧给我回去。"

韩红英一下子摘去头上的钢盔，"啪"一声摔在地上，厉声叫起来说："什么男人女人！这儿是战场，谁规定的只准你去，就不能让我上？"

赵程的声音变得柔和了："红英，这次上去恐怕不容易回来，你还是别跟着我们，太危险。"

"告诉你，我这次还非去不可呢！我上去不为别的，就是去给我男人报仇的！"那最后的几个字，韩红英是咬牙切齿，一个字一个字从牙缝里迸溅出来的。

赵程一听不作声了，周围的几个战士也围过来，一起默默低下了头。一个星期前苏副队长自告奋勇，带着一个侦察小分队去两军交战最前沿捕捉俘虏，抓到手的时候被敌人发现了，漫山遍野地追赶他们，就在最危险的一刹那，苏副队长命令大家带着俘虏从一条小路转移，而自己带着通信员边走边打，把敌人引向了另外一个方向。据说最后他和通信员被敌人包围在一座小山上，打光了所有的子弹以后，拉响了身边最后一颗手榴弹，与涌上来的追兵同归于尽了。

消息传来，赵程和所有听到的人都感到惊讶，没想到这个平时小里小气甚至有些市侩油滑的小个子，关键时刻竟然是这样一个勇敢无畏的英雄，他的身影在他们脑海里霎时就变得无比高大。

一阵沉默之后，赵程无奈地点点头说："行，反正现在你也回不去了，就跟在我身边吧，不过得处处小心。"他看见韩红英手里那支长长的"56式"半自动步枪，便叫来身边一个战士，换下了他手中的那支冲锋枪，掂量了一下感觉还是太重，又给韩红英换了一支侦察兵专用的折叠式微型冲锋枪。做完这些，他们一句话都没说，一齐向着那片仍被炮火染红半边天的地方奔去。

这一去，小分队好几个小时都没有音信。就在指挥部着急上火的时候，通信参谋惊喜地跑来报告:赵程小分队已经给指挥部发来了第一份电报,冲破敌军好几道封锁线,他们已经和被包围的后勤分队会合了。

此刻在硝烟弥漫的封锁圈里,小分队官兵和被他们救出的战友们正紧紧拥抱在一起。经受了这么大的磨难之后,这些铁骨铮铮的汉子即使已经在阎王爷眼皮子底下走了好几遭,也仍然止不住一个个热泪盈眶。韩红英更是双腿一软,对着几个阵亡士兵的尸体跪了下来,她显然想起了自己牺牲的丈夫。

在成堆的尸体中间,他们发现了已经阵亡的后勤部徐副部长。尽管双腿已经被打断,这个已年近半百的老兵手中仍然紧紧握着一支冲锋枪,上面的弹夹全都打空了,显然是在带头抗击冲上来的敌军时壮烈牺牲的。

望着徐副部长的尸体,赵程说:"这儿所有的伤员和烈士尸体,我们一个不剩,全部都要带走。"

"全部带走?"陈昌福问道,"可是这样一来……"

"别问了,就照我说的,一个不剩,咱们全都带上!"赵程的语气斩钉截铁,没有半点商量的余地。

接到小分队请求立即突围的报告,副参谋长大喜过望,立刻批准了他们的要求,并指示前线部队马上在两个方向上骚扰敌军,以便吸引敌人的注意力,掩护赵程小分队穿越火线。为了保密,小分队没有将具体突围点和时间告知指挥部,只是和指挥部确认了突围部队和我军接应部队的识别方式及呼号,具体的操作则由侦察小队自行决定。

四面楚歌之中,赵程开始在被敌军包围得水泄不通的那个小小包围圈里做突围准备。他指挥几个没有受伤又比较机灵的战士在东西两侧道路上,将携带的地雷进行了布设,并留下了负责掩护的小组。而在北侧则派出数个士兵,开始在敌军的雷场中开辟通道,他又布置曹征作为狙击手潜伏在高地侧翼,负责掩护大部队撤离。

仍在燃烧着的火光和偶尔划过夜空的照明弹,将惨白忧郁的光芒淡淡地洒满大地,边界丛林初春时特有的夜雾渐渐笼罩住两军曾经交火的大地,仿佛是在给所有阵亡的士兵掩上一层轻纱。旁边那个面目全非的村庄里,残垣断壁已经被黑沉沉的夜色遮去,战场上的双方士兵遗体和装备的残骸都被夜色巧妙地掩盖。一切都显得那么寂静,除了村落里还在燃烧着的几间茅屋提示着这里曾经发生的一切,这里就仿佛从来都没有发生过战争一样。阵阵清风拂过战场,如果没有那硝烟和肉体燃烧的刺鼻味道,这会是一个多么惬意宁静的月夜啊。

借着黑暗掩护,突围部队剩下的战士在统一调度下,快速集中在向北的突击地带上,两支部队原本合计应该有一百多号人,可如今能集中在这里的只剩下不到七十人了。赵程让士兵们吃一些剩余的压缩干粮,尽可能补充些体力,然后破坏了一切带不走的装备,进行最大限度的轻装。虽然知道形势严峻,但已经在战场上拼杀过几个来回的战士还是表现出很好的心理素质,即便是重伤员也强忍痛苦,没有发出一声呻吟。

这时赵程发现四周的敌军似乎已经在黑暗中悄悄逼了过来,形势显然已经容不得半点犹豫,他断然下达了全队突围的命令。在汪泉山带领下,派出的侦察组及时清除出一条可让人员通行的道路,并且用几条白色布带做了标示。赵程特地定下向东北方向突击,而不是直接向西北方向最近的我军前线进发的计划,是因为西北方向敌军布防最严密,而东北方向则是敌军的腹地,防御部署相当薄弱,敌军在那儿似乎没有部署什么太强的兵力,戒备也比较松散。他计划先向东北方向突击,绕过敌军主力,在更北方的地方再突然折向西边,从背后打击敌军防御部队,一举撕破包围圈。战机稍纵即逝,要是让敌军发现自己的企图,毫无疑问,这些剩余弟兄就会丧失掉最后一丝脱险的机会。

早就摸上一个敌军警戒哨位的两个士兵一跃而起,在哨兵还未觉察之前,就用侦察匕首割断了哨兵喉咙。整个队伍迅速穿越敌军布设的雷场,展开了突击队形,交替掩护着向敌军的主防御阵地侧翼无声地前进。不远处的敌军集结点被杂草和灌木遮挡着,还看不太清楚,但敌军士兵轻微的咳嗽声和低低的交谈声已经能够清晰地听到。为防止被炮击,敌军也没有点燃篝火,只是埋设了些地雷,并布置了警戒哨,只等太阳升起,给包围圈里的官兵最后一击,却根本没有想到被围的这些官兵还会选择在凌晨突围。

赵程趴在草丛里默默观察,由于有薄雾,有效视距估计还不足八十米,不过还是能发现敌军匆匆布下的防线比较疏松。在他们的防御阵地西侧明显有个缺口,虽然只是一个一两百米宽的小山沟,却足以供小部队突围。事不宜迟,赵程立刻用手势告诉后面的士兵一个紧跟一个,快速无声地通过这个缺口。

轮到韩红英时,赵程一把拉住了她,自己跃出掩蔽物招手指挥两个士兵冲在最前面。后面的士兵一个个紧跟前面左臂上扎着白毛巾的士兵,悄声无息地行进。前锋眼看就要穿出小山沟到达较为安全的地域了,却有一声凄厉的枪声突然间划破寂静。赵程马上听出来了,那是敌军装备的苏制冲锋枪的枪声。

赵程心一紧,赶紧一招手,然后大声下达命令,带着原先负责给大队断后的几个战斗小组,直接向从睡梦中惊醒的敌军发起了进攻。他们没有急于开枪暴露自己,而是奋力将手榴弹扔进了敌军宿营地,并且在敌军难以直视的地方将"60式"迫击炮弹以大角度射进敌军阵地,飞溅的弹片炸得近处的敌军鬼哭狼嚎,轰隆隆的巨响在四处剧烈地回荡着。敌军阵地上慌乱爬起来找枪的士兵骤然受到不明方向打击,顿时乱作一团,受伤士兵的惨叫在夜里更是清晰可闻。一些士兵仓促间搞不清楚发生了什么事,只能盲目地向四下疯狂扫射。夜色中各色曳光弹放射出耀眼的光芒四处飞溅,在敌军阵地前交织出一张色彩绚烂的死亡大网。

正在高速通过山沟的部队被这密集的盲射牢牢压制在山沟里。急切之下赵程顾不得遮蔽自己位置,他借着敌军射击的枪口焰火,用一个短点射将一个在重机枪上疯狂射击的敌军机枪手消灭了。身边其他几个战士看到指挥员开火,也立刻拉开距离向敌军正面射击。

此刻大显身手的,要数曹征手中那支长长的老款苏式狙击步枪。只见他略一瞄准,便稳稳地扣动扳机,远处敌军开始应着枪声一个个横七竖八地倒下。精确的射击接连撂倒了好几个没有遮挡物的敌军士兵,"60式"迫击炮弹也让敌军一辆刚刚赶到的卡车被击中起火。很快他们就发现这一带有狙击手,于是便慌乱地躲藏了起来,在山沟里的部队趁着敌军火力转移的空隙快速地穿越过去。看到自己的主力已经脱离危险,赵程便招呼身边的战士加紧跟上,要在敌军部署完成之前抢先穿越这条山谷。可是刚一起身,一排排曳光弹就开始拖着血红的信子在小分队周围穿行。赵程身边的一个战士一声闷哼,身体剧烈地蜷缩起来后就没有声音了。负责掩护的几个士兵边打边撤,不时有人在弹雨中慢慢倒下。

　　此时敌军指挥官可能已经查明了战场态势,火力组织明显有了章法,判明突围部队的攻击方向后,甚至还有一群敌军开始爬出堑壕,追击已经穿越山谷的我军小分队,但主力却仍然死死卡住那条小沟。敌军阵地上几挺机枪咆哮着,将一片片恐怖的死亡之雨准确地洒在正在突围的战士身上,甚至已经有几发不知从哪射来的迫击炮弹打在了队伍前面,两个猫着腰前进的战士立刻被剧烈爆炸撕成了碎块。

　　部队遭到来自三面的交叉射击,被死死压制在原地,转瞬间就伤亡了近三分之一的人。为了遮挡敌军视线,赵程大声命令战士们将所有的手榴弹集中投向敌军射击最猛烈的那个方向。可即便是这样,阵地后面的敌军仗着自己有工事保护,依然猖狂地向这个方向盲射,根本不顾及自己是否暴露。山沟里到处都是厚厚的芒草和灌木,一时间燃起熊熊大火,火光使得我军战士的身影不时映衬在明亮的背景下,更加便利了敌军的射击。风向也是吹向敌军的,不但使敌军火器发射的硝烟很快被吹散,更使早春干燥的树丛噼里啪啦地燃烧起来。用不了多久,恐怕就要连这暂时的栖身之处都要被火焰给吞噬了!

　　身处这样的绝境,看着身边战友们一个个倒下,赵程眼睛不由红了起来,手上的冲锋枪不停地向敌军射击,可依然摆脱不了眼下的困境。眼见我军的火力越来越弱,赵程心底不由升起一丝绝望,难道自己就要葬身在这里了吗?这时一发火箭炮弹在他身边不远的树干上爆炸,虽然他没有受重伤,可他的左臂和脸颊都有飞溅的钢珠深深嵌入,鲜血顺着脸颊流淌了下来。他身边的一个排长拼命冲过来扶起他,可一个战士发现排长身上也染着血迹,喊了一声:"排长,你负伤了。"排长伸手往胸前一摸,发现满手是血,当下就昏过去倒在了地上。

　　此时此刻,赵程哪里还顾得上这些小伤,看着满山满谷燃烧的火焰,他脑海里突然灵光一闪,想起训练中教官曾经提起,在森林中遇到山火要点燃下风头的树林,为自己烧出一片避难地。对了,此刻恐怕只有这个办法还会有些效果!即便不奏效,在这样绝望的情况下也只有冒死一试了!于是他大声命令每一个还能行动的战士都将自己身前的草丛点燃,战士们此刻也都杀红了眼,根本没多想就执行了命令。不一会儿,早春干燥的树丛里就蹿起了一人多高的火苗。呛人的烟雾卷着焚烧树枝的黑色炭粒卷向敌军,火焰后突围部队的身影被灼热的空气扭曲了,再好的视力也无法在这片大火中分辨出任何目标,更何况敌军完全处于下风口,浓烟和烈火很快卷向了他们,即便是惊慌躲进工事内的敌军士兵也被这浓烟呛得咳嗽流泪,根本看不清目标,火力顿时变得盲目起来。

瞅准这眨眼即逝的机会,赵程他们发起了拼死冲击,竭力要在这片大火中冲出一条生路。他们每一个人都被身边熊熊燃烧的火焰灼得满脸是泡,身上本已破旧的军服也被烧出一个个窟窿,有的甚至还冒出了烟,可这都不能阻止他们拼死突围的脚步。剩下的官兵们硬是在火场中闯出一条道路冲了出去,逐渐摆脱了敌军的追赶主力,留下来担任狙击任务的十几名战士,却已经只剩下不到十个人了。

冲过一个小山冈时赵程眼睛一亮,他发现远处有三颗红色的信号弹正在冉冉升起,看样子再冲出不远就是我军阵地,那时就该完全脱离危险了。可是来不及高兴,他就发现身边不远处的曹征一下子向前扑倒,他连忙冲过去叫了两声,却听不见任何回答,伸手摸摸,只觉得曹征胸口上热乎乎的,分明是负了重伤。"来人,快来人呀,卫生员!"没见陈昌福,不远处的韩红英却应声过来,马上掏出急救包给曹征包扎起来。这时后面的枪声越逼越近,看样子追兵已经离得不远了。赵程赶紧又朝身后叫了一声:"来人呐,快来人。"

"别叫了,还能跑的已经不多了。"韩红英在黑暗中回答了一声,"还是我来背着他走吧。"

"你一个女的,能背得动?"

韩红英没有回答,只是一咬牙把曹征背在肩上,踉踉跄跄地向前走了几步。

"不行不行。"赵程说着,一把拉住了一个正从身边跑过的士兵,借着远处的闪光赵程看清了他的脸,原来正是陈昌福。赵程心里一喜,忙说:"陈昌福,就你负责了,背着曹征走,千万不能把他给丢下啊。"

陈昌福从韩红英身上接过曹征,快步消失在黑暗当中。赵程又在原地坚持了一会儿,向后打出最后一梭子弹,然后拉着韩红英一起跟着大部队快步跑去。

距离国境线已经不到一公里了,可敌军发现这里情况危急,大批增援部队正在向这边合围，小分队携带了不少伤员，根本不可能跑得过敌军从后方调来的轻装部队，战斗已经呈现胶着状态。抬着担架的我军士兵不时被飞来的炮弹碎片击倒，沿途不时留下了一些烈士遗体，鲜血染红了整个突围的道路。

当赵程赶回队伍中间的时候，整个部队只剩下两发火箭筒了，为了冲开敌军的封锁，打红了眼的火箭筒手甚至到距离敌军工事只剩几米远的地方才发射火箭。这近乎是同归于尽的做法。面对这样不怕死的冲击，敌军也开始胆怯地向后撤退。小分队这才能够跟着他们前进一小段。可眼看残存的火箭筒也快打完了，绝望的我军士兵用没有了子弹的枪托砸坏已经没有弹药的发射器，抱着炸药包向敌军冲去，被机枪打倒一个后，后面的战士前仆后继地跟上。在这样的生死时刻，什么战术动作都已经没有了用场，双方士兵几乎是在用自己的血肉之躯做最后的拼搏，就看谁能够坚持到最后一秒了。

战场上的伤亡越来越大，每前进一步都要付出极大的代价，敌军仍在拼尽全力抵抗着小分队的进攻，以为只要再坚持一段时间，就可以轻松地将这支几乎陷入绝地的小部队彻底吃掉。此时此刻，战场上已经呈现出一种十分微妙的态势，只要其中一个手指轻轻一拨，就会完全打破平衡，让胜利的天平转瞬间倒向其中一方。

就在小分队连最后一粒子弹都将近打光，马上要失去最后力量的时候，夹在我军主力和突围部队之间的敌军背后突然响起了激烈的枪炮声。在东边两公里外的一个地段，更是传来了我军轰击敌军阵地的猛烈炮声，本来就已经在苦苦支撑的敌军哪里能承受住我军这样的两面夹击，他们顿时失去了斗志，交替掩护着向两翼溃退。赵程和他的小分队拼尽全力冲过了敌军的封锁线，大多数人身上都带着好几处伤痕，赵程一瘸一拐地冲在最后面，泪流满面地用自己的手电筒向着迎面冲来的接应部队，打出了规定的识别信号。

"得救了！终于得救了！"就在和接应部队会师的那一刻，赵程心中狂喜得几乎不能自制，一把抱住一个要来扶住他的小战士，疲惫和全身的剧痛一起涌上，他眼前一黑就昏了过去……

可是有一种危险的预感似乎还在提醒他，赵程突然清醒过来了。"曹征呢？曹征在哪里？"赵程一边吃力地呼唤，一边在人群中费力地寻找着，可喊了许久都没人回应。在人群最外边赵程突然发现了低着头的陈昌福，便上前去问道："昌福，曹征呢？曹征在哪里？"

陈昌福没有回答，头却垂得更低了。赵程怔了一会儿，突然明白过来了，冲上前一把拎住他胸口的衣服说："曹征在哪？在哪里？你把他给丢了吗？"

陈昌福几次想要挣脱，却怎么也摆脱不了赵程的手臂。这时汪泉山也匆匆赶过来问道："快说呀，曹征在哪儿？不会是你把他给丢了吧？"

陈昌福一下子瘫软在地上，却仍然说不出一句话来。

"啊！"赵程一下子大声喊叫起来，"你真的把他给丢了。他现在在哪里？"

陈昌福无奈地抬头，随意指了指说："那边，放在那边一棵大树底下，我实在背不动了。"

"你……"就像一座火山突然爆发，赵程又是一声怒吼，接着闪电一般从腰间掏出手枪，一下子抵在了陈昌福的脑门上，嘴里愤愤地骂道："你这个王八蛋，我毙了你！"

韩红英一下子扑了过来，紧紧抓住赵程的手臂说："你在干什么？可千万别犯错误呀！"

赵程从盛怒中清醒过来，这时副参谋长也已经匆匆赶到，一听说曹征没有回来，不禁也有些着急，脱口而出地说："糟糕，怎么单单把他给丢下了？"

赵程不客气地瞪了他一眼说："你放心，我不会把他给丢下的，不过绝不是因为他是曹副司令的公子，而是因为他是我的战友。只要是战友，就一个也不能丢下。"

话说完，赵程的手枪口又顶上了陈昌福的脑袋，说："走，你跟我一块儿去。"

"去……去哪儿？"陈昌福浑身颤抖着。

"回去找到他呀，浑蛋，你不知道他是个狙击手吗？一旦被敌军俘虏，肯定就活不了。那些敌军，一定会把他活活给剐了的。告诉你，今天他要是出不来，你也就别想活到明天了！"

他说完，拉着陈昌福就向敌方阵地那边冲去。身后韩红英、汪泉山和刚才那批突围出来的战士一个不剩，全都跟着他又向那片炮火染红的战场冲去。

再次冲入敌军防线后大约五百米，陈昌福突然停住脚步，借着刚刚有些亮起的曙光观察了一下地形，然后指着不远处一棵黑黝黝的大树说："那边，我当时就把他放在那棵大树下面。没错，现在应该还在那儿。"

赵程急急忙忙向大树扑过去，隔着老远就看见树下面果真躺着两个人，扑到眼前一看，第一个身躯已经冰冷僵硬，显然无法抢救了。抱起第二个，仔细擦干净那张乌黑的脸，一看果然就是曹征。他忙返身对陈昌福说："这回你无论如何，都要把他给我背出去。我告诉你，有他在，就有你的命，但他如果不在了，你也就别想再活着了。"

这回陈昌福不敢怠慢，赶紧俯身背起曹征，拼命向着我军阵地那边奔去。

身后已经出现了好几个敌军追赶的身影，一阵剧烈的枪响之后，身边的一个战士扑倒在地上。赵程不顾一切地卧倒在地，举枪向那些若隐若现的身影疯狂射击。汪泉山等人也跟着他一起拼命抵抗，一阵激烈的弹雨之后，那些追兵的身影全都消失在渐渐亮起来的曙光之中……

三

一个月之后，南海边的一所军营里热闹非凡，一波波的海潮拍打着海岸线，奔涌着，仿佛是想前来拥抱这群刚刚从前线胜利归来的年轻士兵。伤愈归队的曹征似乎显得更加瘦小了，一套三号军装穿在身上，都显得空空荡荡。一进门他就对着赵程的脸久久凝视着，然后才一把抱紧他说："我欠你一条命，赵程，欠你一条命。你放心，这辈子我会还给你的。"

赵程有些不好意思，慢慢推开他的手臂说："算了吧，什么命呀欠呀的，咱们不都活得好好的吗？今天这样的好日子，还说这些话干什么。"

汪泉山也走过来，使劲搂着他们俩说："是啊！活得好好的，潇潇洒洒，快快乐乐，多么好的事情，红英，你说对吗？"

细心的韩红英还没来得及回话，就觉察到门外好像有什么异常声响，便警惕地对着那儿喊一声说："谁在那儿？干吗鬼鬼祟祟的？赶快出来。"

门果然慢慢打开了，走进来的是陈昌福，他红着脸，扭扭捏捏地支吾了好一阵子，才对曹征说："对不起，曹征，是我把你丢在那儿的，我对不起你。"

曹征笑一笑说："别说了，最后不也是你把我给背出来的吗？我还得好好谢谢你呢。"

陈昌福又对身后的赵程和汪泉山看了看，犹豫了一会儿，突然对着他们跪下来说："对不起，对不起。我求求你们，求求各位了。"

几个人不由全都愣住了，过了一会儿韩红英才上前拉起他来说："你这是干吗，怎么了？"

"你们千万不能把我在战场上丢下曹征的事情说出去呀，一旦说出去，我就是不上军事法庭，也会被开除军籍，遣返回原籍的。你们不知道，我的原籍，那可是一个连鸟都不拉屎的穷山沟呀，一旦回到那种地方，我这辈子可就全完了，全完了啊。你们都是我的兄弟姐妹，看在大伙一口锅里吃了好几年饭的分上，可千万要救救我，救救我，不能把我推下水去呀。"

赵程和几个人对视一眼，点点头说："你放心，陈昌福，我们不但不会把你的事情说出去，而且还要向上级报告，说是你主动返回战场，把曹征给救回来的。"

"对，对！"汪泉山和韩红英也异口同声地说，"我们会向上级报告，说是你主动去把曹征救回来的。"

陈昌福这才站起身，连连向几个人作揖说："谢谢，谢谢了。你们是我的救命恩人，你们的大恩大德，将来有机会，我一定要好好报答你们，肝脑涂地也在所不惜啊。"

这时一阵强劲的风从海面上吹来，推开门窗一直扑到他们身边，让几个人都不由开心地大笑起来。赵程看了看身边几个战友，动情地说："这几年的兵没有白当，我最大一个收获，就是认识了你们这几个铁杆兄弟。"他说完，又看了看韩红英说："当然还有你，好姐妹。我问你们，离开军营之后，你们都想干些什么呢？"

"离开军营？"韩红英说，"现在说这个还太早了吧？"

赵程说："不，铁打的营盘流水的兵，咱们或迟或早都会脱下这身军装的，再说经历了这么一场生死交战，我还真不想再当兵了呢。这几天我经常在想,脱下了这身军装,我还能干什么? 五年之后,或者十年之后,我们这些人又都会在干什么?"

一时间屋里的每一个人都陷入了沉思,过了好一阵子,仍然是赵程第一个打破沉寂说:"将来有一天,我想去拍电影。"

"拍电影?"汪泉山第一个拍着巴掌"嘿嘿"地笑起来,说,"就你这样的,还想拍电影? 白日做梦去吧。"

"为什么不行?"赵程抬起头,脸色显得十分严肃,他说,"你知道我为什么突然想拍电影了吗? 是想把我们这些人的经历,受过的苦,拼死拼活的追求,还有这些生生死死的战友情谊,尤其是那些牺牲了的烈士全都记录下来,将来一点一滴,全都活灵活现地告诉咱们儿孙,还有全世界的人们。我想过了,要把历史告诉后人,最好的方式,还就数电影。"

听他这么一说,大家顿时沉默下来,过了一会儿,韩红英先拍着巴掌笑起来说:"你说得好,太好了,将来你要是拍电影的话,我一定会想办法前来参加的。"

"对。"曹征和汪泉山也一起点头。汪泉山还说:"你要拍电影的话我第一个报名,这男主角你就不用考虑别人,肯定非我莫属了。"

"你呀,"曹征插嘴说,"你要是当主角的话,不过就是个花花公子。依我看,韩红英倒是完全可以胜任女主角。"

"对!"赵程点了点头,"红英啊,今后我要拍的电影里,无论如何,肯定会让你当女一号的,这事咱们就说定了。"

几天之后立功受奖的名单下来了,曹征荣立二等功,而赵程只有三等功,汪泉山和韩红英的名字都没有出现在立功名单上,陈昌福却因为主动返回战地抢救伤员而荣立了三等功,而且还被提拔当了干部。

名单公布后,大家都为赵程鸣不平,吵闹着要去找上级反映。不过赵程自己却看得很淡,这是因为在从战地返回的半路上,他看到了这样刻骨铭心的一幕:

那天车队盘旋在长长的环山公路,登上半山腰一处"U"形公路段的转弯处,再向山下望去的时候,赵程看见了由三个圆形高地组成的三角形,那是三个高度差不多的小山包,此刻用推土机推成的环形梯田状台阶已经布满了山头，那上面全部埋着烈士忠骨。每位烈士都头向中心，脚向外地躺在长形的红土坟堆里，一圈又一圈、一层又一层，就像是三个巨大无比的花环，静静地呈现在湛蓝色的天幕之下。

看着看着，赵程不由缓缓地脱下了军帽，这些人中间肯定有那位直到战死，仍然紧紧攥着冲锋枪的老兵徐副部长，有那天跟着他冲回敌军阵地的小分队成员，还有那位受伤不曾察觉，直到鲜血默默流干才倒下的排长……这些花环后面的烈士如今都已经永远离开了部队，离开了家庭，离开了这个喧嚣而又美好的世界，永远化为蓝天下一个个默默开放的花环了，尽管他们将永远活在战友、亲人和父母的脑海里。

一阵剧烈的痛楚涌上心来，赵程不由默默低下了头。他永远不会后悔参加过这样一场战争，更不后悔几次提着脑袋重返险境。他想，这些经历会是我人生中一笔无比宝贵的财富，会让我的人生从此变得豁达开朗、坚定无比。可是我今后的日子会平静吗？会平坦吗？不，不会的，一定还会有许多的坎坷、痛苦、折磨、挫折，当然也会有欢乐和荣耀。不过和刚刚经历过的这场战争相比，这些都只会像山间那些缓缓流淌的山泉清溪那样明澈、轻快而又平凡了

第四篇
厂长也不好当

一

　　赵程从部队转业回到农场的头一两年,是小惠这一辈子最幸福最满足的时光。有时候当她从梦中醒来,听着枕头边上那个人低低的打鼾声时,都会不由自主地思忖:眼前的这一切难道都是真的? 莫非自己真的成了赵程的新娘? 她过去遭受过的一切,无论冤屈、寂寞、辛劳、牵挂⋯⋯都在这个时候得到了满足和补偿?

　　那些日子里,她做到了一个贤妻所能够做到的一切,每天都会不停地问丈夫:"你想吃些什么? 你喜欢吃什么?"然后自个儿费尽心机地做好一桌子丰盛的饭菜,心满意足地看着丈夫把它们吃下去。厂里下班之后,她既不出去串门,也不出去玩耍,不是给赵程打毛衣,就是给他做鞋子补袜,衣柜里那一摞厚厚的毛衣和布鞋,在无声诉说着她对丈夫的爱。她把丈夫伺候得很好,就连赵程的父母都对这个孝顺的媳妇赞不绝口。她很快就发现自己怀孕了,或许她马上就不仅仅是个贤妻,而且也会成为一位良母了。

　　不过这些小惠心目中的幸福时光,反过来倒成为赵程心中最索然无味的日子,这不仅是由于告别部队生活后的不适应,也由于他担任厂长的那个农场汽水厂产品的"索然无味"。这些农场用土法因陋就简生产出的汽水,总是随时随地散发出一种甜丝丝的腻味,有时闻上去会让赵程感觉有些恶心。不过在那个除了空气,似乎什么资源都缺乏的年代,有这么一种甜丝丝,冒着细小气泡的土制汽水,已经让周围许多人羡慕得快要咬破舌头了。

不过这些汽水的销路却一直不好,关键原因还不在于汽水味道,而在于产品的包装。这些汽水开始用一个个木制大桶装着,运到各地区去销售。运输方便了,可销售却变得十分麻烦。后来改成了玻璃瓶,二十四瓶一个单元,装在方格木箱里零售,消费者喝完之后,再把空瓶和木箱一起收回来,这样虽然比用木桶好多了,但销路却仍然难以打开,而且各种损耗率还十分惊人。

那些天赵程总在琢磨,看能不能找到一种既方便,而成本又不高的包装办法,好把自己厂生产的这些很难侍候的甜水早点运出去。这天赵程走到街上抬头一看,眼前出现了卷毛摇头晃脑的身影。说起这卷毛,倒也是农场小镇上一道奇特的风景,他父亲是原农场场长的亲属,在一场运动中参加武斗被打死了,母亲也随后去世。卷毛读到初中一年级就再也读不下去了,整天就在街面上瞎晃荡。那时改革开放,国门刚刚打开,五颜六色的东西一时间如春潮一般涌入,许多年轻人都被迷花了眼。作为小镇上领港台风气最早的一批年轻人,此刻的卷毛穿一件五颜六色的立领花衬衫,下身穿一条上窄下宽的喇叭裤。那宽大的裤腿一直拖到地上,走起路来带着一阵风,仿佛是决心要当个义务扫地工,把满镇大街上的灰尘全都给打扫个一干二净。他脸上戴着一副没有撕去外文标签的宽大蛤蟆镜,手里一摇一晃,提着一台时髦的"索尼"牌录音机,隔得老远,邓丽君甜丝丝的歌声就已经飘进了路人耳朵里:"甜蜜蜜,你笑得甜蜜蜜,好像花儿开在春风里……"

赵程随意瞥他一眼,正打算擦身过去,却突然惊讶地站住了。让他站下来的,绝不是那些让他一时还接受不了的流行歌曲,而是卷毛手里拿着的那个瓶子。那是一个小巧玲珑的流线型塑料瓶,里面装着一些深褐色叫不上名字的饮料。赵程仔细看了看,开口问道:"卷毛,你手里拿的什么?"

卷毛正恨这满大街的人没一个愿意搭理他呢,一听赵程问话立刻便来劲了。他一边炫耀似的晃了晃手里的饮料瓶,一边左顾右盼地说:"怎么样,没见过吧? 告诉你,这可是正宗美国进口的饮料,大名就叫作'可口可乐'。"

"可口可乐?"赵程的眼睛忽闪了一下,他早就听说过这种国际上大名鼎鼎饮料的名字,在美国已经流行了近百年,成为许多美国人离不开的日常饮品,就连美国兵出外打仗都要随身带着它。战争期间,美国人甚至还在战地前线建起可口可乐工厂,每天把它当作必不可少的供给品,送到前线每一个大兵手上。据说若有一天供应不上,美国大兵的士气就会受到影响。虽说这名字如雷贯耳一般早已响彻多年,但赵程却一直没有机会亲眼看见,更别说亲口品尝这种早已风行大半个世界的饮料。如今自己也干上了饮料这一行,正想去找来尝尝呢,没想到今天就在眼前。于是赵程盯着那瓶饮料看了又看,问道:"这真的是可口可乐?能让我尝一口吗?"

卷毛兴奋地把头点得像鸡啄米,一迭声地说:"嘿嘿,没喝过吧,行,行,赵叔你尝一口,一口,就一口啊。"他说着便把那瓶饮料大方地递给赵程。

赵程接过瓶子,先里里外外仔细打量一番,然后才抿上一口,眉头立刻皱了起来。这是个什么怪味呀,我的天! 不甜不咸不说,还有一股说不清道不明的药味,这样的东西,美国人还当宝贝? 就这,还不如我们厂里生产的那种廉价甜汽水好喝呢。

不过让赵程动心的,却是这可口可乐的包装,塑料的瓶子轻巧灵便,流线型的外观十分耐看,就像一个打扮入时的妙龄女郎一样时尚可爱,而且看起来成本也不会太高,如果自己厂里生产的汽水能够换成这种包装,再起上一个好听的名字,说不定就能起死回生,一下子把销路全打开了。想到这里,赵程拎着瓶子回身就往厂里跑,走出好长一段路,才听见身后卷毛大呼小叫地追上来说:"赵叔,赵叔,你怎么一声不吭,就把我的可口可乐给拿走了呀? 这样的好东西可没地方买,我好不容易,才托人从上海带来的呀……"

赵程回头,远远丢给卷毛十块钱,然后又喊一声"这钱该够了吧",就头也不回地跑了。

三天两夜的火车颠簸着,把风尘仆仆的赵程送到远在大西北一个风沙弥漫的小城。小城虽不大,地理位置也偏僻,可著名的三线企业红星机械厂就设在这儿,赵程费尽心思好不容易才打听到,国内能够生产像可口可乐这样产品包装机械的工厂仅此一家。

一下火车顾不上洗脸休息,赵程披着满身风沙就冲进了红星机械厂,找到了厂里的供销科科长,满脸赔笑地递上介绍信,说要购买一套厂里的包装机械。科长是个五十多岁的胖大汉子,一张脸板得就像城边上那片沙漠一样荒凉,没听赵程把话说完,就把介绍信随手往桌上一扔,说:"农场汽水厂,这算什么级别的单位? 告诉你,上我这儿来打交道的,可都是些国家级的大厂。你呀,就在这儿排队等着吧。"

"排队,那要等多少时间?"

"那可不一定。"科长说着,伸手拍拍办公桌上堆着的厚厚一叠纸片说,"看看,像你这样的介绍信,在我这儿有这么一大摞呢。你再看看外面排队的那些人,少说也有上百个,等这些人的货全都供完了,嘿嘿,兴许就会轮到你了。"

赵程愣住了,说:"那不至少要等一年吗?"

"一年?"科长笑起来说,"那可不行,怎么说也得等上个三五年吧。年轻人,你也不想想,咱们这红星机械厂可是老牌子,产品全都列入国家计划,专门供应国内各家大食品厂。就你们这样小打小闹的厂家,压根儿就不在我们计划安排之内,要等产品有了剩余,才能酌情调拨一些给你们。所以说等个三年五载还算是快的,真的要等起来,十年八年都说不定呢。"

赵程满脸堆笑地对科长说:"科长,你看我老远从江南赶来,火车都坐了三天两夜,好不容易才见到您老人家,就算照顾照顾我,您早点给我调配一套吧,我们可以付现钱。"

科长头昂得更高了,语气却仍然那么冷淡:"像你这样的都要照顾,我怎么照顾得过来啊,再说了,就是真要照顾,也轮不到像你这样连名字也没有的小厂。我说,你还是直接找厂长去吧,只要厂长开口,我呀,立马就会同意的。"

赵程心里一动,心想去找厂长,把自己的困难好好和他说说,或许真的还会管用呢。于是他多方打听,好不容易才找到了厂长办公室。可隔得老远,就被一个秘书模样的女人给拦住,二话不说就把他撵出了门。赵程无奈,只能在城市近郊找个收费便宜的小旅馆暂且住下,然后天天一大早就去厂里面等厂长。

谁知等了足足三天,他却连厂长的面都没见上,再过两天就更不妙了,只要他在办公室前一露脸,那女人就会立刻叫人把他给撵出去。这下赵程着急了,临走时身上只带了一千多块钱现金,还是在会计那里东拼西凑,把厂里最后的一点流动资金都带出来了。他目前住的小旅店设备简陋,住一天也就二十块钱,再加上三餐吃面条,啃上两个馒头,至少也要四五十块钱,这样子熬上个一两个月,这带来的经费不就全泡汤了吗?还怎么回家去啊?对了,他可以找到厂长家里去。办公室有秘书,厂长家不会还有秘书吧?到时候准定就能够见到厂长了。

打定了主意,赵程立刻装成厂长的远房亲戚,去厂门口传达室打听到厂长家的地址,然后就直奔那个周姓厂长家里去了。

厂长的家在厂区尽头一个小院子里,高高的院墙连着厚实的大门。赵程在门口敲了半天,才出来一个看样子是厂长老婆的女人。不过也是简单问了几句话,就把大门"砰"的一声用力关上了。

又吃了一次闭门羹,走投无路的赵程急得就像热锅上的蚂蚁,整天在那个小小的旅店房间里转来转去,绞尽脑汁地盘算。他心想:"看来正常的路子肯定是走不通了,能不能转个弯再想点其他办法呢?比如请客,或者送礼。"他的脑海里突然跳出了这么个念头:"听说现在一些地方搞活经济,做生意可以用送礼的方法打通门路,我能不能也去尝试一下呢?"这个念头刚刚起来,马上又有另一个声音在他耳边响起来,语气还十分严厉:赵程,忘了你是个共产党员、转业干部吗?怎么能去搞请客送礼那一套呢?难道你想走歪门邪道吗?

可是另一个强劲的声音又立刻响起来,语气听起来还加严厉:管不了那么多了,现在上边不是说过吗?"实践是检验真理的唯一标准",难道你就这样束手无措,看着厂里边产品滞销,几十号兄弟姐妹们饿肚子,等着下岗吗?远在这西北的小城里举目无亲,不请客送礼,你还能怎么办?对,只要能够把事情办成,该送礼的,咱坚决还得送!

解开了这个心结,赵程心里顿时轻松了许多,可紧接着又有另一个更加严重的问题摆在眼前了:送些什么礼好呢?自己出来的时候不开窍,什么土特产也没带出来,如今在这大西北两眼一抹黑,贵的买不起,又不能去大街上买些现成的西北土产,这可怎么办呢?他在心里边暗暗埋怨自己,为什么当初就那么笨,不知道从家乡带些名贵稀缺的土特产过来呢?

想到这里他眼前一亮,突然想起昨天路过市区最高档的百货公司,看到橱窗里陈列着的那两条金华火腿。对了,金华火腿,这可是浙江最名贵的土特产之一呀,进得了厅堂,下得了厨房,拿得出手,说得出口,肯定能够打动厂长的心。想到这里,赵程立刻风风火火走出旅店,去百货公司食品柜台咬牙花两百块钱买了两条金华火腿,提着去了周厂长家。

又是一番敲门等待,厂长家大门才很不情愿地开了一条小缝,露出厂长夫人那张冷若冰霜的脸。这回没等她开口,赵程就笑着说:"你放心,我马上走,马上就走。我是浙江来的,听说老厂长为工厂做了很大贡献,我没什么东西可以表达心意,身边只带了两条家乡出产的金华火腿,没其他意思,就是想请他尝鲜。"说完,他就像端着两支枪似的,把那两条金华火腿很快塞进厂长夫人怀里,也没等她捧牢,就转身逃也似的跑了。

第二天傍晚,赵程又来到厂长家想打听打听消息,谁知还没等他靠近,那门就自动打开了,厂长夫人像支火箭似的从里面射出来,一下子窜到了赵程面前,瞪着一双愤怒的大眼怒气冲冲地责问他说:"我们和你是有冤还是有仇,你要这么上门来恶心我们?"

赵程一下子愣了,连忙问:"怎么了?怎么了?"

"怎么了?你自己看看,这么个长了白毛发了霉的东西,还要硬塞到我们家来,你安的是什么心?"夫人说着,一把把那火腿向赵程劈头盖脸砸了过来。

赵程一激灵,赶快伸手把那火腿接住,也不顾脸上被砸得生痛。"发霉?"他奇怪地想,赶快把那些火腿拎回旅店打开一看,火红色的腿肉,喷香浓郁的味道,这不明明是上好的特级金华火腿吗?怎么在厂长夫人嘴里,就变成一块发霉的臭肉了呢?赵程摸着脑袋费劲地想了半天,渐渐明白过来了:虽然贵为厂长夫人,可长期待在这偏远荒凉的西北边城,想必根本就不认识火腿是什么东西,光看到火腿表面浮着一层白白的脂状物,就想当然地以为是发霉了。对,这一定是厂长夫人弄错了,可又不能去向她当面解释,这可真是拍马屁拍到马蹄子上,闹出大笑话来了。接下去该怎么办呢?总不能事情没成,还提着两条火腿回到原产地浙江去吧?赵程摸着脑袋想了半天,才想出一个办法,经过这几天的观察,他发现这厂长夫人没事的时候,总爱去那家百货商场溜达。对了,他就在那儿想办法和她解释清楚。

第二天一大早百货公司刚刚开门,赵程就在那儿守候着,快到中午的时候,果然看见厂长夫人打扮得漂漂亮亮,提着个皮包出现在商场柜台前,他悄悄上前拦住她说:"嫂子,请你跟我来看一样东西。"

厂长夫人抬头看是赵程,脸色立刻放了下来,可赵程却更加和颜悦色地说:"不,不,我没有别的意思,就是想请你看个东西。"说完他半拉半推地把她带到了食品柜台前,那上面正招牌一般地悬挂着一条金华火腿,"嫂子,这是店里卖的金华火腿,现在我把售货员叫来,让他给你介绍一下,什么是正宗的金华火腿。"

售货员是个五十多岁的小老头,刚才还老僧入定似的,耷拉着眼皮像在打瞌睡,这回听说有人问他金华火腿,立刻像刚打了一针兴奋剂一般来劲了,口沫横飞大声嚷嚷起来说:"嘿,这金华火腿呀,那可是个好东西,好东西! 以前是贡品,只有皇帝他老人家才能享用,价格可贵着呢。你看看,人家这外形做得多好看,闻一闻,喷香,这也有讲究,叫作色、香、味、形'四绝'。吃了它,可大补呀,益肾、养胃、生津、壮阳、固骨髓、健足力,病人恢复元气,老人益寿延年。妇女产后养身体吃点火腿,既能促进食欲,又增添口福,因为这东西有加速创口愈合的功能,可以用作外科手术后的保健食品。又滋补,还好吃,一举两得,嘿嘿,真是妙不可言啊。"

"你们这儿买的人多吗?"

"嘿,就咱们这又小又穷的破地方,能有多少人买得起? 就我这柜台上,一年也卖不出两条呀。哎,对了,小伙子,你不就是前几天来买过火腿的吗? 我还记得你呢。"

一转脸,老头看见了厂长夫人,脸上的笑容立刻又增加了几分,说:"嘿,看这位夫人满脸富贵相,您就该多买点火腿补补身子,对,你配,你配!"

赵程转回头再看厂长夫人时,那张脸已经红得和火腿差不多了,等她再开口的时候,声音前所未有地温柔:"哎哟,这么说,是我错怪你了,小伙子,不好意思。"

"不不,你没有错怪我,是我没有跟你说清楚。"

"哎呀,可是这么好的东西,已经让我给扔了,这可怎么办呢?"

"嫂子别担心,我已经拿回去重新包装好,现在,已经放在你们家门口了。"

厂长夫人的脚步慢下来,回头粲然一笑说:"小伙子你可真有心,不过这东西这么贵重,咱们可领受不起啊。"

赵程满脸真诚地说:"你放心,我没有别的意思,就是听说厂长对咱们厂贡献大,我是慕名想和他交个朋友。"

厂长夫人对赵程又看了一阵,才"扑哧"一下笑出来声来说:"行了,这回呀,我是土包子闹了个大笑话,回去给你说,让老头子尽快找你谈谈。"

当天晚上夫人就专门把电话打到小旅店,把赵程叫到了家里。来到小城二十天,赵程这还是第一次看见周厂长。奇怪的是,他好像丝毫没有陌生的感觉,因为一进门看见的,就是一颗白发苍苍的大脑袋,那上面有一双和蔼可亲的眼睛。咦,这么面熟,不就是那个慈眉善目的政治部主任吗? 赵程差点就要开口喊出来,不过等厂长一开口,那声音立刻让赵程冷静了下来。不,这完全是另一个人,只不过年纪、相貌有些相仿而已。

周厂长说:"小伙子,听我爱人说,你在我们家门口守了好多天,一定要见我,想干什么呢?"

"厂长,我想见你不是为我自己,是为了我那个厂里几十号工人,想让他们能够生活得更好一些。"赵程说着坐下来,把自己的困难和要求一一向周厂长说了。周厂长沉默了一会儿,看看赵程笑着说:"所以你就这么费尽心思在我家门口等候,还给我送了两条贵重的金华火腿?"

赵程的脸一下子红到了脖子根,连连摆着手说:"不,不,厂长,我不是那个意思,不是那个意思。"

"不管你什么意思吧,我都不能收你的火腿。"厂长一脸庄重地说,"放心吧,你那些火腿我已经转送给了厂部食堂,让大家都尝尝鲜。这么好的东西,在咱们这大西北荒凉地方,可是很难吃到的呀。"

赵程的心放下来,连连点着头说:"对对对,你真是个好厂长。"

厂长笑笑说:"你也别光顾着说好话,你的要求呀,我也不能随便答应。如果因为你送了两条火腿,我就随便答应你的话,不就是开后门吗? 开后门的事,我这个老共产党员绝对不能干。"

他又沉吟了一会儿才:"供销科科长说得确实不错,你们这样计划外的小厂家,只能额外去安排,可我们厂的产品供不应求,国家计划全都排得满满的。这样吧,考虑你们的困难,我额外给你安排一套产品,你三个月以后来拿,怎么样?"

"三个月？"赵程一听急了，"可三个月以后，我们厂可能都已经关门倒闭了呀。"

周厂长说："那我就爱莫能助了，我能够帮你的，最多也就是这样子。小伙子，你还是回去再待两个月，然后过来提取吧。"

第二天早晨周厂长出门的时候不由愣住了，因为他看见门口那棵树下直挺挺地站着赵程。时光已经是初秋，大西北的凉风沙恣肆无忌地吹刮着，在他身上吹落了一层厚厚的灰沙，整个人看起来灰头土脸地十分狼狈。厂长说："小伙子，你在干吗呢？"

"厂长，我在等你，想请你再考虑一下。"

"昨天不是跟你说得很清楚了吗，三个月以后我保证给你安排一套，这已经是我能够给你最大的照顾了。"

"不行，厂长，你如果不立刻答应的话，我就在这儿天天守着你，直到你点头的那一天！"

周厂长这下子不高兴了，背过身子说："你愿意等，那就等着吧，告诉你，我这人说过的话，可不会轻易改变。"他说完就自顾自上班去了。可是等到第二天他出门的时候又不由愣住了，因为门口那棵树下，依然直挺挺地站着满身风沙的赵程。

周厂长止步，仔细地看了他一会儿，却什么话也没有说，只是甩了甩手，又自顾自地走了。

第三天，第四天……一直等到第五天清晨，周厂长出门的时候，看见赵程依然呆呆地站在那棵树底下。这回身上除了厚厚的灰沙，还披上了一层亮晶晶的晨霜。他纹丝不动地挺立在那里，令人想起那些荒漠中古墓前残存的石头雕刻的守陵将军像。周厂长吃惊地凝望了好一会儿，眼睛不禁有些湿润起来，开口说话的时候，声音也有些颤抖。他说："小伙子，你，你不冷吗？"

"雕像"微微动了动，脸上流露出几分比哭还难看的笑容。赵程开口了，声音明显变得沙哑干涩："厂长，你放心吧，我没事。"

"你怎么能这样做呢？几天几夜在我家门口守着，这么大的风沙，又已经到了深秋，你这不是在糟蹋自己吗？"

"厂长,别为我担心,比这再苦的日子我都熬过。"

"苦日子? 就你这年纪,还能过过什么苦日子?"

"当然苦过,当年在战场上别说几天几夜,差不多整整一个月,我都没睡过觉,不也提着脑袋熬过来了吗?"

"你还上过战场? 打过仗?"

"是的,我在前线硬碰硬地打过仗。"

"那你——你怎么不早说呢?"周厂长一把拉住赵程说,"对不起,对不起,让你受苦了,先到我家去洗个热水澡,然后直接到办公室来找我吧。"

十天以后,一套最新款的包装设备从大西北启运,目的地是遥远江南的"五一"农场。

二

那些日子赵程的心情格外愉悦,不出所料,用新生产线包装出的瓶装汽水样式新颖,一下子从过去的"土老帽"变成了今天的时尚少女。再请来一批专家学者考察参谋,给这款新产品起了个十分响亮的新名字叫"大仙可乐"。等到一上市,果然引起了消费者的极大兴趣。每天生产出的产品全都销售一空,厂门口整天停着长长一大溜等候拉产品的车队。汽水厂转眼之间,就成为整个农场里效益最好、最让人眼红的单位。

虽然对厂里眼前柳暗花明的经营情况十分满意,可赵程并没有感觉到半点轻松,因为"当家方知柴米贵"。他知道厂里现在还是负债经营,欠着银行约四十五万元的陈年老账还没有偿还呢。虽然照这些日子的经营情况看,等一两年以后就能够还清全部贷款,但目前毕竟还是负债经营,容不得他有半点闪失和懈怠。

不过这突然而至的"红火",也带给赵程许多意想不到的麻烦,因为外面到处在纷纷传说汽水厂的工人不分大小,每月都有百把块钱的奖金和补贴,还整天大包小包地分发福利,许多人手都拿软了。于是农场的职工便争着抢着,全都要求到赵程厂里来上班。还有人直接到场部找关系,变着法儿要求去汽水厂工作。场部的领导也开始一而再再而三地安排自己的亲属、好

111

友来汽水厂,甚至来做赵程的副手。

这天赵程来到办公室,一进门便看见桌子上放着一份红头文件,上面印着一行令他感觉莫名其妙的文字:"经研究,任命陈莉娅同志为'五一'农场汽水厂第一副厂长。"

他心想就这么屁大的小厂,怎么还有"第一""第二"的呢? 正在纳闷,就见门口有个人影一闪,紧接着有一股强烈的香水味蛮不讲理地扑进了他的鼻腔,之后一个声音娇声柔气地笑起来说:"赵厂长,我可是正式报到来了。"

赵程抬头,看见眼前一个约莫三十岁的少妇,脸上涂着厚厚的一层层脂粉,不像是来上班,倒像是来参加舞会的。

"你是……"赵程诧异地问。

"我,我是陈莉娅,你的老同学呀! 你看看,你看看,当了英雄,又娶了小惠这么个大美女,眼睛就朝到天上去了是吧?"

赵程还想开口,那女人一张小嘴却已经大江流水一般,"哗啦啦"地奔淌开了:"怎么着? 早把我这当年的同桌给忘了吧。你忘了,我可没忘,怎么忘得了,咱们当年的友情可深着呢,还在一起建设过'三八线',共同抗击美帝国主义侵略呢。怎么样? 想起来了吧。"

陈莉娅嘻嘻哈哈说着笑着,活脱脱就是多年不见的好朋友意外重逢。赵程的眼前却"哗"的一声,一下子浮现出燕子姐姐当年那张溅满鲜血的脸庞……他咬咬牙,又使劲晃了晃脑袋,才借此把那幅不愉快的画面给甩脱掉。

陈莉娅伸手指指桌上那份任命文件说:"怎么啦,不欢迎吗?"

话说到这里,赵程也只好点点头勉强笑起来,说:"怎么能不欢迎呢? 只是这场部事先也不打个招呼。"

"欢迎就好,欢迎就好,老同学,你尽管放心,我这回是专门来和你一起搭台唱戏的。只补台,不拆台,更不会来抢你的大权。厂里的一切全都由你说了算,你要指东,我绝不敢向西,你要指南,我陈莉娅绝不敢向北。你就一百个放心,放一百个心吧!"

可是"放心"了没多少日子,赵程就对这个女人越来越不放心了,因为她借着分管人事工作的便利,不声不响就把自己的好几个"关系户"给悄悄安排到厂里来了。这些人不是她的亲属,就是她的闺密,开头两个赵程还忍了,可是到第三个时候赵程就再也忍受不下去了。这天赵程来到车间,发现轰鸣着的灌装线上没几个人在操作,车间一个角落里却聚集着一堆人,一个个都在高声大嗓地纵情说笑,眼见赵程过来,人群才"哗"一声散开,露出中间那个满头卷发,身穿扎眼花衬衫、宽大喇叭裤的小伙,一见赵程就亲热地笑起来说:"赵厂长,赵叔,你好啊!"

"卷毛?"赵程奇怪了,"你上我这儿干什么来了?"

"嘿,看厂长你说的,我是你厂里的工人,来上班的呀。"

"工人?"赵程更奇怪了,"是谁让你来这当工人的?"

"看看,看看,真是贵人多忘事,不就是厂长你叫我来的吗?"

赵程这下可是真糊涂了,幸好旁边有个工人提醒他说:"这卷毛可是陈厂长的远房亲戚,经常去他们家帮着干活的。"

赵程再也忍不住了,冲进办公室就对陈莉娅说:"我是厂长,你怎么能不经我同意,就随便进人呢?"

陈莉娅却不慌不忙地说:"这不一上班,我就来和你来打招呼了吗?"

"你这已经不是第一次了,前两次的事,我还没有和你算账呢。"

陈莉娅的脸色一下子阴沉下来,原先银铃一般好听的嗓音这下子也变得嘶哑不堪了。她说:"好大的口气,姓赵的,算账? 你和谁算账呢? 这不是在别处,而是在'五一'农场,我可告诉你,别忘了我父亲可是当年的老场长。"

"我很尊重老场长,不过这并不代表你就可以越过我,自作主张。"

"自作主张? 我承认我是着急了点,可昨天你不在,我现在和你打招呼还不行吗?"

"不行,这是起码的组织纪律。你连这都不懂,还当什么副厂长?"

陈莉娅"哼"了一声:"我这副厂长又不是你安排的,是场部让我来上任的。我再告诉你,这还是市委组织部的意见呢。"

赵程一下子愣住了,这才想起陈莉娅的丈夫还是市委组织部的一个科长。不过他仍然坐下来严厉地说:"不行,你马上去通知卷毛,让他回去,别再来了。"

陈莉娅看了看赵程脸色,也坐下来庄重地说:"赵厂长,这事我劝你可要慎重考虑,我让卷毛来这上班,可不是走后门,更不是为安排亲朋好友,而是有十分重大的政治意义。你知道吗,卷毛的父亲可是个革命烈士,是为了保卫革命路线而壮烈牺牲的!对待烈士子女,难道我们就不能特殊照顾一点吗?亏你还受过部队教育,怎么一点政策观念也没有?全农场也没有几个烈士子女,我问你,你的阶级感情哪儿去了?"

赵程一下子愣住,再也说不出话来了。怎么这么个浑身上下流氓习气的卷毛还是烈士子弟?刚从战场上回来的赵程对烈士还真怀有几分敬仰之情,于是他不再说话了。不过等第二天出去一打听,他立刻又火冒三丈地回到办公室,对陈莉娅大发雷霆说:"你那个卷毛算个什么烈士子女?他父亲是什么时候,又为了什么被打死的,你给我说说清楚。"

这下子陈莉娅有些尴尬了,原来这卷毛的父亲并不是死在战场上,而是死在一场运动的武斗当中。那时农场群众组织分为两派,卷毛父亲参加了拥护老场长的那派群众组织,在武斗中不幸被打死。不过陈莉娅依然嘟囔着说:"难道不是吗?他的墓碑上不是写过'烈士'两个字吗?"

"武斗中搞派系被打死,这算个什么烈士?谁承认的?你今天就把人给我退回去。"

谁知陈莉娅竟然恼羞成怒了,一拍桌子跳起来说:"也不看看自己是个什么东西,还敢在这儿对我下命令?别忘了,你只是个小小的移民子弟,在这个农场里,我们家说谁是烈士谁就是烈士!"

"这儿是汽水厂,可不是你们家,我提醒你注意,陈莉娅同志,这是在厂部办公室,我们是在谈论公事,不是你撒泼的时候。"

这下子陈莉娅更恼火了,她披散着一向精心修饰的大波浪发型,冲到院子里高声大嗓地喊叫起来说:"姓赵的,你个移民算是什么东西?敢跟老娘我较真。老娘叫你滚出去,你就得乖乖地给我滚蛋。"

当天回到家里,小惠劝赵程说,陈莉娅一家在农场里真算得上根深蒂固,势力很大,兄弟姐妹、七大姑八大姨全都在农场各个科室和下属单位担任领导,谁得罪了他们家,就很难在农场继续混下去。我看咱们还是忍着点,别去得罪人家吧。

"不行,我今天就要去找她丈夫谈谈,她不老说这是市委组织部意见嘛!我倒要问问她丈夫,市委组织部能有这样的意见?"说完,那天赵程还真就去了陈莉娅家。

　　不过离着老远，他就看见陈家门口围着一大堆人，中间还有人在嘶哑着嗓子破口大骂，赵程不由大吃一惊，因为这听起来就是陈莉娅的声音。再走近一点他更吃惊了，原来披散着头发的陈莉娅正在一边破口大骂，一边往家门口一个水塘里径直走下去。水塘里的水虽然不深，但要在这么个乍暖还寒的天气走下深水，也还是够受的。只见陈莉娅一步一步走进池塘中间，浑浊的黄水先是浸没了她双腿，又慢慢浸没了她的腰，很快就淹到了她胸部。她渐渐地有些趔趄，于是就不再往前，而是面对着池塘边越来越多看热闹的人一边号啕大哭，一边大骂起来说："周浩天你个没有良心的东西，可怜我十八岁就跟着你，没有过上一天好日子！啊，那时候我是高干子女，就像一根葱，像一朵花，谁不说我好看，谁不说我时髦，谁不知道我金贵！现在爸爸死了，你个没良心的东西就敢欺负我。你良心给狗吃了吗？行，我去死，现在就去死，看你一个人怎么活？听着，我当了鬼也不会放过你，就在阎王爷那边等着你……"

　　池塘边的人都沉默地看着，没人说话，只有几个兴高采烈的调皮孩子七嘴八舌地喊叫着说："大家快来看啊！陈阿姨又投河啦！"

　　站在池塘中间的陈莉娅眉毛都倒竖起来了，嘴里怒骂着说："滚，滚！你们这些小毛孩子，没见过老娘投河吗？"

　　"见过，见过，今年你都已经第四回了。"

　　"哪有四回，谁说的？"

　　"就是四回，就是四回。你别想耍赖。"

　　"三回，我记得明明是三回。"

　　"就算是三回吧！人家投一回河就死了，你都投三回了，怎么还不死呀？"

　　陈莉娅一下子语塞，过了一会儿才又嚷叫起来："好啊！你们都盼着我死，盼着我死！我就是不死，我就要活给你们这一帮小兔崽子看看！"

　　"还是死了好，死了好呀！"孩子们一起拍着手跳起来说。

　　"你妈咋不死呢？告诉你们，啊，我偏要活得好好的……"

　　赵程在一边看着，自己脸上不知怎的，倒觉得有些火辣辣的，心想："一个当年那么可爱俏丽的小女孩，怎么长大了就会变成这样一个胡搅蛮缠的泼妇呢？难道父亲死了，就没人管她了吗？那个她整日里挂在嘴边的市委组织部丈夫呢？怎么也不露露面？"

赵程想着,悄悄推开陈家虚掩的门走进去,只见陈莉娅那个外表高大魁梧的丈夫正在客厅里吞云吐雾,把自己一个人孤零零罩在一片浓浓的烟雾之中。

"周科长,你媳妇在外面这么闹,你也不去把她拉回来,让人家看笑话呀。"赵程忍不住数落他。

周科长比哭还要难看地笑了一下,伸手递给赵程一支烟,说:"抽烟抽烟,别的,咱们什么都别说了。"他说着,"咔嚓"一声点燃了打火机。

赵程端详一番周科长被火光照亮的脸,心里突然明白过来了,这个所谓"市委组织部"的大高个子,在这个家里其实只是个小矮子,根本就没有任何地位可言,反而每天都要忍受这个泼妇的欺负。什么市委组织部意见,那根本就是陈莉娅在拉大旗做虎皮,满口胡诌罢了。于是赵程一下子就对这个外表高大魁梧的男人产生了深深的同情。这个女人不仅自己整天在外面胡闹,在自己家里,也是这样每天由着性子折腾亲人。

汽水厂良好的经营秩序就这样生生被陈莉娅打乱了,几个月之后不仅产量大减,就连产品质量也开始一个劲下滑,原先每天雪片一般飞来的订单现在明显减少,财务上眼看就要资不抵债了。银行的业务员已经几次上门,威胁说再不及时偿还贷款的话,就要向法院提起诉讼了。

那天赵程气呼呼回到家里,对小惠怒气冲冲地说:"我是再也待不下去了,原先按我的计划,最多一年两个月就能够把贷款全部还清,接下来就全是净利,大伙的日子就好过了。可是按他们这样搞法,不但什么账也还不了,窟窿反而在一个劲扩大,持续到年底,事情可就要麻烦了。"

小惠迟疑半天,也点点头说:"是啊,现在厂里的生产越来越乱,连我看着也感觉麻烦。你呀,出去躲一躲也好。"

"我出去可不是为了躲债,而是想摆脱这些麻烦,自己去搞经营,清清爽爽一个人甩开膀子,肯定能干好,还不用受那些窝囊气。到时候挣笔钱回来,把厂里的贷款都给还清了,不然的话,以后厂里工人可就要吃苦了。"

"可天地那么大,你打算上哪去呢？"

"上福建那边的浯屿岛去看看,韩红英他们的通信站现在就驻在那儿。

她来信跟我说,那儿的鳗鱼很便宜,如果能出口到日本的话,至少可以拿到四倍的利润,而且还全是外汇。"

小惠正在纳鞋底的手突然抖了一下。她抬起头来很快瞟了赵程一眼,才开口说:"怎么,韩红英在那里?"

"她在那儿怕什么?我是去做生意,又不是去找她,更不是去和她搞歪门邪道的。"

小惠连忙说:"不不不,我没有那个意思,没那个意思。你放心,我知道红英他们肯定会帮你。不过你一个人去,以前又没什么做生意的经验……更重要的是,我们拿不出什么本钱啊。"

"正想和你商量,我想争取场部给我筹一部分经费,另外,我不是还有几千块的转业费吗?我想全拿出来,再去找朋友多少借一点。"

"行行,我听你的,你说什么就是什么吧。家里存折上还有三千多块钱,我手头现在打算买电冰箱和洗衣机的钱还有两千块,全都给你,再不够的话,我上弟弟他们那儿去借一点吧。"

"你弟弟家又不富裕,能借到什么钱?"

"听说他媳妇娘家做生意,最近发了笔小财,估计借个几千块钱不成问题。"

赵程感激地望望小惠,说:"只是我这一走,你要上班,又要带女儿,可就苦了你了。"

"不,不,我不怕苦,不怕,只要你好就行了。"小惠望着赵程,满脸依依不舍的神情。

又过了一个月,厂里的经营情况不但不见好转,反而越来越恶劣了。心力交瘁的赵程觉得这个破厂长实在无法再办下去,他在前方拼死拼活,一分一厘地为农场积累资金。陈莉娅不但不帮他,反而还带着一帮人,专门跟在他后边捣乱,他走到哪里,这帮人就拆台拆到哪儿,让他事情干不成不说,到头来还会给他迎头泼上一盆污水,然后再画上一个大花脸。市纪律检查委员会和农场党委办公桌上,三天两头放着状告赵程的所谓"群众来信",不是说他收受客户贿赂获取好处,就是说他和厂里几个女工眉来眼去,关系不正常,有十分严重的"生活作风问题",弄得赵程整天内外交困、心烦意乱。

那个时候中国社会的第一波市场经济浪潮已经"呼啦啦"奔涌起来了,

原先穷得叮当响的中国人突然发现,原来经商办企业不但不丢脸,反而还是一件风光时髦、十分惬意的事情,一个铜板拿到市场去转一圈,就可能变魔术似的成为两个、三个,甚至十个铜板回来。于是乎一夜之间,早前空荡荡的街面上一下子全都挂满了"公司""商行",甚至"托拉斯"的牌匾。原先那么高不可攀、令人仰视的厂长经理,转瞬间就贬值成为"厂长满地走,经理不如狗"。据说在某些得风气之先的城市,比如广州、上海,在大街随便扔一块砖头,就能砸到三个经理、两个厂长,附带还有好儿个助理。"五一"农场自然不甘落后,立刻成立了一个药品材料采购供应站,专门为农场办的下属企业统一采购当时市面上十分紧俏的化工原材料。

庙盖好了,却一时找不到合适的菩萨来担当这个重任。赵程听了,马上觉得这是个好机会,既能够摆脱陈莉娅这些人的胡搅蛮缠,又能够顺顺利利做自己喜欢做的事情,何乐而不为呢? 于是他立刻找到场领导,主动提出外出经营的要求。陈莉娅和厂里几个人听到消息高兴坏了,他们早就认定汽水厂厂长是个难得的肥差,正整日盘算着怎么把赵程早点赶出去,好把这块"大肥肉"抢夺过来,这下子可找到机会了。于是几方面一拍即合,赵程马上被批准担任农场驻福建厦门采购供应站的站长。说是站长,其实只有他单枪匹马、光杆司令一个,公章就放在自己口袋里,走到哪儿,供应站也就设在哪儿。去福建厦门后该怎么办,全由他自个儿说了算。不过在赵程的心里,却是已经打好主意了。

这天陈莉娅一个人兴奋地在办公室里转圈,不时还会停下来,只为再看一眼桌上那份红头文件,然后就像获得了什么新动力似的,又开始在房间里高兴地转来转去。她默默抚摸着那张宽大的办公桌,还有那些简易的木质沙发,激动得怎么也坐不下来。她激动呀! 高兴呀! 怎么能够不激动呢? 为了这朝思暮想的厂长位置,她调动了自己所有的社会关系,还组织人写了厚厚一大摞告状信,隔三岔五地寄上几封。这还不算,为此她还自费请了好几次客,在酒桌上不止一次被农业局那个面目可憎的秃顶副局长给吃了"豆腐"。

陈莉娅天生能折腾,却有个与生俱来的缺陷,就是从小对数字缺乏概念,读书时算术考试老是被剃光头。这会儿长大了,仍然对数字有隔膜。当副厂长这么多天，却不知道汽水厂已经欠下了各种债务近四十多万元，看似一片红火的外表下，其实已经是一个烂泥塘了。一会儿她抬起头，却发觉不知什么时候起，办公室里已经多了两个穿制服的人，这年头穿制服的人太多，因此她一下子还认不清这些人是干什么的。

"我们是市法院的，你是新上任的汽水厂厂长吗？"来人表情十分严肃。

陈莉娅昂起头来说："是的，我就是陈厂长。"

"看过我们院前几天发给你们的执行文件吗？欠农业银行的二十五万元贷款，你打算什么时候还呀？"

陈莉娅有些蒙了，想了想才回答说："这，我们还得再研究研究。"

后边那个工作人员有些耐不住了，不客气地插嘴说："执行期都到了，还研究什么？告诉你，今天要是还不清的话，我们就要按照法律办事了。"

陈莉娅不客气地一口顶回去说："办，什么办？莫非你们还敢抓人？"

工作人员的话软中带硬："既然你当厂长，就应该懂得法律。欠款不还，又超过法院规定的执行期，我们当然要按照法律程序采取措施喽。"

陈莉娅有些慌了，口气软下来说："这样啊，你们让我打个电话给农业局周局长。"

两个工作人员耐心地在她办公室里坐了一个多小时，看她一个电话接一个电话打了半天，却没有筹到半厘钱，终于忍不住打断她说："行了行了，陈厂长，我看你还是跟我们到看守所里去筹款吧。"接着不由分说，一副锃亮的手铐便戴到了陈莉娅手腕上。

陈莉娅一下子跳起来，骂人的话也脱口而出："你们吃了豹子胆了，敢抓老娘我，知道我丈夫是谁吗？他可是组织部的……"

说到这儿她突然没有声音了，因为这时她才想起，丈夫前天已经和她正式离婚了，这个平时一向懦弱的高个子男人这回却硬得出奇，一伸手就在"离婚协议书"上签上自己名字，然后就头也不回地破门而出了。

缓缓驶去的囚车上，披头散发的陈莉娅仍在嘶哑着嗓子破口大骂："赵程，肯定是你这个王八蛋暗中捣的鬼！等着瞧吧，老娘我绝对饶不了你，饶不了你！"

第五篇
坠入悬崖

一

　　浯屿岛是福建沿海一组小岛中比较大的一个，从厦门登船向东南方行驶大约一个小时，小岛就像从海面上突然钻出来似的凸现在眼前。它南低北高，岛的周边乱石成堆，上面长满了绿色树木，许多石头因长年风吹雨打而显得奇形怪状。海水一浪推一浪使劲拍打着礁石，发出一片呜呜咽咽的惊涛声，有时候声如擂鼓，有时候声如鸣金，不时还会激起洁白的万丈水花，成为大海上一道十分壮观的风景。

　　守备部队的通信站建在岛屿半山腰处，几道铁丝网加上一道高高的围墙，将它映衬得神秘威严。穿一身洗得发白的旧军装，却依然不脱老兵做派的赵程很快获得了哨兵信任，帮他摇通了韩红英办公室电话。不一会儿韩红英就听见一阵急促的脚步声。韩红英旋风一般冲进值班室，很快把他领到了自己宿舍里。

　　顾不上喝一口水，赵程就把自己这两年来的遭遇，还有这次的来意，全都一口气倾吐了出来。韩红英却久久没有搭腔，她举着一杯原本应该递给赵程的水，呆呆地看了他半天才开口，说："原以为你在那里厂长当得好好的，谁知道也有这么多麻烦。"

　　赵程苦笑一声，说："岂止麻烦，简直是难缠。这两年可让我看透了，这地方上和军队里完全不一样，和地方相比，军队真是显得太单纯了，透明得就像你手上这杯白开水。要说咱们在前方打仗也是艰难，脑袋拴在裤腰带，上一分钟还不知道自己下一分钟是否还活着。可是在战场上毕竟目标明确，敌人鲜明。穿着不同的军装，拿着不同的武器，一碰面端起枪就搂火，打倒一个算一个，准保错不了。可在地方上就不一样，见了面全笑嘻嘻的，说起话来一个比一个亲热，可背过身去，就恨不得立刻置你于死地。尤其是我们那样的农场，关系却盘根错节，不是熟人就是亲戚，你不小心得罪一个，就等于得罪了一窝，人家的七大姑八大姨立刻同仇敌忾，全都把你当作势不两立的死敌一样对待。我呀，这回算是领教过了。"

　　韩红英盯着他看了一会儿，问："那接下来你想干什么呢？"

　　"做生意，贩点海鲜试试看。"

　　韩红英有些惊讶，问道："嘿，厂长不当，你要改行当商人了？赵程啊赵程，你还真有本事呀，咱们在一起这么多年，我还不知道你会做生意呢！不过我怎么看，你也不像个生意人啊！"

　　赵程打趣地说："那你说说，生意人应该是个什么样？"

　　韩红英想了一会儿，说："哎，应该穿个西装，还有……戴个礼帽，手里拿着一根文明棍什么的。嘿，其实我也说不清生意人到底是个什么样。"

　　赵程笑笑说："是啊，我也不知道什么样的才算是生意人。我现在做生意，完全就是硬生生给逼出来的。厂里几十号工人，可都指望着我发工资，指望着我养家糊口呢。我要是做不好，那厂里的工人就发不出工资，他们全家人就都得挨饿。"

　　韩红英好奇地问："可是这一回你能干好吗？"

　　赵程想了一会儿，说："还真是不好说，不过我想很多人做生意，开头都是被逼出来的，他们不也成功了吗？不说别的，你就说咱们浙江做生意最有名的是温州人吧。国际上有个说法，说他们是东方的犹太人。可我跟许多温州老板谈过，他们当初其实并不会做生意。可就是因为温州那边地少人多，不做生意就得挨饿，只好硬着头皮去做，一来二去，嘿，还都成了著名的企业家和商人，一个个发了大财，都家财万贯呢。"

　　韩红英打趣地说："听你这说话的口气，就好像也是发了大财的商人一样。告诉你啊,以后发了财,可不能把我们这些穷当兵的给忘了。"

"发财谈不上,不过我确实想去试试,多少挣上点钱,去把厂里我欠下的那笔贷款给还了。不然的话,我怕小惠和其他工人会受苦。"

"你呀,总是一门心思替别人想。"韩红英叹了口气说,"可你已经不是厂长了,还牵挂着那个破厂子干什么呀?"

"不,不管怎么样,那笔账毕竟是在我当厂长时候欠下的,无论如何我都要想办法,多少给他们帮上点忙。"

"可做生意有那么容易吗?你一没有经验二没有资金,以后的困难肯定很多。再说这贩运海货的事情,关卡多如牛毛,整天提心吊胆累得要死,又一年到头在外面奔波,你受得了吗?"

赵程沉默了一会儿,抬起头向窗外看去,正是海上涨潮的时候,一波又一波海浪向着海岛这边汹涌而来,远远看去,就仿佛海面上盛开出了无数的花朵。赵程的嘴唇牵动了一下,仿佛在笑,那笑容看去却有点像哭。他说:"你忘了我是个移民的孩子,生下来就是动荡的命,就像这浪花一样,始终在海上随波逐流,被命运驱赶着,从一个地方马不停蹄地又奔往另一个地方,一辈子别想有个歇脚的时候。我呀,这辈子的命运就这样了。"

韩红英默默看了他一会儿,走过去轻轻搂住他的腰肢说:"行啦,别伤感了,到我这儿,你就是到了自己的家。放心吧,这几天我帮你去摸清情况,然后再商量下一步怎么办。"

自古以来,浯屿岛就是兵家必争的海防要地,岛上古道、古祠处处可见,旧屋、旧坊散落田间,还遗存着许多古城墙、古炮台等历史文物。岛当中的那块剑鼓石,传说是当年国姓爷郑成功练兵的地方。徜徉在这样的海岛上,看一看旧时渔民们的蓑衣、镇鬼辟邪的风狮爷,摸一摸古老军士们留下的大炮,这样闲暇的生活还真让赵程有些入迷。他最喜欢的是在清晨乘上一叶扁舟,从岛屿向着远方驶去,这时先会看到一道霞光出现在岛的一角,慢慢伸向湛蓝的海里,似红非红,忽明忽暗;忽而直入云天,忽而光洒碧波。原本漆黑的海面被这道绚烂的霞光一照,显得是那么神秘、那么美丽。不久海天之间的一切便都通亮了,亮得如此彻底、如此细腻,让人不由萌生一种身处云雾缥缈太虚幻境的感觉。

赵程也喜欢在中午时分随意拐进一家小店，淳朴好客的村民们的热情，立刻会让他产生宾至如归的感觉。见了穿着褪色军装的赵程，老板就会说着蹩脚的普通话，分外亲热地迎上来说："兵兄弟来了，黄花鱼新鲜，酱油水煮，好吃。"

"还有呢？"

"还有巴浪，新鲜刚进的，野生，这种鱼养不得，烈噢，出水就死。怎么样，来四条？酱油水煮、清蒸、红烧都可以。"然后他会再张罗着点几个凉小菜，配一碗鱼丸汤，再上一壶当地特有的高粱酒。

当然这儿最好吃的，还要数海蛎煎了。锅里油烧开了，捞一小把海蛎放进油里煎，锅铲翻几下，倒入葱末、苞菜碎翻炒，略倒些盐调味，地瓜粉调成糊状浇上去，煎得嗞嗞作响，浓香便会在这小小的码头上飘散，引得来往的人们驻足。最后打一个鸡蛋搅匀了，给它镶一层金边。装起端到桌上来，就像一个熟透的向日葵那样精致好看。夹一筷子吃下，地瓜糊的焦香滑嫩，包裹着海蛎的鲜、苞菜的爽甜、鸡蛋的鲜味，一下子充满了齿颊。

一会儿面又端上来了，这是筋道的碱面，加了沙茶酱和几星素菜、一个溏心蛋。浓稠泛红的汤汁，鱼蛋、猪肉、米血、豆腐、青菜盖在筋道的面条上，阵阵浓郁的香味扑面而来。沙茶酱的味道有别于味精，像海鲜一般甘甜，有一种纯自然的风味。一口汤面吃进嘴，新鲜的口感加上重辣，就像同时遇见了新知旧友，清新与甘淳、温润与暴烈在一碗面里中和，居然互不抢味。

如果可能的话，赵程真愿意永远过这样惬意的日子。不过从农场传来的风声越来越紧，已经不能再让他等待下去了。小惠等一些人来信告诉他，工厂已接近倒闭。尤其是陈莉娅从看守所出来后不肯罢休，整天披散着头发四处告他的状，说厂里的亏损全都是赵程造成的，而他现在已经卷巨款潜逃，下落不明了，要求公安部门立刻通缉捉拿他。虽然心中无愧，但赵程觉得不管怎样，都要赶快行动起来筹一笔钱，先把这农场给他的十万块钱还回去，然后再多多少少，争取偿还一些当初购买设备时欠下的抵押贷款。

赵程选择来浯屿岛，其实就是奔着岛上的鳗鱼来的，这儿出产的鳗鱼体形长圆，尾端侧扁，头尖眼小，齿密尖利。烹食时肉质细腻软滑，鲜香味醇，营养丰富，还可入药，能够主治多种体疾，是食补的上佳原料，在水产界很有名气，尤其在日本的销路很俏。据说这日本人最喜欢吃鳗鱼了，尤其是在溽暑蒸人、烈日炎炎的盛夏,日本大街小巷随处都可以看到"土用丑日吃鳗鱼"之类的宣传字句,简直就是日本夏季一道不可或缺的风景线。这是因为夏天人们往往因为炎热而无精打采、食欲大减,体力消耗严重,所以需要补充营养。而从营养学角度来看,鳗鱼含有丰富的维生素及蛋白质、脂肪、钙、钠、铁、磷等成分,确实是夏季滋补强身的理想食材,吃鳗鱼因此也固定成为日本今天的社会习俗了。

说起来也是惭愧,对于自己这次前来贩运的海鳗,赵程过去还从来没有见过呢。对淡水里的鳗鱼他倒还有几分记忆——小时在村边池塘里钓鱼,曾经钓上过这种银白色长长的奇异鱼类,第一次钓上时,还把他给吓了一大跳,以为自己拉上来的是一条水蛇,半天也不敢上前摘钩。此刻望着那些银白色的陌生鱼类,赵程心里产生了一种奇异的情感,全靠你们啦! 他在心里默默地说:"就靠你们到日本给我换回一笔钱来,争脸争气,好让我回家去还清公家那笔欠账,如果还有余的话,把厂里的贷款也全都还清喽。"

每年的 9 月中旬,当一轮又圆又亮的秋月在海上升起的时候,钓海鳗最好的时节便来到了。鳗鱼白天躲在好几十米深的海底睡觉,到了晚上才出来觅食。那天晚上吃了晚饭,赵程饶有兴趣地跟着渔民出海作业,小船缓缓向着大海驶去。远远看去,从海上升起的月亮就像是一个慢慢被托起的硕大银盘,把这一片墨绿色的海面映照成一个神话般美妙的世界。那是一幅在别处绝对看不到的美丽图画,深深地烙印在赵程脑海里。

可身旁那些渔民却根本无心欣赏这样美丽的夜景,只顾在船上忙乱地准备着钓竿和鱼饵。赵程在一边好奇地看着,只见他们拿出一条条腌渍过的六线鱼,麻利地用刀切成一小块一小块的三角形饵块,然后紧张地穿在钓钩上,慢慢垂直地放入海底。看不见的吊钩起先没有任何动静,一会儿一个渔民手忽然一抖,海面上一道银光闪过,便只见一条长长的鳗鱼突然在船舱里扑腾开了。接着又一名钓手一抖,一条约一米长的银色鳗鱼又在船舱里扑腾开了……

赵程看着看着,手不禁有些发痒,便拿起一根钓竿也将钓线垂下海底。可是等了半天也没有什么动静,好一会儿,他才感觉到手上有些动静,连忙手忙脚乱地拉起。拉上来的还真是条鳗鱼,一露出海面就剧烈挣扎,很快就绞在一起变成了一个线团,落在他的脚下滚动起来。赵程连忙伸手按住,手上却立刻传来了一阵剧痛,原来是那海鳗张开嘴巴,用尖利的锯齿一口咬住了他的手。赵程不由痛叫了一声,一甩手,那条鳗鱼"扑通"一声,又掉回海里去了。

"嘿,你怎么能用手抓呢？这鳗鱼的嘴呀,一咬一嘴血。不过这也是家常便饭,看咱们哪个渔民手上,不都是伤痕累累的呢？"老渔民一边说,一边伸出一双被烈日晒得黑黝黝的粗糙手掌,那上面果然布满了大大小小的伤疤。他又说:"钓到鳗鱼,你得赶快拉上来,一定不能放松,要让它保持一个直线角度,不然钓起来的话,你就很难把钓钩拉下来啦。来,你再试试。"

不过赵程这回已经不敢再尝试了,就站在一边呆呆地看,只见那几个渔民继续有条不紊地忙碌,银白色的鳗鱼一条一条从海里飞起,很快在船舱里形成一层薄薄的银白色波浪,慢慢堆积得越来越厚。几个渔民不时回头得意地望着船舱里的收获,脸上露出满意的微笑。

半夜时分渔船开始调头驶回港口,还没等船靠岸,一些早在岸边等候着的鱼贩子就一窝蜂涌上来,争先恐后地叫起来说:"老板给我,给我,全都给我呀,十五块,十五块我通吃了。"

很快那船舱里原先凝成一团的新鲜鳗鱼不见了踪影,全都成了渔民们兜里一摞摞的钞票,以及鱼贩子们脸上紧张又满足的笑容。这年秋天鳗鱼的行情出奇的好。浯屿岛上居民们家家户户脸上都挂着笑意,船舱里那些蠕动着的银白色鳗鱼,分明就是他们眼中各式各样的家用电器用品,还有女人们、孩子们身上一件件花花绿绿的崭新衣裳。

赵程是第一次做生意,对这长途贩运的事还真是"大姑娘上轿——头一回",心里总有点儿忐忑不安。以前当厂长时,买卖大都是客户自己上门订货,"皇帝女儿不愁嫁",根本用不着自己出外推销。不过他知道自己此刻的身家性命、所有的希望和未来已经全都寄托在这种扭动成一团的小小鱼类身上,因此便格外谨慎小心。为了保险,他甚至还跟着一个江浙来的商人,先去熟悉了一下鳗鱼东运日本的路线与流程。

这真是一条环环相扣又充满艰辛磨难的路程啊,那些鳗鱼全都装进密封的塑料袋子里,袋子里贮满真空氧气,然后放进一个个五十公斤重的纸箱,由一台中型拖拉机运到码头,从轮船码头三个小时一班轮渡运到厦门,再从那儿的码头货场用运输车辆送到厦门高崎机场。那时候的厦门还没有直通日本的航班,因此必须先送到上海虹桥机场,然后在那儿搭上当天发往日本的航班,再经过检疫验收等一系列手续之后,才能送到客户手里。这趟流程环节众多,一环紧扣一环,只有每一步都不耽搁,才能保证那些鳗鱼平安到达日本客户手中,从而变成发货人手中丰厚的现款。如果其中一环不慎,或者半路上遇上点不测耽搁了行程,那些娇嫩的鳗鱼就会死去,变成一堆谁也不要的臭烘烘的垃圾,那可就麻烦了。

第一次看到那条长长的运输路线,以及那里面令人眼花缭乱的转运环节,赵程不由倒吸了一口气,尽管他知道商场就是战场,但也被其中处处隐伏的各种风险吓得不轻。不过"自古华山一条路",此刻他分明已经没有退路了。现在前面就是刀山火海,他赵程也只能破釜沉舟,闭起眼睛往下跳了。

除了运输,还有一个很大的问题是资金,这次生意的收购费加运费总共大约需要十三万元,赵程搜遍身上每一个口袋,除了农场给的十万元,家里凑的两万五千元现金,其他就一无所有了。不过如果一切顺利,鳗鱼能够及时运到日本去的话,二十块一斤的收购价立刻就可以翻升到八十甚至一百元,那样的话,他投入的十三万块钱就可以鸟枪换炮,一下子变出四十万,甚至五十万的丰厚利润。

天呐!四十万,甚至五十万,这巨大的数字在赵程眼前闪着光亮,就像是一望无际海面上灯塔在放射着诱人的光芒。有时候它远远的,好像是遥不可及;有时候又显得很近,就像是在头顶上突然亮起的荧光灯那样,散发着柔和迷人的光焰。不过无论是远还是近,这个数字都一样令人心醉神迷。哦,这可是他从来都没有见过的一笔巨大财富呀。赵程有时候甚至会惊讶地摇头,这么大的一笔钱,当初他千辛万苦,购买汽水厂的那一套设备只要六十万块钱。而据说当时整个农场的存款加在一起,也只有百八十万块。这还了得,如果他有了这么一笔钱,马上就可以还清所有的欠款,甚至帮助即将倒闭的汽水厂解决部分燃眉之急。

赵程这么想着,憔悴多日的脸上悄悄浮上一层舒心如意的笑容。不过有时候,另一个念头也会猝不及防地猛然袭上心头:要是生意砸了,亏本了呢……每当这个念头闪现,赵程就会坚决地摇一摇脑袋,再也不肯往下去想了。不会的,不会亏本的。他心里反复这样念叨着,就凭我这么努力,这么拼命,事先又计划好了所有的细节,老天爷绝对亏不了我,放心吧,一定会成功的。

可是还缺几千块钱的货款怎么办呢?那天晚上韩红英陪他一块吃饭,中间默默递过来一个大信封,里面厚厚一叠全是人民币,打开一看,足足两千六百块钱。"我就这点钱了,你拿去凑一下,正好可以买三吨鳗鱼,然后赶快出发吧,我知道你那边厂里有麻烦,宜早不宜迟,事情还是早点解决为好。"韩红英说。

"你哪来这么些钱?"赵程问。

"平时工资发下来,我一个人用不掉。这几年来一共积攒了两千块左右,你都带上吧。"

"还有那六百块钱呢?"赵程问。

韩红英迟疑了很久,才低声说道:"那是老苏的……抚恤金。"

赵程一下子惊呆了,他知道当初在那场战争中牺牲的军人抚恤金非常低,牺牲的士兵每人四百元左右,即使是团级军官,每人也只有六百块钱左右。他用颤抖的声音说:"不行,这钱我可不能拿。"

韩红英久久地看着他,那双美丽的大眼睛渐渐涌上了一层晶莹的泪花,她说:"赵程,实话告诉你吧,这几年来,我心里一直感觉对老苏有愧,所以他这笔钱我一直不肯花,你拿着吧,赵程!希望这笔钱对你有用。"

"不行不行,这上面沾的是烈士血迹,还有你的眼泪,我怎么能……这坚决不行。"

"这样吧,算是我借给你的,以后你发了财,两倍、三倍地还我,这样总可以了吧。"

"不行,不行,无论如何也不行。"赵程坚决地回绝说。

两人于是都不再说话,一会儿再开口时,话题不知怎的,转到了赵程的婚姻上。

韩红英说:"我知道你的婚姻,你呀!那是封建婚姻,干脆就算了吧。"

赵程瞪了韩红英一眼,说:"什么叫封建婚姻,我的哪会是封建婚姻呢?"

"反正呀,你当初结婚的时候就十分勉强。你想想,一个地地道道的农村姑娘,能有多少文化知识,和你配得上吗?有多少共同语言?我说呀,这样将就的婚姻,干脆别维持下去了。"

赵程说:"你别胡说了,我感觉我和小惠……还是挺幸福的。"

韩红英从鼻子里笑出一声,说:"幸福?哼哼,幸福得了吗?我告诉你,有个名人可说过,婚姻不能将就,将就才是对两个人最大的伤害。他指的呀,就是你们俩这样的婚姻。不过我是没脸说你们了,当初我自己不好,在爱情上临阵退缩当了逃兵,没有抓住本来应该属于自己的幸福,事后我非常后悔。不过赵程,你这样维持下去,毕竟也不是个办法。你有没有想过,到现在我还在爱着你呢。"

赵程沉默了一回,有意避开韩红英的目光说:"我听说,你们单位的领导还是咱们共同的熟人?"

韩红英笑了,说:"熟人?当然是熟人,不就是那个中农陈昌福吗?他现在可是守备师的通信科长了。"

赵程也笑起来说:"哦,这小子还升官了。不过他也够滑的,像一条老泥鳅,没人抓得住他,现在怎么样,这毛病改了吗?"

"哼哼,狗改不了吃屎,那副德行呀,比原来更厉害了,不过不打仗的时候,还要数他这样的人吃香。人家现在可是我的顶头上司,怎么着,你想见见他?"

赵程使劲摇了摇头说:"不,我可不想见他。说实话,这人身上那股子味道,我闻不惯。"

韩红英点点头,说:"是啊,他身上这股子味道,别说你闻不惯,就连我跟他相处这么多年,也越来越反感了呢。"

一一

不管心中有没有底,赵程都觉得不能再这样耽搁下去了,那天一大早,他就押着那一车鳗鱼,从岛上的轮渡码头开始向上海进发。出发的时候风平浪静,海面显得比他来那天更加温顺,甚至都看不见有什么波澜起伏,只是远远有些细碎的浪花在向他奔涌而来,仿佛是要和他一块儿踏上一条宽广的坦途,让他不由心旷神怡。可是到了厦门码头还没来得及站稳,瓢泼大雨就劈头盖脸地砸了下来。赵程坐在驾驶室里,能够清晰地看到外面倾盆大雨拍打大地的画面,听到顺着大街奔腾向前的阵阵水流声。一声接一声的炸雷就在他头顶上不停轰鸣,脑海被震得一阵阵颤抖翻滚,不由让他联想起当年战场上大口径炮弹的猛烈爆炸声。赵程心一紧,连忙问司机:"车上的篷布盖好了吗?"

"篷布?"旁边传来司机那如梦初醒般的声音,"没有,没有啊,刚才走得急,还来不及呢。"

赵程一听急了:"哎呀,这可怎么得了,包装要是淋湿,那不就完蛋了吗?快停下来,快停下来。"

车在路边停稳,赵程和司机一起拿出篷布,费力地顶着暴风雨爬上车去盖好。说也奇怪,等到车子快开到飞机场的时候,只见天边的乌云已经渐渐走远了,雨点开始变得稀稀拉拉,刚才还在恣意翻滚着的云朵现在排成一团一团,就像疯狂的狮子一般,在灰白的天空上不停翻滚着。

在厦门高崎机场办完手续不久,飞机就起飞了,航程很顺利,这让赵程感到很高兴,觉得接下去的各个环节,也一定会像刚才那样一帆风顺。可是一来到上海虹桥机场货运部,赵程又不由一下子愣住了,只见眼前一字排开许多个模样差不多的柜台,挨个问过去,办理日本货运手续的柜台原来还在远远的另一边。等到赵程费了好大的劲找到那里时,只见柜台后面是一张值班人员僵硬的脸庞,远远看去,就和庙里的菩萨一样呆板正经,却显得十分冷漠。

"同志,同志。"赵程喊了两声,那边却没有丝毫反应。赵程以为他没听见,又抬高嗓门叫了一声:"同志,我要办货运手续。"

"泥菩萨"依然那样呆呆地坐着,甚至连眼皮都没有抬一下。赵程怔了一会儿,又试探着叫了一声:"先生,先生。"

谢天谢地,这回"泥菩萨"总算有反应了,扬起脸来问道:"乱喊什么呢!啊,你有事吗?"

"我的一批货物要搭乘中午十二点这趟航班,运到日本长崎去。"

"中午十二点?""泥菩萨"扭头看看墙上的挂钟,然后问道:"货在哪呢?啊,在哪?"

"就在那儿。"赵程指了指身后工人刚刚运到的几十个大箱子。

"泥菩萨"抬头看一眼,又站起身来仔细地看了看,把头摇得像个拨浪鼓似的说:"不行,不行,这包装不符合我们的规定!"

赵程说:"哎呀先生,你看时间这么紧,是不是这次就宽限一下,下回我一定改过来。"

"宽限?这可是规章制度,哪随便宽限得了呢?"

"可这包装的规格,是外贸部门指定的呀,再说以前不都是这样的吗?"

"以前是以前,现在是现在。依格个人,拎不清爽。""泥菩萨"看样子生气了,改用上海方言嘟嘟囔囔地骂起来。

"那应该采用什么样的包装呢?"

"泥菩萨"的脸色这时才变得生动起来,他从桌上拿起一张印好的示意图递给赵程,说:"你看看,你们家的货嘛,就应该这样包装。"

赵程耐心地解释说:"可现在我要重新包装,恐怕已经来不及了呀。"

"谁说来不及的?""泥菩萨"显得不慌不忙,"我们负责给你重新包装,不过这包装费要你自己拿,每一件五十块钱,而且……"他略略停顿了一下,才加重了语气说,"不开发票。"

"五十块?"赵程反问。

对方点了点头说:"对,是五十块。"

赵程心里明白了,这每件五十块包装费其实是给"泥菩萨",或者是给他这个部门"小金库"的钱,所以他们才会盯得这样牢,他抬手看看手表,又问了一遍:"可是还来得及吗?"

"你只要现在付钱,就来得及,再磨磨蹭蹭的,那可就怪不得我了。""泥菩萨"不耐烦地指了指身后的挂钟说:"快把钱拿出来,我保证给你及时办手续。"

赵程不问了,赶快掏出口袋里所有的钱,数了一千块钱递过去说:"哎呀先生,拜托你了,快一点吧。"

那人一挥手,身后不知就从哪儿突然窜出来两个包装工,上前围着纸箱子忙碌起来。赵程在旁边看着,发现他们并没有重新包装,只不过是在原来的包装上再加上一层他们的包装纸,然后横一道竖一道地固定上两道绳索,送到地磅上过完秤就完了。

这边的报关手续刚刚完成,就听见桌子上的机器"咔嚓"响了一声:"飞往日本长崎的5038号航班停止办理登机手续。"

赵程一听急了，连忙问道："这是我的那个航班吗？"

"是啊。""泥菩萨"漠然地点了点头说。

"那就赶快，赶快把我的东西运进去啊！"

"你没听见，已经通知停止办理登机手续了吗？"

"刚才你不是说，只要重新包装，就能及时办理手续的吗？"

"泥菩萨"翻了翻眼皮，说："我，我说过这话了吗？"

鲜血一下子冲上赵程的脑门，他差点就要破口大骂起来，甚至还想冲动地想挥手照着那张恬不知耻的脸，狠狠扇他一个大耳光。不过他马上想到，这是在外面，是在求别人，"人在屋檐下，不得不低头"，万一这事情搞砸了，那这批货可就真的完蛋了。想到这儿，他又使劲咬了咬牙，把几句马上就要脱口而出的脏话费劲地咽了回去，嘴角还勉强挤出一丝笑容说："那这批货怎么办呢？明天最早的航班是几点钟？"

"还是今天这个时候，只要你能准点赶到，我保证你及时上飞机。"

看样子今天已经没指望，只能等待明天了。可是现在该怎么办呢？这些鳗鱼可是鲜活的，它们原来都生活在几十米深的海底，现在裹在这真空的包装里，可说是命悬一线，只要那口袅袅如丝的气息消失，立刻就会变成一堆地地道道的臭鱼，再也不会有人要了。怎么办呢？赵程想起事先打听好的一个水产仓库，据说只有把货运到那里，重新送进他们的冰库暂时冷冻起来，才能最大限度地降低死亡率。于是赵程只好咬着牙吞下了心头的那股怒气，尽量和颜悦色地和"泥菩萨"商讨，明天一早就过来办理手续。那人肯定是看在一千块钱包装费的分上，总算缓缓地点了几下头。赵程这才急如星火一般带着自己那批鳗鱼来到冷冻仓库，直到看着它们进了冷冻库房，这才想起自己奔波了整整一天，到现在连水还没有喝上一口呢。

整整一个夜晚赵程都没有合过眼，更不敢去旅馆睡觉，就在水产仓库的值班室里呆呆地坐了一夜。值班老头看他可怜，要让他到自己的小床上去躺一会儿，可赵程怎么也不肯，脑子里就像过山车一样地大起大落，不停地满屋子旋转。明天，明天，明天可千万别再耽误了呀，老天爷，我求求你，求求你了！

也不知道老天爷究竟有没有听见赵程的祈求，反正第二天一大早推开门，赵程就不由傻眼了，眼前根本不见太阳升起，只有浓雾不知从什么时候开始,就像一团棉花似的从天上滚滚而来,爬上河岸爬上树梢,然后洪水一般迅速地泛滥。一会儿工夫便严严实实笼罩了整个城市。早起的人们脸上湿漉漉、油腻腻的,走在三米之外人就不见了,只听见浓浓雾团之中偶尔传递过来的几声沉闷说话声。他的心立刻就变得像这片浓雾一样黯淡阴沉。着急上火地赶紧找来昨天那个货车司机,帮他把一车货从冷冻仓库提出来,送到机场货运柜台,然后便疯也似的朝昨天那个柜台冲了过去。

依然是昨天那尊"泥菩萨",不过这一回,他的嘴角边竟然挂上了一丝笑容,还对赵程客气地点点头说:"你来啦。"

"先生,请问今天的航班能按时起飞吗?"

话刚出口,赵程就死死盯住对方的脸,希望在他脸上看到让自己放心的表情。可是他的心立刻"扑通"一声坠落下来。因为他看见"泥菩萨"分明在不断摇头,好一会儿,才从他嘴里吐出来几个字说:"先生你呀,运气不好,今天的航班可能要推迟起飞。"

"推迟? 推迟到什么时候?"

这回"泥菩萨"不开口了,只是用手指指了指身后那块显示屏,说:"你自己看去吧。"

赵程抬起头,大屏幕上滚动着的血红字眼一下子刺痛了他的眼睛——"因日本海上空气候恶劣,5038 次航班停止起飞"。赵程这下子傻了,嘴里喃喃地问道:"这,这什么意思?"

"什么意思? 你不识字吗? 就是说现在不能起飞,这趟航班给取消了。"

"取消了,可是我这批货呢? 眼看就要损失了呀?"

"哎! 小伙子,你那算什么货呀,只是一点点鳗鱼罢了,我们这可是现代化大飞机呀。你那点东西和国家财产怎么能比? 谁更值钱? 你呀,服从大局吧。"

"可你们明明说今天可以按时起飞的,你骗人。"

"骗你,你傻不傻呀?""泥菩萨"仰起脸,又恢复了昨天那副倨傲的神情,嘴里说:"谁骗你了,是我还是老天爷? 我们吃这碗航空饭,就是要看老天爷的眼色行事,老天爷说能够飞,这飞机就能飞,老天爷说不行,哪怕是神仙来了也没用。"

那天赵程泥塑木雕一般站在那二十个重新包装的大箱子面前,一直看着暮色很快就要闭合,才无可奈何地拉着这些货物又回到了昨天的水产仓库,仓库里的人一看奇怪了:"咦,你怎么又回来啦?"

"今天的飞机,又……飞不了了。"赵程的回答那样有气无力。

"那怎么办? 再把这货卸下来冷冻回去?"

"只能这么办了吧,不然,你说又该怎么办呢?"

仓库管理员使劲想了想说:"也只能这么办了,不过小伙子,我实话告诉你,你这批货恐怕是凶多吉少了。"

"为什么?"

"鳗鱼的冷冻存活时间不过 48 个小时,过了这个点,你的这些货恐怕就……血本无归了。"

…………

三

赵程说不清自己是怎样回到厦门那个码头的,也说不清自己为什么还要回到这里,十几个小时的车程,一路上他都像一具失去了意识的行尸走肉,只是在机械地跟随人流移动着,却不知道自己在干些什么,下一分钟又该去干些什么。

迎面一阵阵清凉的海风突然像多年不见面的老友一样,亲热地扑上来抚摸着他的面庞,亲吻着他的脸颊,让赵程渐渐有些清醒过来。这是在哪儿? 耳边为什么会传来一阵阵海潮翻滚的声音? 他抬起头来仔细辨别了一下,这才发现,原来不知不觉,自己已经来到了前往浯屿岛的轮渡码头了。直到这时,赵程才开始静静思索一个至关重要的问题:这次他到底亏损了多少钱? 损失有多大? 自己去时七拼八凑,从农场带来的那十三万块钱显然已经打了水漂,这里面包含农场给他的十万块钱公款,小惠的两万块钱,还有从亲朋好友那里七拼八凑借来的一万块,外加韩红英多年的积蓄……想到这儿,赵程心里不由暗自庆幸,幸好当时没有接受她最后给的那六百块钱抚恤金。

可是那笔曾经的巨款呢? 赵程双手本能地摸了一下口袋,他想看看自己身上到底还剩多少钱。可是摸遍浑身上下，只在上衣口袋里发现了二十块钱纸币，他的心不由一下子提了起来。二十块，怎么只剩这么一点钱了？他连忙又把自己身上所有的口袋重新摸了一遍，在一个裤子口袋角落里又摸到两个一元的硬币。哦，还有二十二块钱，买一张到浯屿岛的轮渡船票九块钱，然后剩下十三块钱，可是这十三块钱能干些什么？这时赵程感觉自己的心已经碎裂了，十三万块钱啊，那么大一笔巨款，现在一下子全部化为泡影了。如果拿这些钱去换成硬币投进大海，一定能够听见几声响声的，现在却什么也没有了。

不远处的海潮声又"哗哗"地响起来，大声喧闹着，一波一波地向他脚下涌来。此刻在赵程听来，这分明是有人在讥讽他、嘲笑他，嘲笑他的无能，讥讽他的白日做梦，提醒他现在比乞丐还要悲惨好几分的境地。赵程不禁摇了一下头，一阵愧疚、一阵痛楚尖刀一样袭上他的心头。他现在这个样子，还怎么能够去面对留在家里的小惠，厂里的那些工人和亲属！还有，还有那把最后一点钱都掏出来塞给他的韩红英，他还怎么能够去面对他们一双双充满期盼和渴望的眼睛啊……

这个时候赵程才感到浑身上下一阵阵的刺痛袭了上来，就仿佛正有千万条毒蛇爬上他的心头，一口一口地啃咬着他的心脏，撕扯着他的神经。沉浸在痛苦中的他抬起头来，又看见了不远处灯光照耀下闪着一片微微粼光的大海。哦！那大海看起来是多么平静、多么温馨，又多么体贴怡人呀！或许那就是天堂，到了那里，自己就会忘却一切烦恼、一切悔恨，也不会有人再到那里去嘲笑他、责问他："你欠我们的那十几万块钱上哪去了？你把我们的血汗钱、救命钱都给弄到哪儿去了？"

哦！走吧，走吧，就去那里，就去那个没有烦恼，也没有悔恨的地方，去安安稳稳地睡上一觉，然后忘却一切。这么想着想着，赵程的两条腿便不由自主地迈开了，慢慢地走下了海滩。夜晚的海水本来应该是冰凉的，可是此刻赵程却丝毫没有感觉到寒冷，他只是一步一步地、不慌不忙地向着海洋深处缓缓走去……

走着走着，突然间赵程好像听见背后有人在喊他的名字。怎么回事？此时此刻，这个世界上还会有人在惦念我吗？赵程本能地回头看去，果然发现远处有个人影，那是一个被灯光照耀得通身瓦亮的高大身影。他不由停下脚步,定了定神,才发现那是一座银白色的人物塑像,稳稳地耸立在小岛的日光岩上。哦,那位身披战衣、头戴盔帽、顶天立地、威风凛凛的古代大将军,不就是国姓爷郑成功吗?

"将军,你是一个叱咤风云的军人。我不也是一个军人吗?"赵程心想,"军人,一个多么崇高、多么英勇、多么充满了英雄气概的名词啊。在军人的面前应该是没有失败、没有痛苦、没有困难,甚至是没有死亡的。可是自己现在在干什么呢?此刻自己是在自行选择死亡、选择逃避,这样懦弱的行径,算得上是一个真正军人的作为吗?"

一个浪头迎面扑来,赵程浑身一激灵,大脑却在一刹那间醒悟过来了。对,对呀,自己在这个世界上的责任还远远没有完成,甚至在这个世界上,自己原本应该承受的苦难也还远远没有结束。没有,没有,这一切都还早得很呢。远方的家里还有小惠,还有刚刚在牙牙学语的女儿,身后还有韩红英,还有曹征,还有汪泉山……还有许许多多在急切地盼望着能和自己再见上一面的战友、亲人。

作为一个移民的孩子,自己在这个世界上,已经经历了那么多磨难和考验;作为一个上过战场的军人,自己也已经不止一次地面对扑面而来的死神。那么多的艰难困苦、生死磨难都已经过来了,难道此刻倒要愚蠢地选择自我了断吗?不,不!这不仅是前功尽弃,更是在有意逃避职责、躲避担当。这样懦弱愚蠢,不就成了个临阵脱逃的可耻逃兵吗?当年陈昌福在战场上抛弃受伤的战友,那是一种逃避,自己会立刻拿枪顶着他的脑袋,逼着他迎难而上,那是一种清醒,一种勇敢,可是此刻……哦,赵程,你也该赶快清醒清醒了。

想到这里,赵程一下子转过身,用尽全力冲破海水的包围向岸上跑去,他跑着、跑着,然后一下子扑倒在沙滩上,把整个脸都紧紧贴在那依然散发着白天阳光余热的温软沙子里,好久,好久……可是,有个什么东西扎得脸上生疼,硬硬的,还有些尖利,赵程把手伸进泥沙,把那东西抓出来一看,是一枚雪白的小小贝壳,玲珑可爱。

又是一阵凉飕飕的海风席卷而来,让赵程不由感觉到浑身颤抖,不过脑子也越来越清醒了。他打量了一下四周,眼下最要紧的,是赶紧找一个清净避风的地方好好休息一下,明天一早就搭乘第一趟航班回浯屿岛去,在那儿找到韩红英,然后再静静地思索一下,决定下一步该如何渡过难关,东山再起。这个时候他才发现在码头上等候过夜的,远远不止他一个人,四下里那些灯光照不到的黑暗角落处,影影绰绰还有不少人在席地而卧。一会儿,一个角落里蠕动着的人影吸引了他的注意,只见好几个人互相推搡在一起,不时发出一阵阵用力撕扯打斗的声音。一会儿有个人被推倒在地上,立刻有个尖利的嗓门高声喊叫起来:"救命,救命呐!"赵程来不及思索,闻声就往那儿跑去,远远就看见三四个流浪汉模样的人正围着一个小小身影,救命声就是从那儿发出来的。跑近点再仔细看看,赵程立刻发出一声断喝:"你们想干什么?"

那些流浪汉闻声停住了手,一个领头的人回身看了他一眼,对赵程说:"咋的,你也想一起来玩玩?"赵程仔细看看,只见中间那小小身影分明是个半大小子,正用力蜷缩着身子,双手护在胸前,一副楚楚可怜的样子。或许因为自己从小也是颠沛流离,赵程平时最看不得的,就是弱小的人被欺负。他赶紧往前走了一步,厉声喝道:"站住,你们都不许动他。"

"我们都不动,让你捡个便宜,嘿嘿,想得倒美。小的们,打他。"立刻有两个流浪汉放下正撕扯着的小小身影,返身向着赵程恶狠狠地扑了过来。赵程不慌不忙地站定,先突然闪身,一个扫堂腿把前面那个流浪汉绊倒在地,顺势对着第二个扑上来的人脸上狠狠打出一拳。"哎哟!"对方痛叫了一声,跟跟跄跄地向后倒退了几步,再也不敢上前来了。没等对方继续发话,赵程已经一下子扑了过去,揪着那个领头的流浪汉劈头盖脸就是几拳,那人发出一声痛叫:"好啊,你敢,你敢,我……不会放过你的!"嘴里说着,人悄悄隐退到黑暗的角落里去了。眼看着他们走远,赵程才回头问那孩子说:"他们为什么要欺负你?"

"他们,嗯,看我小吧。"那孩子支支吾吾了半天,才说出这样一句话。

赵程掸了掸身上的尘土说:"现在该没事了,你走吧。"他说完,转身回到自己刚才选定的那个角落,却发现那孩子已经紧紧跟在了自己身后,不禁奇怪地问道:"咦,你怎么还不走啊?"

"我要跟着你,不然的话,你一走,他们又会回来欺负我的。"那孩子直视着赵程的眼睛说。

"跟着我,跟到哪儿去?"赵程咧开嘴角苦笑了一下,说,"我现在是'泥菩萨过河'，自己都不知道该上哪儿去呢，哪儿还能带上你呢！"

"反正不管怎么样，我都要跟着你，你上哪儿我就跟着去哪儿。"孩子带着几分哭腔说，"你不知道，他们都已经欺负我好几天了。"

"那你的家呢？对了，我知道了，你一定是偷跑出来的吧？孩子，快回家去吧，你已经尝到味道了吧，外边千好万好，总不如自己在家好啊，快点回去吧，去给爹妈认个错，他们一定会原谅你的。"

那孩子在暗影里沉默着，好一会儿，才突然冒出一句话说："我……我没有家。"

"你没有家？"赵程心里一下子涌上来许多温情，他停顿了一会儿，又问道，"那……你总该有地方去吧？要不我送你过去。"

孩子用力摇了摇头说："不，我没有任何地方可以去，就跟着你吧，大哥，你上哪我也上哪。"

赵程的心里忽然跳动了一下，孩子的这句话让他想起了什么。通过这次失利，他已经发现自己身边迫切需要一个帮手。如果这次长途贩运中有一个帮手，哪怕只是帮着给他看一看货、押一押车，再不济的话帮助他排排队，情况就会好得多，也许就不至于遭受那么大的损失了。想到这儿，赵程问道："孩子，你真的是孤儿吗？真的无家可归？"

孩子用力点了点头，说："是的，我确实是无家可归了，骗你是小狗。"

赵程心里思索了一下，口袋里还有二十多块钱，到浯屿岛的船票九块钱一张，剩下的钱买点包子馒头两个人充充饥，无论如何，一起回到韩红英那儿再想办法吧。

四

那天上班不久，韩红英就接到了门口哨兵打来的电话，说是有两个人在营区门口等着见她。韩红英奇怪了："两个人？""对！其中一个就是前几天上你这儿来过的那个老兵。"韩红英说："你既然认识他，那就放他进来吧。"可是哨兵在电话里哼哼唧唧了一会儿，还是说："副站长，你还是过来看看吧。"

　　韩红英有些奇怪,便放下电话来到门口,一看也不由大吃一惊,才五六天不见面,赵程就像换了个人似的,那么消瘦、那么憔悴,嘴边上一圈突然冒出来的长长胡须,让他像是猛然间苍老了十几岁。记忆中的赵程还从来没有这样憔悴过、苍老过,就算是在前线那些血火烽烟的日子里,依然可以感觉到他身上喷薄而出的勃勃生命力,可是今天怎么了? 而且他身边,怎么还突然多出个小乞丐似的半大小子?

　　韩红英急急忙忙跑过去,一把拉住赵程的手说:"你怎么了,赵程?"

　　赵程抬起头,那两道游移着的目光已经说明一切了,可是韩红英仍然忍不住又问了一句:"那,那么多货呢?"不过她立刻停住了嘴,因为她已经猜到了可能发生的一切。果然赵程又开口了,说:"红英,我现在才是真正的身无分文,比大街上的乞丐还要惨了。"

　　韩红英不愿多问,立刻在哨兵那里办了手续,把他们领到招待所去住下。一进房间,赵程立刻躺倒在床上,两只大张着的眼睛一眨不眨地望着天花板。不过韩红英反而不怎么担心了,因为她已经觉察到,即使这样穷困潦倒,赵程却仍然没有被命运残酷的铁拳击倒。就像她以前在前线不止一次看到过的那样,那些刚从战场上拼杀下来的士兵,尽管已经伤痕累累、遍身血污,浑身上下布满血腥厮杀的痕迹,甚至飘散着战场上带回来的浓烈尸臭,但他们却仍然没有被击倒。不仅如此,许多人还似乎在刚刚过去的那些生死关头得到了命运的启示,获得了生命的感悟,甚至是某些信念、某种信仰。在血污和伤痕的外表下,他们的眼睛反而比过去更加明亮、更加有神,说出的话语里反而还多出了一种底气、一种豪迈。韩红英仔细看了看赵程,原先悬着的那颗心很快落地了。是的,眼前的这个男人,这个也曾经上过战场的男人,这次仍然没有被命运击倒。

　　韩红英又转眼看了看赵程带来的那个半大小子,只见他脸上黑乎乎地看不清眉眼,一副骨架倒显得十分秀气匀称,她问赵程说:"这孩子哪来的?"

　　"我也不知道,半道上捡的。"

　　"捡的?"

　　"对。"

　　韩红英的嗓门一下子粗了起来:"连是谁也不知道,你就带到我这儿来了,亏你还是从这儿出去的,忘了部队通信单位有严格的保密规定?"

"嘿，我不过是看他可怜，半路上给捡了回来，哪儿还顾得上那么多呢，就当是做件好事吧。你看他脏成什么样了，浴室在哪儿？快带他去洗洗吧。"

韩红英拿着脸盆肥皂，又去找男兵要了几件换洗的旧衣服，便领着孩子去了男浴室，走到门口，那孩子看见门口挂着的牌子，就哼哼唧唧地再也不肯进去了，韩红英急了，厉声说："快进去呀，这么脏，还舍不得洗掉吗？"

"我，我……"那孩子又扭扭捏捏好一会儿，才小声说道，"大姐姐，我，我是个女的。"

"女的？"韩红英吃了一惊，赶快把孩子拉到灯光下，撩起她额前垂下的头发，细细地看了一会儿，果然看出了一些端倪，又摸了摸她的喉结，这才开口问道："你是女孩，嗓音怎么会这么粗呢？"

"不知道，从小就这样，可我确实是个女孩呀。"

韩红英愣了好一会儿，才领着孩子绕到了另一边的女浴室，然后回去拿了几件自己的旧衣服，等她回去的时候，女孩已经沐浴完毕。出了浴室借着灯光一看，韩红英不禁大吃一惊，原来这竟是一个长相十分标致的小女孩，小巧匀称的身躯，精细有致的眉眼，一举一动、一颦一笑当中，都不知怎的，带有一种楚楚可怜的神态。韩红英不禁惊讶地问道："你叫什么名字？"

"梨儿，我叫梨儿。"小姑娘回答说。

回到宿舍，韩红英用力把脸盆摔在了赵程面前，嘴里骂道："好你个赵程，竟敢骗我，生意亏成这样，身边还带着个小姑娘。你，安的是什么心？"

"小姑娘？"赵程吃惊地从床上跳起来，愣了半天才痴痴地问道，"哪来的什么小姑娘？别胡说了，人在哪儿呢？"

韩红英不由分说，一把从身后拉过孩子推到赵程面前说："你看看，你自己看看，这不是个黄花闺女又是什么？事情已经这样了，你还敢骗我！"

赵程一看也不由惊呆了，怎么一眨眼的工夫，原先那个又黑又瘦的小子就不见了，转眼间竟变成了一个花骨朵一样俏丽的小丫头。他惊讶地张大嘴，上上下下、仔仔细细打量了好半天，才开口问道："你，就是刚才的那小子？"

梨儿红着脸，扭扭捏捏半天也说不出话来，赵程又问了一遍："说话呀，你怎么'狸猫换太子'，一转眼就变成小姑娘了呢？"

梨儿支支吾吾了好半天,才红着脸说出一句:"我,我本来就是个小姑娘嘛。"

赵程仍然不信,一再逼问之下,梨儿终于原原本本,说出了她的身世和来历。

原来这梨儿姓羊名蓉,不过人们从小都喜欢叫她的小名"梨儿"。这是她的家乡四川大巴山里一种不知名的小野花,白白的花瓣,圆圆的花蕊里带着一丝丝的淡黄。每年春天,当第一阵暖暖的春风吹起,细细的春雨飘落的时候,这些小白花就不知从哪儿突然冒出来,一下子铺天盖地开满山坡、丘陵和道路两旁。远远看去,远山近水到处白茫茫的一片,就像是不肯轻易离去的冬天,硬要残留给这春季的片片白雪,仍然在提醒着人们,千万不要忘记这尚未离去的冬季。

尽管是铺天盖地,但这些小花却是那样的素雅清淡、细小平凡,所以虽然满山满坡盛开,却从来吸引不了人们过多的关注,相反总是招来人们毫不留情的践踏和蹂躏。早起的牧童会毫无来由地挥舞竹鞭,将这些开放得水灵灵的花瓣击打得支离破碎,纷纷扬扬地飞起,又无可奈何地撒落到地面。牧童身旁的那些老牛就更不懂怜香惜玉了,暗红色的大舌头轻轻一卷,这些美丽的小花就会踪影全无,一下子全被它们吞进了肚里。

或许是由于小名叫梨儿,所以羊蓉小时候总是喜欢独自一个人跑去山坡,痴痴地看着这些和自己同名,却开放得如此如火如荼、富有生趣的小野花,有时还会挥手赶走那些贪婪吞噬着它们的老牛。看得久了,她渐渐感觉到这些花儿不但像自己,更像是自己的妈妈,那个卑微得和这些遍山开放的小花很有几分相似的妈妈。她是个走村串乡的川剧艺人,最善于在舞台上扮演的,就是那些美丽的悲剧女性,那些眉眼之间总是悬挂着淡淡哀愁的女性角色……

不过梨儿从来没见过自己的父亲,据说这个在她出生以前就已经踪影全无的父亲,是个远从浙江而来的游方牙医,一双巧手能挣大钱,专门挑着担子,到冷僻的偏远山村里去拔牙治牙,一伸手就用好听的吴越方言说着"五元"。这个能挣钱的小伙子是个标准的小白脸,那一口牙齿雪白雪白,总是在阳光下泛着一缕缕洁白的光焰,就像是专门为他那门手艺来做广告似的。那口白牙就这样一闪一闪,毫不留情地走进了川剧女艺人的视野,梨儿的妈妈在一个充满爱情的夜间怀上了她。

梨儿从小继承了父亲那一口洁白的牙齿，还有母亲那一副软软的属于花旦的腰肢，当年这两个人就是闪着这样洁白的光焰，一扭一扭地拴住了对方那颗年轻的心。不过那一口闪亮的白牙很快踪影全无了。还没等听到梨儿出生的第一声啼哭，那个游方牙医就消失在了远远近近那一片黑黢黢的山影里。

梨儿七岁那年被母亲送进剧团的小班学戏。那剧团其实是个草台班子，条件十分简陋，孩子们学戏的生涯自然也就十分艰苦。每天清晨还没等到公鸡啼叫，孩子们就在老师的驱赶下起床了。那个时候还没有钟表，谁也不知道现在是几点几分，因此只要有一个孩子早起，大伙儿便会都跟着他一块儿起来，简单地抹一抹脸便去村边的打谷场上练腰腿功、下腰、劈叉……有时候练了半天也不见东方天际发白，这才知道原来还是在半夜，离天亮还早得很呢。

好不容易熬到早饭时间，饥肠辘辘的梨儿和大伙一起，迫不及待地赶去吃早餐，只见空地上摆放着一盆照得见人影的稀粥，压根儿就不见什么干粮。菜呢？一个很深很深的竹筒里有一些盐炒黄豆，一筷子下去根本夹不起黄豆，只能看见筷子头上沾着几粒亮晶晶的白色盐粒。中午和晚上倒是能够吃到干饭，不过那白米饭的数量实在太少，往往吃完第一碗再回去盛时，就只能看见刮得干干净净的空空饭锅了。梨儿又不敢去问班主要，只好饿着肚子再去练功。

饭吃不饱，菜自然也好不了，一年到头孩子们只能吃些咸菜豆腐之类，长年累月看不到一片肉。肚子里没有油水，自然就感觉更加饥饿了。几次这样的经历下来，便有人悄悄教给梨儿一个小窍门：盛饭时第一碗要盛得少点，吃得快一点，吃完了赶紧再回去盛第二碗，这回要盛得满一点，这样子就能吃饱了。梨儿照着他们的指点试了试，果真吃到几顿饱饭，不过这样的好景并不长，因为其他孩子很快也发现了这个窍门，于是梨儿又只好大眼瞪小眼，经常面对着那只空空如也的饭锅了。

孩子们拿大顶时，两手就直接插在烂泥地里，一撑就是半个小时，完了伸出手去一看，满手尽是些黑乎乎的污泥。虽然艰难，小伙伴们一个个却都练得十分刻苦认真，尽管因为吃不饱饭，身上没有什么力气，但大伙全都满头大汗地翻跟斗拿大顶,从来也听不见哪个人叫苦叫累。这不仅仅因为他们全是出身贫寒的苦孩子,知道如果眼下不好好练功,将来就永远不可能有出头的好日子。还因为他们身后,此刻正站着一个十分严厉的师傅,不仅一天到晚板着个脸,开口就是训斥,更因为他手里还拿着一柄长达两尺的黑漆漆的戒板,看谁练得不那么卖力,那乌黑的戒板就会毫不留情地,立刻狠狠地敲到那个人的头上身上。

九岁那年,梨儿和一批年龄相仿的孩子开始"出红台",乔装打扮登上四处巡演的戏台。由于年纪太小,屁股还没有舞台上的椅子高,因此每次装扮停当后,还得由师傅把他们抱上台去。不过一看她在《拦江救主》这折戏里扮演的赵云,就会不由自主地顿生爱怜:只见小丫头一身短打扎靠,摆起身架来有模有样,一开口,尖利的童声清脆嘹亮,翻起筋斗来虎虎生风,甩起刀枪把子来令人眼花缭乱。这小小的身架,像模像样的装扮,再加上满脸稚气的脸庞,让台下观众们不由自主地倍加喜爱,激起全场一阵阵的喝彩与欢呼声。由于做得出色,唱得精彩,梨儿和她的小伙伴们常常在当地舞台上,掀起一阵阵轰动。她会演的戏可真不少,《马武夺魁》《拦江救主》《伯方抚琴》《漆匠嫁女》《借云破曹》《白水滩》等等。

戏曲艺人的日常生活,其实大半都在路上,套用现代一句时髦的话语,就叫作"不是在演出,就是在去演出的路上"。他们一年四季顶风冒雨,颠沛流离,饭碗捧在手上,生计落在腿上,往往走到哪儿就演到哪儿,栉风沐雨四处为家,却很少能有停留下来喘口气的时候。

这样的长途奔波,根本就没有什么车马可以依赖,碰到平坦笔直的大道还好一点,孩子们勉强跟得上,可偏偏那时候戏班子走的,还尽是大山里那些狭窄曲折的山间小路,长得好像没有尽头的石板小径曲曲弯弯,一会儿伸向高耸的山峰,一会儿直下陡峭的谷底。有些小路既湿又滑,还到处长满青苔等植物,一不小心就会摔个大跟斗,弄得孩子们往往鼻青脸肿、哇哇大哭。

路途这样艰难,可孩子们脚上穿的,往往只有一双自己打的草鞋,有时走着走着草鞋磨烂了,只能光着脚丫子一步一挪地前进。好不容易走到演出地,一看脚上全是些血泡,痛得钻心。可这时没人会让他们休息,还得照样穿着紧窄的戏鞋立刻上台去演出,这时候每走出一步,脚底就会袭上来一阵钻心的疼痛,可还是得强装笑脸,认认真真地把戏演完。

路难走，住宿更是不易，那时候戏班子走村串户，根本不可能住什么旅馆客栈，也别想去老乡家里借宿。演员们长年累月借以栖身的，只能是村里那些破旧的祠堂，或者村边荒废的庙宇。那是千篇一律的荒凉破败、房漏屋塌、四壁通风。有些地方还堆满了棺材和祭祀用的神主牌位，平日里阴森冰冷、人迹罕至，晚上就更是鬼影幢幢，一片恐怖荒凉。可戏曲艺人是没有权利挑三拣四的，只能岁岁年年寄居在这样的地方，不管怎样，好歹头顶有几块瓦片挡雨，也就心满意足了。

那些日子梨儿长年累月就居住在这样的地方，有时晚上黑灯瞎火睡了一夜，早上起来才发现身子底下垫着的，竟然是一口可怕的棺材，这时才知道晚上为什么老是会做噩梦。夜深人静时，老鼠经常会在头顶上打群架，把屋顶积存了不知多少年的尘灰旧土，一阵阵全都撒落到她脸上身上。身旁有时还会簌簌作响，一阵阵阴森森的凉意正在悄悄掠过，定睛细看，原来竟是条长长的大蛇蠕动着爬过身旁，她只能用被子紧紧地蒙住脸，吓得大气也不敢喘一口，就这样苦苦煎熬着直到天亮。

一年前传来了噩耗，在另一个戏班里担纲主演的母亲因劳累过度，竟然口吐鲜血当场气绝倒在了舞台上，梨儿连最后一面也没能见上。从此梨儿就再也不愿意登台演出了，离开了大巴山区那个令她伤心的地方，决意到东南沿海发达地区去闯一闯，不料女扮男装刚来到码头不久，就被那群"嗅觉"灵敏的流浪汉给盯上了……

听完了梨儿的身世，赵程不知不觉间感到眼睛有些湿润了，再抬眼看看这小巧白皙的梨儿，他不禁眼前一亮，就仿佛是在走过了无数的荒原沙漠之后，突然看见路边有一片默默开放着的小白花，那么清新、自然、温顺。于是便很自然地开口说："行，你今后就跟着我吧，只要有我吃的，也就不会少了你那一份。"

一边的韩红英抬起眼睛来使劲瞪了瞪他，只是到最后也没有说出反对的话来，过一会儿才转移话题说："生意已经这样了，下一步你打算怎么办？"

赵程抬起眼，望着窗外那一片波翻浪涌的苍茫海面，沉吟了一会儿才缓缓地开口说："我想无论如何要回家一趟，看看小惠和刚出生的女儿，然后再做下一步的打算吧。"

"那这孩子怎么办？你还打算带她一起回去？"

这一问赵程也傻了,思忖了半天才说:"刚才我和她谈过了,她说反正已经没有家了,坚决不回去,还说我走到哪儿,她就要跟着我去哪,你刚才在一旁,不也听见了吗?"

韩红英翻了翻白眼说:"我看归根结底,还是你心里舍不得吧。带着这么个小姑娘在身边,你打的是什么主意?"

"姑娘?"赵程嘿嘿地笑起来说,"什么姑娘,她年纪还小着呢,能干什么?"

"小?哼,我早就看出来了,这孩子年纪不大,可是个十足的美人坯子,当心以后她把你的魂给勾了去。"

"美人坯子?"赵程愣了一会儿,对着旁边正在忙碌着的梨儿仔细看了一会儿,才笑着摇了摇头说,"怎么可能,还美人呢?我看只不过是个半大小子。"

韩红英瞪他一眼,说:"你可要小心,要是以后和她有什么纠缠不清的事,不但对不起小惠,别忘了,也对不起我啊!"

赵程又笑了起来,漫不经心地说:"就她这么个半大的孩子,嘿嘿,你就放心吧,放一百个心。"

"哎,"韩红英告诉他,"曹征和汪泉山可是给我来过好几封信和好几个电话了,到处打听你的下落,问你小子最近上哪去了,是不是长途贩运发了大财,把他们给忘了。"

这番话又勾起了赵程的伤心事,他摇摇头苦笑一声说:"就我这样的命,也许这一辈子都发不了财喽,还是等下一辈子吧。"

"别灰心,在我看来,你是个有抱负、有才干的男人,最重要的,是你有一股子不达目的绝不罢休的劲头。这种志气、这股劲头,对男人来说才是最重要的。"韩红英停顿一下,又满怀深情地加了一句,"再说啦,即使你这一辈子永远是个穷光蛋,我也会依旧爱你的。"

"爱?"当这个在他们之间已经多时没有提及的字眼,突然又被提起来的时候,赵程脑子里不由"轰"地响了一下,他沉默了片刻,才苦笑着对韩红英说:"你别忘了,我现在可是个有老婆有孩子的人呀。"

"你那算什么婚姻?不过是一桩发了霉的封建玩意。"韩红英的语气有些气愤。

听她这么一说，赵程的语气不由软了下来，他说："红英啊，我劝你也别太苦自己了。军营里有的是像样的男子汉，你还是趁早赶紧再找一个吧。"

韩红英的眼光幽怨地扫过窗外的大海。她说："我身边追求的人倒是不少，你知道眼下追求我最勤快的，是谁吗？"

"我哪会知道呢？"

"就是我们的那个老战友，陈昌福。"

"哦！"赵程这回沉默下来了，他不知道该说什么好。

临走那天韩红英又悄悄塞给他一个信封，赵程打开一看，里面是六百块钱，他顿时明白过来，赶紧说："红英，其他的钱我都能要，可这笔款子我坚决不能收，你还是赶紧拿回去吧。"

韩红英说："还客气什么，你身上现在空空的，就差沿街要饭去了，带上这六百块钱，总能帮着你支撑几天，以后找到曹征他们，就有办法了。"

"我宁愿饿死，也不能动用你这六百块钱，这可是苏副队长的命啊。"赵程一字一顿地说。

"不！你必须把它带上，我的心才会轻松一点。"韩红英抬起头，眼睛一眨不眨地凝望着赵程，那双美丽的大眼睛里又慢慢地注满了泪水。望着这双充满深情的眼睛，赵程再也不推辞了，只好点一点头说："行，那我就先拿着。"

下午韩红英回到营房，门口哨兵突然告诉她，说她刚刚送走的那位客人悄悄给她留下了一封信。望着哨兵递过来的那个厚厚信封，韩红英立刻明白过来，一把抓过信封就沿着山间小路向轮渡码头跑去。

可是刚刚爬上海边的一座山崖，就远远看见海上轮渡已经起航了。船头不断犁开那片蔚蓝色海面，就像是裹着一圈巨大花环似的渐渐远去。韩红英无奈地站立一会儿，目送着那艘轮渡越开越远，直到再也看不见了，才转身沿着小路向营房走去。

山崖最高处的小路尽头突然闪出一个人影来，仔细一看，原来竟是脸色十分严肃的陈昌福。

"你怎么会在这儿？"韩红英惊讶地问。

"我是专门在这里等你的。"

"等我,干什么?"

"等你检讨自己的错误。"陈昌福的脸色这时已经变得像礁石一样硬邦邦的了,说出来的话也铮铮作响,压倒了礁岩下海浪涨潮的喧嚣声。"你知道自己犯了什么错误吗? 组织观念不强,违反保密纪律。浯屿岛属于海防最前线,知道咱们是个什么等级的保密单位吗? 不是什么人都可以上这儿来过夜的。我听说你未经请示,就让一个陌生男人在营区里住了好几天,你还陪着他在岛上到处乱转,已经引起了保卫部门的高度关注,你知道吗?"

韩红英哈哈大笑起来,说:"大科长,你就别吓唬我了,你知道在这儿过夜的那个陌生男人,他是谁吗?"

"谁?"

"你和我共同的老战友赵程。怎么,他是陌生人吗?"

陈昌福愣了一会儿,仍然板着脸说:"那也不行,制度就是制度,纪律就是纪律,对任何人都一样。再亲密的老战友来了,我陈昌福也要照样执行纪律,绝不会客气。"

"行了,陈昌福,你就别跟我来打官腔了。我是让赵程在站里的招待所里住了几天,怎么,你还打算去告发我吗?"

陈昌福的脸色突然一下子变得亲切起来,甚至还浮上来一层谄媚讨好的神情,他"嘿嘿"地笑起来,说:"好红英,怎么会呢,这么多年了,你还不知道我这人? 我怎么会去告发你呢,讨好都还来不及呢! 你想想,咱俩是什么关系,一个教导队出来,又相处了这么多年,你还不了解我? 我今天来不为别的,就是专门来给你透露点'机密'的。昨天政治部首长找我谈话了,可能要调我出去工作,是军通信处的副处长,说是如果干得好,年底还可以扶正呢。"

"那可真要恭喜你了,师通信科这么小一棵梧桐树,怎么容得下你这样的金凤凰呢,早就应该高升了呀!"

"瞧瞧,瞧瞧,你又在嘲笑我了不是。我知道打从新兵连开始,你就有些瞧不起我。不过我不在乎,路遥识马力,日久见人心嘛,我对你问心无愧。对了,我一走,谁会来顶替我的职务呢? 不是别人,就是你,我正准备推荐你接替我的位置呢。"

韩红英说:"还真对不起,我呀,早就不想再在部队干了。现在改革开放，外面一波接一波的动静挺大，我这心里呀，早就看得痒痒的了，实话告诉你吧，我正准备递交转业申请报告呢。"

一听这话，陈昌福的脸色立刻又严肃起来，说："你看看，你看看，你是受赵程影响了不是？他想干什么，准是又想把你拉回到身边去吧？这人呀，自己不安心部队建设，老想着去外边发大财，这还不算，现在还要来挖我们的墙脚，不像话，太不像话了！"

韩红英连声说："这可没赵程的什么事，是我自己想要走的。"

"你走！你怎么舍得离开部队，离开我呢？红英啊，咱们打开天窗说亮话，这么多年了，你就是我心中朝思暮想的那个女人，我每天都在想念着你啊。那些日子在前线，形势危急时，我总是在寻找你的身影，总想着要冲到前面去替你挡子弹。只要你平安无事，哪怕我自己被打死了也在所不惜，我的这片心，难道你没有任何察觉吗？"

韩红英撇了撇嘴，本来想说一句"还用你来给我挡子弹，你没把曹征抛下丢给敌人就不错了"，可一想这话伤人太深，就没敢往下说，只是一转身说："行了，时候不早了，我该回通信站去了，今晚还要带班呢。"

可陈昌福却一把拉住她的手说："红英，你别走啊，这儿就我们两个人，我盼这样的时候好久好久了，今天我要把我的整个心全都捧给你。"

韩红英用力甩脱了他的手，说："陈昌福，你可是我的领导，不能这样啊，另外你也别忘了，我是个寡妇，寡妇门前可是是非多呀。"

"你寡妇，我也正好单身，咱们不正好是天生的一对吗？我为什么至今还单身，不就是为了等你吗？红英，你怎么能这么狠心呢，红英？"陈昌福一边说着，一边从后面一把抱住了韩红英。

韩红英用力挣扎着说："放手，陈昌福，你放手，告诉你，我心里可是早就有人了。"

"我知道，我知道你的心里只有赵程，实际上本来就没有苏副队长什么事。你当我不知道吗？哼，赵程，什么事情都有他一手，早就是有老婆孩子的人了，还要来和我抢女人。"

撕扯中韩红英挣脱开他，沿着小径刚刚跑出两步，却又被赶上来的陈昌福抱得更紧了。这回他不客气了，两只手直接就按在了韩红英的胸脯上，一边揉搓着一边说："红英，红英，我好寂寞呀，今晚咱们俩就……来吧，我的心肝宝贝。"

"那好,你先把手放开。"

陈昌福的一只手果然松开了,不过却马上伸向了韩红英的下身,用力撕扯着,努力要解开她腰间系着的那条军用皮带。韩红英用力挣扎着,两人在小路上互相撕扯,就在那皮带扣将要打开的一刹那,韩红英用力一推,陈昌福向后踉跄了两步,就突然在黑暗中消失不见了,悬崖下面却传来了一声越来越远、越来越凄厉的惨叫声……

山路上一阵短暂的寂静,静得仿佛连山风都已经停滞了,不过立刻就响起了韩红英撕破夜幕的尖叫声:"来人啊! 快来人啊,救人啊!"

…………

跌落到山崖下的陈昌福被紧急送往医院,经诊断是脑部受伤,昏迷了整整一昼夜后才苏醒过来。韩红英当天就被军事法庭拘留起来,不久因为过失伤人罪而被判处劳动教养三个月。刑满之后她就匆匆回部队办理了退伍手续,没有和任何人告别,不声不响地消失了,谁也不知道她究竟去了哪里……

第六篇
南中国海边那个圈

———

两年以后的一个傍晚，当南中国海上的月亮刚刚从海平面上冉冉升起，一列旧式的蒸汽机车拖着长长的烟尘，停靠在深圳的石井栏车站，从车上走下来赵程和梨儿。他们背着简单的行囊，好奇地看着眼前这座已经勾勒出宏大轮廓的特区城市，脸上露出掩饰不住的惊奇与惊喜。

两年了，整整两年了，赵程带着梨儿在各个城市辗转。在得知他从浯屿岛回到家里的第二天，披头散发的陈莉娅一早就出现在他们家门口，弄得赵程只好赶紧从后门离开。他们首先来到了义乌，这是一个有着"鸡毛换糖"悠久历史的商业小城。不过那个时候，全世界最大的小商品都市还只是一个十分遥远的幻梦。赵程只能带着梨儿，每人手里拎着一只篮子，在那些街头巷尾的简易摊位上兜售袜子，不时被侦探一般灵敏的"打击投机倒把"办公室工作人员，从城市的这个角落赶到另一个角落，有时还干脆就被当作坏人抓起来，货物被全部没收，然后饿着肚子被赶出城市。

他们也曾有过几次长途贩运的经历，从义乌刚刚露头的小商品市场上批发些简单的小饰品或者袜子，扛着大包送到北方的一些城市去。去的时候往往连买车票的钱都没有，有时还得扒货车才能到达目的地。就在这样长途贩运的旅途中，他们听说了特区深圳的名字。那个年代，这个名字像风一般在内地到处传送着。于是一次偷偷回家的时候，赵程便和小惠谈了去深圳发展的打算。

小惠的眼睛又一次湿润了，她说："赵程，你这样长年累月在外奔波，难道就不累吗？你就不能像别人那样，安安稳稳在家过几天安生日子吗？"

赵程说："你想想，我能安稳下来吗？别说陈莉娅经常上门来闹，就是她不来，我这心里也安稳不下来。上次欠农场亏损的钱还没还清，虽然他们没来逼迫，可是我看见这些人心里总觉得过意不去。不行，我还得出去，想办法挣些钱早日把账还清，也好让你和孩子活得轻松一些。"

停了停，他看看仍在抽泣着的小惠，拍了拍她的肩膀说："小惠，别忘了咱们都是移民的孩子，这漂泊流浪，其实都是咱们命中注定，逃不过去的呀。"

> 一九七九年，
> 那是一个春天，
> 有一位老人在中国的南海边画了一个圈，
> 神话般地崛起座座城，
> 奇迹般地聚起座座金山。
> 春雷啊唤醒了长城内外，
> 春晖啊暖透了大江两岸。
> ············

这位伟人画出的"一个圈"，犹如一座在黑漆漆海面上突然闪亮起来的灯塔，在一片夜色蒙蒙的海面上大放光华，吸引着全世界无数人惊喜艳羡的目光。

几乎是在一夜之间，深圳这片土地，就被一阵突如其来的春风春雨滋润得一片桃红柳绿。这个中国改革开放以来设立的第一个经济特区，几年前还是一座无人知晓的边陲小镇，转眼之间就已经发展成一座颇具影响力的国际化都市，成为全中国改革开放最明亮的窗口。那种令人惊诧的"深圳速度"不仅震惊了全国，也震惊了全世界。

于是深圳就像一块具有巨大吸力的磁石,吸引了神州大地无论是已经积累起原始资本的创业成功人士,还是那些刚刚毕业、怀揣着的只有理想的大中专毕业生,这当中也包括许多已经身无分文,但枯瘦的皮囊里仍然跳动着不灭雄心的"流浪汉"。他们觉得只有那个地方才是自己创业的黄金宝地,是实现自己人生梦想的最佳地点,于是争着抢着全都要往深圳赶。

英雄和野心家,美女和乞丐,黄金和泥沙,霎时全都被席卷到这个当时正在迅速壮大的城市里……

此刻这些蜂拥而来的人中,就站着赵程和梨儿,他们默默站在初春那仍然有些凌厉的寒风中,一时间好像有点手足无措。此刻最吸引他们视线的不是高楼大厦,也不是五光十色的霓虹灯,而是街那头不远处一排排灯火辉煌的小吃摊,那儿正散乱地铺开一张张油光可鉴的饭桌,"吱——"一阵热油沸腾的声音响起,然后就有一阵阵扑鼻的浓香不依不饶地朝赵程和梨儿凶猛扑过来,于是他们那不争气的肚子就开始"咕咕"地猛烈叫唤起来。一阵阵强烈的饥饿感,就像听着惊蛰雷声钻出洞穴的蛇虫那般,不依不饶地袭上他们心头。

赵程转过身子,尽力不去看桌边那些已经喝得满脸通红的食客,也不去闻那些阵阵而来的扑鼻浓香。虽然兜里仅剩下的几个硬币已经被他揉搓得像要马上融化,可是他知道,这点钱连一碗面条也买不来。现在填饱肚子唯一的希望,就是等着刚刚通了电话的汪泉山出现了。

梨儿在一边望了望赵程,转回头去不忍再看他那副饥饿难忍的样子。"他不应该是这样的。"她想,"当年血火横飞的战场上,他可是一位威风凛凛的英雄好汉啊!"

突然梨儿看见有个人从背后伸出两只手,一下子捂住了赵程的眼睛,接着就响起一阵低低压抑着的笑声。"汪泉山?"梨儿这样猜测,可扑面而来的阵阵浓烈香水味却让她有些犹豫了,一个大男人怎么可能会用香水呢,尤其听说还是个当过兵的男人!

笑声中她看见赵程用力掰开那两只捂着他眼睛的双手,回过身去只看了一眼,一片阳光便突然爬上了赵程刚才还是阴云密布的脸庞。"不会吧,你这小子,怎么还涂上香水了?"赵程上上下下打量着挺时尚的汪泉山,不由这样脱口问道。

"嘿嘿,赵老兵,老土了吧,还什么厂长呢?! 这可是今年上半年巴黎最时尚的男用香水,据说只要闻上个三秒钟,就能让一个女人的神经眩迷上两个小时,在这段时间里,你可以随意地摆布她。"

汪泉山注意到赵程打量他的惊讶目光,不由又得意地挺了挺身子,说:"怎么样? 这身装扮还不错吧,看看这衬衫,意大利的,裤子,奥地利的,还有这领带……你没见过吧?"

梨儿在一边注视,心里面不由一阵阵赞叹,早就听说这汪泉山是个风流倜傥的标准帅哥,如今一见面,还真是一个她从未见过的翩翩公子,比她以前在戏里面演过的那些风流公子更加时尚漂亮。

可赵程已经憋不住了,毫不客气地打断汪泉山的炫耀说:"你就别再嘚瑟了,哥们,'饱汉不知饿汉饥',你在那儿显摆,一会儿巴黎,一会儿奥地利,老弟我这儿还饿着肚子呢,都两天没好好吃顿饭了。"

汪泉山不由得笑弯了腰,说:"嘿嘿,你怎么也学会开玩笑了,两天没吃饭? 你以为这还是在前线土地上呀,吃不上饭,喝不上水……"

不过他的笑声立刻就停止了,因为他看见一边的梨儿正在微微点头,便不由惊讶地瞪大眼睛叫起来说:"不会吧老兄,你还真的两天没吃饭了?"

赵程摊开巴掌,露出手心里仍然紧紧攥着的几个硬币,上面凝着的汗水在灯光下微微泛着光。汪泉山一下子收敛起笑容,拉住已经急不可待要走向小吃摊的赵程说:"去酒店里吃呀,哪能在这样的地方请你这样的贵客呢。"

刚才停在路旁的黑色"公爵帝"轿车行驶得飞快,一会儿就载着他们来到一家灯火通明的"得克萨斯牛排馆",还没等坐下,汪泉山就吩咐服务员说:"快来三客牛排,我要七成熟的,你们两位呢?"

"哪还管它七成八成,只要是可以下肚的,就赶紧端上来呀,快点,快。"赵程说完,端起服务员送上的一杯柠檬水,"呼哧"一口吸了个精光,等到喷溅着油光与香味的牛排"吱啦啦"响着端上桌子,他顾不上使用刀叉,一把拎起那块喷吐着滚烫油汁的牛排,风卷残云一般一口就吞下一半。等到一块牛排全都下肚,他才抬起头,向身边正惊讶望着他的汪泉山下命令似的说:"怎么还愣着呢,赶快再叫一份呀。"

"哇,哥们,你怎么混得这么惨,前阵子老曹还打电话告诉我,说你在老家当了厂长,可神气着呢。"

"神气?"赵程苦笑了一声说,"嘿,哥们这几年交了狗屎运,闯过一关又一关,一路上碰到的尽是些难过的坎儿。还没等我爬到半山腰,瞧,就让人一脚给踹下去了,怎么样,够狼狈吧?"赵程又喝了一口水,这才将过去两年的经历,全都原原本本告诉了汪泉山。

汪泉山听完,第一个举动就是赶快从兜里掏出一把票子,数也没数就全部递给赵程,说:"你呀,运交华盖,碰上的怎么全是些不折不扣的倒霉事!出来得急,我现在身上也没带多少钱,全都在这儿了,你先拿去用着。今晚先给你们找个宾馆住下,明天一早我让秘书再给你送些钱过来,以后的事别急,咱们一块儿想办法吧。"

赵程心头一热,感激地点点头,心想这花花公子还真没变,仍然像在部队时那样豪爽大方,尽管表面看去仍有些浮夸,但对自己的那份情意,还真是没的说。

"哥们你来巧了,我现在正好也有个难过的坎,有个麻烦事不早不迟,这两天找上门来了。"

"你也会有难事? 我听错了吧? 像你这样衔着玉石下凡的公子哥儿,还能有什么为难的?"

汪泉山正想开口,突然看见正在一边凝神望着他的梨儿,便摇了摇头不往下说了,眉眼间十分难得地浮上一层忧虑。他没说谎,这次他还确实碰上了件麻烦事情,而且还是个不算太小的麻烦,弄得不好不仅会前线失防,后院也会跟着起火。七个月前他刚到市电子集团下属的进出口公司当总经理,那个跟着他的女秘书就怀上了他的孩子,如今已经是三个月身孕了。

汪泉山这两年顺风顺水,而且一段时间里还干得风生水起、诸事得意,不过很快就显得有些后劲不足了。他的性格依然像当年在部队时那样,做事三分钟热度,什么事都没有常性。转业这些年来调动频繁,时间干得长的一年两载,干得短的,往往只有半年或几个月,就又想着要赶快挪动个地方了。他选择单位时十分挑剔,只是那选择的标准和旁人有些不太一样。别人选择单位讲究级别薪酬、地位、权力,而汪泉山选的,却尽是些外在的排场和讲究。他要求去的那些单位必须要给他配备豪车和豪华办公室,然后还有一个附带的条件,就是必须要配备女秘书。

"豪车、别墅、女秘书，嘿嘿，这些东西，可是衡量一个男人成功与否的标志啊。"就为了追求这些标志，他几次放弃了留在市机关工作的机会，专门选择那些对外进出口贸易类型的公司企业，反正他父亲和母亲如今还在台上，还能够让他东挑西拣，兴致不减地再折腾上几年。

听完他说的那些麻烦事，赵程不由用力摇摇头苦笑起来，心想我们在火里，你倒在水里。我们赔得光光的，穷得连口饭也吃不上，你却在这儿拈花惹草，让小秘书那么快就怀上了野孩子。汪泉山啊汪泉山，你可真是会变着法儿折腾啊。

说话的当口，曹征已经快步走进了酒店，一开始他并没有走近饭桌，只是在远远的地方静静朝这儿看了一会儿，看见赵程满身风尘仆仆的样子，他立刻判断出他当下的境遇，上前来不由分说，一把紧紧抱住了他。赵程一开始吃了一惊，转身一看是曹征，也顿时激动得眼眶湿润。两人紧紧搂抱在一起，心里都不由翻江倒海，一股股汹涌澎湃的暖流在他们心底碰撞着、翻腾着，嘴上却一时都说不出话来。

这时汪泉山也走过来，把手搭在他们两人肩头，三个人就这样紧紧搂抱在一起，这是从部队转业分手以后，三个人第一次这样面对面相聚。他们互相深情地对望着，任凭泪水在脸上纵横得东一道西一道，也顾不上擦去。

那个夜晚他们在一起聊了很久很久，直到午夜饭店要打烊了，才依依不舍地分手。

二

赵程所不知道的是，就在他挣扎在义乌小商品市场，几次生意亏损，沦落到整天只能啃冷馒头的时候，陈昌福也提着简单的行囊从深圳车站走下火车，开始第一次用好奇的眼光打量这座闻名已久，眼下却异常陌生的城市。自从被韩红英推下悬崖之后，陈昌福的运气好像也随之一下子坠落到了无底深渊。以前曾经许诺要提拔他的那些领导不是调走就是转业，曾经答应给他的那些重要岗位，现在也早已经名花有主，留给他的，只剩下无限的惆怅与失望了。一年以后陈昌福仍然只是个小小的正营级干部，还在原来的岗位上待着，这使他感到非常失望。他觉得自己这一辈子在部队是再也没有发展前途了。此处不养爷，自有养爷处，于是陈昌福抬起头来，把一双闪动着狼一般炽热欲望的眼睛，转向了南海边那一座蓬勃兴起中的特区城市。

和所有的中国人一样，陈昌福这几年也在关注着南中国海边这个过去默默无闻的边陲小镇，惊讶那儿竟会在短短几年间，就发生如此翻天覆地的巨大变化。最重要的，是那里不拘一格使用人才的制度和方式，据说只要有才能又肯努力，人人都会在那里得到重用、提拔，或者找到发财的机会，从而拥有最为广阔美好的前景。陈昌福觉得自己就是一个最有才华、最有能力又最肯努力的人。不是吗？一个出身成分不好，曾经被几乎所有人都看不起的农村小伙，经过十余年努力，竟然已经变成了一个堂堂正正的营级军官，这本身就说明自己具有一种白手起家、无中生有的谋生能力与本事。陈昌福坚信，自己非比寻常，是一颗富有蓬勃生命力的种子，只要有合适的土壤和水分，就一定会以别人所不具备的速度，迅速成长为一棵参天大树。

不过来到深圳后不久，陈昌福就发现，他和这座新兴的城市似乎半点瓜葛也没有，因为他既不是按照国家计划分配前来的大中专毕业生，也不是随单位集体迁到此地的建设者。他只是个一厢情愿，自己前来寻找接收单位的普通转业干部，当然他也并非完全举目无亲，他很快就想到，自己在这个城市里还有一个可以寻找和利用的目标，那就是战友曹征。

曹征在他之前转业来到深圳，生活对于他这样的人如此慷慨，总是为他热情地打开一道道机会的大门，并且在门后面满面笑容地为他一路亮着绿灯。市机关许多部门单位都欢迎曹征前去工作，更有许多新创建的集团、中心和贸易公司向他热情招手。当然无一例外，他们都看中了曹征身后那千丝万缕的社会关系，期望能通过他去获得一些紧缺的社会与经济资源。

可是出乎所有人意料，一向以严谨著称的曹征对这些单位一律不感兴趣，他看中的是一个和他一样，总是严肃地紧绷着脸的工作单位——市纪律检查委员会。这样的选择，让许多人都不由惊讶得险些摔碎了眼镜。

刚到深圳不久的陈昌福目标明确，来后不久就径直找到市纪检委，找到曹征的办公室，一见面他就满怀深情地喊了一声"哥"。

缺乏思想准备的曹征吃了一惊，不过看看陈昌福满脸诚恳的神色，又不忍拒绝，只能听他滔滔不绝地讲话。他说："我没有哥哥，你就是我的哥哥，在这个世界上我没有其他亲人，你就是我最亲最亲的亲人。即便我还有亲人，他们也帮不了我什么忙。在深圳这个地方我举目无亲，到处看到的，都是竞争的眼光，都是陌生的眼神，人人都像防贼一样在提防着我。在这儿，只有你才是我的亲人，是我嫡亲嫡亲的哥哥，我不找你又能去找谁呢？曹征哥，莫非你忘了那个夜晚，在国境线的那一夜？"

此刻的陈昌福声情并茂，脸上一行行的热泪顺着面颊滚滚流淌，他说："那天拂晓，在那条狭窄的山路上，我背着负伤的你跟跟跄跄地奔跑。背后是一片敌军的喧嚣声和枪声。有时候那些枪声仿佛就响在我的耳旁，子弹一颗颗地从我头上掠过，弄得我不小心绊一脚，把你摔倒在那棵树下。之后我又千方百计地回去背起你，一起往边境线跑，那个时候，我的心里只有一个念头：如果有子弹过来，就先打死我吧，打死我，只是千万别再伤着你啊，我的曹征哥……"

说到这里陈昌福再也说不下去了，肩头一耸一耸地掩面痛哭起来，滚滚的泪水打湿了脚下的地面。

同样开始掩面痛哭的还有曹征，说心里话，在部队朝夕相处的那些日子里，曹征对陈昌福有许多不好的看法。他喜欢赵程那样诚实磊落的汉子，也接受汪泉山那带着点游戏人生的玩世不恭，可就是看不惯陈昌福这样的墙头草，总觉得他投机钻营、心计太深、为人不正。不过面对前来找他帮忙的陈昌福，曹征还是感到内心深处一阵阵涌上来的战友情谊。尤其听他说起战场上的那个夜晚，陈昌福背着他脱离险境的那段经历，更是一阵阵止不住地心潮澎湃。不管怎么说，他们毕竟曾经在一起跨越国境、浴血拼搏，而且也确实是陈昌福将他从死人堆里背出来的。正是因为有了陈昌福，他才没有成为热带丛林里一堆无人问津的枯骨。

同样滚烫的眼泪顺着曹征的面颊流下来。他站起来走过去，紧紧搂住陈昌福颤抖的肩膀说："好啦兄弟，你别难过。放心吧，我会全力以赴给你帮忙的。你说，你看中了市机关哪个部门，只要我说得上话，就会尽力给你帮忙，即使我不行，也会让我爸爸出面给你去做工作。说实话，不只是你，只要是曾经在一起同生共死的战友，只要他找到我这儿，我都会拼尽全力去给他们帮忙的。"

陈昌福也缓缓地站起来，紧紧握住曹征的手说："哥，有你这句话，我就放心了。"

半个月以后曹征打电话叫来陈昌福，一见面就递给他一张市政府计划局报到的通知书，陈昌福接过来一看，顿时高兴得两眼放光，箭一样地蹦起来就往门外窜去。不过那一去之后，陈昌福就再也不见踪影，从此再也不登曹征的门了。即使是在他当了处长以后，也连一个电话都没给曹征来过，就这样默默地从曹征眼前消失，仿佛这个人从来没有出现过一样。

不过曹征却并不太在乎这个，只是从那以后，他再也不愿当众提起陈昌福这个名字了。

尽管由于意外伤害被劳动教养了三个月，韩红英在监狱看守所里受到的仍然是额外照顾，基本上没吃过什么苦，不过韩红英自己却感觉委屈得不得了，也羞愧得不得了。从降生到这个世界以后，她始终是父母心目中至高无上的宝贝，是周边大众眼里骄傲美丽的公主。生活在任何时候都会对她微笑着，慷慨地打开一扇又一扇大门。从上幼儿园开始，她就被人一直捧着、呵护着、表扬着，甚至恭维着，还从来没有经受过这么大的委屈、挫折和处罚呢，因此她总是感觉到前所未有的冤屈与丢脸。刚走出监狱的那几天，她老是把自己一个人关在房间里默默流泪，什么人也不想见。这次来深圳，她口袋里就放着曹征、汪泉山的电话号码。她知道不管什么时候，只要自己给他们轻轻拨一个电话，这两个人就会放下手头所有的一切，立刻马不停蹄地赶来迎接她，然后无微不至地照顾她、帮助她。

或许是因为某种神秘的心灵感应，韩红英一直觉得在这个城市里，一定还会生活着一个人，一个她最想见到的人，虽然暂时还没有下落，但是她相信，总有一天她会在这儿的街头巷尾和他相遇的，或许他们还会长久地生活在一起。韩红英目前不想给熟悉的人中的任何一个打电话，也不想见到他们的面。她认为自己目前正处于人生低谷，她绝不允许自己以眼前这副容貌出现在这些熟悉的亲人面前。不，她韩红英有骨气，也有能力，一定会凭借自己的力量，独立寻找一份体面的工作，然后重整山河，以比过去更加美丽、更加庄重的形象，出现在昔日战友和亲人们面前，让大家看看，她韩红英过去没有，现在也依然不会沦落，她依旧会是大家眼里那个美丽骄傲的公主。

　　按照老习惯，韩红英刚到深圳的时候，也是先找个正规的政府招待所住下，每天的住宿费加上伙食费大约需要一百块钱，这笔费用已经超出了她口袋里现有的承受能力。由于受到处分，她从部队转业时并没有拿到多少转业费，过去的积蓄也大部分都花在了赵程身上。不过韩红英从来就没有什么理财的经历和经验，压根儿就不会去考虑自己口袋里还剩下多少钱，过去的生活经历也不需要她去考虑这些——在家有父母无微不至的照顾，到了部队又由组织上统一安排，根本就无须她自己去计算和担忧一切。

　　不过她找工作的事情进行得并不顺利，按照过去的思维定式，韩红英先把接收单位定在了政府机关各个部门，她穿一身洗得略微发白的旧军装，匆匆地从政府这个部门赶到那个部门，却被告知，深圳特区实行"小政府，大社会"的新型管理模式，政府机关本来就没有多少部门，人员编制也尽量精简。于是她又把目光盯在了市级各个事业单位身上，比如她自己熟悉的电信局、邮政局等等。一次次失望之后她又退而求其次，把目标转到了市政、园林，甚至环卫等部门。可是得到的，依然是漫不经心的敷衍，有时甚至还会碰到不少冷眼冷语；最好的待遇，也不过是三个让她听了心酸的字眼"对不起"。

　　她没有意识到，求职失败其实很大程度上还是自身原因，由于过去长期的顺境，她的一举一动里不知不觉间已经习惯性地带有一种被娇宠惯了的身姿语气，和人说话时会微微扬起下颚，用一种居高临下的神态冷冷地看着对方，让许多和她说话的人都感觉有些受不了，有时还会引起不小的误解。她的这个习惯根深蒂固、由来已久，只是过去由于她的单纯美丽，因此和她交往的男性都会不自觉地原谅她，而长辈又往往会把她当作一个宠惯了的小女孩对待，可是如今已经没有人再会去原谅她了。那天一早起来，当发现自己口袋里只剩下不到两百块钱的时候，韩红英才真正感受到一种威胁，不由自主地有些慌乱起来。怎么办？现在该怎么办呢？她的手犹豫着，开始慢慢伸向那本记有曹征、汪泉山电话号码的笔记本，也许已经山穷水尽，到了该打电话的时候，自己的"公主"或许已经再也当不下去了。

　　尽管如此，韩红英还是打算最后去一趟人才大市场碰碰运气。这天她走在宽阔的深南大道上，满街的繁花绿树此刻在她眼里，显得是那么暗淡无光。走着走着，她就发现有一辆火红色的敞篷跑车紧紧跟在自己身后，她走得快,那车也开得快,她走得慢,那车也开得慢,最后干脆就在她身边停了下来。于是韩红英站住,两眼愤怒地瞪着开车的司机。她发现那是一个约莫三十岁的男子,狭长的脸庞上戴着一副德国进口的深色墨镜,正抬起眼睛一眨不眨地紧盯着自己,韩红英有些奇怪又有些愤怒,不由脱口问了一句:"你,你想干什么?"

那人不说话,只是默默地摘下墨镜,依然紧紧盯着韩红英,目光里充满惊讶和痴迷。韩红英正想开口骂一句,就听见那人问道:"你……不会是红英吧?"

韩红英吃了一惊,仔细盯着他看了一会儿,只见那人肤色白皙,脸上看不出什么岁月留下的痕迹。韩红英想了半天也想不出他是谁。那人又开口了,声音流水一般清亮婉转,听起来完全不像是个男声,这倒突然触动了韩红英记忆中的某根神经,她正要开口,那人已经先开腔了:"我,我是刘猛呀。"

韩红英想起来了,不由惊讶地说:"是你,刘猛,你怎么会在这儿?"

"说来话长,来,上车吧,咱们一起找个地方。十几年不见,我还蛮想你的呢。"刘猛说。

他们找了个饭馆坐下,韩红英坐下以后,脑海里闪过的第一个念头是"行了,今天的中饭可有着落了"。不过她立刻对自己的这个想法感到羞愧,不由心里暗暗地说:"韩红英,你竟然也穷困潦倒到这个地步了。"

刘猛呆呆地望着韩红英,说:"这么多年没见,听说你一直在海防前线当兵,怎么突然也上深圳来了?"

韩红英说:"转业了,正在找工作。"

刘猛说:"找得怎么样了?像你这样的转业军官,又是干部子弟,肯定会有许多好单位向你招手的。"

韩红英无语,良久之后才默默摇了摇头,脸上闪过一丝凄然。

刘猛心里明白了,立刻转移话题说:"红英,咱们可是老搭档,当年一起在宣传队里唱歌,我还记得你和我一起唱歌时的那个音色,实在是太好听、太专业了。那个时候没有文艺团体来招人,不然我相信你一定早就唱红了,就像当年红遍大江南北的李谷一和朱逢博那样。"

韩红英笑了笑说:"我唱得真有那么好吗?再说那毕竟是当年,眼下人老珠黄,早都已经成为过去式了。"

"不!"刘猛说,"我还记得你的嗓子,那确实是一副难得的金嗓子。我有个主意,红英,工作那么难找,即使找到了,也挣不了几个钱。这深圳的生活水准比较高啊。你就是到政府部门上班,也拿不了多少工资,整天又管束得那么紧,毫无自由可言,有什么意思? 还不如像我一样重操旧业,咱们一块儿去歌厅和夜总会唱歌去吧。"

"唱歌?"韩红英惊呆了,愣了好半天才说,"这夜总会里唱歌也能成为职业? 还能够混口饭吃?"

"嘿!"刘猛像看什么天外来客似的盯着韩红英看了好一会儿,才大笑起来说,"红英啊,你在部队那个世外桃源里待的时间太久了,已经待得不食人间烟火了。现在是什么时候? 你又在什么地方? 看看这深圳大街小巷,哪条街上没有酒吧和夜总会? 哪天晚上不是笙歌燕舞,闹腾到天明? 没有咱们这些唱歌的、跳舞的,哪能吸引那么多的老板和大腕? 离开了夜生活,深圳还能是个特区吗? 告诉你,在这儿唱歌呀,可是比什么工厂机关上班都要强,强多了,你看看我。"

刘猛说着站起身来转一圈,让韩红英看看他身上那身笔挺闪亮的西服,说:"大小姐,你看看我这身衣服,知道它是什么牌子的吗? 知道它要多少钱吗?"

韩红英茫然地摇摇头说:"不知道。"

刘猛炫耀一般地提高声调说:"这是意大利刚进口的最新款式,一身要近万元人民币,你再看看你身上穿的。"刘猛指了指韩红英那身洗得快要发白的旧军装,有些夸张地叫起来说:"你呀,就不该穿这样的衣服,像你这样年轻漂亮、气质高贵典雅的美女,至少应该穿香港、澳门今年最新款的礼服,只有那样的衣服才配得上你。"

韩红英笑笑,带点自嘲地说:"嘿嘿,那也得有钱呀,我哪有这样的经济实力,再说了,那种纸醉金迷的生活,我也看不惯。"

"你必须得习惯,我的大小姐。你现在是在深圳的土地上,这儿靠近港澳台,在这儿生活,你就必须得适应这样的生活情调,然后才能在这儿立足。小姐呀,这儿需要的,可不是你原来的那种什么团结紧张、严肃活泼,而是邓丽君和山口百惠。"

韩红英说："可是我目前最要紧的还是找工作。刘猛呀，咱们是老同学，我不瞒你，转业时带的那点钱已经用得差不多了，再下去恐怕连吃饭都困难了，今天我正打算去找老战友，有生以来第一次伸出手，去求人家帮忙呢。"

刘猛说："你真是个捧着金饭碗到处要饭吃的傻瓜乞丐，你这样好的素质，还用得着去向别人伸手吗？"

韩红英奇怪了："不向战友伸手，我难道还能到大街上去抢、去偷？"

刘猛说："不，就凭你当年那副金嗓子，在这儿随便张一张嘴，就能引来万贯钱财。"

韩红英摇了摇头说："你说的，都是当年的老皇历了。这么多年我一直没有开口唱过歌，再说了，我现在会唱什么？当兵这么多年，我就会唱部队的革命歌曲。我倒是听说过，深圳的舞台上跳的全是香港的半裸体舞蹈，唱的全是软绵绵的港台流行歌曲，可这些我是擀面杖吹火——一窍不通呀。我会唱的，最多也就是个《十五的月亮》，就是个《血染的风采》吧。那些大腹便便的资本家，或者满脸伤疤的冒险家，他们能欣赏我这样的歌曲吗？"

"你干吗只想着在一棵树上吊死，你就不会考虑换一种风格、另一种情调？"

韩红英笑一下说："换什么？怎么换？"

"不过你说的这些，倒也有些道理。"刘猛说，"这儿毕竟是深圳，还是在政府的管辖之下，歌厅、夜总会里来听歌的，也大多是些内地人士，所以你说的那些《十五的月亮》《血染的风采》，在这儿也还流行，咱们两个完全可以搭档，把它们搬演到这儿的舞台上去。"

"搭档？男女声二重唱？"韩红英问。

"是啊，当年宣传队里，咱们不也一块儿搭档过吗？大家都说，咱们两人的长相和声音珠联璧合、十分匹配，难道现在就不能再试一试？"

"我？"韩红英问，"真的还能行？"

"行。"刘猛的眼睛一眨不眨地紧盯着韩红英，说，"红英，我觉得你现在的风采丝毫不减当年，反而还更加成熟完美了，脱下这身军装，穿上时尚的演出服，你的形象肯定会比香港的梅艳芳什么的更有气质，也更加好看。你瞧，我这儿正好带着卷录音带，咱们可以先试一段听听。"

　　刘猛打开随身带着的那套日本进口高保真"索尼"音响,一段乐曲就像皎洁的月光一样,突然缓缓地洒落到包厢的每一个角落。韩红英凝神听了一会儿,忽然觉得心底痒酥酥的,当年那种纯真的乐感好像又从心里面汩汩冒出来了,一阵想要放声歌唱的欲望就像小鸟一样翩然飞起,不断激荡着她的喉咙,于是她便跟着音乐缓缓地唱了起来:

　　　　十五的月亮照在家乡,照在边关,
　　　　宁静的夜晚,你也思念,我也思念……

　　刘猛闭上眼睛凝神听了一会儿,然后也和韩红英一起歌唱起来,唱完一曲《十五的月亮》,他们又唱起了《血染的风采》,越唱越默契,越唱越合拍,直到反复唱过几遍之后,两人才不约而同地停下歌喉,互相对望一眼,然后才会心地一起微笑起来。

　　"行,行。"刘猛说,"红英,这么多年过去,你的嗓子依然那么高亢悦耳,不过已经不再是清亮,里面还多了一份沧桑的感觉,更能打动听众心弦了。如果要我打个比喻的话,过去你的歌喉就像只婉转的百灵鸟,而现在却是夜深人静的夜晚,专门出来撩动人们心弦的夜莺了。"

　　韩红英仍然有些犹豫,她说:"真有你说的那么好吗?"

　　刘猛有些急了,说:"你呀,实际上比我说的还要好。对于一个歌手,最重要的是要找到自己的特色和韵味,而这正是你眼下最大的优势,所以你和我一起,咱们先去试试好吧。"

　　韩红英思忖了一会儿,点了点头说:"行。反正除此以外,我也走投无路了,就像再上一次战场那样,咱们就大胆地拼一回吧。"

三

　　陈昌福就这样幸运地来到了市政府计划局工作,这个部门非同小可,是一个在当时情况下人人羡慕、个个打破了脑袋都争着抢着想要进去的权力部门。那时候国家实行的,基本上还是十分严厉的计划供应制度,所有关系国计民生的人员物资，甚至一些最简单的生活必需品，都必须经过各级计划部门严格掌控和计算，然后再条分缕析地分配到相关行业和部门中去。那时的计划部门牢牢扼守着一个城市、一个地区的关键生命线。没有计划，离开计划，不仅生产单位无法正常生产，就连普通居民吃口热饭都会成为奢望。即使是在深圳这样一个刚刚建立起来的经济特区，一开始也不得不在这条旧有的轨道上谨慎地行驶一段，然后再撇开它，踏上一条全新的征途。

拿到去计划局报到的通知书之后，陈昌福心里差点乐开了花，尽管他在部队里当过通信科长，领略过权力的享受与快乐，可毕竟从来没有尝过掌管一个城市生命线的滋味。他更没有想到短短十几年间，自己就会从一个遥远的小山村，从一个过去总是遭人白眼的穷小子，一步登天地进入这样显赫的高层权力部门。

踏着轻快的步子，陈昌福立马来到这儿报到。而让他感觉十分振奋的是，在这个寄托着全国人民无限希望的特区，他没有遭遇到那种他在内地曾经不止一次碰到过的"一杯茶，一支烟，一张报纸混一天"的懒散作风，在日复一日年复一年的公文和拖沓中熬白头发。深圳确实是一座年轻的城市，也确实有着光辉灿烂，有着让人无法想象的美好前景。那种"一天一层楼，三天一条街"的效率与速度，就连陈昌福都不由时常热血沸腾。陈昌福从来就不怕吃苦，他从小就在一个异常艰苦的环境中提心吊胆，看着别人脸色，揣摩着他人心思长大。也正由于这样，他也从来就不是一个安于现状的人。深圳这种年轻的激情，常常会激发起陈昌福"天生我才必有用"的壮志豪情。

不过他很快就发现，路走对了，门却似乎进错了，因为在他面前总是有一张十分严肃又非常冷漠的脸庞在晃悠。这张脸属于市场处那个姓董的处长，他的顶头上司。处长是从省政府直接调配到这儿来的，来这儿以前已经在省政府计划部门工作了许多年，对业务非常熟悉，每年应该到上级部门去争取多少指标，哪些项目和这个城市的生产生活紧密相关，又应该如何层层调配，才能把这些生产和生活资料及时分配到各个地区各个部门，让这座城市能够有条不紊地正常运转。这些看似茫无头绪的复杂问题，董处长却全都条分缕析地了如指掌，而初出茅庐的陈昌福却如同"刘姥姥进了大观园"，一时间眼花缭乱无所适从。刚开始工作的时候，他时常会犯一些小差错，甚至就连办公室的杂务工作都做不好，时不时就会弄出一些小纰漏来。每当这个时候,董处长就会毫不客气地黑下脸来狠狠地训斥他。

一次有三百吨油料应该分配到刘湾区去,可是陈昌福一时大意,错误地将其划到了另一个区,弄得刘湾区的油料供应险些中断,造成了生产和交通的延误。那天董处长在办公室里一边喝茶一边放声大骂,整整训了陈昌福一个下午。办公室的许多人听着这骂声,都觉得陈昌福一定会马上就和他顶起来,因为实在没有多少人能够忍受这样恶毒的辱骂。可是大家却惊讶地看到,不管处长多么严厉、多么刻薄,都无法抹掉陈昌福脸上那沉痛而诌媚的笑容。陈昌福就那么老老实实站在处长面前,整整听了他一个下午的痛骂,最后还沉痛地低下头来一个劲地承认错误。

那以后陈昌福更加小心了,总是在默默观察处长的一举一动,不动声色地去四处了解处长的日常生活习惯,他平日里都喜欢些什么,爱吃些什么。时间长了他渐渐发现,原来这董处长是浙江宁波人,平时就爱吃些稀奇古怪的"臭"食品,旁人一提起来就会捏鼻子的臭豆腐,在他看来却是天下最美味的佳肴。这董处长喜欢的,还远远不止什么臭豆腐,更有什么霉苋菜梗、霉毛豆、霉竹笋……那些让许多人一听就要反酸作呕的臭玩意儿,在董处长家里却是应有尽有。

那些天里陈昌福费尽心机地到处打听,硬着头皮开始学做这些他以前听都没有听说过的稀奇古怪食品。他找来豆腐、苋菜梗、毛豆等,一样一样地塞进坛坛罐罐,然后摸索着一次次地实验,看怎样才能培养出这些天底下最臭的玩意儿来。家里面一时间充斥着浓浓刺鼻的臭味,连他自己都几次差点儿被熏得昏死过去。不过还真应了中国的那句老话"功夫不负有心人",几个月以后陈昌福就摇身一变,成为此中娴熟的老手了,他拿出去的那些臭苋菜梗、臭毛豆、臭竹笋,就连从小吃惯这类食品的董处长品尝之后,都不由大吃一惊,连连举起大拇指不住赞叹。从那以后,陈昌福就三天两头捧着这些坛坛罐罐送到董处长的办公室去,弄得整个处室弥漫着浓浓的臭味,熏得处里的几个妹子上班时连连作呕。

陈昌福还常常会提着海鲜、山货等礼品去处长家拜访,一开始董处长夫妇都对他冷眼相待,任由他干巴巴地坐上半天,却连一杯茶也没有给他泡过。但越是这样,陈昌福的脸上就越是挂满笑容,没有丝毫尴尬地一直坐到处长下逐客令之后才离去。不过时间长了气氛也就随之改变。首先是处长夫人对这个经常登门帮忙的汉子有了好感,不但及时为他打开家门,让他帮着干家务,还常常在处长面前不断地夸奖陈昌福的热情、诚实和耐心。

一次董处长要搬家,从原来的旧房子搬到一处新分配的处级干部住房去。得知这个消息之后,最先闻风而动的不是董处长夫妇,而是陈昌福。他不仅上上下下帮助处长和他夫人捆扎行李、清理打包,而且一次次去新房子里为他们丈量尺寸,计划着如何安排家具,并且一次次地动员处里其他干部一起前去帮忙。

正式搬家那天,最早赶到董处长家的是一个身穿破旧军装,头上戴一顶草帽的汉子。只见他上上下下紧张地忙碌,抢着搬最重的家具,抢着上第一趟车,又迟迟不肯离开处长的新屋,把董处长夫妇感动得不知如何是好。那天深夜,当星星已经爬到头顶,应该是休息的时候了,陈昌福还不愿离去,仍在一个劲帮助处长夫人整理家具。就在这整理搬动的过程中,陈昌福有了一个惊喜的发现,处长家的其他家具都可以任由他搬动,只有处长夫妇卧室里的一个小箱子却始终被蒙得紧紧地,不仅不让他们搬动,而且就连看也不让他们看。等到屋里没人的时候,陈昌福悄悄揭开包装一看,发现那竟是一只进口的精美小保险箱。

直到确认四下无人的时候,董处长才晃动着胖大的身子,亲手捧起了那个虽说不大,却显得有些沉重的保险箱。就在这时陈昌福突然出现在他眼前,热情地上前来说:"处长,这箱子太重了,还是让我来替你搬吧。"董处长没想到这时候还会有人出现,脸色一下子竟然有些发白,嘴里一个劲地说:"不行,不行,还是让我自己来,自己来吧。"他一边说,一边挪动着身子,想方设法不让陈昌福碰那只保险箱。陈昌福的心里突然一动,敏锐地觉察到这箱子里似乎有着什么秘密,而且还是见不得人的秘密。这不会是和前两天来的那个香港鸿福公司总经理有关吧?那天处长和他两个人关起门来,悄悄交谈了半天,对,那事肯定就和今天这只保险箱有关联。

第二天上午检察院反贪局突然来了一批人,两天以后董处长就被反贪局请去"喝茶"了,而且这一"喝"还再也出不来了,因为那只神秘的保险箱已经被打开,里面藏了足足五十万元港币,这些港币正是那个鸿福公司老板提供给董处长的。又过了一个月,一纸任命书下来,陈昌福被任命为市场处的副处长。

　　这次董处长的突然出事和陈昌福的破格提拔，让处里同事们私下里都感觉有些蹊跷，不过又没有任何人能够说出个所以然来。其实这事也只有陈昌福自己心里明白，就是因为他的连夜举报，这起内外勾结，侵吞国家资产的经济大案才得以破获，上级也因此才破格给他安排了这样一个职务。

第七篇
战友啊战友

一

来到深圳第三天的清晨,在宾馆另一个房间里休息的梨儿一大早就听见有人在敲对面赵程的门。从"猫眼"里望去,她看见那是曹征大哥,他的身上还背着一个沉重的桶包。等到梨儿梳洗完毕,匆匆来到赵程房间的时候,一推门却不由惊呆了,只见赵程脸色绯红地坐在椅子上,呆呆地望着自己的那张床。梨儿再往床上看,顿时不由吓了一大跳,只见床上一片红彤彤的,全都是厚厚一叠叠百元人民币的大钞。梨儿惊得呆了好一阵,这才赶紧回身去把房门关上,这时她听见赵程用颤抖的声音说:"曹征,这怎么能行呢?这可不是一般的钱,是你半辈子的积蓄,还有父母给的遗产呀!我算个什么,我怎么能拿你这么多的钱呢?再说我今天拿了,以后又该怎么偿还你呢?"

可是曹征的脸色和语气都显得那么冷静,冷静得在梨儿看来和听来简直是有些冷漠。他说:"我可得说清楚,这五十万块钱不全是我的,里面三十五万是我给你的,还有十五万是汪泉山给你的。待会儿他也要过来。他说若不是最近有些麻烦,他还能多支援你点。"

这时门口有人敲门,梨儿先小心地隔着猫眼看了看,见是汪泉山才把门打开。汪泉山进来一看就全明白了,他不好意思地红着脸说:"赵程,本来我应该再多给你点的,可就像前两天跟你说的那样,最近我有点麻烦,女方他们家这几天老是来缠着我。再说那孩子我也想留着,不得不留点钱好照顾照顾他们,你可千万别怪我啊。"

赵程说:"本来我是想问你们借点钱,好让我安安稳稳地在深圳找个工作,以后再还给你们,没想到你们竟然会给我这么多。这些钱都是你们多年的积蓄,是血汗钱呀!你们又不是开银行的,我怎么能心安理得地收下!再说我拿这些钱该去干什么呢?"

曹征和汪泉山交换了一下眼色,还是汪泉山开口说:"这事呀,我和曹征反复商量过,你的情况我们都看到了,按你的文化程度,现在要到好单位去找工作,肯定困难。虽说你立过三等功,但时过境迁,已经很难再按转业干部接收了。唯一剩下的一条路就是去工厂企业打工,可像你这个年纪,我们又怎么忍心看着你去受苦呢?"

赵程听着,不由微微点了点头。这时曹征也开口了,他说:"我俩觉得你现在剩下的唯一出路,就是自己去创业,去经商,去大胆开辟自己的道路。而这条道路不仅需要勇气,需要经验,更需要的是本钱。"曹征指指床上那一摞摞钱说:"你看,这就是我们提供给你的本钱。"

赵程迟疑了一会儿才说:"不瞒你们说,这经商的事,这些年来我当过厂长,也做过小贩,可没少尝试过,可总是赚的少,赔的多。贩运鳗鱼的那一趟,我把所有的本钱,还有韩红英借给我那些钱一股脑儿全都赔进去。我到现在还觉得挺对不起她的。所以要说是做生意,我这心里可是仍然没有底呀。"

曹征说:"什么有底没底,我不相信这话会是你赵程口里吐出来的。当年你在部队的那股子劲头呢?那时在练兵场上,我没有听见你赵程喊过一个'苦'字、'难'字,上了战场,也没见你赵程任何时候怕过死,怎么今天就孬种了?当年的那股子英雄气概呢?啊,上哪去了?"

赵程若有所思地抬起头,凝视着曹征的脸。他觉得曹征的这番话很像是当年练兵场上喊出的一声动员令,吹响的一曲进军号。是啊,当年练兵场上那么苦,战场上那么难,他都没感觉到害怕,怎么今天谈起经商的事,就觉得心里没底了呢?对了,一定是被这两年来困扰着他的那些失败和挫折折磨得失去了信心。今天也许他应该把这股子失败情绪全都一扫而空,重新拿出当年战场上的那股子拼命的劲头儿来。

汪泉山也不失时机地插嘴说:"你今天来到的不是别的地方,而是深圳,是特区! 这特区是什么意思? 就是创业的地方,赚钱和实现梦想的地方,发财致富的地方。别说你赵程这样久经考验的好汉,就是一个普通人来到这地方,只要他肯干,只要他能干,就一定能够赚到钱,实现自己在内地完全不敢想象的美梦。这几年我看到好几个内地来的朋友,刚来的时候比你狼狈多了,有的连鞋子也穿不起,可两年打拼过来,现在人家住的是独栋别墅,开的是劳斯莱斯,银行里的存款早都是六七位数了。有的还更加厉害,小情人一把一把的。"

说到这里,他突然发现屋里还有个梨儿,便赶快住了嘴,可是已经被曹征狠狠瞪了一眼,骂道:"汪泉山,你什么时候能改改那些花花肠子? 不然的话,还有更大的苦头在等着你呢。"

这时赵程站起来,脸上已经恢复了往日的那种刚毅宁静。他说:"是的,我不能气馁,我还要继续创业,我也不想被过去的失败打倒,不过我还是不想连累你们。这样好吗,这些钱我留下二十万,就算是借你们的? 其余的你们还是拿回去吧!"

曹征看看他说:"赵程,你别不好意思。我们和你是什么关系? 是战友,而且还不是一般的战友,而是生死与共,一起提着脑袋在火线上拼杀过好几个来回的战友。说实话,如果没有你,我曹征现在会是什么? 是前线丛林里一堆无人认领的枯骨,早就死去多年了,所以这些钱呀,归根结底全是你赵程应该拿的。"

"对!"汪泉山也说一句,"你在深圳举目无亲,我们就是你的亲人,只要我们能做到的,你尽管开口,我汪泉山虽说没有多大的本事,可我对战友那是没说的,用江湖上的话来说,就是'两肋插刀',也在所不惜。"

赵程显然被感动了,他愣在那儿再也说不出话来,一会儿他伸出两只手,分别抓住了他们两人的手。

梨儿在一边痴痴地看着这三个人,不由被男人之间这种真挚的情感流露深深打动。她觉得,赵程和曹征是她这辈子所见到过的最伟大的男人,而汪泉山虽说有些花心,可也是一个不折不扣的顶级好男人,当然长得也确实帅。

陈昌福上任之后的第一件事，就是把自己家里原先那些装满了臭豆腐、臭苋菜梗的坛坛罐罐给砸个稀巴烂。第二天又在他分管的几个科室里宣布，任何人上班时间都不能带食品到办公室来，应该保持办公场所的绝对洁净和空气清新。

第一次尝到报复快感的陈昌福暗自惊讶，原来这报复竟然有这么多乐趣和好处，会这样让人兴奋。对了，该好好想一想了，还有哪些人可以让我报复，让我得到更大的乐趣。这么一想，他的眼前立刻出现了家乡小山村里那些面目可憎的大队长和书记，他们常常黑着脸上门来训斥他和父母。不过，迄今为止，最让他感觉刻骨铭心的奇耻大辱，还是那一桩。

想着想着，陈昌福眼前不由出现了战场上的那个夜晚，耳边又响起了赵程雷鸣一般的怒叱声，尤其是那个冰凉冰凉，一直顶到了他脑门上的黑洞洞枪口……每次想到这里，陈昌福的身子就会禁不住一次次地颤抖——对了，这才是他有生以来遭受的最大一次耻辱啊。那种让人拿手枪顶着脑门的滋味可真是不好受。不，他今后绝对不能再允许有这样的事情发生了。相反，今后只能是他自己拿着手枪去顶在别人的脑门上怒叱别人。不过，这样的奇耻大辱难道就这样轻轻地放过去吗？还能够找到报复的机会，去狠狠地以牙报牙，让他再去体验一番那种无以复加的快感和愉悦吗？

对于自己的人生，陈昌福曾有过一个十分形象的总结，叫作"过五关斩六将"。他认为人生就是不断面临新的关口，不断迎接新的挑战，然后不断地战胜一个又一个对手。每跨过一个竞争的关口，就是在人生阶梯上又上升了一步，每打倒一个对手，就肯定会获得一份新的奖赏与红利。很快陈昌福就又面临新的关口了，这次的关口是新瓶装旧酒，依然是直接压在他头顶上的正处长。

董处长倒台之后，陈昌福原以为上级会让自己先主持几个月工作，然后马上扶正，让他单独挑起这个重要处室的全部重担。不料两个月以后，局领导却宣布处里新调来一个正处长。这个处长来头还不小，是原市政协副主席的秘书。他在官场上混得久了，掌握了不少为官的诀窍，一到任就借口加强领导，首先把处里大大小小的审批职权，一个不剩全都收归到自己的手上,规定今后处里所有的审批权限,不管是一辆进口汽车,还是一笔免税额度,最后全部都得交由正处长本人审核签批,没有他的亲笔签名,任何批复都不再算数。听到这有些近乎不通情理的决定,陈昌福平静地微笑着,带头拥护新处长到来,并且声明将坚决支持处长加强领导,实行一支笔审批的决定。他身体力行,立刻把原先由自己分管的那些审批权力全都干脆利落做了了断。无论是在会场上还是私下里,陈昌福都会不厌其烦地反复强调,刘处长是咱们处名正言顺的一把手、最高领导,处里所有人毫无例外,都要不打折扣地拥护他的领导,支持他的工作。

陈昌福不仅口头上全力支持,而且行动上也默默无言,十分顺从地配合这个新来处长的工作。在外人看来,陈昌福有时不像是第二把手,而只是新任处长的一个秘书、一个跟班。每次处长要到上面去汇报情况,他都会提前一步,把所有需要的材料全都准备得清清楚楚、详详细细,并且分门别类,一项一项仔细地排列在公文笺上,亲手交给处长,让处长到上面汇报时可以有章有法、清晰完整,听起来仿佛本人既熟悉业务又掌握全盘情况。时间长了,新处长也渐渐习惯了陈昌福这种主动配合,每次到上面开会,都会放心地拿过陈昌福亲手递给他的文件夹,然后又带着满脸舒心的笑容回来,十分赞赏地拍拍陈昌福的肩头。

这天市局领导脸色沉重地来到计划处,说明天陈副市长要亲自到局里来听取有关市场情况的汇报。提起陈市长,大家心里都不由一惊,因为这位市领导素以大刀阔斧和对下属严厉著称。在听取下级汇报时,不仅对汇报人的时间、内容有严格要求,就连对汇报人的语气、声调都有十分严格的规定,他最见不得的,就是汇报人拖泥带水,一问三不知。其他局委已经有好几个处长、局长一级的干部,在向他汇报时因为出现这种状况,而遭受到严厉训斥了,甚至有人还当场被免去了职务。刘处长不敢怠慢,立刻就向陈昌福做了详细安排。陈昌福也立即大包大揽地拍着胸脯对他说:"放心吧刘处长,我一定连夜给你把全部材料准备好,这回一定要让咱们处在全局,也在市里露露脸,你回去好好休息,我一定不会误事的。"

第二天会议室的气氛十分沉重,在陈市长严厉目光的注视下,整个会议室里一片肃穆,不过第一个汇报的刘处长却显得胸有成竹,他不慌不忙地微笑着,因为他手里此刻正紧紧攥着陈昌福上场之前递给他的一个厚厚文件夹,按惯例,那里面已经把他所要汇报的内容全都罗列得清清楚楚了。

于是在局领导宣布下面由市场处刘处长第一个汇报后,刘处长微笑着打开了手里的文件夹,可是他的脸色"嗖"一下,顷刻间就变得一片煞白,眉峰也随之紧紧皱成了一团,因为他发现拿在手上的文件夹里,只有最上面那张纸罗列着几个简简单单的数字,而下面一大摞全是不著一字的白纸。看着上面那些寥寥数行不知所云的简单数字,刘处长顿时傻了眼,瞠目结舌,久久说不出话来。一阵慌乱之后,他开始用目光在会场里搜索着陈昌福。看了好久,才发现陈昌福正在对面某个角落里若无其事地坐着,连眼光都不往他这边扫一眼。刘处长很想马上过去责问,给他准备好的材料在哪儿,为什么会这么简单。可是他看了看陈市长那严厉的面容却又不敢。

一阵反常的静默之后,还是局长着急地站起来,连着追问了几句:"老刘,刘处长,你怎么不说话呢?"在这样的催促之下,刘处长不得不开口了,不过那说出来的话语不但断断续续、语无伦次,而且明显牛头不对马嘴、错误百出,中间有好几句简直就是笑话。

正打算埋头做记录的陈市长很快觉察到情况有异,抬起头来用十分严厉的目光紧紧盯视着汇报人。在这样巨大的压力之下,刘处长的脸色很快由红变白,接着又马上转为一片铁青了,豆大的汗珠开始一粒一粒从额头上不断滴落。处里人都知道这刘处长还有个毛病,一着急不仅爱出汗,而且急着要上厕所,这回老毛病果然马上又犯了,情急之下他什么也顾不得,便急急忙忙向厕所奔去。

局领导却再等不及了,着急上火地叫起来说:"这个老刘怎么回事?怎么回事?对了,你们市场处还有谁在?陈昌福在吗?你来,就由你来代替老刘汇报。"听到局长的明确指示,陈昌福不慌不忙地站起来,他打开手里一直握着的一个卷宗,然后便语气清晰、有条不紊地汇报起来:当前全市最新的经济形势,局里目前掌握的各项指标数字,然后又具体提出这些指标的处理意见与建议。听着听着,会场的气氛渐渐缓和下来,刚才一直紧绷着脸的陈市长这会也露出赞赏的笑容。中间他还停下了笔,几次回头询问身边的局长,好像是在问,这个补充汇报的同志叫什么名字,目前担任什么样的职务。

等陈昌福最后的一个语音轻轻落下,会场里不由自主爆发出一阵十分响亮的鼓掌声,这掌声还是陈市长带头鼓起来的,他在做总结发言的时候,义正词严地说:"我们特区为什么'特'?首先是因为在这儿'时间就是生命,效率就是金钱'。办事必须讲究效率,决不允许拖泥带水,更不容许有人占着茅坑不拉屎。无论哪一级干部,不论你是局长、处长,还是一般科员,都必须要深入基层了解情况,掌握全局。对那些占着茅坑不拉屎,没有能力,也没有工作干劲的领导,发现一个就要严肃处理一个,坚决撤换,不能姑息。同样,对那些能办事、会办事、工作效率高的干部,发现一个就要提拔一个,重用一个。"

会议开完的第二天,刘处长就因为身体原因再也不能上班了,而且也用不着他再来上班了,因为他的处长职务已经被连夜免去,而且被做了提前退休处理。与此同时,任命陈昌福为市场处处长的红头文件也已经正式公布了。

在两位亲密战友的激励下,赵程满怀勃勃的雄心,怀揣那五十万元钱开始了在深圳商场上的忙碌奔波。毕竟有了过去当厂长和长途贩运的经验教训,他在生意场上已经不是一个完全的"菜鸟"了。他这回的第一笔买卖,就是从香港进口一批内地急需的化学原料,卖给老家城市的一家制药厂。这笔买卖顺风顺水,很快就收到了对方的全额回款,计算下来虽然赚头不大,但也有了将近八万元的利润。接着是第二笔、第三笔,等到第四笔买卖做完的时候,赵程和梨儿的脸上都已经挂满了笑容。因为不到一年的时间,他们的账单上已经有了三十多万元利润。三十多万元啊,在那个年代,这已经是一个相当不错的业绩了。

踌躇满志之余,赵程经常来到临时租住的那幢破旧大楼上,一次次地眺望眼前这座已经很有几分现代化气息的新兴城市,那些拔地而起的参天大楼,那些勾画未来城市轮廓线的主干大道……虽然许多地方依然裸露着火焰一般鲜艳的红土地,日复一日,满地的推土机仍在忙碌地飞扬起遮天蔽日的红尘。就在和你说话的这一会工夫,隔壁那条昨日还是断头的道路,此刻已经驶入第一辆汽车了;隔了两天回来,你就会惊喜地发现,窗外不远处那栋还刚刚搭起脚手架的低矮建筑,如今已经一下子长成了几十层的高楼大厦。

赵程也看见了那些居住在华丽小别墅中主人的舒适奢华,夜总会、酒吧里那些一掷千金的随意和浪费。但他更看见了工地上那么多蚂蚁一样终日忙碌着的外来务工者；他们一般都住在临时搭建的铁皮房里，别说是洗澡，就连喝口水都相当困难。不过，让他对这座城市总是感到充满新奇和信心的，是无论那些出没于别墅和夜总会的人，还是那些工地上挑着沉重担子、衣衫褴褛的人，个个脸上都洋溢着一种掩盖不住的蓬勃朝气，自己身边到处都呈现着真正意义上欣欣向荣的景象。他觉得自己最喜欢的，就是特区这种人人进取的氛围。在这儿人人都在努力，个个都在拼命，都在削尖脑袋往前钻。

在这儿人们能够公开地、理直气壮地，而不再是遮遮掩掩地赚钱，这样的空间正是他赵程当前最需要，也是他最有可能大展身手的天地。他要在这一片天地里好好地做几笔生意，理直气壮地去赚钱。赵程觉得自己越来越喜欢深圳特区了，他在这儿如鱼得水，也一定会像鸟儿那样展翅高飞。

这天晚上，赵程请曹征和汪泉山在一个湘菜馆吃饭，因为他知道作为潇湘子弟的曹征很喜欢辣口。饭桌上他把这几个月来的经营情况向大家做了介绍，然后说："我最要感谢的就是你们两位战友，在我最艰难的时候，是你们拉了我一把。行了，钱我也赚了不少，该开始还账了。当然我还不能一下子把欠你们的全都还清，这样，先还一半，明天我就加上利息先打到你们各自账户上。"

曹征说："用不着那么急吧，这钱我现在拿来也没用，你还给我干什么？先放在你那儿，等生意做得再大点，你再还给我。"

"对对对，我也是这样。"汪泉山一迭声地说，"你最近啊，可千万别还给我钱。我身后那两个女人，可是像饿狼似的瞪大眼睛，一天二十四小时都在盯着我的账户呢。只要账上有点钱，就一下子全都给我划走了，还不如先存在你那儿，什么时候等情况好点了，再还给我。"

赵程笑着说："既然你们都这么说，那就先放在我这吧。等我生意再做大点，有了更多的利润，加倍地还给你们。"

这时曹征有事先走了，送他出门后赵程回来问汪泉山："哥们，最近生意场上有什么有用的信息，给我提供一下。"

汪泉山说："还真有一个消息，听说香港一家药行急需一批中药材，是黑龙江出产的新鲜鹿茸，数量大约是五吨，据说只要能够如期运到香港，他们保证全部高价收购。"

赵程的眼睛里一下子放射出兴奋的光芒,点了点头说:"对呀,我也听说了,正想问你呢!这笔生意的利润十分丰厚,我计算了一下,如果一切顺利的话,一笔就能拿到七十到八十万元的利润,不仅可以把欠你们的钱全都还了,我还能留下一些继续经营,这么好的生意怎么能不做呢?不过这里面有个难过的关口:国家现在禁止新鲜鹿茸出境,香港那边通关的手续也很难拿到,需要市一级计划局审核批准。这个事情你有办法吗?"

"市计划局?"汪泉山喝了一口酒,想了想说,"我在那边有个朋友,估计问题不会太大吧,你等等,我先问问他。"说完汪泉山拿起手边那砖头一样厚重的"大哥大",立马给他朋友拨了个电话,放下电话后说:"问题不大,他答应去想办法打通关节。"

赵程兴奋地举起手里的酒杯和汪泉山碰了一下,说:"行啊,只要你有办法,那我明天就和梨儿出发去吉林,把这批货先给采购好运过来。"

汪泉山说:"行行,你放心去吧,我明天就去想办法办手续,估计你东西运过来的时候,这儿的手续也办得差不多了。"

赵程还有些不放心,又追问一句说:"你这位朋友靠得住吗?不会有什么问题吧?"

汪泉山潇洒地挥一挥手,说:"嘿,办个通关手续,芝麻绿豆大的事情,算得了什么?你就放心去吧。"

说到做到,汪泉山第二天就亲自赶到市计划局,问那个朋友事情办得怎样,朋友说:"其他手续都办好了,就等最后一关,市场处处长签好字就行了。"

汪泉山不放心地问:"不会有什么问题吧?"

朋友一拍胸脯说:"我办事你还不放心吗?再说这通关的事,又不是一回两回,过去我帮许多人办过,从来就没有出过问题。"

朋友说完拿出报关单,汪泉山亲自动手,在申请单位负责人一栏里,工工整整地填上了"赵程"。

二

韩红英和刘猛这一对情歌搭档，就这样开始成双成对地出现在深圳几个歌厅和夜总会舞台上。不过尝试了一段时间以后，他们并没有像刘猛预言的那样"火"起来。虽然也有一些不算太热烈的掌声，也不断会有人给他们送上花篮和小费，但总是不温不火的，让心高气傲的韩红英有些失望。观察了一段时间之后她敏锐地发现，火不起来的原因不是别的，主要是刘猛这个搭档在舞台上的做派实在太"娘"了。就和她当年看不起他的原因一样，那份懦弱一直都在不离不弃地伴随着刘猛，不但丝毫没有改变，反而随着年龄的增长越来越重。如今的刘猛不仅在舞台上穿的衣服偏向女性，就连那扭捏的神态和怪模怪样的表情，都处处流露出一派女性的风范。就是在日常生活中，也会常常不由自主地伸出兰花指，一派女性的腔调。而韩红英由于多年在军营生活历练，已经带有某种男性化的趋势，这样的歌曲，这样的搭档，必然使他们得不到太多深圳听众的喜爱。

这样演出了一个多月之后，韩红英有些耐不住了，因为那天的歌厅里不仅听不到什么掌声，反而还有不少人在喝倒彩。等回到后台，韩红英就不客气地开口说："我说刘猛你呀，真是白叫这么个好名字了，舞台上怎么就一点也猛不起来呢！老是那么一副甩不脱的娘娘腔！"

刘猛脸"唰"地红了，有些不好意思地说："哎哟，你别说，我这人啊，还天生就是猛不起来，依然是当年那个老脾气。"

"这么多年了，你就不能改一改吗？"

刘猛为难地摇摇头说："天生的性格，我怎么还改得了呢，要能改不早就改了吗？不然当年你怎么会那样瞧不起我呢。我也已经觉察到，确实是我拖累了你，辜负了你的一副好嗓子。红英，你还是改为女声独唱吧，我相信只要改变路子，你就一定会唱红，也许还会大红大紫起来呢。"

"可是，如果改成独唱，我该走什么样的路线，改唱什么样的歌呢？"韩红英沉吟着。

今天的刘猛显然是有备而来，他打开了手边的小型录音机，说："我已经为你考虑过了,你听听这首《哭砂》,我觉得它挺适合你的演唱风格。"

刘猛说着摁下按钮,于是就有一阵歌声在化妆间里缓缓飘荡起来了,韩红英坐下凝神听了一会儿,觉得心头就像是喝下了几杯美酒似的,微微地有些醉了。这是什么样的歌呀?不,这分明是一把钩子,钓鱼似的深深扎入了她的心间,在一阵阵有节奏、有韵律地揪动着她的心脏,让她的心头滴血似的,喷涌出一股股早就想说而又一直无法说出的话语:

你是我最苦涩的等待
让我欢喜又害怕未来
你最爱说你是一颗尘埃
偶尔会恶作剧地飘进我眼里……

韩红英听着听着,几个月来所受的冤屈、折磨与苦难,一下子全都涌到了眼前,尽管这些苦难在别人看来算不得什么,可在她的心里,却已经是天大的委屈和磨难了。是的,她如今就是在等待,苦涩地等待,在等待着一个人、一个时机。

三天以后,深圳排名第二位的"皇后"夜总会大厅座无虚席,不时爆发出一阵阵经久不息的掌声,一束束美丽的鲜花,一个个制作精美、或大或小的花篮,把身穿演出服的韩红英紧紧簇拥在中间,她的脸上又出现了那种许久不见的公主般的笑容。

第二天中午,夜总会门口就推出了连夜制作的"英英小姐"霓虹灯等大幅宣传广告,一串串装饰精美的华灯放射着五颜六色的光华,所有的光华都只为了簇拥中间那个面如朗月的美丽女郎。

"晶晶"娱乐集团老总闻讯赶来,一改前些日子的冷漠和视而不见,现在从早到晚都和条尾巴似的,紧紧粘在韩红英的后面。他请来了香港最有名的服装设计师,披星戴月地给韩红英赶制专门设计的演出服装,又亲自陪着韩红英去香港,到"周大福"等名牌珠宝店选购最时尚、最高档的首饰。他还立刻派人帮韩红英搬出原先那间与人合租的小阁楼,在一座四星级酒店里为她单独包租了一个豪华套间。不过原先极力引荐她来到这家夜总会的刘猛却马上被冷落了,老板不仅没有给他加酬金,还不由分说,把他的出场费下降了一个档次。

现在每天晚上的出场时间,韩红英的气势和阵容都很有一副大牌歌星派头了。她的出场被安排在深夜压台的黄金档次,等到前面的二流歌星、三流歌星全都唱完,乐队才会奏起一曲长长的出场音乐。然后在全场观众望眼欲穿的掌声和呼叫声中,她才千呼万唤始出来,踏着一片迷离闪烁的灯光华丽现身。这时她的身上穿着的,是香港最著名服装设计师设计的演出服,而舞台及周边那些设计精巧而又奇特的大屏幕,又会十分奇妙地把她原本潜藏着的一切美丽,全都烘云托月地展现在大众眼前。

那些日子,韩红英的美丽已经达到了一种超凡脱俗的境界,当她在一阵泛着馨香的烟雾里缓缓走下演出舞台的时候,那副身姿、那副容貌,都会令人联想起从九天云霄之上徐徐飘落的仙女,只不过仙女只存在于童话故事和人们的想象之中,而她却既实实在在地出现在大众眼前,这就更让人感觉到一种非同凡响的美丽。现在再不会有人把她和当年那个穿一身"65 式"绿色军装,手持"56 式"冲锋枪,拼杀在丛林里的年轻中国女军官联系在一起了。

不过韩红英并不主张让这种外在美影响自己歌喉的充分展示。她深知所有外在的一切,都只不过是烘云托月,最终目的是让她的歌喉、她的声音达到更加淋漓尽致的美妙境界,展示一种摄魂夺魄、扣人心弦的歌唱魅力。她最近都在潜心学习港台新出现的演唱方法,力图填补因为长期没有登台而产生的生疏感。况且当年宣传队那种大喊大叫癫狂式的演出风格和嗓门,眼下已经被人们视为异端和笑话了。应该承认,韩红英具有远比刘猛好得多的艺术悟性。从登上深圳这特殊的舞台开始,她就一直在绞尽脑汁地思考探寻,人们为什么那么痴迷于港台歌曲。同样短短的一首歌,为什么港台歌曲就会比同期流行的内地歌曲赢得更多听众?为什么只凭着几句歌词、一段旋律,港台歌曲就能够轻易地俘虏一大批听众,尤其是青少年听众的心灵,让他们在一刹那间就变得如痴如醉、如癫如狂?

经过一番品味琢磨,韩红英发现,这些歌曲之所以具有深刻打动人心的力量,根本的原因,是因为它们从来不居高临下,而是像一阵清风那样,润物细无声地吹进普通人的心灵深处,饱含着情,融满了爱,每一段旋律、每一句歌词里都深深浸透着爱的汁液,流淌着爱的甘泉。她有些清醒了,自己此刻登上歌台唯一的目的,不就是要把这种歌曲中深深的情、满满的爱,如同一场春雨一样缓缓洒进全场观众心田,并且催生起千万人心中爱的植物甜蜜生长吗?

这天晚上登场之前,韩红英在后台撩起帷幕张望了一下,发现今晚的观众席有些特殊。大多数观众的眼睛都不断瞄向中间那个包厢,不时有一些西装革履绅士模样的人,或者一些身穿华美礼服的贵妇人蜂拥着走向那儿,去争着和一个头发已经有些花白的老人握手。几乎所有人脸上都无一例外带有讨好甚至谄媚的笑容,唯有那个老人脸色庄重威严,始终像是冷眼旁观,不露声色地看着眼前的一切。

轮到韩红英登场了,今天她唱的第一支歌仍然是《哭砂》,虽然已经唱过无数次,也虽然每唱一次都会引起场内热烈的欢呼与喝彩。她仍然觉得这支歌具有一种异常神奇的魔力,唱着唱着,这股魔力就会悄悄地释放出来,在她的眼前慢慢铺开一幅昨日的画图。这些画图的中间位置毫无例外都会站着一个人,一个中等身材,方正的脸庞上不知怎的,总是凝结着几丝忧郁的男人。他和她一起在训练场上操练,一起在微波荡漾的海滩边散步,一起在前线那片伸手不见五指的荒芜丛林里奔跑……

不知不觉之间,这些画面便会悄悄滋润着韩红英的声带,让她歌声显得越来越圆润,也越来越凄恻缠绵、动人心弦:

> 风吹来的砂穿过所有的记忆
> 谁都知道我在想你
> 风吹来的砂冥冥在哭泣
> 难道早就预言了
> 分离

“分离”“分离”,一遍又一遍,韩红英满含深情地反复吟唱着这个词语,心里边也不由一阵阵翻江倒海。是的,她是和一个人分离了,一个她此刻最想看见,却又不知道究竟身在何方的人。哦,他在哪儿?这一辈子我还能等到他吗……

谁都看出我在等你

风吹来的砂堆积在心里

是谁也擦不去的痕迹

风吹来的砂穿过所有的记忆

谁都知道我在想你

风吹来的砂冥冥在哭泣

难道早就预言了分离

分离

　　这天晚上韩红英唱的第二首歌是《萍聚》。她已经发现，自己最喜爱、最擅长的，原来竟是这一类描绘分离和思念的爱情歌曲。这首歌的演唱效果同样不凡，在观众席里激起一阵阵经久不息的掌声与喝彩声。接着就有人抬上来一个制作异常精美的硕大花篮，里面花枝招展的，全是些最为名贵应时的奇花异卉。油嘴滑舌的男司仪不无卖弄地夸耀说，这个花篮是"晶晶"国际总公司殷董事长为祝贺美丽的英英小姐演出成功而特地赠送的，其中还有刚刚从荷兰阿姆斯特丹空运而来的名贵黑色郁金香。司仪的话音刚落，大厅里又响起一阵按捺不住的掌声与惊叹声。因为大家都清楚，伴随这个花篮而出现在女歌手账户上的，肯定是不少于五万元港币的小费。

　　就在这时，娱乐集团老板"呼哧呼哧"喘着粗气出现在韩红英身边，贴着她的耳朵悄声问道："英英小姐，殷董事长说听你的口音好像是江浙一带人，那是他的老家，他问你会唱家乡的江南小调吗？"

　　"家乡小调？"话音没落，韩红英耳边已经缓缓响起了一曲熟悉的旋律，不过她还是说，"我当然会唱，不过在这样的场合地点，唱江南那些土生土长的小曲小调，不会显得太土气一点吗？"

　　"不，殷董说了，越是乡土的，越是江南的越好。他要的，就是那边的一份清新、一份脱俗，那一份土气的乡音。"

　　"可是没有伴奏带，也没有乐谱，我只能清唱呀。"

　　"清唱？好啊，清唱也好，清唱也好，清唱才清新，才脱俗嘛。拜托你了，英姐，你可千万得给我争口气呀。"老板用力拱了拱手，谄媚地对韩红英笑着说。

当韩红英再次出场的时候,歌厅里一下子变得异常安静。这种沉静在这样的地方出现,似乎显得非常奇怪。就在这一阵静默之中,韩红英缓缓地唱起来了,她唱出的第一个音节似乎有些颤抖,就像清晨第一声叫响的鸟鸣那样带着一点羞怯,但很快那歌声就变得稳定下来、流畅起来,而且还湿漉漉的,仿佛带着一股从江南清亮亮的水田里飘起来的雾气,渐渐笼罩了整个歌厅,人们全都屏息静气,静静地听着、听着:

> 山背的藤梨熟了,
> 树上的毛栗空了;
> 溪滩里的水流空了多少,
> 为什么还有鱼,
> 为什么还有青蛙?

渐渐地,人们开始沉醉在这歌声里了,沉醉在这份完全不同于港台歌曲的另一种清新纯朴之中。就连台下的刘猛都不无惊讶地发现,此刻韩红英的歌声分明又恢复了多年前的那种清纯亮丽,就像是江南山坡上的那片青竹一样鲜翠欲滴。

歌声缓缓地飘荡着,仿佛已经融进了在座每一个人的呼吸里。当它终于缓缓飘落下来的时候,人们已经忘记了鼓掌,忘记了喝彩,一时间仿佛都只愿静静地、静静地坐着,继续沉浸在歌声所描绘出的那一幅难忘的江南画图中,捕捉着那些仿佛很快就要袅袅飘拂而去的余音。

好久好久,才看见大厅正中的殷董事长第一个站起来,依然是那样不动声色地在一大堆随从的簇拥下走出歌厅,人们没见他有什么表示,也没见他有什么夸奖,当然更没有看见他继续送上昂贵的花篮。不过眼尖的人却发现,在那张饱经沧桑,从来都形不动于色的脸庞上,仿佛有几点亮晶晶的泪痕在悄悄闪着光。

三

当天下午,那张出口新鲜鹿茸的报关单就出现在市场处陈昌福处长的办公桌上,陈昌福漫不经心地扫了一眼,正打算拿起笔来签上自己的名字,眼睛却突然惊讶地瞪圆了。"赵程,哪个赵程?"陈昌福呆呆地凝视着,把这张报关单又上上下下、反反复复仔细看了一遍又一遍。上面填写的报关单位是兴源贸易公司,公司负责人名叫赵程。他有些不相信,又专门叫来经办人员,从留下的资料里查询到赵程的身份证复印件,一看之下,陈昌福一下子就从自己的座椅上直直地跳了起来。真的,赵程,就是那个赵程,就是那个当年和他在一个侦察教导队里服役,又一起上过前线的赵程!

凝视着身份证上那张再熟悉不过的脸庞,陈昌福觉得自己的额头上一阵阵冰冷冰冷,仿佛又有一支黑洞洞的枪顶在了脑门上。他摇摇脑袋,使劲把那股冰冷的感觉给甩到脑后去,心里却不由自主,又有一种异常奇特的兴奋涌了上来,"好啊,赵程,天堂有路你不走,地狱无门你闯进来。分别这么多年,我还以为有生之年再也看不到你,我那一枪之仇也没地方去报了。谁知你今天偏偏就来到了深圳,还偏偏就送到我的手上,这叫什么事啊?'雨点掉在了烟头上',巧啊,太巧了,巧得让人心头起疑。这不分明就是天意吗?好啊,君子报仇十年不晚,赵程你就等着看我的手段吧。"

那个下午剩下的时间里,陈昌福什么事也没干,就在翻来覆去琢磨这件事。他仔细查阅了那份报关单,发现那位介绍人的来头不小,还不能直接拒绝,不过这事完全可以耍一个小小的手腕,让他们吃了暗亏,还不知道问题究竟出在哪里。

…………

转眼已经是第八天了,那天下午赵程押着满满一车新鲜鹿茸急匆匆来到深圳的皇岗口岸。这几天他几乎横穿了整个中国,从最南边的深圳一直飞到最东边的吉林,在那儿的养鹿场里以最快的速度收购了五吨鹿茸,然后又马不停蹄地以最快速度返回到这里。虽然他满身劳累、浑身疲惫,同行的梨儿也已经明显消瘦了一大截,但他顾不上休息,一下车就和等候在口岸的汪泉山一起,拿着那张批复好的通关单,来到海关办理通关手续。

口岸的海关人员拿着这张批复文件,仔仔细细看了半天,最后才说:"你这批复可不行呀,我们不能给予放行。"

赵程急了,忙问:"怎么不行?有问题吗?"

海关人员说:"当然有问题,你看看这批货的审查类型,你运的是鹿茸,它不属于生鲜食品类,而是一批特殊用途的药材,因此还需要有一个特许批准的手续。"

赵程觉得刹那间自己眼前的光线正在迅速地暗下去,急忙说:"哎呀,你看我这批货耽搁不起呀,不及时运出去,马上就会腐烂变质,那损失可就大了,求求你,还是赶快让我过去吧。"

海关人员摇摇头说:"这可不行,放你过去我就失职了。而且这事在深圳并不难呀,只要到计划局的市场处加盖一个公章就行了,过去全都是这样办的,从没有出过纰漏,这次奇怪了,最后那个公章怎么没盖上呢?"

汪泉山在一边听着也傻眼了,插嘴说道:"可我那朋友说已经没有问题了呀,这怎么回事?"

他连忙给那个朋友打电话,那朋友说:"我记得手续好像都办完了呀。哦,还有最后一个公章,那必须得处长亲自批复才能盖出,可今天陈处长一天都不在,不知道上哪儿去了。"

汪泉山和赵程一起,马上急如星火般地赶到市场处,问遍全处工作人员,都不知道陈处长今天上哪去了。据说他们也感到奇怪,一向严格守时的陈处长,今天怎么一反常态,不打招呼就突然失联了呢。

汪泉山这时才真的着急起来,他打了一圈电话,最后才打到了曹征手上。曹征问:"你说的是哪个部门,是计划局市场处吗?"

"对呀。"汪泉山说。

曹征在电话里面说:"那你为什么不直接找陈昌福呢?"

"谁?"汪泉山奇怪了,"陈昌福,哪个陈昌福啊?"

"还有哪个陈昌福,不就是咱们那个老战友陈昌福吗?"

"他,他怎么会在这儿呢? 从来也没听你说起过呀。"

曹征在电话里静默了好一会儿,才说了一句:"他就在那儿,而且还是我介绍进去的。你去找他,他应该会给你们办的。"

上上下下,反反复复,等到汪泉山来来回回折腾一大圈,终于把电话打到陈昌福手上的时候,已经是第二天下午了。汪泉山顾不上叙旧,在电话里一开口就叫起来说:"陈昌福,我是你的老战友汪泉山。赵程的这个事,你无论如何都要帮帮忙,马上给他解决掉!"

"汪泉山,你是汪泉山? 哎呀,老战友,老战友啊。"电话里陈昌福的声音显得那样热情、那样兴奋，如果在平时，这种热情的语调肯定会深深打动汪泉山，可是此刻他什么也顾不得了，只是一个劲地叫起来说："你赶快把赵程那事给办了，啊！"

"赵程？哪个赵程？是咱们那位老战友吗？什么事啊，汪泉山你慢慢说，你慢慢说啊。"陈昌福电话里的声音听起来十分惊讶，就好像他从来不知道有这样的事似的。等到汪泉山好不容易急急忙忙把事情说清楚，陈昌福却在电话里义愤填膺地叫起来说："哎呀你们这些人，从来就不把我当老战友！这样的事，为什么不早一点来找我呢？要早来的话，这事不早就解决了吗，还用拖到现在？这样吧，事不宜迟，我现在马上到办公室去给你办理。你记住，汪泉山，今后要是再有这样的事，你们不找我，而去找别人，那就是看不起我这个老战友。"

等汪泉山匆匆忙忙再赶到市场处，陈昌福亲自下楼来接他，见面顾不上寒暄，马上掏出那个审批章"啪"用力盖在了通关单上。汪泉山也顾不上道谢，立刻以百米冲刺的速度冲下楼梯，发动起车子就往海关赶。一到海关没等手续办完，汪泉山和赵程就急急忙忙押着车子通过海关闸口，向香港疾驶而去。不过此刻他们的心情不但没有放松，反而变得越来越沉重，因为那从车上包装袋里不断涌出来的浓烈臭气，已经说明这批货十有八九腐烂变质了。

深圳雇来的司机不熟悉香港道路，七拐八拐走了不少的冤枉路，等到赵程问路问得口干舌燥，好不容易才把一车货拉到那个制药公司时，来接货的那些人脸色全阴沉沉的，显然他们早已经等得不耐烦了。等车厢门一打开，那股浓浓的恶臭猛地喷射出来的时候，这些人的脸色就比哭还要难看了。打开第一个包装袋，只见那些原本暗褐色闪着光泽的新鲜鹿茸，已经显露出一副惨不忍睹的腐败模样了。

"拒收！"从接货人紧闭着的嘴唇里石头一般蹦出这样两个字眼。赵程还想央求他再考虑一下，不过自己看看那批货，也没好意思再开口了，因为明摆着，这样腐烂变质的东西，还怎么能够去制成药品？又怎么能够让人治病强身呢？

接下来马上又一个严重的问题产生了：该怎样处理这批腐烂的鹿茸呢？赵程问那位接货人说："能不能先找个地方，让我把这些东西处理一下，打开来翻一翻,看看里面是不是还有什么能用的部分?"

"处理?"接货人毫不客气地对赵程翻了翻白眼,说,"告诉你,眼前明摆着只有一条路,就是你怎么运到香港来的,再怎么原车给我运回去。"

"原车运回?"赵程一下子懵了。

"对,当然要原车运回喽。"接货人严厉地说,"告诉你,这儿是香港,什么事都讲规矩、讲法律。香港的垃圾处理法你知道吗?趁着现在我还没打电话报警,你赶快原车走掉就算了,不然等到警察来,不仅要重重罚你的款,也许你还得在这儿蹲上两天班房呢。"

听他不像是在吓唬人,赵程赶快上车,又东问西问地指挥着车子回到深圳。到深圳之后,他仍然没法自己处理,好不容易才在汪泉山帮助下找到垃圾回收部门,又付了大约五六千块钱的处理费,才好不容易把这事给摆平了。

等到这些事处理完毕,赵程才发现不知什么时候,黑暗如磐的浓重夜色已经悄悄把他给包围起来了,虽然是在暑气喷人的 7 月底,但他却从心底感觉到一阵阵彻骨冰凉,就仿佛整个人都已经掉进一个巨大的冰窟。不用详细计算,他大致就已经知道这次损失的金额至少九十万元,不仅把前一阵子积攒的利润全都赔光,就连从曹征、汪泉山那儿借来的五十万块钱也已经血本无归,而且欠着运输公司好几万块运费呢。想到这儿,赵程一下子变得浑身无力,顿时瘫倒在垃圾处理场边的石凳上。

他的身边也有一个人重重地坐了下来,鼻孔里也在一声接一声地喘着粗气,他听出来了,那是梨儿。

只有汪泉山没有坐下,他直直地站在他们面前,脸上挂着一副从来没有过的沉痛表情。他知道,赵程的这次失败,很大程度上是自己而造成的。他完全就是一个马大哈,做事不够细致、不够严密,因此才延误了通关行程,最终导致这样惨重的损失。

沉默了好一阵,汪泉山吞吞吐吐地说:"赵程,这次的事都怪我,全怪我,是我办事不力,捅出了篓子。这样吧,那十五万块钱我不要了,回去我想想办法,再凑点钱来给你。你放心,在深圳,只要我汪泉山还有吃的,就绝不会让你们饿着。"

过一会儿,他看赵程没有回话,又诚恳地说:"我想,曹征也绝不会逼你还钱的。你放心,我们还会继续全心全意帮你的。"

赵程缓缓地抬起头来,汪泉山的话让他今天以来,心里第一次涌上来一股暖意。是的,他相信他们两人都绝不会来逼自己还钱的,而且还一定会一如既往地再去想办法,帮助他东山再起。不过他已经不能再去拖累他们两人了,不能在自己已经掉入冰窟的情况下,再把自己最亲近的两个人也一起拉下水去。不,他已经不是第一次失败,也不是第一次重新奋起了。不过这一次他要暂时离开自己的这些战友、这些亲人,他要靠自己的力量去摆脱难关、重整河山。毕竟这是在深圳,是在特区,是在这样一个充满了希望,完全可以让失败者东山再起、卷土重来的好地方。

他没有回答汪泉山,却突然提出一个让汪泉山感到奇怪的问题:"听人说,好像韩红英也到深圳来了,你有她的消息吗?"

汪泉山瞠目结舌了一会儿,才回答说:"没有,我没她的消息,不过她身上有我和曹征的电话号码,如果来的话,肯定会第一个打电话通知我们的。"

赵程再也没说什么,他独自起身,消失在一片浓重的夜色之中,身后,梨儿仍在紧紧地跟着他。

第八篇
快感与失落

一

那天深夜的演出结束以后,一辆黑色油亮的加长款"劳斯莱斯"轿车已经在夜总会门口等着韩红英了。歌厅老板挡住想要护送韩红英回住所的刘猛,把韩红英单独请上轿车,然后车子突然加速,向着海岸方向的郊外疾驶而去。渐渐地,眼前出现了一个错落有致的别墅群,稍加打量就会知道,这儿肯定是富裕人家的居住地。一道道高高的栅栏,盘绕着一支支妖艳的玫瑰荆棘;清冷的月光斜斜地映照下来,斑驳的光影映照着院子里那一派轻描淡写的奢华。再行驶一段,一堵高高的围墙出现在眼前,两扇雕花的铁门自动打开。轿车停下来好一会儿,韩红英才有些惴惴不安地走下车子,她看见眼前是一座造型别致的私人别墅。

她跟着一个管家模样的人走进那栋别墅,第一眼望见的就是极尽奢华的大厅,一盏盏繁复的灯饰放射出冷冽的亮光,四面高高的墙壁在柔软的地毯上投下一片暗沉沉的阴影。慢慢穿过那些宽敞却清冷的长长走廊,两边墙壁上悬挂着一幅幅西洋风格的名画,画中那些穿着旧世纪服饰的人物纵横交错,正在演绎一派大洋彼岸她所不熟悉的风情。

顺着管家殷勤的手势,韩红英被引导进了一个装潢别致的房间,不知什么原因,那个房间所突出的,恰恰就是她平日里最喜爱的紫色调。这种浪漫而又具有富贵气的深紫仿佛蕴涵着无限的精彩,让韩红英的心刹那间沉浸在一片暖暖的愉悦之中,让她不禁衍生出无限遐想,但也不由产生了一丝惊讶,是谁那么深入地走进了她的心灵,知道紫色是她最为喜爱的色调?

是的,她从小就偏爱紫色。紫色曾经赋予她无限少女的遐想。无论是在学校还是在部队,她总会颇费心机将自己的房间和床铺装点成紫色,为此曾经挨过不少的批评和非议,不过她始终觉得,只有紫色才能与其他深色肌理深度调和、衬托或对比,增加她本人所期望的那种深深吸引异性的神秘和幽远。

再走进一个厅堂,四周的墙壁全由白色石砖雕砌而成,黄金雕成的玫瑰花在白石之间妖艳地绽放,房间的四角立着四根汉白玉的柱子,大红色的纱帘正在随风荡漾。

而另一个房间里却装饰着黑色大理石铺成的地板,明亮如镜一般的瓷砖,华丽的水晶垂钻吊灯,盖有玻璃的纯黑香木桌,进口的名牌靠垫椅,精美的细雕书橱,让整个房间显示出一派遮掩不住的雍容华贵。

管家微微点一下头,含笑说了一句:"英英小姐,殷董事长吩咐,这房子今后就属于你啦。要有什么吩咐,你可以随时按铃通知我。"他说完,指指卧室床头柜上一个按钮,然后微微鞠躬,关上门退出了房子。

韩红英在一片奢华当中呆呆站立着。许久许久,脑子里仍然一片茫然空白。她不知道这个晚上究竟发生了什么,竟然会让她在这样一栋奢侈昂贵的别墅中茫然独立,然后被告知这儿已经属于她了。这可能吗?不会又是在做梦吧?她想着,用上下牙用力咬了一下舌头,"哎哟!"她痛得差点儿惊叫起来。哦,痛,是真的,完全是真的,可是这一切究竟又是怎么发生的呢?

一刹那间她脑子里涌现出的,全是过去和最近听到的一些传闻和流言,一些貌美出众的女明星或女模特被港澳大款大腕们包养下来。她们用青春和美丽换来的,是一般人连想都无法想象的奢华与富贵。莫非今天自己也走进了这个行列?那想包养她的又是谁呢?莫非就是这个浑身上下涂满了神秘色彩的殷董事长?

想到这里,韩红英惴惴不安地望望四周,一颗心猛地提到嗓子眼。她很怕此刻哪一扇门会突然打开，走进来的正是那个不苟言笑，让她不知怎的，有些惧怕的男人，可是当她和衣在长沙发上坐了一个夜晚，心惊胆战迎来窗外第一声鸟鸣的时候，却不见有任何人走进她的卧室。

第二天晚上韩红英仍然不肯上床躺下，心里始终在忐忑不安地猜想着，这个烟雾一样的殷总究竟会在什么时候悄悄出现，又会用怎样的方式来提出自己的要求，以及是温柔的绅士型的，还是粗野霸道黑道型的。她能够接受他这种莫名其妙的要求吗？她，她可是韩红英啊！当然，伴随这些要求而来的，肯定就是这栋精美异常的别墅，还有夜总会首席歌唱小姐那令人艳羡的宝座，可这些明显要用自己的身心才能去换取。从一个当年威风凛凛的年轻女军官，到如今将被所谓"资本家"包养，在她过去所受的所有教育里，这些都被说成一个女人最悲惨，也是最可耻的境遇，那么今天，她是否应该义正词严，断然拒绝并且摒弃这一切，然后穿上那一身洗得发白的旧军装，重新走上街头，再踏上那条艰难求职的道路吗？

不，她已经厌弃了那些仿佛永远没有尽头的被拒绝，那些鄙视的、傲慢的白眼，还有那一而再再而三，数着口袋里剩余的一点可怜巴巴的零钱，然后准备第二天就要被赶出住所，去街头忍饥受冻的日子……她已经不敢再继续想象下去了。

可是……

不知怎的，她眼巴巴总在望着那扇始终没人打开的大门。那些个夜晚，韩红英一直愣愣地看着那扇门。起先她的心里充满了恐惧和忐忑，可是慢慢就变成了期待。到了第五六天的时候，她已经觉得再也等不下去了，不管是什么人吧，她只希望那一扇门早点打开，不论从那儿走出来的是圣徒，还是恶魔……

第七天深夜，就在她终于忍不住昏昏沉沉，就要进入梦乡的时候，恍恍惚惚间那扇门好像被人推开了，有人迈着沉稳的步伐不慌不忙走进了屋里，然后站在床前，在那盏橙红色台灯的映照下长久望着熟睡中的自己，韩红英甚至感到了这两道目光沉甸甸的分量……接着便有一只男人的手落到她的脸颊上，长久地抚摸着。

过了一会儿，那双手便像一个士兵那样单刀直入，一下子伸向了她高高耸立的胸脯。

韩红英心惊胆战地忍受着,忍受着那双已经有些苍老的手,在她身上肆无忌惮地摸索着,然后是那宽厚的胸膛。她渐渐有些清醒了,觉得这人的胸膛不像原来想象中的那样冰冷,反而还挺温暖。这种温热不像当年的老苏,当然也不像赵程,对了,这种拥抱,这种温热分明有些像父亲,像那个已经远在江南故乡的父亲……

周围的一切都在渐渐远离,可是片刻之后,突然有一个似乎有些熟悉的场面,悄悄浮现在了她眼前:她站在一片咆哮的大海边,那个高高的悬崖上,陈昌福正在紧紧搂抱着她,一双手不安分地伸向她的胸脯……

呵,原来她又一次站在大海边,站在了高高的悬崖上面,或许这次将坠入深渊的不会是对方,而会是……自己?那一瞬间,韩红英的意识开始清醒,就像是当年从前线的工事里听着冲锋号声一跃而起那样,她突然坐起身来,一把推开那双手,然后飞快躲到了床的另一边。

突然亮起来的灯光里,韩红英看到了殷董事长那张不苟言笑,像是冷冰冰面对全世界的高傲脸庞。

"不行,不行,我不能……"韩红英含糊地喘息着,吐出这几个字。

"不能?"殷董奇怪了,他重复一遍,接着又不可思议地摇了摇头,问一声,"为什么?"

"为什么? 因为我是……一个军人。"

"军人?"殷董皱起眉头重复一遍,然后又上下仔细打量了她一遍,问道,"什么? 你还是个军人,唱歌的军人?"

"不,不光唱歌,我还会打仗,我在军营里曾经一遍遍地操练,也曾经在战场上一次次地冲杀,我的枪口前倒下过不止一个……被我亲手打死的敌人。"说到最后几句,韩红英似乎有些咬牙切齿。

殷董那张总是铁板一样紧绷着的脸,突然间有些松弛起来,有一种让韩红英感觉奇怪的表情浮上他的脸颊。那双平时总是眯缝着的小眼睛也忽然睁大了,有两道韩红英从来没见过的犀利目光像刀子一般亮起,一直刺进她心底。

"军人?"殷董又重复一遍,"你竟然会是个军人? 有什么能够证明吗?"

韩红英愣了一会儿,突然跳下床,打开那个从来不离身的皮包,从里面取出一件洗得快要发白的军装,那军装的领口上还缀着红色的领章,翻开领章,上面清清地写着她的姓名、部队番号、血型。

可是殷董只草草瞥过一眼,然后撇了撇嘴,抬起眼扫视一遍屋里富丽堂皇的装潢、华丽名贵的家具,这才问道:"军人? 你想说明什么呢? 是说你的身价不同于一般女人? 你对这房子、这摆设还不满意? 开个价吧,说说,你还想要些什么。"

"我还要些什么?"韩红英突然有些清醒过来,一股不可抑制的怒火涌上心头。她一屁股坐在那张安乐椅上,怔了片刻,才挺直身子说:"这儿可不是商场,殷董,我也没想过和你讨价还价。你别以为这个世界上所有的东西都是商品。告诉你,有些东西,是你用再多钱也买不到的。虽然我知道这么说话,就意味着我马上要离开这套别墅,丢掉我原先可能得到的一切,包括我在夜总会唱歌的那个饭碗。不过,我还是想要向你提出一个要求。"

"要求? 你不是说,这一切都可以舍弃吗?"殷董的嘴角无声扯动一下,仿佛是说,对韩红英这样的伎俩,他早就洞若观火了,不过他还是点点头说,"说吧,你想要多少钱? 或者,什么样的房子? 再或者,让我在香港红磡体育馆给你开一个大型演唱会,就和上个月梅艳芳刚刚举办过的那场一样,那排场,那气势?"

"不,我没想那么多,我只想今天晚上……"韩红英扫了一下墙角那台华贵的瑞士产木制立钟,那上面的时针正指着深夜两点,"今天晚上再在'晶晶'夜总会唱几支歌,不穿其他演出服装,也不要其他道具,就穿上这身发白的军装,再唱几首我们那时候的歌曲。"

"什么歌曲?"

"《十五的月亮》,还有《血染的风采》。"她想了想,又补上了一句,"因为从今往后,我上台唱歌的机会可能不多了。"

房间里变得安静,长久地静默。好久以后才见殷董抬起头,那两道尖刀般犀利的目光又在韩红英脸上身上反复切割了好几遍,说:"真的只这么点要求? 这么说,你还真是个军人?"

"我当然是个军人,从小在军营长大,所以我,一直有自己的防线。"

"啪——"对面突然轻微地响了一声,把韩红英吓了一跳,仔细看去,原来是殷董揿动打火机,点燃了一根长长的"高希霸"雪茄香烟。缓缓升起来的烟雾与香味之中,殷董的脸好像变得有些扭曲,灯光一闪,隐隐照出那脸上还有一点依稀的泪光。

"可是,你……你知道我是干什么的吗?"隔着一层淡淡烟雾,韩红英听见了殷董突然的问话。

"你? 你是殷董事长,权高势重,富甲天下,你可以随意索取这个世界上几乎所有的一切。"

"不,不不!"殷董嘴里一连吐出好多个不,然后他说,"我告诉你,比你还小的时候,我也是一个……军人。"

"什么? 你也是军人?"韩红英惊讶了。

"对,我也是个军人,一个年轻军官。你说你上过战场,不过我想,你见过的死人一定不如我见过的多。告诉你,我可是从死人堆里面爬出来的。什么尸山血海,什么枪林弹雨,什么血流成河,那些……我全都亲身体验过。"

一团团烟雾从殷董的嘴里缓缓喷出,把这个总是显得神秘莫测的男人包裹在一层浓浓的云里雾里,让韩红英不由听得目瞪口呆:"告诉你,我也曾经是一个军人,一个从枪林弹雨、尸山血海里爬出来的军人。曾经一次次迎着枪弹冲锋,面对面和敌人搂抱在一起厮打,用拳头,用匕首,用指甲,甚至牙齿……只为了要把对方送进另一个世界。你知道那时候我们的敌人是谁吗?"

"谁?"韩红英问。

"日本人,是那些该死的日本人。"

"哦,原来你还是抗日老兵,和我父亲一样。"韩红英说着,话语里带有了几分敬意。

"是的,八年抗战我打了三年,打过几次胜仗,当然败仗更多。可不管怎么说,我们还是咬着牙坚持下来,终于等来了 1945 年 8 月那个胜利的日子。可是还没等高兴几天,却发现又要打仗了。这回我们面对的不再是异族侵略者,而是自己人。我可不想自己的手上沾上同胞的鲜血,便找了个借口悄悄辞去军职,来到香港经商,为此还差点被原部队认为是逃兵,遭到通缉。"

"哦。"韩红英说,"那你也完全可以上了战场再放下武器,当俘虏呀,我们的军队对战俘还是很宽容的。"

"不,我情愿辞去军职,也不愿意在战场上向敌人举起双手,可耻地走进俘虏营。当战俘绝对是一种不可饶恕的耻辱，而不会是军人的归宿。"

"你不愿意当俘虏？"

"不，我绝不愿意！"

"可是，可是难道我就愿意当俘虏吗？"韩红英突然用近乎嘶哑的嗓音低声叫起来，"尽管我面对的不是你的刀枪，而是奢侈，是排场，是金钱，我就应该向你举起双手，从此失去我的那份尊严和自由吗？"

殷董在烟缸里慢慢揿灭了那支雪茄香烟，袅袅升起的烟雾开始消散，又露出他那张神色严峻的面孔。他点了点头说："怎么，你认为我收留你，是损害了你的尊严？就因为你曾经是个女军人，而且还上过战场？"

"我再告诉你吧，我还是一位……牺牲在战场上军官的遗孀。"

"哦。"殷董这会真的怔住了，良久才从嘴里长长地叹息一声，然后默默点了点头说，"我有些理解你了，你虽然已经成了歌手，可骨子里还认为自己是个军人，还想着坚守自己的防线。"

"是的，我想无论什么时候，军人总还是个军人，也许我们会脱下军服，可是心灵上的那身军服，却一辈子也脱不掉。告诉你，殷董，我现在只想当着你的面，马上脱下身上穿着的这些豪华衣饰，还有颈项上戴着的这些闪光的东西，重新穿回我那身虽然已经发白，而且马上就要破上几个大洞的军装，离开这儿重新走上街头。只要胸腔里还有军人的那份底气，我相信，我绝不会饿死的。"

"不，你必须给我留在这里！"殷董的语气却一下子变得斩钉截铁起来。

"为什么？"

"不为什么，就因为我们都是军人，因为我最终没有成为你们那个阵营的俘虏。你知道吗？今天晚上我在你这儿又打了败仗，一败涂地。可是别忘了，我也有最后的防线需要坚守。"

"什么防线？"

"你知道我是谁吗？"殷董停顿了一下，说，"你知道我在香港商场上有着怎样的名声，人家背地里叫我什么吗？'殷一刀'！为什么叫我'殷一刀'，告诉你，因为我刚到香港时两手空空，除了一双会杀人的手什么也没有，我只好拿起刀当了个屠夫，把一家小小的屠宰场，发展成香港最大的肉品加工厂，然后才转业去搞房地产、珠宝行……还有，是因为我说话办事都像刀割一样从来只说一遍,不说第二遍,只要是我说过的,就没有办不成的。现在外面都知道你是我的情妇,是我不可救药爱上的女人。如果人家知道你这么个小女人竟然拒绝了我的要求,我会像一个可怜虫一样被你这样一个女人所抛弃,那他们会怎么想? 不行,我绝不能忍受这种失败。"

"可是我已经说清楚了,我不会当你俘虏的,哪怕……"

"我用不着你这样的俘虏,用不着。这样吧。从今天起,你仍然属于'晶晶'夜总会,头牌歌星的宝座,我还给你留着,可是这一切仅仅是表面。另一方面,从今天开始,你已经不是我的女人了,今后也不会再是。"

"那……你图个什么呢?"韩红英惊讶地问。

"我,图我的'殷一刀',图我从来说一不二的声名。知道吗,在香港市面上,这样的声名就是一笔不可多得的财富! 当然,这些你不会懂。"

韩红英点了点头,说:"我懂,我记得有个名人说过这样一句话,叫作'人爱惜自己的历史,就像鸟儿爱自己的羽毛'。对了,是鲁迅说的。"

"人爱惜自己的历史,就像鸟儿爱自己的羽毛。"殷董轻轻重复了一遍,仍然摇一摇头坚决地说,"不,你不懂。"

从此以后,韩红英和殷董之间就形成了一种非常奇特的关系,他们同进同出,那辆黑色加长款的"劳斯莱斯"载着他们一起出入这个别墅和夜总会,有时还一同出席各种社交场合。"晶晶"夜总会的生意也依然那么红火。尽管他们之间很少有时间深入交谈,但相处时间久了,彼此之间的了解也在不断加深。渐渐地,韩红英知道了殷董当初之所以对她动心的原因,原来她所唱的那首民歌,并不是一支普通的民间小调,在殷董心里,那是一个多年前许下的真诚诺言,一个至今仍在他家乡痴痴等待着他的初恋情人。

那是在一次演出之后,那天的晚会上,韩红英又唱起了那首《老老嬷》。在公开演出的场合,她总是很少主动唱起它,因为这首歌会让她不可抑制地想起家乡,想起赵程,想起他们当年一起度过青葱岁月的那些亲友,想起那些时光。这次是因为殷董接待家乡来的客人,才让韩红英特意演唱了这首歌曲。

送走客人以后很久,韩红英仍察觉到殷董心里残存着的那份情感与激动,一杯红酒下肚之后,他脸上少有地露出了几丝笑容,语气也比往日要缓和得多了:"小韩呀,不,今天我还是叫你红英吧,我不知道你是怎么看我的。

或许你心里并不认为我是个军人，反倒认为我是个玩弄女性的色鬼，是个只认识金钱的奸商。我承认，我确实有钱，我的钱几乎都能够买下半个香港了。可是我从来不用这些钱去玩女人，不管是刚出道的玉女，还是风月场上红透半边天的佳人，对石榴裙，我不知道为什么从来都不怎么感兴趣。你知道，那些从枪林弹雨中冲杀出来的许多人，在这个世界上除了事业，往往从此就没有什么可以留恋的了。你知道当初为什么我会看上你吗？"

"不知道。"

"就因为你那天晚上唱的这首歌，那是我家乡的歌呀，我从小唱熟了的，就是唱着这首歌，我认识了当初的第一个恋人。年轻的时候，她就是我的全部。我这一生对她亏欠得太多太多，而且再也无法补偿了。红英，你知道吗？"

韩红英觉察到在殷董心里，肯定埋藏着一个秘密、一个心结，而且都和这首歌有着千丝万缕、无法割舍的关系。她没有回答殷董的问话，而是善解人意地又轻轻哼起了那首歌：

那年你到山背，
报她去去便来。
她日日望着这条路，
总看不见你侬归来……

只唱了几句，她就看见两行热泪顺着殷董脸上那些深深的皱纹流了下来，一个已经埋藏了多少年的故事慢慢地流出了殷董的心窝。原来这首歌真的并不仅仅是一首歌，也不仅仅是人们的向往，而是真真实实曾经发生在那片江南土地上的故事。当年殷董从军离开家乡的时候，他确实去向那个心爱的姑娘告别，而那个姑娘也答应过他，会在那个山背上等着他，等他回来厮守一辈子，哪怕是山背的藤梨熟了，树上的毛栗空了，溪滩里的水流也空了……

带着这一份承诺、这一份爱情，殷董走了好多个省份，日日夜夜都在和死神拼命地搏斗着。他内心里一直搏动着的一份动力，就是远方有一个人在等着他，他们当年曾经有过那个去去就回的承诺。可是当他终于从战俘营里千方百计逃出来想要回到家乡的时候,却发现那儿已经成了解放区,家乡已经成了殷董再也回不去的地方。

一年、两年、十年……他在商场上你死我活地拼杀着,心里那份强劲的动力,就是想着有朝一日能再回到那个山村里去,那儿有个姑娘仍然在等着他。直到改革开放之后,他托人四处打听,才知道那个女人终生未嫁,在经历了无数次绝望的等待之后,终于在一个清晨自杀了,从此他再也没有听见这首歌了,直到那天在夜总会里听到韩红英唱起这首歌……

韩红英这才发现,原来殷董的这个故事和这首歌是那么紧密地联系在一起,或许这首歌当初就是为他们而写的。不,这首歌简直就是那个时代,那一代人命运的真实写照。可是这些人的情感是多么真诚,意志又是多么坚定啊。望着对面殷董那张浸满岁月和沧桑的脸,韩红英不由自主地想,如果人生能够从头开始的话,她或许会喜爱上眼前这个男人,这个一诺千金的人。可惜这一辈子,他们是不可能再有机会重复这样的经历了。

二

刚到深圳的时候,陈昌福不仅工作任务十分繁重,而且生活标准也非常低,他每月三百块出头的工资加上妻子的薪酬,合在一起也只能够让全家在深圳维持温饱的生活。那时候他最喜欢吃的饭菜,就是家乡的酱拌土豆丝,或者霉干菜,节假日能够烧上一碗红烧肉,就让一家三口人高兴半天。业余时候最多的消遣,也就是约几个朋友打几圈麻将。虽然他的麻将功夫不错,但每次赌注都很小,也没有能力去玩大的。外出的时候,陈昌福骑的是一辆从旧货市场淘来的破自行车,除了铃铛不响,其余的地方一路上都在稀里哗啦地乱响。外出买菜时他身上总要揣一个笔记本,一毛钱的青菜,两块钱的肉,甚至是五分钱的葱姜,都要一笔一画清清楚楚地记在上面。那时候若有人问他,他就会开玩笑说,自己是在保持人民军队艰苦朴素的生活作风。

不过在他提拔为计划局市场处处长之后,手中掌管的权力如就吹气一般越来越大了,这些权力仿佛有某种神奇的魔力,让社会上许多过去对他板着脸的人,现在都要争先恐后对他露出谄媚讨好的笑脸了。一些人千方百计要和他拉上关系,在和这些三教九流打交道的过程中,他渐渐看到了许多过去不曾看见的东西,见识了许多过去不曾见识的场面,心灵深处渐渐有了一些非常奇特的落差。

他看到绝大多数政府机关的工作人员都和他相似,受过良好的教育或者训练,有着令人羡慕的经历或者学历,日常担负的工作任务也都异常繁重。但是与这显得不相称的是,他们的经济待遇却十分微薄,他好歹算是个处长,一个月的工资、津贴等收入全部加在一起,也只有三百多块钱。而深圳的物价和内地一般城市相比,却显然有些高得离谱,让他常常感到囊中羞涩无以为继。尽管省吃俭用,每到月底却仍然感觉经济上有些紧张。内地的人不知道深圳的情况,还以为他们在这里都发了大财,一些亲友,有些还是八竿子打不着的亲戚朋友,也会借故来深圳找他,他也只能一边笑着陪他们吃饭,一边心里疼得像是刚刚被剜去了一块肉。

可是反过来,经常和他打交道的另一些人就完全不一样了。这些人刚来深圳时和他一样,也是个一文不名的穷光蛋,可和他打过几次交道以后,眼见着就陡然变成个衣着光鲜、出手阔绰的大富豪了。譬如昨天刚到他办公室的那个进出口公司老板,原先骑的那辆自行车比他的还破,可从他这里拿了几个通关单以后,就开着一辆崭新的"公爵帝"牌轿车出入了。另一个物资公司的老板第一次来他办公室穿的那件破中山装,简直可以立即脱下来扔进垃圾堆里去,可当他通过陈昌福的手拿到几个稀缺指标,再到他办公室来时,陈昌福已经有些认不出来了。才几天不见,此人就鸟枪换炮,换上了一套刚从法国巴黎进口的名牌西装。一伸手,手上那颗硕大的翡翠戒指闪着耀眼光芒,晃得他差点睁不开眼来。再仔细看看,开着的轿车里影影绰绰,还坐着个浑身珠光宝气、娇滴滴的小姑娘,像是刚刚从挂历上面走下来的。陈昌福觉得无论是学识、本事还是经历,这些人都和自己差得太远,可他们得到的报酬却是自己望尘莫及的。究竟是什么原因,才导致这些人一夜暴富,身价变得如此昂贵呢?

陈昌福反反复复思考了一遍,最后把目光投向自己的办公桌,还有桌子上那支签字笔身上。对了,这些人阔绰起来的原因不是别的,就是因为自己手中掌管的那些免税指标和外汇额度。正因为有了这些指标额度,他手中的这支笔具有了点石成金一般的神奇魔力。无论是谁,只要在他身上轻轻一点,这人就立即可以发财致富、身价百倍。随便拿着这些指标到市场上去转一转,就立即可以产生出五倍,甚至几十倍的利润。不过遗憾的是,这些利润却如同飞去的杳杳黄鹤,从此再也和他陈昌福没有一毛钱的关系了。

陈昌福还渐渐发现,正是由于这张办公桌和这支笔,围绕在他身边的朋友、称兄道弟的人,才渐渐地多了起来。此刻他显然已经成为一块喷香的肥肉,吸引四面八方的苍蝇不顾一切地飞来。他心里清楚,他陈昌福还是那副寒碜的模样,这些人千方百计巴结他,并不是因为自己新近增添了多少的魅力,其实只是冲着他手中的那支笔,以及那支笔所能够产生的利润而来的。

不过无论如何,这还是让他感觉挺舒服的,陈昌福发现如今自己再走在街上,口袋里渐渐可以不需要带钱了。即便浑身上下一文钱没有,他照样能够在深圳所有的酒店、歌厅舞场,以及其他高档消费场所畅行无阻,走到哪儿都有人抢着为他付钱。一次他请亲属在一家高档酒楼吃饭,吃完饭后准备去结账,酒楼小姐却告诉他,已经有人替他买过单了。此人没有露面,只留下一张名片。他拿出名片来看了又看,好半天也想不起此人在哪儿打过交道。至于以前买菜时身上带着的那个小记账本,早就已经被他远远地抛到垃圾堆里去了。

很快陈昌福就不再仅仅满足于人民币消费了,在一个外贸老板的启发帮助下,他悄悄办理了一个洪都拉斯的外籍护照,虽然直到今天,他也不知道这个名叫洪都拉斯的国家究竟在哪片大陆上,不过这并不妨碍他用它在香港开设第一个港币和美元账户。每隔几天他就会悄悄去查一查那个账户上的数字,发现那上面的数字照例又有了新的增长,有时甚至连他自己都感觉有些吃惊。

阀门一旦被打开,就不再仅仅是淙淙细水,而是滚滚倾泻的洪流了。不久陈昌福就不再满足于这些老板和经理的"进贡",而开始主动索要了,但那索要的方法比较隐晦巧妙。这天他和一个油料公司老总去洗桑拿,当小姐们忙乱了一阵子退下去之后,陈昌福缓缓地开口了:"最近我好像批给你不少东西,而且这些东西的行情都很好,你小子这几天赚得不少了吧?"

那经理"嘿嘿"地咧嘴一笑,说:"赚多赚少,不都在你的掌控之中吗?说句实话吧,这一周大概赚了三百万。"

陈昌福的声音显得有些疲惫无力,似乎真遇上了什么困难,他说:"我最近遇到一个难关,急需一笔钱,你能借我一点救救急吗?"

"看你说的,这有什么借不借的,我赚的这点钱还不都是靠你,你说吧,要多少?"

陈昌福没有开口,只是拿过一支笔在一张小纸条上写了个数字,然后递给那经理,经理一看,上面的数字是一百五十万,正好是他这笔生意利润的一半。等他点过头,陈昌福立刻夺过那纸条,当着他的面一把撕个粉碎。

第二天,陈昌福那个外汇户头上就多了相当于人民币一百五十万元的美元。

现在陈昌福下班以后再也不忙着回家去了,等到办公室的人全都走完,他会脱下那一套上班时穿的旧西服或普通衬衫,然后悄悄换上一套最新款式的高级意大利西装,戴上一副德国进口的太阳镜,然后走出机关后门。这时街道那边已经有一辆高档轿车在等他了,很快就载着陈昌福出现在一些著名的风月场所,身边前呼后拥出现了几个老板。再过一会儿,就又增加了一群花枝招展、衣着裸露的姑娘。

这天晚上,陈昌福照例来到一家新开的夜总会,老板娘热情地带来七八位小姐让他挑选,陈昌福的眼睛挑剔地掠过那些花骨朵一般娇嫩的脸庞,却没有发现能让他动心的。突然他的眼睛一下子亮起来,因为在队伍的后排,他发现了一个高挑丰满的身影,那张圆月一般白皙的脸庞,那个微微翘起,似乎总是带着一股傲气的红唇,让他不由一惊。"韩红英!"他突然脱口而出喊了一声。

"不,我叫莺莺。"那小姐开口了,于是陈昌福的酒立刻醒了一半,不,这不是韩红英,韩红英已经在他眼前消失得太久了。不过当晚他还是留下那个小姐,两只手直接粗鲁地伸向那隆起的胸脯,揉搓着,就像当年在海边那座高高的悬崖上一样……

当那个橘黄色的吊笼在电力驱动下,一点一点升上半空的时候,赵程看见满街的行人与车辆全都慢慢变成了潺潺的流水,从他的脚下缓缓流过,而道路两旁平日里总让他感觉压抑的那些楼房却在渐渐地矮下去。他伸出头俯瞰,仿佛满街的人都在仰着脸,用目光紧紧追随着他,全都在向他行注目礼。这个时候赵程的心里热乎乎的。有一阵子他甚至还产生了幻觉,好像自己已经回到了军营,还成了肩头上闪着几颗耀眼金星的将军,正在阅兵台上俯视脚下排列成方阵的威武士兵。在千百双敬畏目光的注视下,赵程缓缓地抬起右手,打算向那些忠诚的部属们回礼……

可是抬起的右手不知怎的,突然碰到了一个坚硬的东西,同时从下面传来一声叱骂:"干什么呢? 磨磨蹭蹭的,还想不想干活了?"

赵程一怔,这才从短暂的恍惚当中清醒过来。他发现自己仍然穿着那身橘黄色的工作服,正站在那个同样橘黄色的吊笼里,机械手臂把他高高送上半空,并不是为了让他有机会阅兵,而只是让他去修剪道路两旁行道树顶上那些已经枯萎了的树枝,以完成树木过冬的准备。而此刻他手上所拿的,也不是什么将军的权杖,而只是一些修剪树木用的工具。

赵程摇了摇头,不由暗自苦笑起来,虽然他已经在这儿工作了两个多月,现在只是园林管理处一个负责修剪树木的临时工,却仍然暗自喜欢这种高高在上的感觉。这总比半年来去当挖下水道的工人,或者码头上扛大包的苦力的感觉要好得多。扛大包或者修下水道时,他只能仰起脸来和人说话,这就难免让他想起自己这大半年来的经历,以致心头又会涌上来一层深深的挫败感。只有当站在这高高吊笼上的时候,他才会在某个时段,又恍惚拣起往日那些曾经汹涌澎湃的信念与力量。

眼下他太需要这种感觉了,因为他觉得这半年多来的失败太多,尤其是那笔亏损的鹿茸生意,不仅把自己前段时间积攒下的老本全赔了个精光,还让他无法偿还曹征和汪泉山等人的欠款,让他再也不好意思去找这几个老战友帮忙了。他已经欠他们太多太多。况且他还隐隐听到一些不好的消息,说上次曹征给他的钱里,有十五万是问人家借的,现在也正在为偿还债务发愁呢。而汪泉山还在为上次女秘书怀孕的事大伤脑筋,虽说这次已经确定怀的是男孩,他想借此向老头子邀功,但据说老头子并不买账,还扬言要把他送到纪检委去审查,把汪泉山吓得悄悄躲了起来。

这么多天的不顺,让赵程对周围的一切产生了强烈的不满,不仅是对人,有时就连深圳人家手里牵着的那些宠物狗,都让他看了感觉大不顺眼。虽说这些小狗的品种一个比一个优秀,都是些什么贵宾犬、西施犬啊什么的,可那一个个怪模怪样,让赵程看了心里老大不舒服。就说他临时租房隔壁人家养的那条腊肠犬吧,不仅长得矮小丑陋,还阴阳怪气地总是侧着眼睛看他，有时还不怀好意地冲着他低吠，气得他好几次差点一脚踹过去。每逢这个时候，他就常常想起当初侦察教导队养的那条狼犬，那条狗多漂亮，身高体壮，毛色发亮，一看就令人联想起雄赳赳气昂昂的军人。这狗不但外表威武，而且品行端正，忠于职守，让他喜欢得不得了。还有在农村老家时养的那几条普通土狗，学名叫作中华田园犬，在他看来也可爱得不得了。虽然它们外貌不起眼，但一个个淳朴善良，就像邻居家的那些大爷大娘一样顺眼。

深圳的这些狗常常让赵程产生一种很不舒服的联想，他知道，几乎全世界的狗都嫌贫爱富，见了衣着齐整的富人就摇尾巴乞怜讨好，见到衣衫不整的穷人，就会像见了仇人一般穷凶极恶地撒泼。而最近那条腊肠犬见了他就常常不明来由地嗥叫，让赵程不由自主地开始警惕，自己的脸上身上是不是也有了什么不洁的晦气。不，不，他绝不是一个轻易向命运低头的人，也绝不是第一次经历滑铁卢一般的挫败了。过去的几次失败之后，他都能够振作精神，重新骄傲地原地爬起来。当然很大程度上这都是亲密战友们在帮助他，不过这一次他决心不再拖累战友，而要靠自己的力量东山再起，再次成为一个堂堂正正的男子汉，成为一个让世界上所有的狗见了他，都要摇尾巴乞怜的人！

其实现在让赵程牵肠挂肚的，已经不是自己欠下的那些巨额债务，也不是自己眼下的安危与温饱，甚至都不是家乡的小惠和身边的梨儿了，现在让他常常挂念的，是那个已经失去踪影多日的韩红英。她还好吗？现在在哪儿？听说她是为了自己而得罪陈昌福，因而才失手去坐牢的……

每当想起这些，赵程心里就有一阵阵的不安与愧疚猛然间升起，往事也会随之在眼前一幕一幕地浮现：和韩红英在一起度过的那些日子是多么美好呀，有时候赵程甚至觉得，自己这辈子碰到的三个女人里，还要数韩红英和他一起度过的那些时光最为浪漫、最为甜蜜，也最值得回味。在那些青春激荡的美好日子里，她陪着他一起练习投弹，一起冲进那片炮火连天的战场。她还曾拿出自己全部的积蓄，让自己去渡过难关。可是如今，她却像是从这个世界消失了一样渺无踪影，他先后向许多战友打听，却没人能够说出她的下落。只是好像听人说，她出狱后曾经在深圳出现过。因此来到深圳以后，赵程就四处留意她的消息，却始终得不到一点音信。

第九篇
处处是陷阱

一

　　这天是园林处发工资的日子,工资不多,只有二百五十钱,不过够他和梨儿省吃俭用一个月了,正好赵程有事,便让梨儿去银行取钱。

　　梨儿取完钱刚刚走出银行大门,迎面突然有一个衣着华丽、气质高贵典雅的红衣少妇向她走过来,开口说道:"小妹妹,不好意思,我能借你的卡打个电话吗?"

　　"这……"梨儿下意识地握紧手中的卡,有些犹豫。

　　"小妹妹,我们是从北京中央机关来的。"少妇说着,转身向后面看了看,只见不远处有一个穿着春秋风衣,梳着锃亮大背头的中年男人站在那儿,脸上一副无可奈何、没脸见人的表情。

　　"是这样,中央机关,就是北京的中南海,对了,中南海你听说过吗? 小妹妹。"

　　"中南海?"梨儿点点头,脸上浮起一层不易让人察觉的敬佩,说,"听说过,听说那儿住的,全都是些大人物。"

　　"对,对,就是中南海里的这些大人物,派我们来这儿创立一个贸易集团的,可没想刚下火车,所有的钱包、行李、手机就全都被偷了。"少妇一边说,一边不由懊悔得直跺脚,"唉,这可怎么办呀! 本来我们还打算去香港,签订一个非常非常重要的合同呢!"

"中南海的大人物?"梨儿心里顿时升上一股崇高的敬意,一伸手就把电话卡递过去,痛快地说,"你快去打吧。"

"哦,太感谢你了,小妹妹。"少妇接过电话卡,冲着那男人喊一声,说,"唉,你快来打电话呀,办公厅的刘主任还等着你汇报呢。"

风衣男人满脸羞愧地走过来,接过卡走进电话亭,那门不知怎的没关好,他在里面说的话梨儿全听得一清二楚。"刘主任吗? 我要向你检讨,我犯了个错误,大错误,丧失警惕性,身边的东西全被偷光了,多亏遇到一个好心的小妹妹呀,真是个活雷锋。 是啊是啊,谁说雷锋同志不在了,今天要不是她,我们可就误大事了。"

这边风衣男人打电话,那一边少妇亲切地问梨儿说:"小妹妹,长得很漂亮呀,你是在读书呢,还是在工作?"

梨儿有些不好意思,说:"我很想找工作,可至今也没有找到。"

少妇听了有些奇怪,说:"像你这样好的条件,怎么会没有工作呢? 你以前上过班吗?"

梨儿想了想,回答说:"我以前在剧团里学过戏。"

那少妇一听,拍了拍手说:"哎呀,那么巧哇,中央让我们来创办的这个集团,就是专门做文化演出的,还有进出口贸易,总投资有七八十亿人民币呢。"

"七八十亿? 哇!"梨儿不禁张开嘴,一下子惊得说不出话来了。

这时风衣男人突然对梨儿招了招手说:"小妹妹,你来接个电话,我们中南海的刘主任,要亲自对你表示感谢。"

"对我?"梨儿心里一阵紧张,不过她还是过去接过话筒,只听话筒里"刘主任"的声音不但亲切慈祥,而且还透着几分威严,很像电影电视里那些大领导和高官的声音。 他说:"小妹妹,你做得好,为国家立了大功劳,我准备建议上级领导马上给你奖励。 对了,你叫什么名字呀?"

"我叫梨儿。"梨儿脱口而出,话音刚落,她就想起现在正在和北京的大领导说话,怎么能报小名呢,于是又赶紧补充说,"我的大名叫羊蓉,山羊的羊,芙蓉花的蓉。 主任,其实我做的这点算不了什么,完全应该的。"

"不不不,年轻人,现在像你这样的好青年实在太少了。""刘主任"再次语气庄重地表扬梨儿,然后说:"你把话筒递给他们,我要和他们说一声,看看用什么样的方法来对你表示感谢。"

梨儿把话筒递给那个穿风衣的男人,自己走出了电话亭。电话亭的门依然没有关好,男人的声音依然清晰地传出来,全都钻进了梨儿耳朵:"你放心,刘主任,我们一定要给这位小妹妹最丰厚的报酬,对她表示感谢。"

等风衣男人挂上电话出门,脸上不知怎的又浮上了一层欲言又止、十分为难的神色。

"你们还有什么困难吗?"梨儿这回主动问道。

"真是不好意思小妹妹,你能不能再借给我们一点钱? 我们现在身上一分钱也没有,全都被偷光了,可是任务紧急,刘主任命令我马上赶到香港去。"风衣男人仿佛做了巨大的思想斗争一般,最终还是鼓起勇气开口说。

"这……我……"梨儿摸了摸身上刚领来的那笔工资,有些犹豫。

"中央现在已经在给我们汇款了,两个小时以后就会到账,你留个银行卡号给我,款一到,我马上加倍还给你。"风衣男人和红衣少妇脸上都是一副无奈而又焦急的神情。

"小妹妹,你不是搞文艺的吗? 现在没有找到工作,那就到我们这儿来上班呀,集团一成立,你就是我们第一个新成员。"少妇突然想起来了。

梨儿心里这时浮上了一个念头,她说:"我倒不要紧,可是我的大哥,他是一个英雄,真正的英雄。他在战场上打过仗,立过功,当过军官,很有本领,只是现在……"

不愧是领导,风衣男人一听立刻就明白了,马上痛快地答应说:"这样吧,我们集团正好需要这样劳苦功高的英雄来当骨干,转业军官,立过功? 好啊,太好了,我想,他当个公司的副总经理,应该完全可以胜任吧。你把他名字告诉我,我这就让北京去给他发个委任状。"

梨儿心里一下子兴奋得乐开了花,不过更加有些不好意思起来:"可是我身上总共只有两百五十块钱,实在太少了。"

"不少,不少。"风衣男人一迭声地说,"我们要的是人才,还有你这种精神,这当副总经理的事就这样定了,你回去叫你大哥准备准备,等我们通知一到,立刻就来上任,每月工资么,一开始先拿两千元吧。"

　　风衣男人和红衣少妇就这样拿着那两百五十块钱,和梨儿依依不舍地辞别。梨儿一转身,哼着《学习雷锋好榜样》的歌曲,高高兴兴地回到了住处。

　　"啪"一个杯子猛地摔碎在地上,屋子里响彻赵程愤怒的喊叫声:"什么?你把我那两百五十块钱全都给了骗子?"

　　梨儿惊呆了,她还是第一次看见赵程对她发这样大的火,可是她感到非常委屈,便大声地争辩起来说:"骗子? 他们可不是骗子,是中南海里大人物直接派下来的,我还和他们的'刘主任'通过话呢! 他亲口答应我,要给你安排一个副总经理位置,还说,对了,月工资起码两千块钱呢。"

　　赵程气得一下子连话都说不出来了,好半天才无奈地摇了摇头说:"我的小姑奶奶,姑奶奶,你可真不懂事呀! 光凭声音,你怎么能听出他是中央的?"

　　梨儿想想,摇了摇头说:"我是没见过'刘主任',可我见过这两个人,他们打扮得可体面了,那个男人穿的衣服,那份派头,比汪泉山还高级得多。"

　　赵程已经气得只会"哼哼"了,摇了摇头说:"你等着,他们不是说晚上打电话给你还钱吗? 你就等着吧,我看等到天亮,也没人会来理睬你。"

　　"好,等着就等着。"梨儿这回也表现得十分倔强。她说完,连饭也不吃就跑到电话亭附近怔怔地等着。太阳划过了她的头顶,又缓缓地从西山顶上掉落下去。月亮从东边缓缓地升起,今天晚上的月亮显得有些奇怪,一副嬉皮笑脸的样子,似乎也在嘲笑梨儿的天真和幼稚。

　　一直等到深夜,那个电话仍然像睡着了一样,没有发出半点儿声音,梨儿终于有些清醒了,她发现自己这回好像真的被骗了,被两个那么体面,还来自"中南海"的骗子给骗了。可是天呐,这回被骗的是什么? 是赵大哥辛辛苦苦,爬高摸低整整一个月才挣来的一点辛苦钱呀,是他完全亏本以后,好容易才拿到的一点微薄收入啊! 本来还指望靠它勉强糊口,然后寻找机会东山再起呢,这样一来全都泡汤了。明天的伙食费该怎么办? 这个月的房租又怎么办? 哇,自己真是昏了头,怪不得他会发那么大的火呀。

　　梨儿没脸再回到住处去面对赵程,便一个人沿着大街漫无目标蹒跚地走着,心里边满满的,全都是些无法言表的悔恨。她不时伸出自己的小拳头来狠狠捶打着脑袋。你真是个小傻瓜,真是个没用的人,一点用也没有。赵大哥找你本想你给他帮忙,可你不仅帮不了他的忙,反而把他的最后一点血汗钱都给糟蹋了。天底下还有这么傻的人吗?自己挨饿受冻活该,可是再怎么样,也不能拖累赵大哥呀!赵大哥那么善良,那么好心,这两年来不仅救了自己的命,帮了自己不少忙。可现在,还好意思回去再面对着他吗?

走着走着,梨儿脑海里不时闪过一个又一个念头,她首先想到的是要去找到那两个骗子,一把揪住他们的胸口,对着他们脸上狠狠吐上几口唾沫,再让他们自己手摸胸口想一想,为什么要骗像她这样孤苦伶仃,穷得连饭都差点吃不上的人。她用炯炯的目光在大街上来回扫视了几遍,不过面对那人来人往潮水一般的洪流,梨儿很快就泄气了。找,上哪儿去找?在深圳这样一个几百万人口的大城市里,要找这样两个人,不比大海捞针还难吗?可是不找又该怎么办呢?对,赵大哥不愿拖累战友,自己悄悄地打工还债,他不就是自己的榜样吗?要不自己也去打份工挣点钱来还给赵大哥?对,这可是个好主意。

可是又该去找什么样的工作呢?百货商店的服务员、剧团的小演员,自己都已经尝试过,而且还碰得头破血流了。眼下深更半夜,一时又到哪里去找工作呢?梨儿边走边想,一路上流着淅淅沥沥的眼泪,有时还不禁哭出声来。抹了一把眼泪后她突然发现,自己已经来到了一条看上去很奇怪的街道。这条街上的路灯又少又暗,不过两边低矮的房屋上,一块块招牌倒闪着红艳艳的光,上面用不太规整的字体写着"发廊"和"盲人按摩"字样,那灯光毫无例外显得有些暧昧,有些上面还闪烁着一对对红艳欲滴,仿佛要淌血的嘴唇。每家店铺的门口都站着几个衣着暴露的女人,在暗夜有些凛冽的寒风中仍然袒胸露臂,不时对路过的男人微笑着招手。

这些女人有些年纪挺大,脸上白白地抹着厚厚的脂粉,也有一些和她年纪差不多、浑身上下放射出遮掩不住的青春亮色的小姑娘。梨儿好奇地看着她们,却发现自己身后好像有一个人在悄悄地跟踪她。梨儿心头不由一紧,回过头去,果然看见一个五短身材的男人离她越来越近了。那人掏出一支烟点燃了打火机,火光一下子照出一张泛着油光的大脸,也照亮了梨儿那张清秀的小脸。

那男人开口了,声音听上去有些猥琐:"妹子,长得不错呀,真水灵,怎么样？晚上挺寂寞的，陪大哥去玩玩吧。"

"走开，我不是那种人。"

"哟，小姑娘挺嫩的，别不好意思啦！刚来深圳，晚饭还没吃吧，跟大哥去，想吃什么尽管跟你大哥说，今天晚上大哥就是你的啦。"那男人说着，把脸凑得更近了，接着又悄悄地加了一句，"妹子，看样子挺清纯的，你肯定还是处女吧？"

"哎呀！"梨儿脸一下子涨红了，心里又急又气，嘴上一时却说不出话来。

"大哥是老手，包你不但不痛，还舒舒服服就成了女人，你想想，又舒服快活，还能够挣大钱。这样的好事，上哪儿找去！怎么样？快点跟大哥走吧。"

"你给我滚开！"梨儿剑眉倒竖发怒了。

"嘿嘿，还不好意思呢？跟大哥有什么不好意思的。啊，这上床的事可好玩啦，你一咬牙……今后就舒舒服服享福喽。"男人色迷迷地说着，猛吸了一口烟，一道亮光照出手上粗大的戒指，还有脖子上粗大的金项链，"怎么样？钱尽管说，三百块？四百块？要不，五百块也行。"

梨儿正要挥动起来的胳膊突然停了下来，哇，五百块，要是现在手上有五百块钱该多好呀？可是自己的第一次，难道就给这样一个素不相识又恶心的男人吗？不，不行！

可是几乎同时，另一个念头却在梨儿脑海里突然冒了出来："怎么，还当自己是什么了不起的黄花闺女，是宝贝不是？也不撒泡尿照照，你那么笨，那么傻，这么轻易就受骗上当，连赵大哥最后一点吃饭的钱，也全都给了骗子，你还有什么脸回去见赵大哥？怎么对得起他？可是如果有这样一笔钱，赵大哥不就可以……"

想到这里，梨儿的嘴巴动了动，连她自己也不相信竟会吐出这样一句话来："真的有五百块钱吗？"

男人一听，脸上顿时笑得像是开了朵花，嘴里一迭声地说："有啊有啊，当然有喽，一分钱也不会少的。"他说着，一把拉住梨儿的胳膊，急急忙忙地说："走，这就跟我去。"

两人身后突然响起一阵急促的脚步声，接着赵程便像风一般地冲过来，一把推开那男人胳膊说："想干什么？滚开！"

"咦,你干什么?"那男人一开始吃了一惊,仔细看了看赵程,不由诧异地说,"你是她什么人,干吗和我抢? 到这条街上来的男人,哪一个不是来玩女人的? 到了这条街上的女人,又有哪一个不是卖的?"

"你,你敢再说一句?"赵程咬着牙向他逼近一步。

"嘿,怪了,可真是怪了。"男人这回是真的惊讶了,像见了什么鬼怪似的睁大眼睛望着赵程,说,"就这条街,还有护花使者,把自己当什么了?"他又看了看梨儿,压低嗓门说:"还真把自己当千金小姐了,你当你当真值那么多钱? 告诉你,呸!"

男人说着,吐了一口浓痰,返身哼着小调走了。

沿街的路灯依然那么一闪一闪地亮着,赵程和梨儿两人都呆呆地站在那里,一时都说不出话来。好一会儿赵程才恨恨地对着梨儿吐出一句:"在干什么呢? 这样糟蹋自己,你还要脸不要?"

梨儿带着哭腔说:"我,我对不起你,赵大哥。"

"什么对不起我? 你哪些地方对不起我?"赵程问道。

"你就剩那么点钱,我还给你全糟蹋了。"梨儿说。

"什么钱不钱的! 钱这东西,就真的那么宝贵吗? 不,这个世界上最宝贵的还是自己,是自己! 你懂吗? 傻孩子,走,跟我回去!"

二

过些日子,赵程的生活渐渐又有些安定下来了。他又在琢磨该怎么去和那些正焦急寻找他的老战友重新接洽。不过此刻他最想寻找的,还是那个一直杳无音信的韩红英。这天他往不远处一个夜总会门前经过,一转眼看见门口有块大牌子,上面印着个搔首弄姿的男歌手照片,旁边写着:"特邀当今江南红歌星刘猛驻场演唱。"

赵程对这样的人历来有些看不惯,正打算漫不经心地过去,心里却突然动了一下。刘猛? 这名字似乎有些熟悉? 对了,韩红英曾经和他说过,当年在宣传队里,曾和一个名叫刘猛的小伙子搭档演出,小伙子一个劲地猛追她,这个刘猛不会就是他吧? 不过他马上就摇摇头给否定了,这个世界上叫刘猛的人一抓一大把，肯定不会是他。不过当他再次停下脚步，再三端详那张海报下面的介绍文字时，又不由有些心动，因为他看见那上面写着：这位歌手出生在江南水乡，擅长唱江南小曲。这让赵程坚定了决心，要去找这个歌手问一下，看看有没有韩红英的消息。

正在他打算去寻找的时候，却看见有两个人过来，匆匆把那牌子给搬走了。赵程上前问他们为什么要撤牌子，其中一个人不耐烦地说："干吗要撤，那肯定是没人听了，老板把他赶走了呗。"

"那这刘猛，现在人在哪儿呢？"赵程问。

"在哪？八成就在前面街头那个小酒馆里。你要找就上那找去吧，整天喝得烂醉，你现在去，没准他还趴在地上呢。"

赵程赶快赶到那个小酒馆，最里面那张桌子上果然趴着一个人。赵程过去拍了拍他肩膀，那人抬起一张胡子拉碴的脸，模样倒和刘猛的名字十分相称，不过一开口，那种软绵绵的腔调让赵程有些受不了。他皱了皱眉头问："你是刘猛吗？"

那人点点头，说："我就是，怎么，你也是我的歌迷？想请我喝酒，那就再来一斤吧。"

赵程打断了他的话说："我想向你打听一个人。"

刘猛摇摇头说："原来你不是请我喝酒的，想打听什么人，说吧。"

赵程说出了韩红英的名字，刘猛的酒顿时醒过来一半，抬起头来问道："你认识韩红英？怎么认识的？打听她干什么？"

赵程说："我是她部队时的战友，名叫赵程。"

刘猛从桌边站了起来，说："你就是赵程，我听她说起过你。"

"那你一定知道她现在在哪儿喽？"

这回轮到刘猛奇怪了，他说："怎么？你不知道她现在在哪儿？这么鼎鼎大名的歌星，你都会不知道？嘿，哥们，你还算个男人吗？"刘猛说完，指了指不远处灯火璀璨的"晶晶"夜总会楼顶那块耀眼夺目的霓虹灯广告牌，那上面一个浓妆艳抹的女歌星正傲视着全城。

刘猛又上上下下仔细打量了一下赵程，笑笑说："我听她说起过你，听语气，她对你很有好感，想必曾经是恋人吧？"

赵程不由点了一下头，但马上又坚决地摇了摇头，刘猛笑起来说："你呀,就别否定了。你这情况,和我们当年在宣传队时候一个样,大家都说我俩是情侣,可事实上,我连她的嘴都没有亲过。"

"别胡说了。"赵程说完,转身就向夜总会那儿走去,可身后刘猛的几句话却让他一下子站住了。"我劝你现在别去找她。你看看你现在的穿着打扮,再看看那大牌子上的人家。我可告诉你,她现在非同一般,住的是荔枝湾别墅区一栋精装别墅,出门坐的是'劳斯莱斯'轿车,身边围绕着的都是些大款和明星。今非昔比,你还配得上她吗?"

赵程的脚步一下子停住,他低头思忖了一下,便转身想要离去,却听见刘猛在身后说:"别那么急着走啊,来,一块坐下喝点。"

赵程直到最后也没去找韩红英,倒是刘猛像找到一个知音似的,现在每天都上门来找他了。说起来刘猛现在也实在没有什么事情好干,自从"晶晶"夜总会老板把他赶出来以后,起先他在二三流的歌厅演唱,还勉强能混上碗饭吃。不过他很快迷上了喝酒,而酒精很快就无情扼杀了他那原本温柔的歌喉,弄得他现在再上台去,收获的就只剩下喝倒彩的声音了。原先开着的那辆红色跑车已经卖了,只能靠一点微薄的积蓄过日子,可他这样的身板,又显然不能跟赵程他们一块去干体力活。于是有一天他找到赵程说:"同是天涯沦落人,我看你现在的状况也不是太好,咱们总不能老是这样清汤寡水地混日子,总得去干点什么,至少也要发一点小财吧。"

赵程笑了,说:"怎么? 你还在做发财的梦啊?"

刘猛神秘地一笑说:"这可不是梦,确实是有一个发财的路子,只要运气好,再花上点小钱,就可能变成一笔大财富。到时候你重新回去当你的老板,我也有本钱自己去开个歌厅,再也用不着受别人的气了,那该多好啊!"

赵程看他说得那么轻松,不觉有些奇怪,便问:"发财哪有你说的那么轻松? 咱们干得了吗?"

刘猛神秘地一笑,说:"你现在别问,明天准备几百块钱,跟我一起走一趟,兴许咱们还真的时来运转了呢。"

这儿是澳门一处十分热闹的赌场,有个很好听、很诱惑人的名字,叫作"阿里巴巴和四十大盗"。走到大门口,他们不由都惊讶地站住了,这可真是个奇妙的地方,整幢房屋设计得竟如同一枚光灿灿的古代金币,而门口站着的守门人全都装扮成古代阿拉伯金库守卫的模样,一个个身穿金灿灿的阿拉伯战袍,手执一柄亮闪闪的镶金斧头。只要稍稍一晃,那些斧头就会放射出道道金光,晃得你连眼睛都睁不开,恍然之间觉得自己不知不觉,已经走进了阿里巴巴那个神奇的藏宝山洞。

刚走进那旋转的玻璃门,迎面立刻走来一个年轻俊美的女郎,她长得确实美丽,严格说来,她身上其实并没有穿什么衣服,只用几根带子勉勉强强掩盖着身上几个最重要的部位,一袭薄薄轻纱让她俨然成为古代阿拉伯后宫里的美女,正在期待着被主人宠幸。很显然,这身装束唯一的使命不是遮羞,而是为了更加夸张地显露她那优美性感的胴体曲线。

刘猛心里有些痒痒的,不时对着那人来人往的赌场眼巴巴看着,揣在口袋里的手指不时相互摸索,一副按捺不住、蠢蠢欲动的样子。赵程笑着对他说:"别摸了,你那口袋里没几个钱,还想到这儿来赌博,告诉你,这赌场和屠宰场其实没什么两样,穿得再体面,进去也会被扒得光光的,连条裤衩也剩不下来。"

刘猛翻翻眼睛不服气地说:"那可不一定,世界上的事情都是有输必有赢,有失必有得。你怎么能够断定我就是输的那一个?"

赵程说:"嘿,你这家伙还真想进去。我告诉你,我现在虽然已经不是军人,可还是常常以部队的纪律约束自己,这进赌场的事可是大大违反纪律,再说也违背了咱们做人的准则呀。"

没想到刘猛却哈哈大笑了起来,他撇了撇嘴说:"你就别提这纪律了。我告诉你,这爱赌博的不一定都是坏人,听说还有为了革命去赌博的大人物呢。"

赵程一下子笑起来,说:"你在胡说些什么,这个世界上哪还有为了革命去赌博的人?"

这天汪泉山没事,听说他们要来这儿,便也兴致盎然地跟着来了,这会儿在一边插话说:"嘿,你别说,倒还真有为革命去赌博的人呢。我在一本书上看到过:1909年国民党发动推翻清朝的革命,可是囊中羞涩,什么活动经费也没有,汪精卫的老婆,那个叫陈璧君的女人认为澳门有钱,带着几个人来到这儿,到处去募捐筹集经费,可是说得口干舌燥也没弄到几个钱。他们就想了个主意,凑了些钱去赌场里赌上一把,想赢点钱来作为发动武装起义的经费。”

“哦!”赵程惊讶了,追问说,“那结果怎么样? 赢到钱了吗?”

汪泉山哈哈大笑起来,说:“那还用说,当然是输了呗! 他们不但没有赢,还把带进去的那些钱,全都给输了个精光!”

赵程点点头说:“你看看,你看看,所以啊,你就别说什么为革命赌博的歪理了,咱们还是不能进赌场。”

刘猛突然反问说:“可是不进赌场,你还有什么更快的办法能够筹到钱?咱们什么时候才能够翻过身来呢?”

赵程这下说不出话来了,他看看汪泉山,汪泉山也无奈地摊开双手,于是赵程便不再急着离开,他想了一会儿,才慢悠悠地说:“要不咱们就进去看看。只是看看,等有了把握再动手不迟。”

“对,对。”刘猛和汪泉山都不由点头,然后一起走进第一个大厅,只见那儿的墙上有一长排的“吃角子老虎机”。这时正好有个老头时来运转,他投进一个硬币之后,便听见机器“咔嗒咔嗒”地响着,淌出了一大堆亮闪闪的硬币。那个六七十岁的老头儿乐得就像条狗似的趴在地上,咧开一张掉了门牙的大嘴,一把把地拼命将硬币往衣袋里塞。

刘猛见状再也忍不住,忙去换了一百元的硬币,一个个地塞进投币口里,只听机器“咔咔咔”单调地响着,一会儿就把那些硬币全都吞完,然后便静悄悄一声不吭好像哑巴了,把刘猛气得直翻白眼。钱扔进水里的响声都比这大呢!

可是一直跟在后边,始终咬牙没有说话的梨儿这时突然插嘴了:“不行,这赌博可是天底下最大的坏事之一。世上会赌博的男人,没有一个是好东西,是好男人就不能去赌博。”

刘猛和汪泉山瞪了瞪她,没有说话,可赵程却不客气了,说:“你个小姑娘才吃了几碗干饭,就知道什么好男人坏男人了。走开,这儿没你说话的地方。”

梨儿把嘴巴噘得高高地说:“我就知道这赌博不好,会赌博的都不是好人。”

汪泉山开玩笑地说:“可你怎么会知道呢?”

梨儿低下了头,好一会儿才仰起脸来说:“我当然知道喽,我爸爸就是因为赌博欠下赌债，才撇下我和妈妈偷偷跑掉的。所以我妈妈这辈子最恨的，就是赌博。她平时走村串乡，最喜欢演的戏就是《磨豆腐》。有时人家不给戏金，她也照样会演。这戏说的，就是老婆怎样教训一个老是赌博又赌输了的丈夫，揪着他的耳朵，逼着他上刀山下火海，狠狠地抽打这个没有出息的东西！"

赵程和汪泉山都不由怔住了，好一会儿才哈哈笑起来说："哟，原来咱们身边还有一个小小的禁赌宣传员呢！行行，今天听你的，咱们就先回旅社去吧。"

见他们都执意要走，刘猛也只好怏怏地跟着回去了。可是他不甘心，一个晚上都在絮絮叨叨地做赵程和汪泉山的工作，要他们第二天一起再去赌场试试手气，说："去了赌场也不一定会输，万一这一把就赢了呢？那咱们不就鸟枪换炮，彻底翻身当家做主人了吗？"他的这番话翻来覆去，还真产生了点效果，说得赵程和汪泉山都不由有些心痒。于是三个人偷偷商量好，准备第二天一大早梨儿还没起床，就撇下她一起去赌场玩上几把。

第二天天刚蒙蒙亮，三个人就偷偷地起床了，梳洗完毕后就打算出门。汪泉山刚打开门，突然赶快把门悄悄关上了，回过身来吐了吐舌头说："行了行了，咱们今天这事啊，看样子又要泡汤了。"

赵程问："怎么了？"

汪泉山指指门外说："门口有人把守着呢，不让咱们出大门。"

赵程和刘猛都吃惊了，说："谁？还有谁敢管着咱们？"

汪泉山撇撇嘴说："谁？还有谁，不就是你身边那个'小间谍'吗？看样子她和赌博确实有着深仇大恨，估计咱们今天是去不了了。"

赵程不相信，悄悄把门打开条缝向外一看，只见门口横着放了一条板凳，梨儿正坐在上面打瞌睡，分明是从昨晚开始，就已经守候在外面了。他心里不由一阵感动，对他们两人说："这小姑娘，心倒够诚的。我看别辜负了她一片好心，能不去就不去，咱们再另想办法挣钱吧。再说我寻思着，这赌博，也确实不是一条正经路。"

汪泉山和刘猛交换一下眼色，也只好无奈地点头，不过汪泉山心有不甘，他带着几分神秘，凑近赵程说："其实这赌博也不一定都是坏事，有些身份很体面的人，不也在那儿厮混吗？你知道我昨天在赌场大户室里，都看到谁啦？"

赵程好奇地问："谁？莫非还有咱们认识的人？"

汪泉山点点头说："当然有，还是咱们的老熟人，老战友呢，就是……"接着他一字一顿地吐出了三个字，"陈——昌——福！"

赵程眼睛惊讶地瞪大了，说："不会吧，你认出他来了？打招呼了吗？"

"不，不过恐怕他已经看到我了，所以特地戴上墨镜，悄悄地从边门那儿溜走了。"

"那你怎么认出他的呢？不会是看错了吧？"

汪泉山摇摇头说："怎么会看错，就凭他那副神态。还有，凭他后脑勺上那块月牙形的伤疤。"

"伤疤？"赵程奇怪了，"你一定弄错了，陈昌福在前线打仗时没有负过伤呀。"

"他在前线是没有负过伤，可后来被韩红英推下悬崖了嘛。从那以后呀，后脑勺就多了块月牙形的伤疤，就像盖了一个图章，打老远我就能一眼认出他来。这小子呀，可真会演戏。"

"怎么说？"刘猛好奇地问。

"他现在官当大了，成了市计划局的副局长，前几天我看见他在电视里人模狗样地发表演说，号召全民禁赌，还说不管是谁，就是官当得再大，资格再老，只要发现有赌博行为，就应该立刻给予最严厉的惩罚，该罢官的罢官，该撤职的撤职，该送公安局的送公安局法办，一个也不能放过。"

赵程听了哈哈大笑起来说："人前一套人后一套，台上一套台下一套，看样子狗改不了吃屎。这陈昌福呀，还是当年的那套老作风。"

"对，你说的一点也不错。"汪泉山也点点头，两人一块儿哈哈大笑起来。

三人分手的时候，赵程同情地对刘猛说："刘猛，你和我不一样，我没饭吃了，还能去打工靠力气挣出点吃的，可你文弱书生一个，又不能唱歌了，今后可怎么办呢？"

刘猛不以为然地笑一笑，说："天无绝人之路，告诉你赵哥，我还有一门看家的技艺没有拿出来呢。"

"是什么？"

"文物古玩！"刘猛说，"我爷爷家以前开过文物铺子，生意做得不小，我从小跟他老人家长大，看的宝贝可多了去了。过些天我去文物市场那边摆个小摊，管他真的假的，先混碗饭吃着再说吧。"

三

澳门之旅就这样无疾而终，通过这件事，倒让赵程对梨儿有些另眼看待了。他觉得这个小丫头年龄虽然不大，但是非界线倒十分鲜明，是块顾家看家的好材料。他这样充满感慨地对汪泉山和刘猛说："世事无常，即使咱们这次能够翻过身来，今后也难保还会有倒霉的时候。不过不管到了什么样的地步，都要牢记，人可以沉浮，却千万不能沉沦，不管什么时候，咱们都不能放弃人生最后的底线。要不然，就会连个小丫头都不如了。"

话是这么说，不过赵程和刘猛的经济问题还是没有得到解决，他们还得继续去奔波，以解决自己的燃眉之急。自从赵程知道韩红英在"晶晶"夜总会演唱之后，每次路过的时候都会停下脚步，仔细看一看墙上的那幅大广告。那上面的韩红英雍容华贵，几乎每天都会变换一套服装和发饰。那种珠光宝气、富贵华丽的样子，让他怎么看都不敢相信，这就是自己从小熟悉，而且还亲密异常的那个小伙伴。

不知道为什么，这些天赵程对韩红英的思念越来越浓，这不仅是因为他们从小就认识，而且还因为在他人生的几个重要关口，韩红英都曾经不遗余力给过他很大帮助。他们之间的关系很难说是爱情，不过至少双方都在心底深深爱恋着对方，珍惜着对方。在对方有困难的时候，他们都会毫不犹豫地舍弃自己的一切，去帮助对方渡过难关，走出困境。赵程还记得，当他在浯屿岛几次面临人生悬崖的时候，都是韩红英倾尽全力，才帮助他重新鼓起对生活的勇气和信心。他至今记忆犹新，韩红英当初怎样拿出自己所有的积蓄，甚至是烈士丈夫最后的那一点抚恤金，来帮助他渡过难关。听说她后来也正是因为帮助自己而陷入困境，如今他很想再去看她一眼，看看她是否真的像这些大广告上所显示的那样幸福美满。

是的，他只想去看她一眼，当面向她表示感谢和歉意，可是要怎么样才能见到她呢？说实话，他不想让她看见自己目前困窘的模样。他深信，一旦韩红英知道自己现在还没有摆脱困境,一定又会像前几次那样倾尽自己所有来帮助他。不,他不能让她知道,可是又实在无法抑制自己对她的思念。对,无论想什么办法,他都要去看她一眼,哪怕是远远地看上一眼。只要亲眼看见她平安幸福,他也就放心了。

可是怎样才能去见她一面呢? 去买一张票,当个普通观众,听她唱上几支歌? 他这样想着,看了看广告上的票价,又摸摸自己的口袋,便不由苦笑着摇了摇头,因为对于此刻的他,那实在是天价。可是就在转回头要离去的那一瞬间,赵程看见招牌旁边还有一则招聘广告,上面的广告词十分诱人,说是只要通过一次特别项目测试,就可以拿到令你想也想不到的高工资和高待遇。赵程看后便径直走了进去。他看到招聘处的桌子后边正坐着一个膘肥体壮的大汉,满脸横肉绷得紧紧的,看上去一副凶神恶煞的样子。他走上前去问道:"听说你们有特殊项目测试,我想来试试。"

那大汉抬起头来看他一眼,却马上又低下了头,就像没听见似的。赵程又说了一遍,那人才不耐烦地挥挥手,手臂上文着的两条青龙也跟着晃了晃,说:"你走吧。"

赵程问:"我是来报名测试的,你怎么也不问一声呢?"

那人脸上的肌肉扯动了一下,一脸不屑的神情说:"就你这样身板,还想来测试? 告诉你吧,不死也得扒层皮,你还是趁早快走吧。"

赵程说:"死? 我可是已经死过好几回了,我想这会儿怕也死不了吧。"

那人有些惊讶,又抬头细细打量他一番,没好声地说:"嘿,口气不小啊,知道我这儿是干什么的吗,不会吓得你尿裤子吧?"

赵程笑笑说:"我跟你说实话吧,我已经从阎王老爷的眼皮子底下走过好几个来回了,连他老人家现在都不敢轻易来招惹我呢。"

那人瞪圆了眼睛,问道:"你究竟是干什么的? 当过兵? 特警还是侦察兵? 在哪个部队干过?"

"我原先是五十五军的侦察兵,上过战场,和敌军的特工队面对面干过。"

那人不由佩服地点了点头,可是一只手却迅速地向着赵程的腿部伸了过来,还没等他靠近,赵程已经一把捏住了他的手腕,然后向后一扳,一条腿已经向着那人的腹部顶了过去……

　　那人笑着站起身来，收回手来点了点头说："行，看样子你不是瞎吹，还懂点武功。不过现在干咱们这行，可不像以前的镖局，光有点武艺就行了。你对枪支熟悉吗？"

　　"懂点。"赵程点了点头。

　　"那，你认识这个吗？"那人的语气里仍有几分不屑，不过手里面多了两张手枪的照片，第一张的造型十分威猛。

　　赵程用眼睛余光瞥了那照片一眼，立刻回答说："认识，这不是美国产的柯尔特 M2000 型手枪吗？可是支好枪呀，发射九毫米手枪弹，弹匣容量大，有十五发，有效射程五十米，火力够猛的。美国的很多特种兵都喜欢随身带着它。"

　　"哟，你还真认识。"那人语气里的不屑消失了，倒是多了点惊奇，不过他马上又把第二张照片放在了赵程面前。

　　赵程拿起来仔细看了看，说："这是美国的 M60 转轮手枪。官员和大款们爱用它来护身，结构小巧，重量轻，携带方便。据说美国警察也很喜欢它，现在好像还是美国警察的标准配枪吧。"

　　那人又从头到脚把赵程打量了一下，这回目光里有了点敬佩，然后开口说："行，你说得挺溜，不过玩得转吗？可别是个嘴把式呀。我们这儿有一个特区政府特批的室内射击场，这两种枪都现成，你想试试看吗？"

　　赵程点点头说："行，没问题。"

　　那大汉起身，带着赵程来到不远处的一个室内射击场。赵程二话没说，接过那支手枪就走向靶位，只见他略略一瞄准，就迅速扣动了扳机，"啪啪啪"三声清脆的枪声响过，一会儿那张靶纸就被电动传送机送到眼前，只见靶纸上三个破口不偏不倚，全都处在靶心的位置。那大汉不由惊奇地望了赵程一眼，说："不错呀，能玩得转这样大口径手枪的人可不多，我还是第一次看见有人打出这么好的成绩呢。"

　　"这并不算好。"赵程指了指靶纸上的弹着点说，"你这支手枪的准星略略向左上角偏了一丝，如果事先能够稍稍矫正一下，那弹着点就会更加准确了。"

　　从走进这家夜总会之后，赵程还是第一次看见大汉笑了，不过这笑容也只是脸上的横肉略微动了动，他的语气也跟着和蔼了许多，他说："我们这回招的是集团老总的贴身保镖,所以这测试也更加严格一些。行,你看样子确实是个行家,而且还有过单打独斗的实战经验,不简单。这就算通过了,你明天就来上班吧。"

"那每月的工资是多少呢?"赵程这回真的是穷怕了,他现在最关心的是工资问题。

"嘿,看你问的!知道你要去保护的是什么人吗?'晶晶'国际总公司的大董事长,在香港富豪榜上也列在头几名,在这样的人身边,你工资少得了吗?暂定每个月两千港币,两千吧,等过了试用期表现好的话,还会给你再增加的。"

来到殷董事长身边的第三天,赵程跟着他走进了夜总会包厢,看着他在正中的位置坐下,然后才在侧后一个位置上悄悄站立下来,正打算观察一下周围的情况,却突然有一阵熟悉的歌声一下子飘进了他的耳朵,接着连停也没停一下,便径直钻进了他心底,让赵程在刹那间忘却了一切,只是呆呆地站在那里。

哦,这是一阵什么样的歌声呀,清清亮亮,仿佛是刚刚从江南那片湿漉漉的水田里飘起来的。这水灵灵的歌声也曾在南海边上的那个练兵场上出现过,一次次牵动过他和一个女人的心:

> 那年你到山背,
> 报她去去便来。
> 她日日望着这条路,
> 总看不见你侬归来……

赵程默默无言肃立着,只觉得他的整个心灵都沉浸在这首歌曲所描写的那一片天地里了。哦,这还是第二次有一首歌,这样强劲地冲击着他的心房,震撼着他的心灵,俘获着他的思维,让他一时间忘却世间所有的一切,只能全神贯注地注视着台上那个唱歌的人。对,这是他第二次听见这样的歌声,不过唱歌的却是同一个人。那一瞬间赵程很想抛弃所有的一切,冲上舞台去向这个唱歌的人大声地、毫无顾忌地说出这些年来,不止一天苦苦折磨着他的思念。

就在这时主持人上台了，宣布为祝贺英英小姐在"晶晶"夜总会的第三百次成功演唱，特地赠送一个从花都荷兰定制来的大花篮，接着就见几个礼仪小姐簇拥着一个造型夸张、插满奇异鲜花的大花篮向台上走去。随之而起的阵阵尖叫声和喝彩声让赵程一下子警醒过来。不，今非昔比，今天已不是当年那个练兵场了，自己和她也都已经不再是当年那个清纯的模样了，他和她之间现在分明已经隔着十万八千里的距离，而且在可以预见的将来，这种距离还会越来越遥远。不，他决不能再去打扰她、干扰她、影响她，或许现在，和她永不相见，才是对她当年情意最好的回报。

那一刻，赵程开始怀疑自己这次来当保镖的选择是否正确，自己是不是明天就该悄悄地离去。

演唱会结束以后，殷董事长亲自去后台迎接英英小姐，赵程在那辆"劳斯莱斯"轿车旁等候，按规矩他该为他们打开车门，在关好车门并目视他们离去后，再登上另一辆轿车紧随在后面。默默等候了一阵，殷董事长终于陪着英英小姐出现了，赵程把自己隐蔽在路灯照不到的暗影里，目光却不由自主地紧盯着韩红英。只见她身穿一件设计新颖的粉色波点长裙，腰线的褶皱部分还用花朵进行了精心点缀，整个人看上去显得大方而又精致，让她无论走到哪里，都会霎时变成全场瞩目的焦点。事后赵程才知道，这件礼服的设计者是世界著名服装大师罗达特，裙子的价格在人民币三万元以上。

殷董亲自为英英小姐拉开车门，然后绕到另一边上车，就在英英小姐将要迈步登车的一刹那，赵程扭过头去，他不想让韩红英认出他来。可是一阵静默之后，他突然敏锐地觉察到，气氛似乎有些异样，而身后的那个人并没有上车，他又等了几秒钟，然后才回过头去，顿时看见了韩红英那张充满惊讶的脸，那张半张着的嘴，嘴巴里没有发出任何声音，但那嘴唇的形状，却让赵程清晰地听见了两个没有发出来的字眼："是……你！"

他不知道该如何回答，也不知道下一步该如何动作，只是默默地和她对视着，他们的目光之间像是流淌着一条河，短短的一瞬间，便流水一般交流了那么多。

在另一边等候的殷董事长觉察到有些异样，便又迈步下了车，问道："怎么了？"他看了两人一眼，又问了一声，"怎么？你们认识？"

"不,不认识。"两人异口同声地回答,然后韩红英便一猫腰钻进了车里。

那个晚上剩余的时间里,他俩都在努力回避着对方的视线。即使有时心灵感应,赵程觉察到韩红英投过来的那些探寻目光,他也在极力回避,努力不再去看她一眼,直到她和殷董事长的身影消失在别墅那扇厚重的铜制大门后面。

看着韩红英那曾经熟悉,如今却变得有些陌生的背影,赵程才发现,此刻自己的心头是五味杂陈。首先涌上心头的当然是欣慰。离别三四年之后,他终于又见到韩红英了,而且她果真像刘猛说的那样,如今生活得很好,非同一般的好!

可是紧接着,就有另外一种情绪袭上他的心头,赵程有些不可思议地问自己:可是……这真的是他所熟悉,还曾经亲密无间的韩红英吗? 不会是弄错了吧? 韩红英,这个当年那么纯真无邪、那么威武正气的年轻女军官,怎么竟会成为一个香港大资本家的情妇呢?

想到这儿,一种近乎埋怨,甚至是谴责的情绪占了上风。赵程不由有些喃喃自语起来:"红英,你怎么能去当这样一个人的情妇呢? 你就凭着自己的本事去唱歌,不也能活得很好吗? 我曾经看见在你的舞台下面,那些如痴如狂、沉醉在你歌声中迷恋的表情,看到过那些因为你而痴迷得死去活来的听众。红英啊,你就靠这些活着该多好啊,为什么你会委身这样一个人呢? 难道就因为你至今还是独身一人?"

好像是听到了赵程的心声,就在别墅大门将要关上的一刹那,韩红英突然回过头来看了赵程一眼,哀怨的目光里仿佛流泻出了千言万语,又好像是有很多事情要向他解释,可是在最后一瞬她终于什么也没说,是因为身边有殷董那双尖刀一般犀利的眼睛。

不过最后时刻目光的对接,却仿佛是往赵程脑门上劈头浇了一盆冷水,让他一下子清醒过来了:"喂,你以为你是谁? 她又是谁? 是的,她和你曾经是战友,她和你曾经有过朦胧的爱情,可是她毕竟不是你的女人。你的女人在江南,在那个相隔千里的农场,不在这儿。你有什么资格去指责她? 你有什么权力去影响她的生活呢?"

"行了,我还是在这儿再干几个月吧,迫不得已。"赵程心里默默计算了一下,"不管怎么样,先把眼前这个经济难关渡过去再说。每月三千港币,过了试用期还能涨。我干十个月，攒下点再回去。多少能还给曹征和汪泉山他们一点，然后剩下的，再想办法东山再起，做点小生意吧。"

这段时间，他把梨儿安排在原先的那个园林工程队，而自己却仍旧天天陪伴在殷董身边。有时候当他早晨从梦里醒来的时候，总是恨不得立刻拔腿就走，再回到原先的那个工程队去，再回到那个黄色的罐笼里，升上半空去修剪枝叶，都不愿意再去面对韩红英这个曾经的战友、曾经的恋人……

不过随着时间的推移，赵程慢慢发现，事情并不像他表面看到的那么简单。他发现在殷董和韩红英两个人之间有一些奇怪的现象。这些现象表明，貌似情人的表象底下，这两个人分明还有一种更加复杂的关系。因为他发现，当别墅那扇厚重的大门关上之后，这两个人从来不走进同一个楼层，更不会在一个房间里歇息。他们中的一个走向二楼那间华丽的卧室，而另一个却走向楼顶的另一个房间。而指定他重点护卫的，只是二楼的那个卧室。

每天清晨也是这样，第一个打开门的总会是殷董，很久很久之后，韩红英的身影才会出现。他们从来不在一个楼层过夜，更不在一个房间歇息。这样的关系会是情人吗？一个深深的疑团，紧紧地笼罩在赵程心底。

那天凌晨，赵程突然被一阵尖利的叫喊声惊醒，他从床上弹起来，迅速赶到了董事长住房的外面，却发现殷董事长正慌慌张张地向顶楼跑去，追赶着一个披头散发的女人。他一惊，以为那就是韩红英，脚下顿时增添了好几分力量，一下子就越过殷董事长，朝那个女人追去。这时就听见殷董在他身边喊了一句："抓住她，千万抓住她，可别让她出意外呀！"

等赵程追到楼顶，那女人已经站在了楼顶边缘，再往前迈出一步，毫无疑问就是生命终点了。到这个时候，赵程反倒有些冷静下来，因为他发现，首先这个女人并不是韩红英，看起来年纪至少要比韩红英大上二十岁，身上穿的衣服十分昂贵，不过现在上衣已经撕开了一个大口子。她披散着头发，脸上满是愤慨和激怒的表情，嘴里大声地嘶喊着："你这个不要脸的老东西，竟然和这个狐狸精住在一块，骗了我这么多年！好吧，今天就让我死给你看！"

赵程一下子明白了，这应该是殷董事长在香港的正牌夫人追来了，不知怎的，竟让她发现了殷董和韩红英的这个秘密住处。眼下最要紧的，就是千万不能让这女人真的跳下去。于是他连忙站住身子,轻声安慰那女人说:"夫人,夫人,你千万要冷静,冷静呀。"

"冷静,我凭什么冷静,我把我的一辈子都交给了这个老骗子。你知道他当年是个什么东西吗?一个浑身伤疤和虱子的败兵,一个只会杀猪宰羊的屠夫,是我收留了他,成全了他……"

"凤英,凤英,你别说了,让人家听见,像什么样子!"

"听见?我还恨不得让全香港、全深圳的人都听见呢。我告诉你,我这次来,可不是一个人,几大主要媒体的记者现在都在楼下面等着呢,只要我从这儿往下一跳,明天全香港、全台湾的电视和报纸都会让你登上头条的。姓殷的,你不是老是盼着出名吗?这回我用我的命来成全你!"

赵程回过头来看了殷董一眼,发现他的脸已经明显失去了平日的威严沉静,第一次爬满了惊慌和不知所措的表情,嘴里喃喃地念叨:"哎呀,凤英,凤英,你可千万不能往下跳呀,一日夫妻百日恩,何况咱们已经是几十年的……"

"你个老东西,还知道几十年?我这都给你数着数呢。告诉你,我再也不会上你的当了。今天不是鱼死就是网破,咱们一定要做个了断。"

殷董事长已经明显慌乱得说不出话来,只能合起手掌一个劲地对她作揖,嘴里说着:"凤英凤英,只要你不往下跳,咱们一切都好说。其实这不是真的,听我慢慢跟你解释。"

可是夫人显然没有善罢甘休的意思,反手一把将自己的头发抓得更加凌乱,又在衣服上撕了几把,嘴里喊叫起来说:"大家快来看啊,这个忘恩负义的老东西,他当年……"

赵程一怔,心想这场面似乎在哪儿看到过?对,他突然想起来了,当年在农场时那个披头散发的陈莉娅,不也是这样一副癫狂模样吗?不也是在屋门口的泥塘里使劲叫喊吗?他心想:"真是奇怪了,这么个身价亿万的贵妇人竟然也会是这个样子,看来不论身价几何,这个世界上的女人疯狂起来都会是一样的。"不过他也由此有些明白过来了,和当年的陈莉娅一样,眼前的这女人也不是真的要跳楼,事情显然还有挽回的可能。赵程悄悄观察了一下,趁着那女人的注意力全都放在董事长身上,他悄悄闪身来到一边,借着几根管道的隐蔽,无声地向那女人身边摸了过去,就在那女人嘴里喊着

"姓殷的，我现在就要你的好看，大家快看呀……"的瞬间，他猛然像豹子一样迅疾地扑过去，一把搂着那女人，倒在了楼顶平台上，周围其他的保镖趁机围过来，七手八脚用一件大衣把董事长夫人裹了起来。

可是殷夫人显然不想就此善罢甘休，仍然在一个劲地挣扎着。

"殷夫人，你冷静，听我和你说，他们两个，绝对不会是包养和情妇的关系。"

"你，你胡说！明明有人看见他们两个同吃同住，就住在这栋别墅里，这还不是证据吗？"

"不，他们确实是同住在这个别墅里，不过他们从来没在一个房间里住过，一个住在二楼，另一个始终住在顶楼。"

"什么，你说什么？"殷夫人愣了一会儿，盯着赵程问，"你是谁？你怎么知道的？"

"我，我是殷董的贴身保镖。我的职责是必须每天二十四小时注意他们的动向。我看见他们从来不在一个房间过夜，进了这院子之后立刻分道扬镳。这一切都看在了我眼里。"

"你，你别替他隐瞒了。天下没有不吃荤腥的狼，这个老东西绝不是个好东西。你在有意帮他隐瞒。"殷夫人仍然在大声地嚷嚷。

这时突然有一个清脆的女声插了进来，不知什么时候，韩红英已经站到了楼顶上，镇静地说："殷夫人，我和你丈夫的关系只是老板和雇员的关系，他是'晶晶'夜总会所属集团的老总，而我只是一个歌手。"

"你，你就是那个狐狸精。"殷夫人一下子又激动起来。

"不，殷夫人你听我说，我很敬重你的丈夫，我还要郑重地告诉你，你的丈夫，他绝不是一个可以轻易被狐狸精所迷惑的人，他对于情感从来就是从一而终。"

"从一而终，那怎么会有你？"殷夫人冷笑一声说。

"我和他纯粹是另一种关系，你知道他当初看上我，是因为一个人，另一个女人。"

"啊！"殷夫人痛心疾首地呼喊起来，"原来还有另外的女人，这个老东西。"

"另外一个，你听我慢慢跟你说。正是因为这个女人，我才如此敬重你的丈夫。"

接着韩红英就把当年那个竹林掩映的江南小山村,那个恋人们匆匆的约定,以及最后的结局告诉了她:"你陪伴了他那么久,难道就没有听到他总是在唱一支歌吗?一支家乡的山歌,这就是他们当年的约定呀。"说着说着,韩红英轻轻地哼起了那首江南的小调,清晰的声音在朦朦胧胧的曙色里显得那样清晰。

听着听着,殷夫人渐渐地愣住了,嘴里喃喃地嘟囔着:"这难道是真的,真的?"她说着说着,慢慢地从地下爬起来,缓缓地向楼梯那儿走去。

此刻,楼顶上只剩下韩红英和赵程两个人了,他们抬起头来互相对望了一眼。虽然离别了好几年,他们有着太多太多的话要说,可是在这一刻,他们觉得已经不用再说更多的话语了。目光交接的那个瞬间,彼此想说的所有的话,都已经全部说完了……

三天以后的一个下午,殷董事长在他集团宽大的办公室里破格接待了赵程,一见面就紧紧握着他的手说:"赵先生,你这次给我帮了个大忙,我打心底里感谢你。"

殷董事长这一次没有说假话,他说的全是真的,本来在夫人将要跳楼的那一瞬间,这个早已经磨炼得滴水不漏的沙场老将也已经吓得进退失据,神经差点儿就要崩溃了。因为他很清楚地知道香港媒体的神通广大和冷酷无情。平日里找不到负面新闻,那些记者还要和老鼠似的一个劲翻墙打洞,到处找你的麻烦,更何况出了这样轰动的桃色新闻呢?第二天的香港媒体想必肯定会闹翻了天,连篇累牍地报道这起事件。他甚至已经想象到了媒体上出现的那些骇人听闻的大字标题——"当代陈世美,背义负心郎""新人欢笑旧人亡,富豪原系中山狼"……然后就是自己集团股票崩溃似的全面下跌,家族的分崩离析,集团财富的全面流失,最后的结局必然是众叛亲离,人财两空,黯然收场。

可是这一切没有出现,全都是因为眼前的这个赵程,是他在生死存亡之际的奋身一跃和之后的尽力劝说,才挽救了集团,更拯救了他。因此无论今天他怎样奖励重用赵程,都是理所应当的。殷董缓缓地开口说:"赵先生,我查过你的经历,你上过战场,当过英雄,现在应聘当这个保镖真是太委屈你了。不过也幸亏有你在，才给我立下这样一桩天大的功劳，我要好好地感谢你。"殷董说到这里停顿了一下，才又开口说："而且我才知道，你和韩小姐还是老乡兼战友呢。"

"是的，我和她是老战友，不仅在训练场上一起流过汗，还一起在战场上流过血。"

"哦，那这种情感，肯定是不一样的。我也是个老兵，我知道平日里任何的情感交往，都比不过在战场上的并肩拼杀。来到这里以后，你们有过私下里的交往吗？"

"不，没有，因为我们都不知道这样的见面之后，还能够说些什么。"

殷董事长会心地笑了，说："你放心吧，今后我会像尊重韩小姐一样，也尊重你的，因为你们都曾经是军人，不，不不，应该说我们都曾经是军人。"接下去殷董的话语开始接触实际了，他说："最近集团正打算调整经营方向，要往文化产业的方向去发展，在那儿投下一笔不小的资金，搞几个能够长期盈利的好项目。正在物色这方面的人才。我反复考虑，觉得你就是最合适的经理人选了，所以这事儿就打算交给你去筹备。具体的投资方向和项目都由你自己选定。你就放心大胆去干吧，记住，我信任你！"

第十篇
东山再起

一

　　已经分手近一年了，自从那次鹿茸事件亏损之后，这还是赵程和曹征他们俩第一次面对面坐在一起。仍然是赵程先开口，他把自己这一年来经历的沟沟坎坎、风风雨雨，全和曹征说了一遍。他还谈到自己如今赢得了殷董事长的信任，在"晶晶"投资集团担任了一定职务，打算在文化产业方面开拓一片新天地。

　　可是具体应该怎么搞？究竟该投资什么项目？作为一个经营主管，自己究竟有着什么样的优势与资源，能够让公司在这个新兴的领域里面稳操胜券呢？这些问题赵程已经不止一次地问过自己了。商场就是战场，更何况还是在深圳这样一个特殊的城市、特殊的战场。这儿的商场上刀光剑影、残酷无情，和真正的战场其实完全一样，稍有不慎，就有可能损兵折将、满盘皆输，辜负了集团和董事长的期望，所以他必须要全面分析自己的优势和劣势，然后扬长避短，去新的战场上夺取全胜。

　　赵程觉得，自己有受苦受难的经历，有无畏拼搏的勇气和毅力，更有指挥一支部队撕开突破口，出其不意冲进敌人心脏的能力。就像当年曾经两次冲出国境线，去撕开敌人重兵包围圈那样，他在这个战场上也一定要瞄准战机,稳扎稳打。要么不打,要打就要出奇制胜,打一个大的战役,去占领那个稳操胜券的高地。

曹征赞许地点点头,他觉得一年不见,赵程明显变得比以前要更加成熟、更加稳重了。虽然话语少了,却说一句是一句,沉稳内敛得多了。他默默凝视了赵程一会儿,才说一句:"是的,这个产业确实正像你所说的那样,有美好远大的前景,而且在我看来,它很适合你去做。"

"是吗,我真的适合?"赵程急切地问。

"当然,我觉得只要你努力,就没有你攻克不了的阵地。"曹征一字一句地说着,每一个字听起来都是那么沉重。

身边平静如镜的水面上突然泛起一朵浪花,一圈圈涟漪就和一朵朵花瓣似的,不停地向远处扩展开来,而赵程的心底此时也在不断地泛起一层层的浪花。"是的,只要努力就没有我攻克不了的阵地。"赵程慢慢地重复一遍,然后说,"不错,我们想到一块去了。曹征,你还记得咱们在部队快分手的时候,我说的那番话吗?"

"什么话?"曹征摇摇头,"我不记得了。"

"我说过,我这辈子很想拍一部电影,把我们在战场上的那些经历,还有我们牺牲的战友,不,要把我们这一代人所经历的苦难和拼搏全都拍摄下来。我想,这些不就是文化产业吗?"

"对,这么说,你还早就想要从事这一行了呢。"曹征点点说,"不过我劝你还是去找个内行先打听一下究竟。你忘了咱们的老战友陈昌福了吗?他现在已经是市计划局的副局长,掌管着全市文化产业规划和审批这一块,所以我劝你要去向他咨询一下。"

深南大道号称"深圳第一路",横贯市区的中心地段,是深圳最繁华的一条道路。每天太阳升起时,路面明净,繁密艳丽的各种鲜花灿烂得让人心醉;夜幕低垂时,数不清的霓虹灯华彩又会扑面而来,处处璀璨辉煌。深南大道已经成为这个城市的景观和窗口,不仅具备交通的功能,更是这个城市展示所有精彩的电影胶带,世界之窗、欢乐谷、民俗文化村、水上乐园、华强北商圈、地王大厦、小平雕像……这里集中了这座城市的经典与精华。陈昌福的办公室就在这条路上,窗口下面整天车水马龙、熙熙攘攘,仿佛城市所有的精彩都在他的眼皮底下流淌着。

赵程来到计划局,打听到陈昌福的办公室,然后让人进去通报一声,很快他就听见办公室里几声急促的询问声:"谁?谁?是谁来了?"接着就是一阵急促的脚步声,声音未落,一个身影已经一下子冲到了他面前,一把拉起他的手用力摇晃着说:"哎呀,老战友,老战友,真的是你吗?真的是你,让我看看,我看看。"

陈昌福说着,一把将赵程拉到了太阳光底下,眯缝起眼睛端详了一番,这才高兴地尖声叫起来说:"哦!哦!真的是赵程,真的是我的大哥。哥,我整天盼呀盼的,今天终于把你给盼来了。来,快跟我进去坐下。"

副局长办公室没有赵程想象中的那么富丽堂皇,一个布置十分简朴的里外套间,几张朴素的木沙发。唯一让赵程感觉到有些气派的,就是墙上陈列着的那几幅字画。这样的朴实简陋让赵程不再感觉拘束,反而还从心底里升上一股老战友间的亲密感。陈昌福亲自泡上一杯茶水端过来,然后挨着赵程坐下,仍然拉着他的手不肯放,嘴里反反复复地说着:"嘿,赵程,你终于出现了。你不知道这些年我是多么想念你们呐。我说这些老战友是怎么回事?分别那么久,也不肯互相联系一下,平时也就算了,就连过年过节也不知道给我来个电话联络一下。你不知道我刚到深圳的那些日子是怎么过来的,那时候真烦人啊!我是饭也吃不下,觉也睡不着,整天翻来覆去,就是想念你们这些生死与共的老战友。咱们这些人当年一个锅里吃饭,一个战场上杀敌,我总是在想,什么时候咱们能够再聚在一起,痛痛快快地喝上几杯酒,要是像在部队里那样再次醉翻在地,才真的是过瘾呢。"

他说完,仰起脸哈哈大笑起来。爽朗的笑声在屋里久久回荡,让赵程心里感觉暖洋洋的。过去对他那些不好的记忆,也仿佛在这笑声里被一阵风给刮走了。

"你今天来找我,有事吗?"陈昌福的脸色突然严肃起来,语气也一下子低沉下来。

"我今天找你,主要是代表香港'晶晶'投资集团,向你咨询一下深圳方面的产业发展情况,看看有什么有前景的投资项目,尤其是文化产业方面的。你是政府这方面的负责官员,肯定掌握很多这方面的信息。"

"文化产业?"陈昌福把赵程上上下下重新打量了一番,这才说,"你问这个干什么?"

赵程说:"我觉得文化产业很有前景,也很符合本集团今后长远的投资方向,因此想找你询问一下。老战友,你可得跟我说实话呀。"

陈昌福用力拍了一下巴掌,说:"士别三日,老战友摇身一变,就成为一个很有经验的实业家了。不过我告诉你,这文化产业对前期资金的投入要求可是很高。一般小打小闹,是很难在这个产业当中混出名堂来的。"

赵程点点头说:"不瞒你说,我手头最近还确实掌握一点小小的资金,而且我身后的'晶晶'国际集团在香港很有实力。只要政策允许,前景好,我们愿意在深圳投入较大的资金,进行深层次的开发。"

陈昌福脸色又变得严肃起来,点了点头说:"那你说说,你能够投入的资金大约有多少,我再帮你好好谋划一下。"

"只要项目前景好,我估计第一年投资个两三千万港币,应该没什么问题。"

陈昌福一翘大拇指说:"哎哟,老战友,想不到你的腰杆挺硬的嘛,佩服佩服。不过你知道我说的效益,还不仅仅是指经济效益,其中更重要的,还是社会效益的问题。"说到这儿,陈昌福用力一拍桌子,提高了嗓门说:"我就最恨港台的那些资本家了,他们打着文化产业旗帜,唯利是图,费尽心思想把一些乌七八糟、资本主义的东西塞到我们这儿来,搞什么和平演变,污染我们社会的空气,腐蚀我们的年轻一代。对这样的所谓外资项目,我们非但不接受,而且还要追究他们的责任,给予惩罚和教训。不过老战友,我这可不是在说你哟,你的事还用说,当然也就是我的事喽,我会想尽办法来帮助你的。"

说到这儿,陈昌福低下头去认真思忖一会儿,突然又拍了一下巴掌说:"当然我在这方面还不是行家里手,不过巧了,我正好认识一个人,是这方面的行家,既有实力,也有经济头脑,每一次投资项目,都十拿九稳地包赚不赔。这个人这两天正好来找我,这样吧,我把他介绍给你,让他给你出出主意,准保你会满意。不过老战友啊……"陈昌福笑着站起来说,"到时候你发了大财,可不要忘了我这个给你牵线搭桥的'月老'哦。"

出了陈昌福的门,赵程又去和韩红英碰了个头,作为同一个集团的成员,他们现在经常有机会在一起碰头聚会了。这次一见面赵程就说:"红英啊,从今往后,我又是个商人了。"

"商人,你本来不就是个商人嘛。"韩红英半开玩笑地说,"一个总是赔得光光的商人,忘了那一回了吗,你在海边差点儿跳下去那次?"

"没忘,也忘不了。"赵程说着,一下子扯开了上衣领口,一枚小小的雪白雪白的贝壳从他脖子上露了出来,"你看,这就是那天晚上我从海边捡回来的贝壳。从那以后,我就天天带着它,让它时时刻刻提醒着我,既要坚强,也要小心。"

不过赵程还是苦笑了一声,又说:"可是后来,我还是再次掉到海里去了。"

韩红英说:"你别放在心上,其实一个人遭遇的波折越多,他最后的成绩可能也会最大。"

"但愿这样吧。可是这一回,我要成为一个文化商人了。"

"文化商人?"韩红英有些惊奇地问。

"对,段董交给我的任务,就是要我作为'晶晶'文化产业集团的老总。"

"哟,这么说,你真的要去拍电影了?"

"拍电影,谁说的?"

"你忘了咱们那次前线回来,你说的那些话?"

"哦。"赵程笑了,然后说,"不过这文化商人对于我来说,还是一个完全陌生的课题,一个从来没有涉足过的领域。这两天我就想先去看看,认一下文化产业的门。"

当天晚上夜总会的桑拿房里,又是那两个刚从哈尔滨来的妙龄女郎在陪伴这一对经常光顾的熟客。等到完事之后,陈昌福挥手让两个姑娘先退下去,然后点起一支烟说:"李总,我这儿正好有个现成的发财机会,你想不想试试?"

那个李总的眼睛一下子亮起来,他抬起身来说:"这还用说,我当然想喽。有你陈局长指点,哪一回我不是满载而归呀。"

陈昌福又喷出一口烟,然后把身子凑近他的耳朵说:"我有个部队的老战友,想在文化产业上搞一次投资,数目还不小。我想让他和你合股经营。上次你说的那个项目,不是正好缺乏资金吗?"

"什么项目?"李总问。

"水天堂,就是那个水立方的项目呀。"

"水天堂?"李总怔了一下,哈哈地笑起来说,"陈局长在开玩笑吧,这水天堂算是什么文化项目呀? 再说你的战友,肯定都是堂堂正正场面上的人,做的都是些正经生意,我这种项目,他怎么会来投资呢?"

"不!"陈昌福十分认真地说,"我就是想让你把他给拉下水去,明白了吗? 只要他一脚踏进去,往后啊,这事可就由不得他了。"

李总端详着陈昌福的脸色,又想了一回,然后才点了点头说:"好的,好的,我明白,全明白了。明天我就去和他联系。"

<h1 style="text-align:center">一一</h1>

"诚信"开发总公司李总经理是个上海人,身材又高又瘦,眉眼生得十分精致,一看就知道经过了一番精心修饰。他身穿一身名贵的黑色法国产"皮埃尔·巴尔曼"牌西服,脸上总是隐隐透露出几分焦躁不安的神情。这人很会说话,一开口满嘴的"阿拉",就像是黄浦江的潮水滚滚向前。张嘴说话前,他还总会先抬起手腕,看看腕上戴着的闪亮瑞士产"凰特克菲利浦"牌纯金手表,好像一天到晚都在忙碌。这次一见赵程的面,他就说:"赵总,咱们虽然是第一次见面,可你是陈局长介绍给我的,陈局长是我几十年的老朋友,因此你也就是我的老朋友,咱们这是一见如故,一见如故呐。对了,我先来自我介绍一下。我姓李,名木子,对了,李木子,名和姓一致,这说明了什么? 说明了我做人一向表里一致,表里一致就是诚信,诚信就是我最大的信条。我这人干什么都讲诚信,做人诚信,对朋友诚信,做生意更是诚信。我总觉得为人处世,什么都可以丢,钱可以不要,老婆可以不要,房子车子也可以不要,唯有朋友是不能丢的。我做生意的目的绝不是钱,钱算是个什么东西? 所以我这人呐,什么都不多,就是朋友多,我的朋友啊,天南海北多了去了。实话告诉你吧,就眼前这条深南大道,从街的这一头横穿到那一头,别人只要几分钟,我呢? 也许两个小时还到不了。为什么呢? 就是因为朋友多啊。这一路上到处有人和我打招呼,来和我握手,要请我吃饭,所以啊,

这一路我就总也走不到头了……"

望着那一双上下翻动着的薄嘴唇,听着他流水一般滚滚不断的话语,赵程不觉费解地拿起那张印着"诚信商行"的名片,心想,这世界上的事情也真有点好笑,原来这"诚信"两字,也是可以用来做招牌的。他不客气地打断李木子的话,说:"我是专程来向你征询一下文化产业事情的。"

李木子并不因为话语被打断而感觉不高兴,反而一下子兴奋地抬起头,两眼炯炯地放着光说:"好啊好啊,我这儿就有一个非常理想的文化产业项目,正在寻找合伙投资人呢! 怎么样,这回咱们两家合作一把吧?"

"你说的,究竟是个什么样的项目呢?"赵程问。

"这么说吧,我现在说出个天大的好来,你也不会相信,不如今天晚上咱们一起先去见识一下,我保证你肯定会满意的。不过在此之前,我还是先给你介绍一下这深圳文化产业。更准确一点说,是深圳娱乐业的发展情况。在这方面我可是行家里手,非常熟悉的哟。"

黄浦江的水"哗哗"地泛滥起来了。在李木子滔滔不绝的讲述声中,赵程好好地上了一堂深圳娱乐业发展史,不,简直就是世界娱乐业发展史的简易课程。

对于中国人来说,夜总会是一个"舶来品",它起源于 19 世纪下半叶的欧洲,当时最负盛名的夜总会是 1889 年 10 月 6 日开业的法国"红磨坊"歌舞厅。欧洲的艺术家、贵族和新兴资产阶级对此十分感兴趣,看台下围满了"端着酒杯的贪婪看客"。

20 世纪 70 年代,"中式夜总会"开始在香港兴起。它是由欧洲夜总会演变而来的,提供中式晚饭或酒宴,设有舞池供顾客跳舞;而表演的节目主要是歌手演唱的中西流行歌曲或粤剧,性质较为健康。到了 80 年代,一种由日本高级歌舞厅演变而来的"日式夜总会"开始在香港盛行。这种刺激的"日式夜总会",很快取代了传统的"中式夜总会",在尖沙咀和湾仔一带,形成了以中国城、中国皇宫几大顶级夜总会为首的香港夜生活中心。

深圳特区设立之后,很快成为内地改革开放的"窗口"和"桥头堡",也成为最早受到香港夜总会影响的内地城市。20 世纪 80 年代初,号称"东南亚最大激光夜总会"的香蜜湖夜总会在深圳诞生。

20 世纪 90 年代中期,深圳笋岗路的"凤凰台"、城建集团的"凯撒"、晶都酒店的"皇后"、凤凰路的"金龙玉凤",被称为深圳四大夜总会。其中,"金龙玉凤"夜总会还创下了深圳夜总会连年每晚爆满的奇迹,成为深圳夜总会史上的一个品牌。

…………

洪水滔滔流淌着,却突然一下子停止了,李木子最后用这样的话结束了他的叙述:"怎么样,今天晚上我就陪你去看看,我们打算投资搞的那个大项目。"

赵程看看李木子那略带神秘的脸色,有些不放心地问:"你说的这个地点到底在哪儿?它叫个什么名字?"

"天河。天河夜总会,就在深南大道 322 号。"

"天河?"赵程问,"为什么叫这么个名字?"

"这可是个最好的名字呀。"李木子也许感觉到这又是一个显示口才的好机会,于是那洪水又滔滔不绝地泛滥开来了,"天河是什么?天河就是水呀。什么叫水?水就是女人呀。没听说过《红楼梦》里那句名言吗?'女人都是水做的骨肉,男人都是泥做的骨肉。'这天河夜总会呀,就是专门做男人和女人文章的。"

"女人还能做文章?"

"嘿!"李木子夸张地一拍大腿,说,"这还用问!你自己用脚指头去想想,也能想出来吧!"

"可是这女人的身体和文化产业有关系吗?"

"嘿,瞧瞧你这人,当兵时间太长,还真欠缺了点文化呀。"李木子说,"文化这东西,说穿了,其实很大程度上就是女人的身体,你看到过几亿年前那些原始人的岩画吗?基本上都是些跳动着的人体。说明了什么?说明连原始人都知道,健美的人体就是生命,就是文化。这种文化越发展越厉害,几乎已经构成现代文化的主体。"

赵程摇摇头说:"你越说越玄乎,我也越来越被你给搞糊涂了。"

李木子一把拉住赵程的手,说:"行,咱们别说了,耳闻不如眼见,我现在就带你去见识一回。"说着不由分说,拉着赵程就来到底楼地下室。宽大的停车场尽头有一个隐秘的小门。乍一看根本就不起眼,周边堆积着的东西显得那么凌乱,肮脏得就好像是个搬运垃圾的通道。不过打开铁门向前走一段,眼前又会出现一个被数字密码锁控制着的小门。李木子娴熟地在上面按了几个数字,铁门立刻悄然无声打开了。顺着一段黑乎乎的甬道再走上几十米,你的眼前就会豁然开朗,仿佛刚刚在一段历史的迷蒙混沌中走过几千年,突然间从黑暗的史前世纪脱胎换骨,迈步进入了当今现代化的大都市。

此刻展现在你眼前的,是一个宽敞舒适的客厅,模拟自然光线的新型光源投射出一片冬日阳光一般温暖惬意的白光,均匀地洒向大厅的每个角落。脚下踏着的,是落叶般软绵绵的手工编织波斯地毯,墙上花纹古朴典雅的英国柯勒壁纸在倾诉着奢侈和华丽,拱顶上还点缀着不少热带植物叶饰。

大厅中间桃花心木精工制作的茶几上,那些由瑞典奇斯达公司出品的昂贵玻璃器皿整齐地排列着,不时对着灯光反射出几缕令人赏心悦目的光焰。屋子的另一边,一大扇落地玻璃窗占据了整堵墙壁。一道清澈的泉水正低低地吟唱着,急急忙忙地流过窗前那个巨大的温室花园。园中各色品种的鲜花蓬蓬勃勃地竞相怒放,呈现出一片姹紫嫣红、令人惊叹的美丽,仿佛正在争相炫耀着大自然的多姿多彩。淙淙的泉水音乐般悦耳动听,正好掩盖住落地空调机那些轻微的如同音乐一般的"嗡嗡"声。

屋子正中间,有一排黑色鳄鱼皮面的意大利款式沙发。李木子领着赵程在那舒适的沙发上坐下,只见对面已经出现了一个精巧雅致的小型表演舞台。李木子轻轻一挥手,就见一片薄薄的水雾渐渐地弥漫开来,就像一团云雾在慢慢地散开,那云雾闪着缤纷五彩的光芒,看起来就仿佛梦境一样缤纷变化着。一会儿那云雾中出现了几个轻灵窈窕的身影,随着水雾渐渐淡去,跳跃着的灯光开始渐渐聚焦在那些舞动着的影像身上,慢慢地可以看出,那是一些在舞蹈着的半裸体女郎……

李木子在赵程耳边轻轻地说:"赵总,不瞒你说,我们所经营的这个项目,可是个新鲜玩意儿,刚刚从瑞典那边引进来,据说在欧美创立的时间也不长,也就是三两年的工夫。现在还没有完成全部的审批手续,仅仅处于试营业阶段,对一般的宾客也处于保密的阶段。不过这一试呀,效果可就出来了,而且还非同小可。刚刚试了两个月,营业额就达到五百多万。"

"这么高的利润,它主要盈利方式是什么呢?"

"主要的秘密就在于水。"李木子回答说,"这是一个完全隐没在地下的水世界,不同于地表上的现实世界,这儿的一切亦真亦幻,既是现实的又是虚幻的,它还有个好处,而且还是最大的好处,就是你想怎么玩就怎么玩。你愿意在天上玩就在天上玩,你愿意在水里玩就在水里玩,你在中国玩腻了,还可以到国外去玩。你看……"

赵程没有马上回答,等过了好久才见他放下一张脸说:"李总,我要搞的文化产业可不是你这样的。你这样的,算什么文化产业呀?"

"那,您说这算什么呢?"

赵程想了半天想不出一个合适的词语,只好直截了当地说:"咱们直话直说了吧,你这样的,最多也就是个皮肉行,做的纯粹是皮肉买卖。"

没想到李木子不但不尴尬,反而还拍拍手大笑起来说:"嘿,赵总还真是说到点子上了。其实呀,这还真是个皮肉行业,不过别说是在深圳,就是在内地,许多人不也在靠着这一行挣钱? 别再让过去那些条条框框给生生地束缚住了。"

话没说完,他看见赵程已经起身,沿着来时的那条通道走了。

就在赵程离去后不久,李木子又陪着另外一个人出现在停车场那扇隐秘的小门前。这人戴一副大墨镜,一顶鸭舌帽低低扣在头上,谁也看不清他的脸面。等到那个数字密码锁控制的门打开,走进大厅以后,他才慢慢摘下帽子和墨镜,柔和的灯光渐渐照亮了陈昌福那张略带疲惫的脸。

李木子谄媚地笑着说:"陈局长,你永远是我最珍贵的客人,我这个地方,一般的人是不让他轻易进来的,不过对你啊,这扇门永远都是敞开着的。"他说完又悄悄地补上一句,"当然还有我的那些小姐,她们也在随时恭候你的光临呢。"

陈昌福笑笑说:"行了,你这张嘴呀,我早就领教过了。今天别再说虚的了,先让我看看,你这儿是不是真有别处没有的好货色。"

李木子说:"陈局你也太小看我了吧,光凭我刚刚找来的那对姐妹花,就一准让你来了以后再也离不开了。"

陈昌福笑笑说:"别忘了我可是见多识广的哟。"

李木子没有回答,只是神秘地一笑,陈昌福就听见身后像响起一阵银铃似的,传来了一阵娇媚的女声,接着就有两双白皙的手臂一上一下抱住了他。陈昌福扭过头一看，顿时惊呆了。怎么，自己不是在做梦吧？或者是看错了，这样美丽的脸庞一张都已经足够了，怎么居然会同时出现两张呢？陈昌福不由惊讶地张大了嘴，可是那张嘴立刻就被一双红唇罩住了，让这个自以为见多识广的男人也不由一下子心荡神迷起来。

…………

三

当赵程第二次坐在那间十分简陋的局长办公室时，他面前的陈昌福依然是那个衣着简朴、笑容可掬的政府公务员。脸上浓浓的黑眼圈和疲惫的面容，都在无言诉说着工作的劳累与繁忙，让赵程看了不由肃然起敬，脱口问道："老陈，最近一定忙坏了吧？"

陈昌福摊开手，嘴里喋喋不休地诉苦说："岂止是忙，简直是太忙了，忙坏了。当了这么个不大不小的什么局长，而且还带着个'副'字，可人家不管，什么事都一个劲地往你这儿推。除了分管范围之内的一摊事之外，我还兼着局工会主席、计划生育工作小组组长等。这还不算，你看看，最近就连什么防范文物走私的事，也非得把我拉进去不可。唉，真是没办法！整天忙的呀，别说吃饭，就得喝口水都有人在旁边催着，那滋味……比咱们当年在战场上也实在差不了多少。"

他说着，顺手指指茶几上摆放着的那一堆文件和照片，无奈地叹口气，不过脸上神态却显得非常陶醉，明显带有炫耀的意味。

"能者多劳嘛！你呀，我们当兵的转业到地方，有几个能干得像你这样出色的！你呀，就等着再次官升三级吧。"赵程说着，目光却被最上面那张照片吸引住了，只见照片上有一只硕大的方形铜鼎，颈部高耸，四边上装饰有蕉叶纹、三角夔纹和兽面纹，造型十分别致，看上去古朴典雅，他不禁好奇地问："这是什么？"

陈昌福回答说："你没看见文件上写着，这是一尊商代的青铜方尊吗？四千多年的历史，可珍贵了，不过眼下已经被人偷了，据说要卖给国际上一个文物走私集团，很可能最近会在深圳出现，上边要我们加强防范，一旦发现影踪,就立刻紧追不放。你说说,连这样的事我都要管,真是忙得连喘口气的工夫都没有呀。"说到这儿,他停下来看了赵程一眼说:"哎,老战友,我知道你今天来找我有什么事。这个李木子真是不像话,我让他在文化产业上给你引引路,出出主意,可他倒好,竟然想拉着你去搞什么色情行业,太不像话了,让我狠狠地骂了一顿。我说你也不看看我这个战友是什么人,他可是个堂堂正正的转业军官,是当年战场上的英雄,会和你这样的混蛋同流合污吗?李木子说他已经认识到自己的错误了,这回他要和你一起正正经经地搞点文化产业,绝不再去做违法的勾当了。"

赵程听了有些感动,说:"昌福,你这么忙,还老是在过问我的事情,真有些不好意思。"

陈昌福一把握住赵程的手说:"你这是说的什么话?一点战友情谊也没有。我跟你说,下次上我这儿来可不能客气,有什么话尽管说,但凡我能帮上忙的,一定全力以赴地帮助你。听说李木子马上就要去找你了,你就再和他好好谈一谈吧。"

那天下午李木子一见到赵程,果然就点头哈腰不停地道歉,说是自己看错了人,不该给他介绍那种见不得人的生意,陈局长已经狠狠批评过他了。接着他便邀请赵程去自己的文物库房参观,说文物古玩行业是当今文化产业中最高雅,也是最挣钱的组成部分。他建议赵程跟他一起涉足这个行业,正儿八经、堂堂正正,当然也狠狠地去发上一笔财。

"文物古玩"一听这个词,赵程立刻想起了刘猛,赶快打电话把他找来,一起去了李木子的藏品库房。这库房设在郊区一个隐秘的园区里。周围高高的围墙上,各种各样的电子监控设备不断闪烁着五颜六色的光芒。打开一道道厚实的铁门,最后出现在他们面前的,就是小山一般满满堆着的文物古董。在赵程这样刚刚接触这些宝物的外行眼里,一时间真有些"刘姥姥进大观园"的感觉,眼前珠光宝气,琳琅满目,令人目不暇接、眼花缭乱。

李木子在一边很有耐性地陪伴着,让他们把那些东西仔仔细细全都看了一遍,然后不无炫耀地抿着嘴,得意地笑起来说:"怎么样,两位兄弟?这回算开眼界了吧!"

赵程不知该怎么说,正想点头,却见刘猛眼皮都不抬一下,就那么眯缝着眼轻描淡写地说:"还行,里面有那么三五件东西挺好,还说得过去。"

话音刚落，一向以书生儒雅面目示人的李木子就不乐意了，满脸通红地瞪大眼睛，吵架似的嚷嚷起来说："什么什么？兄弟好大的口气，三五件，就三五件？还什么说得过去？在说笑话了吧！我这里的东西，可都是千挑万选的精品，不敢说件件珍宝，可至少都是真货，一件也假不了！"

刘猛却依然不动声色，他压低声嗓门告诉李木子，说事实并非如他所说的那样，这一库房东西，其实绝大部分是赝品或者假货，只有那么一小部分可算真品，而其中真正值钱的货色并不多，满打满算，恐怕也就那么屈指可数的三五件。

话没说完，李木子已经张开大嘴，像离开水面的鱼儿一样大口大口喘起气来了，好一会儿才和被开水烫了一下似的跳起来，随手拿过橱柜上一个青花盖罐来说："你怎么看的兄弟？一准眼珠子看花了吧？别的我不敢说，就拿这件青花盖罐说吧，它可是正儿八经元朝的东西，我转了好几个地方才好不容易碰上这么一件，好几个行家都跟我打包票，说准保错不了。这东西拿到香港、澳门，至少也能卖个五六百万港币。"

刘猛淡然一笑，点点头附和他说："你说的不错，一个正宗的元朝青花盖罐到了香港，身价至少是两百万元，而且我说的不是港币，更不是人民币，而是美元！去年秋季美国索斯比拍卖行拍出的一件元代青花瓷瓶，价格就是两百三十万美元，今年的行情，肯定还要再高上一大截。"

他说完，看了看已经目瞪口呆的李木子，这才一转话锋说："不过那得有个前提，就是必须是真货，而你手里拿的这件，至多就是清代晚期仿制出的元青花，从铭文的落款就能看出来。你若是不相信，可以查查故宫博物院冯先铭教授写的《中国古代陶瓷的鉴定》，那里面第三章有非常明确的记载。"

李木子又像是被针刺一般跳起来，一蹦就来到墙角书架边，他在一大摞积满厚厚灰尘的精装书籍里急急忙忙翻寻着，嘴里嘟嘟嚷嚷地说："好像有这么本书，有，我买来过，不过不太看得懂，对，对了，在这儿呢。"

李木子说着，吹吹书上落的厚厚一层灰，递到刘猛手里。

刘猛接过书本，随手便翻到刚才所说章节，他耐心把那些章节的意思解释给李木子听。李木子听他说完，对着那本书愣了好一会儿，才"砰"的一声，把那青花盖罐重重砸在桌子上。

不过他一回头，马上又从货架上取下另一个瓷瓶，气呼呼递给刘猛说：

"你说的不错，看样子，这件青花我是被那些没良心的给骗了。可你再看看这件，乾隆官窑的珐琅彩瓶，做得多好看，我花了好大的价钱才从别人那儿转的。我敢保证，这件是真货，绝对不会错。"

刘猛接过瓷瓶仔细查看，这果然是一只小巧玲珑的珐琅粉彩梅瓶，上面绘着松竹梅图案，画工也精巧细致，色彩鲜艳斑斓，底下题款是红色的"大清乾隆年制"。他翻来覆去看了好一会儿，嘴角慢慢浮上了几丝浅浅的笑纹。正在一边察言观色的李木子按捺不住了，说："好兄弟，我该喊你大哥了，你不会又说，这东西也是假的吧？"

刘猛把那瓶子放回货架，一点头说："你说的对，这东西还真是件仿货，不过仿得很高明，一般人真看不出来。"

李木子再也按捺不住，捏紧拳头打架似的在刘猛眼前挥舞着说："你有病吧？这件东西怎么也会有假？这东西肯定是真货，不然我敢把自己的眼珠抠出来，让你踩着玩！"

刘猛不慌不忙地翻过瓶子，指着底部的题款说："这东西轻易还真看不出来，只是这题款让它露了馅。"

李木子立即抓过好几本书，一本一本对照着说："题款怎么啦？我查过了，全对，一点不走样。你呀，肯定看走眼了，走眼了。"

刘猛点点头说："这题款的字体确实没错，可颜色就有些不对了，你想想，乾隆官窑的题款，应该用的是青花和蓝料，可你这件怎么变成红色的了？"

李木子闻言愣住，半晌才像个泄气的皮球一般软瘫下来，脸色慢慢地由红变青，他举起那瓶子就想往地下砸，可到最后也没砸下去，反身又轻轻放回货架。显然他已从刚才那阵受骗后的狂怒里清醒过来，不愿再造成更大的损失。这件仿货虽然假，可仿得挺好，拿出去还能再去骗骗别人。

李木子两手抱拳，对刘猛拱一拱手说："兄弟你真好眼力，不愧是真行家，我算服了你了。今后在这一行里我就认你，要是看得起我，从今以后就上我这儿来，跟着我干吧，怎么样兄弟？"

刘猛说："我倒是真想开个文物行，好好做上几票生意，不过我可不愿意做假的，要干咱们就得老老实实干真的。说实话李老板，你这儿也不光都是假货，还是有几件好东西的，其中一件还可说价值连城，是不可多得的好货呀。"

李木子听他这一说乐了,连忙睁大眼睛满屋子乱转说:"啊,啊! 我说这儿有宝贝,还真有宝贝呐! 在哪? 在哪儿呢?"

刘猛不慌不忙,伸手从桌上抽屉的角落里拣出块小小石头,放在手上轻轻掂量一回,这才递给李木子说:"你看,就这件。"

李木子接过去一看,原来是一枚小小石章,长不过两寸,直径也就三厘米左右,石质晶莹润泽,如鸡油般在灯光下闪烁嫩黄色的荧光,亮晶晶的,惹人喜爱。

李木子笑起来说:"啊,就是它呀。"

刘猛说:"对,你的这方石章可不简单,是正宗田黄石,而且还属于田黄石里的鸡油冻,算是田黄石里质地最好的一种。这田黄石可真称得上是不折不扣的宝贝,早在古代就有一两黄金换一两田黄石的说法,而现在,质地好的田黄石章价格早已超过黄金不知多少倍了。人们都说玉石珍贵,可田黄石却能够在所有的玉石中称帝,也就是说,在世界一切珍贵的玉石中,只有田黄石才是真正的皇帝。这全都因为这种石头太珍稀了,只产在福建寿山村边一条不到两公里的小溪边,算得上珍稀里的珍稀,大自然的宠物,早在乾隆之后就很少见了。当年八国联军打进北京,慈禧太后和光绪皇帝丧家狗似的往外逃,兜里揣着的就是几方田黄印章。你这方田黄石印章体积虽小,可质地确实不错,拿到市场上,准能卖个好价钱。"

李木子点点头说:"我也知道它是田黄,所以一直放着,为的就是行情看涨以后抛出去。我估量现在的时价,这方石章至少也能值这个数,三十万港币。"

他说着,得意地伸出三个手指头晃晃。

刘猛笑笑说:"你呀,只知其一,不知其二。"

李木子有些紧张起来,他屏息静气等了一会儿,看刘猛仍然一个劲微笑,却不开口说话,便急得叫唤起来说:"哎呀老弟,你怎么还在卖关子呀,老哥我都快急死了! 你有话快说呀,晚上我请你去吃大闸蟹。"

刘猛这才不慌不忙又拿起那方石章,对着灯光仔细看一会儿,然后递给旁边涨红了脸的李木子:"李总你再仔细瞧瞧,这上面刻着的,是不是'敬身'两个字?"

李木子接过石章看一会儿，点点头说："像，好像就是这两个字。"

刘猛又问："你知道丁敬这个人吗？"

李木子摇摇头，说："不认识，这个什么丁敬，莫非是哪个文物行的老板？他在哪儿？要不晚上一起请过来吃饭？"

刘猛摇摇头笑起来，说："这丁敬呀，早死几百年了，活着的时候，也压根儿不是个什么生意人，是清早期一个著名的金石印学家，杭州人，在咱们中国印学界可有名气啦。如果我没有看错的话，这枚印章上的字细润挺劲，古风益然，应该是他的手笔。"

"啊！"李木子一惊，忙追问说，"照你这么说，这枚印章，还真是古代名家，这个叫什么……丁敬亲手刻的喽？"

刘猛慢慢地点点头。

"要这么说，这枚石章一定更值钱了喽！能值多少？原来我估三十万港币，现在，这东西起码要翻一番吧？"

刘猛沉吟一番，说："具体价格一下子我也说不上来，不过去年美国索斯比春季拍卖会拍过一方丁敬的石章，和你的这方大小差不多，底价是六万美元，最后的成交价好像是十万美元。"

李木子嘴唇一抖一抖，心里暗暗盘算一回，又高兴地蹦起来说："照你这么说，我的这方石头至少也能值个八九十万人民币喽，好啊，太好了！"

刘猛也跟着笑起来，笑声中李木子小心翼翼把那方印章放进贴身的衬衣口袋，又反复按几下，等到确信万无一失后才说："行了兄弟，如果真能卖这么多钱，肯定不会少你那一份的。"

这个下午刘猛和李木子俨然已经成为一对亲密无间的好友，他们在一块说着有关文物古玩的奇闻趣事，然后一致肯定，这是当今文化产业中最大的一座富矿，只要在这儿用力开掘，一定能够一本万利，收获无穷无尽的巨大财富。不过说到最后，刘猛还是摊了摊手说："不过这发财的事可轮不到我刘猛。这不，大老板还是咱们赵程赵大哥，一切全由他说了算。李总你呀，有什么事情尽管和他说。"

于是李木子就把炯炯的目光盯在了赵程脸上，说："赵总真是慧眼识英才啊，这刘猛也许歌唱得不怎么样，可在古玩这一行，绝对是个奇才。我佩服他，也佩服你。我想今后咱们两家一起合作的话，肯定会发大财的。"

"发大财?"刘猛摇了摇脑袋,吹一声口哨说,"行啦哥们,就凭你仓库里现有的这些东西,绝对发不了什么大财。"

李木子十分神秘地笑了笑,看了看赵程后就什么也不说了,只是拱拱手说:"行,时间不早了,咱们现在就一块去'秋水居'吧,那儿的大闸蟹可肥了。"

这些天来,赵程觉得自己收获最大的,就是在李木子库房里的这个下午,虽然只有短短半天,却让赵程开始对文物古玩行业产生了极大兴趣。他自小生活在农村,接触不到多少珍贵的文物古董,但对那些印有深深江南地方文化痕迹的古代器物,却一直有深刻的印象。比如小惠家里那张土改时从地主家分来的"千工床",那精美的造型,精致的雕刻,还有老家徽派建筑上那些高高的马头墙,造型别致的拱顶……都能引起他浓浓的乡思乡情。他很想再去李木子的库房好好鉴赏一番,可奇怪的是,从第二天开始,李木子就好像失踪了,好长时间都没来和他联系。

让赵程感觉更加奇怪的是,从那天开始,就连刘猛都不见踪影了,本来前一阵子他总是三天两头往赵程这儿跑,不是蹭吃就是蹭酒。这人嘴巴乖巧,不仅能说会道,而且偶尔重操旧业,乘兴唱上两首歌曲,还蛮打动人的,因而很受梨儿和赵程身边人的欢迎,就连汪泉山都挺喜欢他。可是赵程最近让人去找了他几次,都说他的住处大门紧闭,没人知道他上哪去了。

于是赵程只好溜溜达达地自个儿去深圳几个文物市场上走了一趟,在那些大大小小、琳琅满目的文物摊点间转悠,不过刚刚转悠了几天就差点转昏了头。怪不得外国人老说中国是五千年文明古国,老祖宗们心灵手巧,本事实在是太大了,一代一代为我们留下了这么多稀奇古怪、让后人叹为观止的宝贝。

不过再转下去,赵程也觉得自己已经转悠不清楚了。这文物古玩的事可太深沉了,深沉得就像一条大江、一条大河。不,说是大江大河还实在太浅,应该说是一片浩瀚无际的太平洋,里面的水汪洋恣肆,实在是太深了。眼下文物市场上的东西真真假假、鱼龙混杂,假货实在是太多了。事实也确实如他所见,当中国文物古董犹如一泓清清泉水涌出历史地面,逐渐奔腾成蜿蜒溪流,继而汇聚成为浩荡江河的时候,它的另外一段历史也在悄悄钻出地面,紧随其后,不过那是一段十分隐秘而且不太光彩的历史,是被岁月有意无意掩盖着的历史。

这段历史就是中国文物古董仿古作伪的历史,几乎历朝历代,中国大地上都有假冒模仿前人瓷器的作品问世,明清两代刻意模仿宋朝,明朝后期模仿前期,清前期仿造明代,清晚期又大肆模仿清前期。民国时期更是仿古瓷器的"黄金时代",仿宋、仿明、仿清……仿磁州、仿景德镇影青,仿定、仿官、仿钧、仿龙泉……反正有什么仿什么,凡值钱的一样不落,全都仿冒。

至于为什么要仿古作伪,许多人当然是为了钱,"物以稀为贵"嘛,精美的文物古董往往远比黄金更加昂贵,因为黄金不易损坏,历经岁月仍能分毫不缺;而许多文物古董却极易损毁,在历史洪流强劲的冲刷下只会越来越少。就因为它们的这种稀缺性,文物市场上的价位势必越来越高,往往不知不觉之间变得奇货可居,令人可望而不可即,高额的利润势必会引来许多铤而走险的冒险家。

如今在许多人眼里,文物古董其实已经失去了它原有的美丽,只是散发出一种黄金般迷人的光芒。作假者在这条道路上掠夺文物,窃取古董,用强盗的手段和骗子的手法,设置一个又一个骇人听闻的阴谋与骗局,也挖掘出一个又一个隐秘的陷阱,以致行内的许多人劝赵程说,现在的文物市场上哪有真货,至少百分之九十九都是假的,剩下的那百分之一,也早已经在国家的库房和国外文物市场上了。

就在赵程感觉进退两难的时候,一天凌晨,失踪将近一个月的刘猛突然来到他的住处。被敲门声惊醒的赵程刚给他打开门,刘猛就径直走到客厅沙发上一屁股坐下,自顾自地倒了杯凉水,一仰头喝下大半,然后又坐下,抱着头好半天不吭声。

"怎么了刘猛,这些天你上哪去了?"

刘猛没有回答,只是又怔怔地望了他一会儿,才突然没头没脑地说一句:"赵哥,我想过了,这笔买卖是一桩发财生意,可也是桩杀头生意,我可没胆子做。"

赵程吓一跳,说:"这半夜三更的,什么杀头不杀头的,你可别吓我呀!"

刘猛仍然低着头,坐了半晌,才吞吞吐吐把事情的原委告诉了赵程。原来去过库房的第二天晚上,李木子就打电话把刘猛约到一个高级会所,还没开口,就先伸手递给他一个厚厚的纸包,刘猛打开一看,心不由"扑通"一跳,那里面包着的原来是厚厚一摞好几万元港币。他正要开口,就听李木子滔滔不绝地说:"我已经全都打听清楚了,你跟着赵程的时间不长,原先和他也没有什么太深的关系。赵程嘛,菜鸟一个,土包子,会做什么生意?能做什么生意?说句难听的话,这人就是个倒霉蛋,做一行亏一行,再多的钱给他,也会给你亏得光光的。跟着他呀,你只会委屈了自己的才能,根本就别想发什么财。怎么样,还是跟着老哥我干吧?老哥虽说没有太大的本事,可我上通天,下连地,不要说在这深圳,就是在上海,在香港,我照样在这个行业里一手遮天。今天给你的,只是一点小小见面礼。我呀,看好你了,你确实是古玩这个行业里不可多得的人才,年轻有为。现在就劳烦你去帮我看样东西,怎么样?"

当天深夜,李木子就带着刘猛走进另一间布防更加严密的库房。只见侧边一个案台上用厚厚丝绸遮盖着一件器物,李木子走上前轻轻揭开那绸缎,于是便有一只硕大的方形铜鼎出现在刘猛面前。

只是轻轻地一瞥,刘猛就不由惊讶地张开大了嘴,他呆了一会儿,又用力擦拭了一下眼睛,这才凝神细看。只见这只铜鼎造型奇特,方形,方口,大沿,颈饰口沿外侈,每边边长为五十二点四厘米,其边长几乎接近器身五十八点三厘米的高度。长颈,高圈足。颈部高耸,四边装饰有蕉叶纹、三角夔纹和兽面纹。肩、腹部与足部作为一体被巧妙地设计成四只卷角马。肩部四角是四个造型奇特的马首,马头与马颈伸出器外,马身与马腿附着于尊腹部及圈足上。整器花纹精丽,线条光洁刚劲。尊腹即为马的前胸,马腿则附于圈足上,承担着尊体的重量。马的前胸及颈背部饰鳞纹,两侧饰有美丽的长冠凤纹,圈足上满是夔纹。

库房里好一阵静悄悄,静得仿佛都能听见一根针掉落在地下的声音,然后才听见刘猛深深地吸了一口气,嘴里慢慢吐出几个字说:"这,这是……这是四马方尊?"

李木子得意地点一下头,说:"千真万确,就是它。"

刘猛的语气更加惊讶了,他又怔了半天才说:"可这是国宝级的文物,平时连看也看不到呀。听说这四马方尊是用两次分铸技术铸造的,工匠先将马角与龙头单个铸好,然后将其分别配置在外范内,再进行整体浇铸。整个器物用块范法浇铸，一气呵成，鬼斧神工，显示了高超的铸造水平，被史学界称为'臻于极致的青铜典范'，位列十大传世国宝之一，怎么会出现在这儿呢？"

李木子抿嘴笑了一下，说："老弟你是老手，应该知道这线上的规矩吧，东西一般是不能问来历的，我劝你也别问为好。你只要告诉我，如果这东西送到国外去拍卖的话，大概能值多少钱。"

刘猛闭起眼睛仔细思考了一会儿，才字斟句酌地说："这东西太珍贵了，珍贵得几乎无法估量价值，所以我不敢说。不过，我记得前年纽约索斯比拍卖行曾经拍卖过一座类似的铜鼎，珍贵程度和它不能比拟，那一次拍出来的价格是一千二百万美元。"

一个巨大的数字在库房里震响着，弄得他们两人一时都再也说不出话来，好一会儿，李木子才对刘猛说："老弟，这事就你知我知，千万不能让第三个人知道，只要你帮我一起去和对方砍价，把你知道的行情告诉他们。一旦事情谈成，我给你成交价的百分之五，你想想那会是多少，你这辈子，不，不但这辈子，就连下辈子都不用再去辛辛苦苦地唱歌，更不用再去倒腾什么假货了。"

…………

赵程默默无言听着刘猛的讲述，不由惊讶地打断他的话，问道："是一个青铜铸的方尊？上面还有四个马头的？"

"对。"刘猛点了点头说，"它的学名应该叫作'四马方尊'。"

赵程觉得自己再也坐不住了，因为他的脑子里已经渐渐浮现出一张照片，那上面拍的好像就是这么个铜鼎。对了，不就是陈昌福桌子上那张照片上的铜鼎，叫作"四马方尊"的？！据说有个国际文物走私集团正打算将它偷偷运出国门，莫非它……竟然在李木子的手上？

四

第二天一大早，陈昌福刚来到办公室，赵程也跟着走了进来。他指了指办公桌上那张文物照片，把这事前前后后全都和陈昌福说了。陈昌福听着听着,脸色渐渐地由红变白,最后就变得铁青了。说实话,他知道李木子背着他在搞一些鸡鸣狗盗的肮脏把戏,他把他介绍给赵程,只是想借"文化产业"的名义,让他把赵程给拉下水,沾上污点,然后假公济私,以扫黄打非和打击文物走私的名义公报私仇,让赵程不仅血本无归,而且脸面尽失,从此在深圳混不下去,只能卷铺盖滚蛋。可是他实在想不到,李木子竟然有这么大胆,敢瞒着他私下里从事走私国宝文物的勾当。

天哪,这事情可实在弄大了,太大了,几乎就要捅到天上去了。这个协查通报可是公安部亲自下发的,一旦事情败露,可不是罚点钱就能过去,也不是简简单单坐几年班房的事情,而是要杀头掉脑袋的弥天大罪呀。陈昌福可不想去冒这个险,他目前的处境实在是太好了,日子也过得实在太舒服了,几乎每天都有人排着队来硬给他塞钱,他怎么会为了一笔危险生意,而轻易舍弃掉眼前这么好的光景呢? 怎么办?

陈昌福的脑子走马灯一般地旋转着,不时冒出一个念头,但很快就又被否定了……沉吟了好一会儿,他才对赵程说:"好战友,我的大哥,实在太感谢你了! 知人知面不知心,我不知道李木子竟然是这样一个胆大妄为、无法无天的狂徒。不行,对这样的人,我们绝对不能姑息,一定要将他缉拿归案,然后把那个国宝文物给追回来。不过这事还必须得请你和刘猛再继续帮忙,引蛇出洞,你回去就让刘猛告诉他,说有下家愿意出钱买下这件文物,让他带着货明天晚上到皇岗口岸一个仓库里去。只要他到了那里,我就会让公安部门把他们全都一网打尽,把国宝给追回来,你看怎么样?"

赵程望了望陈昌福庄重的脸色,点点头说:"行,我愿意全力配合你们的工作,就照你说的去做吧。"

陈昌福仍然像上次那样,庄重地握了握赵程的手,心里却在说:"不行,这个人知道的实在太多了,应该把他和李木子一起,都从这个世界上彻底地抹掉,彻底……"

这天晚上桑拿房里的气氛显得特别凝重,两个小姐进来后还没来得及按摩,就被陈昌福给打发走了。只剩下他和李木子的时候,陈昌福的脸色一下子放了下来,他说:"好啊,你背着我干的好事。你知道刘猛把你的事告诉谁了? 你知道赵程一早就上我那儿去了吗?"

李木子摇摇头，说："不知道。"

"他已经到我这儿来报告了，幸好赵程找的是我，如果他找的是公安局的话，你这会儿就不会在这儿待着，而是已经在看守所的审讯室里蹲大牢了。"

"啊……"李木子的脸色一下子变得蜡黄蜡黄，匆匆忙忙地站起来，裹着条毛巾就要往外跑，却被陈昌福一下子喝住了："你干吗呢？"

李木子慌慌张张地说："我得赶快离开这是非之地呀，你给我透了风，我再不跑就来不及啦。谢谢你了陈局，谢谢你的大恩大德，救命之恩，下次我一定会报答你的。"

陈昌福也站起来说："别胡说了，我今天来通知你，不是让你走，而是要叫你留下。"

"留下，干什么？"

"留下来继续做交易。"

"啊——"李木子的嘴一下子张大了，他瞠目结舌地愣在那儿，呆呆地听着陈昌福往下说。"事到如今，你以为还能够轻易跑掉吗？我告诉你，走私文物可是国际上的大罪。你一跑，全世界都会来通缉你，就是跑到天涯海角，也会把你抓回来严办的。"

"啊，这可怎么办呢？"鼻涕眼泪顿时从李木子脸上流了下来，他带着哭腔说，"可这件事里我只是个小角色，不过是受人之托，过过手，混点小钱而已，大角色其实并不是我呀，陈局长你要明察秋毫呀。"

陈昌福摇摇头说："你现在说什么都已经晚了，东西现在就在你手上，那么大个东西轻易脱不了手，一旦被抓，不是死刑，你这辈子也得把牢底给坐穿。"

李木子一听魂飞魄散，两腿一软就跪倒在了陈昌福面前，连连磕着头说："陈局，陈局，你知道我是冤枉的，可千万要救救我呀。"

"救你？"陈昌福点了点头说，"倒是还有一条路，虽说危险，不过可能还有些希望。"

李木子的头磕得更响了，嘴里连连说着："只要你保我过了这一关，你就是我的再生父母，我这辈子当牛做马也要报答你。"

陈昌福伸出双手把李木子扶起来说："当今之际没有别的办法，只有一条出路，就是把一切都推到赵程他们身上去，就说这一切，都是他叫你干的，东西也是他给你的。"

李木子眼睛一亮，不过马上又摇了摇头说："这恐怕不行吧？公安局把他和刘猛抓起来，一审一对证，事情不就都明白了吗？"

"你就不会让他开不了口。"

"什么？开不了口？"李木子抬起头来，愣愣地望着陈昌福，不过眼睛立刻惊讶地瞪圆了，因为他看见陈昌福手上突然出现了一支小巧玲珑的手枪，他不由失声地叫喊起来说，"这……是什么？"

陈昌福的脸色一下子变了，变得那么狰狞可怕，嘴里说出来的话语听起来，也像是在咬牙切齿。"这是一只'92 式'手枪，别看小巧，威力还挺大的呢，你看……"陈昌福一边说一边演示给李木子看，"这是枪的保险，你只要用小指头轻轻一拨，然后扣一下扳机，对面的那个人就永远说不出话来了。"

"可是，可是……"李木子张口结舌说不出话来。陈昌福的语气却越来越急促，"其余的我会替你说的，你只要在我发出信号的时候，对着赵程的脸扣动扳机就行了，里面有五发子弹，足以让他永远永远闭上嘴。"

望着陈昌福递过来的手枪，李木子却惊慌地、一个劲地往后退缩着，嘴里喃喃地说："我可不敢杀人，我只是个生意人，我可不敢……"

"别忘了，你要是不扣动扳机的话，那别人就要照着你的脑袋，不客气地开枪了。"陈昌福一边说，一边把那支手枪硬生生塞进了李木子手里。

深夜的皇岗口岸库房区格外冷清，和白天的热闹正好形成鲜明对比，不过仔细看去，你还是会发现，今晚的这份冷清其实是被精心掩饰起来的。一栋库房的周围影影绰绰，不时闪动着一些荷枪实弹的身影，远处还有一些精心遮盖起来的车辆，里面也埋伏着不少武警，显然他们已经在这里守候多时了。

中间那座库房里，有一盏孤零零的灯亮了起来，照亮了正在那儿等着接头的李木子，也照出了渐渐向这儿走过来的刘猛和赵程。在他们中间是那个笨重的、盖着红绸的铜鼎，就在他们刚刚面对面站下的时候，突然几道强烈的白光闪亮起来，全都集中在他们的身上，晃得他们一下子睁不开眼睛，接着就有一个威严的声音响了起来："不许动，你们已经被包围了，赶快举起双手,不许反抗!"

听着喊声,赵程和李木子都不由慢慢地举起了双手,但是在强烈的灯光下,人们立刻发现李木子举起的手中奇异地闪了一下光,那竟然是一支小巧玲珑的手枪。

冲上来的人群中有一个声音立刻响了起来:"注意,嫌疑人要反抗,大家小心。"

接着就看见冲在最前面的陈昌福突然抬手,朝着李木子果断地扣下了扳机,两声枪响之后,李木子就抛掉手枪,慢慢地瘫倒在地上。没有任何停顿和犹豫,陈昌福的枪口已经迅疾对准了下一个目标赵程,就在他即将扣动扳机的一刹那,准星里突然出现了一个武警的身影,正好冲上来挡在了赵程前面,陈昌福的枪口不由一抖,"啪啪"两声响过,子弹正好擦着那武警的钢盔飞了过去。

现在所有人都已经涌到了仓库正中,那儿正端端正正摆放着公安部通报里的"四马方尊"……

不久之后,有关部门隆重召开了"'四马方尊'文物走私案破获庆功大会",赵程和"晶晶"国际集团都因为配合破案有功而受到表彰,不过案件破获的头功却被记在了陈昌福头上,媒体上那几天全是他胸前戴着大红花,咧嘴开心大笑的画面。不久陈昌福就因功获得破格提拔,被任命为某某区的副区长了。

第十一篇
争夺"女一号"

一

  这天是个假日，几个很久没见面的老战友又聚在了一起，几杯美酒下肚，大家的"话匣子"全都打开了，就连一向严谨规整、不苟言笑的曹征，这一天都是笑容满面。赵程先开口说："我今天想说的，还是那个老话题，想马上投拍一部规模较大的电影。"

  汪泉山哈哈地先笑起来，说："就你，还想拍电影，演什么呢？是演周润发还是演周星驰啊？我看你呀，都不像。"

  "我说的拍电影，可不是自己去当演员。"赵程认真地说，"像我这样的还能当演员？上了屏幕还不把观众都给吓跑了？我说的拍电影只是投资，抓住一个吸引人的深刻主题，拍一部能受到观众广泛欢迎的好影片。"

  韩红英点点头赞同说："是的，我和殷董也谈起过，你当初在部队时谈到的那个设想他十分赞同，聘请你搞文化产业，其实也有这方面的意思。我看呀，咱们是该马上动手拍一部电影了。"

  可是刘猛却在一边摇头说："赵程哥，你从来就没有拍过电影，说到底也只是个外行，能行吗？"

  曹征在一边打气说："万事开头难，只要肯去钻研，去学习，就没有什么办不成的事。我想这拍电影呀，也并不是什么太难的事情，当初港台的许多老板，比如说邵逸夫吧，开始拍电影的时候，也不过是个'菜鸟'，什么也不懂，什么也不会。不过人家凭着一股韧劲，百折不挠，还硬是一步一步，慢慢地占领了整个香港和东南亚高端电影市场。他创办的邵氏影业集团红透半边天，如今已成为世界电影业的一张王牌。赵程，你应该在这个行业里好好干下去，说不定你的'晶晶'影视，今后也会成为全国影视界一张响当当的王牌呢。"

"对！"韩红英说，"不过，这第一步确实重要，你第一部投拍的电影是什么，想过了吗？"

赵程若有所思地点点头说："我还没有考虑清楚。说句老实话，我现在最想拍的，还是能够反映我们这一代人生命历程的影视作品。我们这些人从小含辛茹苦，一步步艰辛地走到了今天。我还记得小时候看过的那些经典电影，它们一辈子都在指导着我、鼓励着我，成为我一步步走过来的力量，不过现在，市场上这样的电影已经太少了。"

"你说的也对，不过这样的电影能挣钱吗？没听说现在有句话，叫作'娱乐至上'？"汪泉山摇摇头，又笑了笑说。

"不管它挣不挣钱，我都想这辈子看到这样一部影片，我觉得只要我们真心喜欢，那至少和我们一样的这一代人也会喜欢，也都会来观看的。现在的影视作品啊……"曹征感慨地摇了摇头说，"太注重经济效益了，有些个导演和演员眼睛里，就只有赵公元帅，其他什么也不在乎，对这种状况，我早就看不下去了。"

"嗨，我们的曹政委又在上政治课了。你也不想想，这是在特区，又是这么个改革开放的时代，你那一套政治课早就过时了。现在的文艺作品不要什么思想内容，甚至都不要什么文化知识，只要娱乐，只要高兴，只要快乐就行了。就像我现在一天到晚在舞厅，搂着个舞伴多快活、多轻松，何必一年到头把自己搞得那么沉重，就好像满天下只有你一个人有担当似的。我说曹政委，你就别那么严肃了，今后还是跟着我一块跳舞去吧……"汪泉山说道。

曹征不高兴地打断他说："你说的都是什么乱七八糟的。不管到什么时代，也无论是在哪里，我们这些人都要做有利于我们民族和下一代的事情。

我就反对现在的一些影视剧尽搞一些乌七八糟的东西,太不像话了!"

汪泉山哈哈地笑着说:"还是要多拍一些轻松愉快的电影,依我看,就拍我那个在山上用气球放飞老鼠,搅得整个城市兵荒马乱的故事。我相信这个故事拍出来的话,电影院一定会场场爆满的。"

这时赵程出来插话了,他说:"我倒是有一个题材,在心里憋了好久,一直想找人把它拍出来。"

"什么题材?"大家异口同声地问。

"移民题材。"赵程严肃地说,"'移民'这两个字一直刻在我的脑子里,更刻在我心上。为什么? 因为我不折不扣,就是一个移民的孩子,所以我这辈子命中注定,就是马不停蹄地一直在路上奔波,到一个地方还没站稳脚跟,就被命运驱使着又赶往另一个地方了。许多地方对我们并不友好,迎接我们的不是穷山恶水就是兵荒马乱,可我们就是那样忍辱负重,一步步地走过来,直到今天。"

他的话听起来确实感人,让一桌的人都禁不住跟着他点头。韩红英说:"怪不得,这么多年,我总觉得你身上有一股子劲头。就是咬定青山不放松的劲头。这种劲头在其他男人身上很难找到。我一直在想,是什么造成了你这种性格。我见过你父亲,就是一个老实巴交的农民。我也认识小惠,她也一样老实温顺。到现在我才知道,造成你这种性格的,正是你这种移民的经历。有时候,颠沛流离的生活和恶劣的生存环境并不是坏事,反而造就了你这种锲而不舍的性格和勇气。"

她说完,一桌的人都在频频点头,长久沉浸在一种无法言喻的感动之中。

赵程的性格是说干就干,事情一旦确定,他会立刻毫不犹豫地上马,然后一鼓作气地干下去。有了拍电影的目标,他马上就千方百计请来了在电影界享有盛名,曾经拍摄过好几部具有国际美誉度故事影片的徐导。

徐导原来是个又高又大的大胖汉子,一张仿佛总是浮肿着的脸,一双平日里总是眯缝着的小眼睛,脸色黄黄的,常常让人怀疑他是否患着什么顽疾。此人平时总显得懒洋洋的,有时见了人连眼皮都不愿意抬一下,不过一旦走进了拍摄场,或者谈论起什么感兴趣的剧本,他立刻会精神抖擞,两只鼓鼓的金鱼眼睛炯炯地放光,嘴里连珠炮似的妙语连珠,有时说着说着,嘴边还会不知不觉冒出些白色的泡沫来,让人看了不由有些好笑。不过若是仔细听过他的发言,你就会顿时佩服得五体投地,因为此刻从他嘴里吐出的那些妙语,如果完整记录下来的话,立刻就是一本十分精彩的电影剧本,或者是一部十分吸引人的小说。这些剧本和小说能够拍摄成电影的话,立刻就会招来大批兴奋的观众。

这天徐导谈的第一个电影构想是武侠题材,那里面尽是些不食人间烟火的古代男女大侠,他们居住在渺无人烟的雪山之巅,总是在空中飘来飘去,而且一辈子都纠缠在无休无止的门派和男女之争当中。他介绍完这个题材后,看了看赵程的脸色,发现他脸上淡漠得惊人,似乎一个字也没听进去,便点了点头说:"我看出来了,赵总,你对这个题材不感兴趣。"

"是的。"赵程回答,"我觉得这样的题材太滥,已经有些无聊了。咱们能不能不要老是在空中飘来飘去,也不要老是住在那些没吃没喝的雪山荒原上。大师,你还有更好的题材吗,能离咱们老百姓的生活近一些?"

"哦,你说的是现代都市题材吧。有啊有啊,这一类题材的剧本我这儿可存着不少呢。"徐导说着,从随身带来的手提包里摸索了一阵,还真掏出一个打印好了的剧本说,"看,这儿就有一个,名字很吸引人,叫作《陈董和他的六个小情人》。嘿,我看见你皱眉头了。是的,这名字听着,是让人有些不舒服,可是现在的观众啊,不吃别的,还就吃这一套。这里面当然有一个像你和殷董一样成功的企业家喽,他们的身边理所当然,总是环绕着好几个年轻美貌的女人,而且一个个都性感风骚喽。当然剧情里肯定少不了第三者插足,最后全都难以成为眷属……"

说到这里,徐导好像自己都有些说不下去了,他抬起头仔细看了看赵程的脸色,说:"不好意思,赵总,这个片子,连我自己都很难说服自己。"

"你还有其他的题材吗?"赵程脸色有些严峻起来,他直视着徐导的眼睛说,"看得出来,徐导,你是个非常真诚的艺术家。我们公司拍电影,是想给这个时代,给我们普通人生活留下一些实实在在的东西,我想,你一定也和我有同样的打算吧。"

徐导是个艺术气质很浓,也很容易冲动的人。他对着赵程的眼睛认真看了一会儿,脸色一下子变得生动起来,语气也刹那间激昂了许多,他说:

"不瞒你说，赵总，我心里有一个已经压抑了多年的题材，这是一个关于民族迁移的故事。一个来自东方的民族为了回归故土，听从命运的驱使，从欧洲大陆心脏踏上一条艰难曲折的迁徙之路，想想都可以知道，那是一条多么曲折漫长，甚至沿途布满冰雪与尸骨的道路。这些普通的男男女女、老老少少，为了实现自己的梦想，将会遭遇到多少障碍，又会付出多少难以想象的牺牲和代价。可是离开祖国时间越长，他们就更加强烈地感受到故国和亲人的召唤，他们一刻也不愿停留下去了。"

赵程直直地盯着徐导的眼睛，两眼一刹那间有了炯炯的光华，他用略微有些颤抖的声音问道："这电影的题目，你想好了吗？"

"还没有完全想好，我想暂时就叫作《东归史诗》吧。"

二

《东归史诗》的男一号演员很快就确定下来了，是当今最走红的硬派小生刘天雨，而女一号的人选却一时难以产生，难产的最大原因不是别的，却是韩红英。

那天《东归史诗》剧本刚刚打印出来，就被韩红英一把抢到了手里，她匆匆地刚看完第一遍，就高声叫起来说："徐导，徐导，这个女一号的角色，你一定是为我量身定做的吧？"

正在和别人说话的徐导思路被打断，有些不高兴，不过他抬头一看是韩红英，脸上只好重新挂上笑容说："红姐，红姐，这个角色……你有些委屈了吧？"

"不行，徐导，这个角色太适合我了，这么说吧，简直是非我莫属，专门为我而创作的。"韩红英说着，竟然有些喧宾夺主起来，硬要拉着徐导去试妆试镜。徐导的态度看上去有些勉强，尽管也陪着她去试了，但嘴上却一个劲地哼哼哈哈，自始至终也没有明确表态。

以后的几天里，韩红英一直在催着徐导早日决定，而徐导尽管心里不乐意，却深知韩红英和殷董以及赵程的关系，他不想得罪这几个主要的投资人，因此一直在虚与委蛇。

那天他正在和赵程商量剧本投拍的事情，突然听见隔壁房间里传来一阵歌唱的声音，赵程知道这是梨儿在唱川剧，这个小东西恐怕又在想家了。每当思念家乡和妈妈的时候，她总是会不由自主地唱起这些从小就唱熟了的川剧。赵程还想继续和徐导讨论下去，却发现徐导分明显得有些心不在焉了。老头子已经站起身，细细聆听着隔壁屋子里演唱的声音，嘴角边渐渐浮上越来越多的笑容，最后他竟然站起来，循着那演唱声传来的地方慢慢走去，不由分说便轻轻推开那扇房门，站在门口不动声色地细细倾听着。

屋子里的梨儿显然没有觉察到房门已被推开，有人正在全神贯注地听自己演唱，她依然旁若无人地沉浸在自己小小的世界当中，现在她演唱的是《白蛇传》中许仙的一段：

> 娘子，娘子呀！
> 那几夜何曾得安眠？
> 贤妻金山将我探，
> 咫尺天涯见无缘。
> 小沙弥行方便，
> 他放我下山访婵娟。
> 不分日夜奔家转，
> 千里奔波断桥边。

最后一句唱词刚刚落下，突然有一阵尖细的女声在身后响了起来，唱出的是白娘子接下去的那段唱词：

> 素贞我本不是凡间女，
> 妻原是峨眉山一蛇仙。
> 都只为思凡把山下，
> 与青妹来到了西湖边。
> 红楼匹配春无限，
> 我助你镇江卖药学前贤。
> 端阳酒后你命悬一线，

我为你仙山盗草我受尽了颠连。

谁知你病好把良心变，

你不该随法海上了金山。

妻盼你回家你不见，

哪一夜不等你到五更天。

可怜我枕上泪珠儿都湿遍，

可怜我鸳鸯梦醒只把愁添。

梨儿和赵程一时全都被这突如其来的声音震惊了，因为循声看去，这段纤细委婉的女声，竟然是又高又胖的徐导捏着嗓子唱出来的，他不但在唱，还扭着腰肢认真地表演起来。他唱得那样投入，演得那么动情，把梨儿一时又拉回到那个剧情中难得的境界里去了。紧接着徐导的唱腔，她又深情地对唱起来：

娘子，青姐啊！

许仙再若心肠变，

三尺青锋尸不全。

梨儿的演唱声渐渐低落下去，但余音却仍然在房间里萦绕了好久。一会儿梨儿和徐导同时打破沉寂，异口同声地开口问道："你会唱川剧？"

"对。"梨儿点点头说，"我是四川人，从小就学川剧。"

徐导也点点头说："我不是四川人，不过我可喜欢川剧了。这川剧的味道就和川菜一样，既提神又充饥。实在是太好了，我说你唱得可真不错。"

梨儿羞愧地低下头说："你就别夸我了，我知道我的嗓子不好，红英姐姐老是说我，不男不女的，就像是在号哭丧调。"

"不不不，她胡说。"徐导不管不顾地拉下脸来说。尽管这时他看见韩红英已经在不远处站着了，但他仍然满脸真诚地说："不，孩子，我认为你唱得不错，最要紧的，是你唱出了这川剧的韵味，这是最不容易的。你的嗓子很有特色，演唱也恰到好处，善于运腔用调，所以把这种韵味表现得非常浓烈，对角色的把握也很好，看得出来，你有表演功底。我再问你，你会唱歌吗？"

"唱歌?"梨儿问,"会倒是会几首,不过我唱得不太好,和红英姐姐比起来差得太远了,她唱得那才真叫好呢。"

徐导说:"这样吧,我放一首歌你听听,然后你跟着它唱,放心大胆地唱,我相信你会唱好的。"他说完,拿出随身带着的一只录音机摁下按钮,一片歌声立刻轻轻地飘荡在屋子里。这阵歌声是那么浑厚委婉,就仿佛是从一片辽阔的大草原上吹过来的风儿,吹拂得人心头酥酥的、软软的,转瞬间心头便会浮现出无数早就想要倾吐,却又一直无法说出来的话语:

　　草原的风,草原的雨,草原的羊群
　　草原的花,草原的水,草原的姑娘
　　啊卓玛
　　啊卓玛
　　草原上的姑娘卓玛拉
　　你有一个花的名字
　　美丽姑娘卓玛拉
　　…………

梨儿听着听着,渐渐地跟着哼了起来,富有舞台表演经验的她很快就已经忘却了自己身在何处,身边还有什么人,她仿佛已经随着歌声来到了无边的大草原上,身边只有一片绿色的草地和奔跑的马群……

起先是录音机的那位歌星在唱,渐渐地变成了两个人在唱,最后就只有梨儿一个人的声音在屋子里和走廊上旋转荡漾了,因为这个时候徐导已经悄悄关掉了录音机。这也是这么多年来,赵程第一次专注地听梨儿唱歌,他惊讶地发现,虽然梨儿的嗓音远没有韩红英那么高亢,却浑厚优雅,声音里还非常奇特地带有某种磁性。正是这种磁性,仿佛让歌声平添了某种独特的韵味,从而产生了某种特殊的魅力,能够很快地深入听众心灵,把听众不知不觉地吸引到那片奇妙的艺术境界当中去:

　　你有一个花的笑容　美丽姑娘卓玛拉
　　你像一只自由的小鸟　歌唱在那草原上

你像春天飞舞的彩蝶

闪烁在那花丛中

…………

徐导眯缝起眼睛听着，许久许久都说不出话来。过了好一阵，他才慢慢地睁开眼睛，用颤动的嗓音高声叫起来说："阿丽米尔，阿丽米尔，这声音不是别人的，正是阿丽米尔公主的。哇，虽然我是第一次面对面听见这歌声，但这声音却已经在我的脑海里盘旋好几年了。是的，是的，这不是别人，就是她，就是阿丽米尔公主的声音。喔，我的阿丽米尔公主呀！太好了，太好了。"

他一边喃喃地说着，一边上上下下仔细地打量着眼前的梨儿，说："我心目中的阿丽米尔公主就是这样的，她小巧玲珑，年轻而又富有朝气，就像一只在草地上滚动着的白色马羔。公主最大特点就是她那副金嗓子。这嗓子是那样优雅好听，就像草原上的风一样能够吹得很远很远，一直传遍整个大草原。梨儿小姐，你现在就跟我去试妆定型，让我再好好看看吧，怎么样？"

梨儿和赵程一时都惊呆了，可是还没有等他们从惊讶中回过神来，就听见身后突然响起了一声愤怒的呵斥："谁在这儿瞎唱呢？唱得这么难听，不男不女的，像个什么样子？"

赵程和徐导闻声都不由大吃一惊，回头一看，竟然是圆睁着眼睛，满脸遏制不住愤怒神色的韩红英。只见韩红英已经几步窜到梨儿身边，指着她的鼻子骂道："整天这样不男不女地哭丧，还想让人活吗？你，赶紧给我滚出去！"

梨儿吃惊地反问道："红英姐姐，你这是怎么了？怎么了？"

"怎么了？"韩红英怒气冲冲地骂道，"我早就受不了你这副哭丧调了。整天到处乱哼哼，弄得人心烦意乱的，今后我再也不想听见你的声音了。"

是的，韩红英已经忍受得太久太久了，她早就打定了主意，一定要把梨儿从赵程的身边给赶走，因为她发现，最近殷董好像对她越来越冷淡，原先维持着的那种表面上的关系也已经几乎不复存在了。而她对赵程的那份感情，却越来越炙热了，她已经好几次暗示过赵程，想要和他重新开始新的情缘，可赵程却像是什么事也没有察觉似的，始终对她不冷不热、不置可否。

这让韩红英十分伤心,她思考再三,总觉得原因只有一个,就是梨儿这个小妖精,她总是陪伴在赵程身边,明里暗里照顾着他。她不知道他们之间的关系究竟已经发展到什么程度,却感觉到内心深处的怒火在一天天上升,很快就要无法忍受了。这几天她一直在盘算,要找个机会把梨儿赶走,尤其是在确定影片女一号这样的关键时刻,她更不能有丝毫的犹豫了。

接下来的整整半个小时里,韩红英都在怒不可遏地放声怒骂。她说当初第一次看见梨儿,就觉得她是个不男不女的丑八怪,这么多年来没见她有一点点长进,前一阵子还把赵程仅有的一点活命钱,也拱手全都交给了骗子……

梨儿低着头一声不吭地听着,只是眼泪像断了线的珍珠一样"啪嗒啪嗒"地往下掉。偶尔她也会抬起头来,用充满委屈的眼光看一下韩红英,然后低声分辩说:"不,红英姐,不是这样的。"

韩红英渐渐骂得累了,于是一转身,又把矛头对准了徐导,指名道姓不客气地说:"徐导,亏你还是个知名大导演,你应该知道我韩红英不是什么初出茅庐的小角色,我可是在深圳和港台都有点名气的红歌星、当红演员啊。这几年我唱了那么多的歌,征服了整个深圳和香港,谁不说我唱得好? 就连香港特区的行政长官,看了我的演出都赞不绝口地夸奖。在你的电影里充当这样一个主角我完全可以胜任,可是你现在不但不痛痛快快把这个角色给我,反而还要把它给一个完全外行、什么也不懂的小丫头。你这是什么眼光? 什么审美水平? 亏你还是个名声在外的大导演呢。"

可徐导却不是一个可以随意摆布的小角色,只见他渐渐地竖起眉毛,也对韩红英不客气地瞪起了眼睛。眼看矛盾将要激化,赵程赶快上前,挡在了韩红英前面说:"红英,你怎么能这么和徐导说话呢? 你要冷静一点!"

韩红英现在是逮着谁就咬谁,她不但没有任何冷静的表示,反而还对赵程也瞪起眼睛说:"赵程,我现在就该说你了。你忘了咱俩是什么关系? 不说是青梅竹马,至少咱们从孩子的时候就互相认识,从部队到深圳,为了帮助你,我花了多少力气,做出了多么大的牺牲,这些,难道你就全忘了吗?"

这些话就像刀子一样刺进了赵程的心里,他回答的语气也就显得有些哀伤,"红英,你怎么能这么说话呢? 你对我的那些好,我一直牢牢地记在心里,从来不敢有半点忘记。"

可是韩红英的声音更加响亮了，她说："你说得好听，什么没有忘记。就因为身边有这么个小妖精，你这么多天都对我不理不睬。现在明摆着是我演的角色，你们却要把它塞给这么一个什么也不懂的小丫头。你说，你的心里还有我吗？"

这时徐导忍不住插话说："红英小姐，我劝你千万要冷静，我们现在是在为一部电影选择角色，而不是在选择歌唱演员。我承认你是一个不可多得的优秀歌唱家，可这部电影当中的公主绝不是只要歌唱得好就行，她还要有角色赋予她的形体和气质，要求有表演的功底和才能。打开天窗说亮话吧，我觉得就这个角色而言，梨儿小姐在各方面都不会比你差。"

这下子韩红英更加恼火了，脸涨得通红，开始对着徐导破口大骂起来，愤怒的叫喊声在走廊里震荡，引得许多人伸头探脑地往这边张望，不过却没一个敢过来劝和的。

"什么表演才能？什么天赋？什么气质？你以为我不知道，你们就是看中了她比我年轻，比我风骚……"韩红英骂着，最后把一双愤怒的眼睛对准了赵程，说，"赵程，你摸摸胸口，还有良心吗？我一直都把你当作最亲的人，可你把我当成了什么？这样吧，你们不讲理，天下总还有讲理的地方，我找殷董评理去。"她说完就大步流星向外走去，赵程怎么拦也拦不住她。

看着韩红英怒气冲冲地离去，梨儿才"哇"地哭出声来，一边擦着眼泪一边对赵程和徐导说："是我连累了你们，我对不起你们，我……我也对不起红英姐。"

可是此时徐导的大牌脾气却明显上来了，他一拍胸脯高声说："我是这部电影的总导演，我选择角色从来就不看演员的背景，也不看他们的年纪，只秉承自己的艺术良心，看演员是不是适合我心目中的定位。刚才你们的表现让我看得更加清楚了，梨儿小姐的性格和外在表现，完全就是我心目中的那个阿丽米尔公主。走，你现在就跟我去试妆。"他说完，不由分说拉着梨儿就向化妆间走去。

赵程在一边默默看着。这段时间以来，他已经深深地感觉到韩红英已经变了，不再是过去那个熟悉的她了。现在她的口气很大，一开口就是说："像我这样的演员、这样的歌星，别说深圳没有，就是全国恐怕都找不出几个吧。我这样的人有什么可怕的，逢山开路，遇水架桥，在这个世界上就没有我韩红英过不去的坎儿。"有些事情当赵程表示为难的时候,韩红英就会拍一拍胸脯,昂昂头说:"你有什么可怕的,放心,有我呢。在我面前,就没有什么办不了的事。"此刻他敏感地觉察到,一场凶猛的暴风雨很快就要来临了。

接下来的几天里赵程总是在痛苦地思索着、回忆着,他在思索自己身边的这三个女人,回忆着她们和他的风风雨雨。这一路走过来的酸甜苦辣,除了母亲,今天争吵的这两个女人,再加上小惠,就是他生命中最为重要的异性,这三个人都在他生命历程的不同阶段,竭尽全力地爱过他,支持过他,呵护过他。没有她们,也就不会有自己的今天。

赵程不得不承认,其实他打心里边喜爱的女人还是要数梨儿,他这样觉得,并不是因为梨儿有多么漂亮、多么白皙,相反,这只是一个可人的小东西,文静乖巧、讨人喜欢,不过最令赵程动心的,也恰恰就是她的这一份温顺乖巧、善解人意、善于倾听。在这个世界上,即使外表再坚强、再成熟的男人,也都会有自己懦弱的那一面,心灵深处甚至常常还会有一种孩子的一面。在承受外界巨大压力,精神极端苦恼,感受委屈和冤屈的时候,他们的潜意识里,往往会希望得到来自异性的慰藉,渴望能够找到一个知心女伴尽情地倾诉。这个时候,他们就会把那颗平时看起来高傲威严的头颅低垂下来,放到这个心爱女人温暖的怀抱之中,毫无保留地把自己的心里话一股脑儿地全部倾吐出来。这个时候,往往也就是男人们最脆弱、最危险的时候。

所以男人喜欢某个女人,往往并不是因为她有多么漂亮优雅、多么风骚性感,而只是由于两颗心灵奇妙的相遇与相通,是因为他终于找到了一个可以任意倾诉,说说心里话,而不必再有所顾忌的对象。在这一点上看,许多男人都是一些永远长不大的孩子,小的时候他们会向妈妈倾诉,长大了他们会向自己的恋人倾吐,即使当白发爬满头颅,这一点也仍然不会改变,他们依然会去向自己的异性伴侣喃喃地倾诉。

这个时候能够放下手里所有的一切,去静静倾听男人们倾诉的,毫无疑问就是理想的好女人,就是人生的好伴侣,当然也是一个最佳的情人。许多时候甚至都不需要语言,只要一个适时的眼神,一个热烈的亲吻,就能够抵得上平日里的千言万语。

在赵程看来,他生命中最亲密的这三个女人是这样截然不同。小惠很像是脚底下时刻踩着的那一片泥土,软软的、绵绵的。他想怎么踩就可以怎么踩，他想怎么捏就可以怎么捏。天晴时你可以把她当作尘土高高扬起，雨天不高兴的时候，也可以让她随意飞溅，抛撒得满世界都是。可是即使到最后，你仍然离不开她，毕竟泥土是一种人类无法离去，也绝对不能轻易舍去的东西。泥土无声无息、不声不响，却充满了不可思议的强大生命力，它能够孕育一切，也会包容一切。即使走遍整个世界，最终你还会发现，泥土不是别的，它就是生命，是依靠，是虽然不声不响，却最终成为你的归属。

小惠善于倾听，却永远像一块泥土那样不言不语。那些滚烫的话语，会一点不剩全都落进土中，不会激起一丝一毫的反响。有时候赵程和她说着说着，却发现她好像什么也没听进去，手里忙着的，只是那只毛袜子。再或者你说得口干舌燥，却突然会听见她前不着村，后不着店地问一句："哎，你今天晚上想吃些什么？"于是心里面那些正渴望着倾泻的话语，就会像遇上了一块大石头似的突然中断，赵程立刻失去了和她继续交谈的欲望。

而他的第二个女人韩红英却像是一块石灰，无论男人的话语像毛毛雨那样星星点点，还是像暴风雨那样倾泻而下，都会毫无疑问在她那儿点燃起一团火，一团注定要燃烧得越来越炽热的火焰。有时候听着听着，她会用一双噙满泪水的大眼睛默默望着你，那样深情，就像是一片深不见底的湖面。而有时候她却会发出一声怒吼，然后拍案而起……无论是一团愤怒的火，还是一片激情的水，她都会把正在交流着的两颗心烧得滚烫滚烫，不过有些时候也会最终燃烧成一团灰烬，尤其是在目前这样她自我意识膨胀的时候，这团火恐怕会一烧冲天，最终留下一片无法收拾的废墟。

梨儿，只有梨儿，只有这个川妹子才会始终宁静地倾听他的倾诉。无论是愤怒的倾泻，还是喃喃的抱怨，她都会一声不吭默默地听着，当你说着说着有些累了，或者茫然不知所措的时候，抬起头来，就会看到对面有一双湿润的黑色眸子正在默默注视着你。那里面满是理解、抚慰，还有正等着倾听下文的热切期盼，于是赵程的心里立刻会舒缓下来，又会立刻满怀兴致地唠叨下去。有时说得正有些口干舌燥，一抬头，面前已经出现了一杯冷暖适宜的茶水或者果汁。他觉得这样的女人就是一片蔚蓝色的湖水，无论是倾泻，还是抱怨，你都会在那儿看到自己期盼已久的涟漪。

与梨儿刻骨铭心的一番谈话就在不久以前的一个黄昏，他们两人独自面对的时候，谈到了这部电影和移民，以及他们自己。那天赵程对她说："我是个移民,这种特殊生涯让我具备了一种耐受能力、抗打压能力,还有一种对于逆境天生的适应能力。岁月敲打着我,时光揉搓着我,让我慢慢地变成一根弹簧。压力大的时候我蜷缩着,把身体挤压成一个团儿,看上去浑然一体,没有什么棱角可让人捉拿,在许多人看来,我已经被压扁了、搓圆了,再也成不了气候了。可一旦等到压力消失,我就会猛然间一跃而起,飞升着,从原来蜷缩着的那个狭小空间里反弹出来,反而比过去更高,比原来更强。我会在非常短的时间里,就又一步登天,蹿升到一个过去还从来没有达到过的崭新高度。"

"可是你怎么会具备这种能力的?"半明半暗当中,那双含情脉脉的眼睛闪动着烁烁光焰,柔声细气的话语里抑制不住充满了崇拜。

"怎么会?哼哼,只要你去过我曾经去过的那些空间,在那些待上几天你就会明白的。那些野狼出没的山谷,那些前线草草挖就的战壕,那些堆得比人还要高的尸体,还有那些充满轻蔑和讥讽的眼睛,那一双双讨债人伸出的手。你也一定会具备这种能力。我奋斗的另外一个理由,就是为了孩子。没有一定的经济实力,没有稳定的地盘,咱们就不应该把孩子带到这个世界上来。你说一个颠沛流离的移民,配有自己的孩子吗?把他或她生下来,就只是为了让他们乘着条小船四处漂泊,随波逐流,就像电视里放的那些地中海上漂泊的移民孩子一样,活活淹死在风浪里?不,既然有自己的孩子,我就要给他们一个最最美好的成长环境。是儿子,我就要让他成为一个少爷,有自己的房子,有自己的'宝马''奔驰',或者是'劳斯莱斯''法拉利'。女儿就更是要打扮得漂漂亮亮,像个公主,不,不是像,而就是个正儿八经的公主,住的是豪华的宫殿,有一大群男孩子为了争着见她一面,而疯狂地厮杀,打得头破血流……"

梨儿就这样,彻底俘获了赵程那颗已经劳累得太久的心灵。

女一号演员的事情闹出这么大的风波,事情关联着的,又是两个和公司最高领导层有着密切关系的女人,底下人自然也不敢轻易做决定。徐导虽然有自己的想法,但顾虑影片最后的投资,也只能提提意见,最后的拍板权还是交给了集团最高层领导殷董。

那几天韩红英的心里忐忑不安。事情已经很明显,这两个男人一个已经背叛了自己,而另一个除却表面,实质上本来就没有多大关系,关键时刻不可能指望他给自己帮忙。那些天她心里七上八下,心神不宁地等待最后的"裁决"。在这以前,她还几次去找过殷董,殷董虽然仍像往常那样不苟言笑,脸上一副凝重如山的表情,和人说话时连眼皮也不肯抬一下,不过韩红英清楚,在他冷漠沉静的外表底下,其实早已经把一切都看在眼里,也已经把一切都给盘算得一清二楚了。

果然这天下午,殷董把赵程、徐导、韩红英和梨儿都叫到了自己办公室。一轮工夫茶以后,他沉静的语调开始响起来了,"我知道这几天你们为选角的事伤了心,也惹出了一些麻烦,这也难怪,你们两位……"殷董指了指坐在两边的韩红英和梨儿说:"一位是在本地已经红透半边天的歌星,一位是很有希望的新秀。听说梨儿川剧唱得很好,什么时候我还要听你好好演唱一番呢。对于你们谁将出任主角,我不会擅自决定,我只想说,这部电影是我们'晶晶'影业公司成立以后投拍的第一部电影,是公司的长子,实在太重要了。它的成功与否,关系到公司下一步的生死存亡。我们'晶晶'国际集团早已确定,下一步要全面进军文化产业,将来在内地的影视圈里大展宏图、大显身手,因此这部电影只能成功,不能失败。一旦失败,就是把我们集团今后发展的大门给关上了。这事非同小可呀!我个人也不能凭自己的好恶,就把集团的前程当作儿戏,我觉得最后决定这事的,只能是艺术,只能是市场,因此我决定把最后的决定权交给你。"他说完,伸手指了指徐导。

徐导有些出乎意料,但还是马上站起来说:"我自己的态度,前面已经表明好几次了,不过我知道,这个人选的问题,对于你们在座的各位关系都十分重大,因此我想,还是由你们领导层做最后决定吧。"

这时一直默默坐在旁边的赵程突然开口了,他说:"徐导你就别犹豫了。你想想电影里那些角色,那些我们先辈迁徙的命运,那些漂泊着的年华,我想你就不会再有任何犹豫了。"

"迁徙的命运,漂泊的年华。"这几个字仿佛触发了徐导心中某个隐秘的开关,他突然变得神采飞扬起来,猛地一仰脖子,长长的头发一下子飘拂到了脑后。他两眼开始放射出炯炯的光芒,说:"对,我是没有任何后退的理由了,因为这个题材在我心里一直压了整整十年,也折磨了我整整十年。为了它的成功,我愿意付出自己的一切。所以这个角色饰演女一号阿丽米尔公主的最佳人选就是……”他说着,把眼光直直地盯住了梨儿,然后一字一顿地说:“梨——儿——小——姐!”

梨儿还没有任何反应,就听见韩红英的那张椅子“啪啦”一声被推倒在地上,她站起身来,风一般就要往外冲,可是徐导喊住了她,十分诚恳地说:“红英小姐你等等,等等,我还有话要和你说,虽然很遗憾,你不能饰演女一号角色,但我认为你适合扮演阿丽米尔的母亲安塔娜王后,那也是一个戏份很足的角色,成功与否,也关系到全剧的成败,我相信你饰演她,同样可以出彩的。”

可是韩红英立刻用一声怒吼回答了他:“不行,不行!你们想干什么?你们不就是欺负我年纪大了点吗?还要让我扮演这个骚货的母亲,让我假惺惺在这个戏里向她表现母爱,呸,我办不到,办不到!你们安的什么心?休想!”她说完,又向门外冲去,但在门口却站住了,回身向赵程说:“赵程,你知道我的性格,别以为我这个人会善罢甘休,谁要是招惹了我,我就会是火,把他和这个世界一起统统烧掉!”

“红英,你冷静,你千万要冷静。我太知道你的脾气了,关键时刻,你往往会做出过火的事情来,那次你嫁给苏队长,还有那次把陈昌福推下……”赵程也不管不顾地冲上去想要拦住她。

可是大门已经“砰”的一声关上了,走廊上传来了韩红英大步离去的脚步声……

三

韩红英一怒之下冲出了办公室大门,她不能再忍受下去了,她也不能接受这样的失败。她韩红英竟然竞争不过一个初出茅庐的小姑娘,原先她以为是“三个指头捏田螺——笃笃定定”的女一号,竟然会被这样一个从来没有当过主角,甚至从来没有登过像样舞台的小姑娘所替代。不,不,她不能接受这样的失败!她韩红英是什么人?她是红透深圳半边天的著名女歌星,她也曾经是一名飒爽英姿的女军官。她的舞台表演曾经在深圳娱乐圈掀起过一波波怎样的狂涛?她的歌声又曾经让多少人如醉如痴?她怎么能够接受这样的失败呢，而且是败在这样一个名不见经传的小姑娘手下！

不，不，这一切的原因太明显了，肯定是因为赵程偏心。还有殷董，这个死老头，因为她当初没有答应他的要求，成为他心目中的情人……韩红英实在不愿再想下去了。那一瞬间，她觉得整个世界都已经抛弃了她，她没有对不起这个世界，这个世界却是这样对不起她。

可是她不会认输的，即使整个世界都对不起她，她仍然要好好地表现一番，让这个世界看看，她韩红英是什么人，她能做出怎样不可想象的业绩。在她的眼里，从来就没有什么失败，即使当她因为失手伤人而走进看守所，走进监狱农场，她仍然能够从最底层再一次爬出来，凭借自己的努力，凭借自己优美的歌喉和姣好的容貌重新站立在大舞台上。今天她也要以同样的业绩来回应世界，让赵程，让殷董，还有那个小妖精好好看看，他们面对着的是什么人，伤害的又是什么人。对了，她要自己去拍一个电影，而且在这部电影里，自己成为理所当然的女一号，凭借自己完美的演技和出众的容颜，让市场折服，让观众折服。

对，对，就这样，就这样了！她尤其要让赵程知道，失去了韩红英，对于他会是一个多么巨大的损失。不仅仅是情感上的，更重要的是艺术上的，他们将失去一根顶梁柱，失去一棵摇钱树，就让他们去依靠那个什么也不懂的黄毛丫头吧！他们会后悔的，一定会的！

可是如果要达到这样的目的，就必须要抢在他们前面拍出一部好片子，一个响当当的艺术精品，一个让大家眼睛一亮的好作品。一旦在银幕上亮相，就会让所有的人眼前都猛然亮起一道闪电，然后以迅雷不及掩耳之势捷足先登、先声夺人。

可是要拍摄一个什么题材的作品，才能够达到这样惊人的效果呢？韩红英把头深深地埋在梳妆桌上，翻来覆去绞尽脑汁思考着。对了，她有表演的天赋和魅力，有军人的气质和外形，能不能在历史或者战争题材影视片的范畴里动动脑筋呢？现在影视剧市场上历史剧很吸引人，如果能够拍出一部这样题材的历史传奇片子，譬如说《霍元甲》，又譬如说那部由黄日华和翁美玲主演的《射雕英雄传》，那真是红遍内地港台，也红遍整个东南亚。《射雕英雄传》中的翁美玲当时才不过二十岁出头，凭着伶俐刁钻的性格和外形，饰演的黄蓉一颦一笑、一举手一投足，都透着灵动飞扬的朝气。那双黑白分明的眸子,活生生将一位充满智慧的俊俏女侠呈现在屏幕上。对了,我就去拍摄这样一部历史传奇影片吧。

韩红英的思绪开始在茫茫的虚空中尽情展翅飞翔,一个个朦胧的影子闪过她的眼前,又马上被她一个个否决掉。直到最后时刻,才有一个英姿飒爽,男性装束下掩饰不住那份娇艳俏丽的形象,栩栩如生地站立在她的面前。这是一个来自中原的妙龄女郎,身上却穿着一身钢铁盔甲,在那时专属于男性的军营和战场上奔驰着、厮杀着,吸引着整个世界的目光。花木兰,对,花木兰,正是这个古时代父从军的漂亮女子,她的经历,她的气质,她的勇气不正和自己有几分相似吗?对了,就是她,就演她了。这部影视剧的名字就叫作《飒爽英姿花木兰》吧。自己就当之无愧出演其中的一号角色,理所当然,看谁还会再来争,再来抢?

这时韩红英突然想起,就在前几天有个作者送来过一部花木兰的电影剧本,想请她给联系个拍摄单位,据说写得还不错。哦,这不会就是上天送给她的礼物吧?当她正想要睡觉的时候,就有人送枕头来了。对了,就用这个本子了。

可是到哪儿去请导演呢?眼下正是影视剧拍摄的旺季,内地和港台的知名导演哪一个不是一部片子接一部片子,早就忙得应接不暇了,还能上哪儿再去请一个知名的好导演呢?

韩红英皱着眉头想了半天,突然一拍桌子站起来,心里恨恨地想着,找不到现成的导演,难道就不能自导自演一回吗?哪个导演是天生就有那么大本事的?比如说那个徐导就没有什么大本事,空有虚名罢了,至少是有眼不识金镶玉,竟然会把她这样一个最合适的好演员白白放了过去,反而看上那个什么也不懂的小黄毛丫头。说起导演,自己也不是没有尝试过,还真有过几次这样类似的经历。当年在文艺宣传队,她曾经自编自导自演过好几个节目,观众反应很不错。在通信站当副站长的时候,她也曾经组织战士文艺宣传队,帮她们自编自导过好几个节目,到省军区会演时还获了大奖,让省军区领导们的眼前一亮,马上要调她去省军区文工团工作,被她坚决地拒绝了。对呀,导演有什么了不起?自己完全可以胜任,不就是组织调度一些场面,安排安排剧本结构吗?自己参加过那么多的晚会,看过好几部电影的拍摄现场,她相信自己早就已经看熟了。

不过韩红英毕竟不是当年十八九岁的小毛丫头了,在社会上风风雨雨这多年,她毕竟也积累了足够的社会经验。因此当她望着梳妆镜里自己那张姣好的面容,还是慢慢地沉吟了好一会儿。不对,也不能孤注一掷,总该要留下一条后路吧,找几个在关键时刻会伸手拉自己一把的人。还有谁呢?不可能是那个老东西,现在他已经完全和赵程、徐导他们一个鼻孔出气了……对了,有一个人如今身居高位,手握大权,当年他还欠着自己的一笔账呢。对了,就找他去。于是韩红英立即重重地关上门,急如星火一般地发动起了汽车。

她要去找一个人帮忙,一个她以前不屑一顾,而现在却认定了他会帮忙的人。

猛然见到不顾秘书阻拦,直接冲进办公室里来的韩红英,毫无思想准备的陈昌福一下子愣住了,他的手不由自主地伸向头顶,摸了摸那块当年被推下悬崖时留下的伤疤。

"你,你是谁?"他不由揉了揉眼睛,这样惊讶地问。

"别人模狗样的了,陈区长,你不会这么快就不认识我了吧?"韩红英说着,自顾自地把手里的"LV"包一丢,一屁股在沙发上坐了下来。

陈昌福也不由跟着笑了起来。对了,韩红英,这就是当年的那个韩红英,只是眼下看去,她更加成熟优雅,也更加漂亮了。他走过去在她对面的沙发上坐下,两个人面对面互相端详着,这还是他们自那次悬崖事件之后,第一次这样面面相对呢。

过了好一会儿,还是陈昌福先开口说:"红英,几年不见,你比过去更加成熟,也更加漂亮了。今天怎么那么难得,你这个大明星还能上我这个小庙里来看看?"

韩红英仰起脸来毫不客气地说:"你别啰唆了,我来找你,自然是有事要你给我办。"

陈昌福问:"什么事?"

"赵程他们的公司在投拍一部电影,这事你知道吗?"

"当然知道。"陈昌福说,"投拍的计划还报到我们这儿来批过呢。"

"你要想办法,先把它给我拖一段时间。"韩红英直截了当地说。

陈昌福惊讶地差点从沙发上跳起来,急急忙忙地问:"什么,拖一段时间? 不是听说你要在里面演女一号吗?"

"你别问为什么?"韩红英说,"我也不管你用什么理由、什么方法,只要你把它拖个两三个月就行。"

"两三个月,为什么?"

"因为我自己有部电影要上,必须要赶在他们前面。"

陈昌福察言观色看了韩红英好一会儿,才若有所思地笑起来说:"不会吧,红英,你和赵程那可不是一般的关系,也不是一年两年。今天是为了什么,这么绝情?"

韩红英伤心地摇摇头说:"我可以告诉你,他背叛了我,如今他的身边又有新欢了。"

"哦,有这种事?"

"那当然,我现在人老珠黄,没人会对我感兴趣了。"

"不,不不,红英,你在说些什么呢? 你一点也不显老,还是和当年一样青春美丽,而且气质还远比当初更加高贵典雅了。你的这种美丽,那可不是一般女人所能够拥有的呀。"

韩红英轻轻点了点头,她从心里相信陈昌福所说的这些话,不过她马上又伤感地说:"你说这些有什么用? 为了一个小毛丫头,赵程就那么绝情绝义。"

陈昌福脸上顿时增添了一副愤怒的表情,说:"这个赵程,怎么能这样无情无义呢? 刚刚才富贵几天,就连老战友、当年的恋人都不认识了,我现在就去狠狠骂他一顿。"

"不!"韩红英说,"你用不着去说他,甚至都不能让他知道我来找过你。我只要你把他的这部电影拖两个月,让他为了对老战友这么绝情,多少付出些代价。"

"可是红英,你就这么狠心吗? 还是让我再去劝劝他吧,或许他只是一时糊涂,过一会儿就想开了呢?"陈昌福小心地试探着,一边仔细打量着韩红英的脸色。

韩红英痛苦地摇着头,说:"不,这回是真的! 他真的不理睬我了。你们这些男人,一个个都这么狠心狗肺!"

这回陈昌福不乐意了，说："红英，你可千万不能这么说。这些年来，我一直都在想着你，惦记着你，一直没有忘记自己年轻时的那个梦想，就是整天陪伴在你身边，一刻也不分离地看着你这张美丽的脸。"

韩红英望了望陈昌福，嘴里毫不客气地说："行了，陈区长，你也不是个什么好东西。你们男人，就没有一个好东西。"她说完站起身来，头也不回地走出了大门。

《飒爽英姿花木兰》轰轰烈烈地投拍了，可是拍到最关键的时候，韩红英却发现，拍影视片远远不是她原先想象中的那么容易。这其中最大的问题就是资金，每天她都看着金钱流水一般从自己的口袋里流出去，然后又没有一丝声响地消失在莫名其妙的角落。而且剧组管理也是一件千头万绪、十分麻烦的事情。无论是角色，还是群众演员的招聘管理，剧组人员的吃喝拉撒睡，甚至一件道具装置的制作搬运，下面都要来向她请示，让她许多时候都感到心力交瘁。有时候她甚至想低头认输，从此撒手不干了。可是想一想又觉得不甘心，不行，她韩红英什么时候认过输，她什么时候向命运低过头？无论如何她都要咬着牙关坚持下去。

现在最让她感到头疼的，就是拍摄资金的问题。这些年红歌星的生涯，让韩红英积攒下了一笔巨大的资产，最多的时候银行户头上足足有一千多万元资金积累。过去每当看到这像泉水一样，每天都滚滚涌来的庞大数字时，韩红英往往会不由自主地苦笑，摇摇头无法置信地问着自己："这么大一笔钱，真会是我韩红英的？是我这个赤手空拳穷当兵的？嗨，这样的天文数字可是她从来都没有想到的呀。"可是当真的要拍摄一部大制作电影的时候，她才突然发现，原来这笔资金不够，还远远不够。第一笔演员的片酬和片场的租金就花去她账目上的一大半，后期至少还要三四百万才能顺利杀青，然后还需要大约两百万的宣传及院线费用，这部电影才能够顺利地搬上院线和观众见面。

刚开始听说资金还缺一大块的时候，韩红英怎么也不敢相信。不会吧，她韩红英可不是个刚出道的雏儿，那么容易就会被人给蒙骗了？当初筹划拍片的时候，她可是专门请来最知名的会计事务所，还有一个号称这一行里最有经验的制片主任，把所有可能产生的费用，都一笔一笔给计算得清清楚楚了的呀！从编剧的稿费,演员的片酬,租用内、外景拍摄场地费,后期制作费,一直到运输车旅费,宣传费……全都一项一项计算得明明白白。为了保险,她甚至还专门留出了五十万元的不可预见费用呢。可是等到拍摄机器"呼啦啦"真转动起来的时候,韩红英才发现原来并不是那么回事,现实中产生的费用往往会不知来由地超出原来预算,许多原先根本没想到,也没有什么名目的费用,这时候就会像拦路强盗一样突然恶狠狠地冒出来。不狠狠地从她身上割下一大块肉,它们就根本不肯放她过去。甚至还发生过这样的事:剧组拍摄时车队需要临时过一座小桥,桥边的农民竟然也大大咧咧地拦住车队不让过,说这桥是村民们集资建造,要过去的话必须付给他们三千元钱。

这里面当然也有管理不善的问题,由于财务管理上缺乏经验,竟然发生了一个副导演卷走了五万元人员工资偷偷溜走的事情,直到去报警时,才发现这人的身份证竟然是伪造的。这样一来二去,剧组就出现了将近四百万元的亏空。

不过韩红英并不怎么惊慌,因为陈昌福曾经答应过她,如果影片拍摄碰到资金困难的话,他会从他管理的区文化产业扶持资金里给予她一定的支持。那天在他办公室里,陈昌福曾经拍着胸脯对她大包大揽:"红英啊,文化产业是我们区里重点发展的产业,而且又是由我亲自分管,这些资金全都掌握在我手上,真要有什么困难,还不是我一句话的事情。"

于是这天一大早,韩红英便急匆匆来到了陈昌福办公室,可是等她把话说完,对面的陈昌福就突然皱起了眉头,反过头来责怪她说:"红英呀,我说你怎么还是那么个毛躁性子,遇见什么事也不早来和我打个招呼。你看看区里面一共还剩下五百万元的文化扶持资金,昨天全都批给了另外一个项目,现在你该让我怎么办呢?"

"怎么办?"韩红英一下子愣住了。

"要不,你再等等,我给你另外去想想办法?"陈昌福说。

"再等等? 那大概要等多少时间?"韩红英一想起二、三号主演那两个大牌演员刚死了爹娘一般冷冰冰的脸,心里就不由有点发毛。

"不急,不急,也就等那么三五个月吧。"

"三五个月?"韩红英一下子从沙发上跳起来,"三五个月? 这怎么能行呢？三五个月以后，我早就该跳到大鹏湾里去了。"

"哎呀，红英啊，这事能怪谁呢，谁让你不事先给我打个招呼的！你早点说，凭着咱俩的情分，还能有什么解决不了的问题？"陈昌福的语气听上去十分诚恳。

韩红英一把抓起手里的茶杯，想要狠狠摔在地上，然后就头也不回地走出这个门去，永远也不要再看见这张脸。可是她的眼前一下子浮现出那些正在剧组等着她的各路要债的人，心里顿时有些发虚，不由一反常态地勉强笑笑，然后对陈昌福柔声柔气地说："昌福，无论如何你得给我想想办法呀。"

"想想办法？行啊，这办法，总要比困难多吧，要不咱们现在就到'香格里拉'酒店的包房去好好谈谈。"

韩红英愣住了，望了望陈昌福那张带点色眯眯笑容的脸，她终于一回身，头也不回地走了。

自从韩红英的《飒爽英姿花木兰》开拍以后，赵程始终在默默地关注着她的消息。他知道韩红英投拍的这部电影前期投入非常之大，而且还是韩红英自导自演的，觉得接下去事情的发展肯定不会尽如人意。果然不久消息就传了过来，韩红英已经陷入了进退两难的尴尬境地。影片要想顺利杀青，就必须再投入一大笔资金，如果没有资金继续投入，前期的一切努力就会全都付之流水，一去再也不复返。他还听说，这部影片的剧本内容也显得有些生涩杂乱，不是那么流畅，投向市场的话，会遇到一定的困难。按照他对韩红英的了解，这个心高气傲的女人一旦面对沉重债务，以及影片的失败，她肯定会无法承受的。他担心到那个时候，韩红英会从一个极端走向另一个极端。赵程心想，如果真的出现那样的局面，他一定会后悔终生的。

那天早晨一上班，赵程就把徐导、梨儿和制片主任等人找到办公室，对他们说："我想，《东归史诗》的拍摄能不能暂缓两三个月。"

"暂缓？"徐导一下子愣住了，他茫然不解地眨了半天眼睛，才对赵程说，"赵总，你不是在和我们开玩笑吧？"

赵程坚决地摇了摇头。

"这怎么可能？"徐导的声音越来越高了，"我可告诉你，除了梨儿，这部影片的几个主要角色现在都在前往片场的路上，各方面的准备工作也都已经就绪，一旦停机待拍的话，那损失……每天可都要耗费上十万元的资金呀，而且这损失还很难弥补。"

赵程点了点头说："徐导，说实话，这些我事先都考虑过了，该停，咱们就停一停吧。"

"可是你究竟想干什么？"徐导问。

赵程沉吟了一会儿，才说："韩红英那部片子的拍摄遇到了问题，我想动用咱们的资金和拍摄力量，先去帮助她完成拍摄。"

"这……"徐导目瞪口呆了好一会儿，才激愤地叫起来说，"可这完全是两码事呀，剧组力量是很难融合在一起的，将要造成的损失也难以弥补，你怎么能……"

一种非常严肃的神情布满了赵程的脸，他沉默了好一会儿才说："我知道，这是一件很困难的事情，而且有可能造成一定的损失，也对我们这部片子下一步的拍摄造成许多麻烦。不过我想只要努力，还是能够把损失减少到最少的。可是不这样，我们就无法挽救韩红英，挽救她那部几乎注定要失败的影片。"

徐导依然是那么目瞪口呆地坐着，好半天又摇了摇头说："你这个人，我真不知道你是怎么想的。"

"我告诉你，我现在想的，就是当年和她一起在训练场上流的那些汗，在前线丛林里流的那些血，还有她那个牺牲了的丈夫。一想到这些，我就觉得我不能眼睁睁地看着她坠进深渊，那样的话，我这心里准定会难受一辈子的。"

"可是你总不能为了救一个人，而把自己也投进深渊去呀。如果你这样帮她的话，真的可能会碰上大麻烦。"

"不，我已经下定决心了。"赵程斩钉截铁地说，然后他又转过头来对梨儿说，"你也要做好准备，如果那边需要你的话，你就要不计报酬、不讲代价地去帮忙，在她那儿出演任何一个角色。"

那天下午赵程悄悄来到了以韩红英名字注册的"红鹰"影视公司，一进门，他就听见里面吵吵嚷嚷，韩红英的办公室里乱得就像个杂货铺子似的，黑压压挤满了人。不少人手里还拿着白条子或者发票，嘴里反反复复，都只说着一句话："拿钱，赶快拿钱来。"而人群中间的韩红英只是僵坐在椅子上，闭着眼睛,一副疲惫劳累、任人宰割的样子。

赵程默默看了一会儿,然后走到了人群中间,说:"这样吧,你们先回去,明天下午再来拿钱吧,我答应你们,明天全部付清。"

人群一下子安静下来,过了好一会儿才有人发问说:"你,你是什么人,这么大口气?"

"我是'晶晶'影视集团的总经理赵程。愿意拿钱的,明天下午来吧。"

"'晶晶'影视集团?"人们惊讶地重复了一遍,然后"轰"一声就突然散去了,办公室里就像洪水冲刷后的废墟那样一片宁静。

这时候韩红英的眼睛慢慢睁开了,她的嘴角无声地抽动了一下,然后她说:"姓赵的,你是来看我笑话的吗?"

"笑话,我和你之间还有什么笑话? 所有的笑话早就已经说完了。我们之间恐怕只有一笔笔账,一笔笔永远算不清的账。"

"账?"韩红英眼睛惊讶地睁大,"什么账?"

赵程从口袋里掏出了一个已经磨损得险些看不清原来面目的旧信封,缓缓递给了韩红英。韩红英拿过来一看,是当年那个部队通信站的公用信封。对了,这不就是当年自己在浯屿岛送赵程去上海贩运鳗鱼的时候,递给他的那个信封吗? 里面装着她当年全部的积蓄,还有丈夫的那笔抚恤金。这么多年了,他还保留着,韩红英不由愣住了,捧着信封的手在微微发抖。

"你把它打开。"赵程轻轻地说。

韩红英用颤抖的手打开信封,她看见里面是一张一百万元的银行支票,她用几乎变了声的嗓音问道:"这,这是什么?"

"这是我在偿还你当年的情意,是我在提醒你,别忘了你在任何时候都不是孤独的,你的身后永远有我赵程,还有曹征、汪泉山。"

"还有我。"突然有一个尖细的嗓门插了进来。他俩抬起头来一看,进来的原来是刘猛,他现在已经是一个大型文物商店的老板了,正在投资一个颇具规模的文物拍卖市场。他说:"红英,你知道我今天给你带来了什么?"

"什么?"

"我给你带来一幅景德镇出的瓷板画,是明朝一个大画家的手笔,我千挑万选来送你的。你看看这上面画的那个古代女将军,多像你呀,那么好看,那么精致。最奇妙的是,这女将军左嘴角上也有一颗小小的黑痣,我记得你嘴角上也有这么一颗,当年在宣传队的时候,我就注意到了。"

韩红英呆呆地看着那幅古色古香的景德镇瓷板画,看了半天突然无声地啜泣起来,两行滚烫的热泪顺着她的脸颊缓缓流下,滴落到了地上。

经过一番商议,"晶晶"影视公司和"红鹰"影视公司决定合并组成一个"晶鹰"影视集团,共同完成《飒爽英姿花木兰》和《东归史诗》两部影片的拍摄。由于资金、演员和拍摄场地统一调度使用,因此不仅《飒爽英姿花木兰》接下去拍摄十分顺利,而且算下来,《东归史诗》的拍摄进度也不会比原来耽误多少。徐导找人对《飒爽英姿花木兰》的剧本重新进行改编,使得整个片子的艺术层次大为提高。不过韩红英却始终拒绝梨儿在《飒爽英姿花木兰》影片中出演角色,显然她的气还没有全部消。

片子即将复拍的时候,陈昌福让人送来十万块文化产业低息贷款的批文,说是他好不容易才从其他地方挤出来的。韩红英见了,从鼻子里"哼"出一声说:"天都快亮了,才让人送支蜡烛来,假惺惺的,算个什么玩意。"当下就要叫人给退回去。

赵程在一边看不下去了,说:"红英,你怎么能这样呢?钱再少,也是他陈昌福一片战友情谊呀,我看你还是收下吧。"

韩红英一扭头说:"不,他的东西我不能要。"

赵程有些奇怪,问:"这为什么?"

韩红英看了他一眼,却什么话都没有说。

资金和人员及时到位,再加上剧组加强了管理,《飒爽英姿花木兰》剩下的拍摄进展十分顺利,很快就杀青,进入了后期制作。按惯例,接下去就该要考虑影片的宣传和首映问题了。对这个问题,赵程和韩红英都十分重视,因为这部片子投注了他们太多的精力,寄托了他们太大的希望。他们觉得一定要搞一个轰轰烈烈的首映仪式,保证这部影片能够先声夺人,获得最好的市场效果。所以那两天他们都绞尽脑汁,却始终没有找到一个理想的方案。

那天又是一大早,赵程来到了韩红英和徐导的办公室,对他们说:"我说咱们能不能搞一个别人从来没有搞过的,很有意思又不太费钱的首映仪式。"

"很有意思？你什么意思？"韩红英和徐导都有点丈二和尚摸不着头脑。

"你们想想，咱们中国电影早先都有些什么特点，最值得我们这些人去回味，去勾起记忆？"

韩红英和徐导互相对望一眼，仍然没有听懂赵程所说的意思，于是便听赵程继续往下说。"你们想想，咱们中国电影有什么特点？中国电影以前大部分都是在露天放映的，在城市的广场上，在乡间打谷场上，或者那些刚刚收割完的田地里。头上圆圆的月亮照着，身边轻轻的风儿吹着，那份意境，那份惬意，嘿嘿，我已经很多年没有尝到那样的味道了。"

徐导惊讶了，说："怎么着？难道你也要在这到处是高楼大厦的都市里，搞一个露天的首映仪式啊？"

"对。"

"这，这根本不可能呀。"徐导和韩红英对望了一眼，然后异口同声地说。

"怎么不行？我有一个计划。"

"这，你不会是疯了吧？"

"不，我是严肃的。艺术讲求的就是新鲜，是与众不同。咱们拍摄的这部电影我已经看了，经过大家共同的努力，艺术效果相当不错，韩红英饰演的这个女主角也很有个性，如果再能加上一个轰轰烈烈的首映仪式，我想肯定会成功的。"

徐导和韩红英默默地想了一会儿，又不约而同地点了点头，因为他们现在都有些相信，赵程的主意，那绝对是不会错的。

按照事先议定的计划，《飒爽英姿花木兰》的首映仪式一反常规，在一个能够容纳五千人的中心体育场进行。这一方案一经公布，就引起了业内强烈的反响，因为按照常规，首映仪式应该越小越好，这样能够保持影片的神秘感，也不会失去太多购票的观众，同时也防止一些心怀叵测的人趁机偷拍偷摄，造成影片商业价值过早流失。可是赵程他们做了详细的论证，认为这部片子题材非常好，主演吸引人，有充分的信心能够在全国打响，因此他们并不在乎在这个城市部分观众的流失，反倒认为只有这样一反常态地大造声势，才能够在全国先声夺人，争取更多的院线和观众。至于偷拍的问题，他们相信只要防范到位，就完全能够避免。

　　首映仪式按照计划在大鹏中型体育场如期举行。那天晚上内心最为忐忑不安的要数韩红英了，她为这部剧投入了太多的精力、金钱和情感，几次面临崩溃的边缘，倘若不是赵程他们出手相救，也许她已经成为大鹏湾里的一朵浪花、一个泡沫了。自己当初负气而冒失走出的那一步，今天会得到怎样的结果？等着吧，等着吧，马上就要见分晓了。

　　那天晚上和观众见面的时候，韩红英觉得自己分明已经变成了一具木偶，从舞台的这一边被人牵引着走到那一边，机械地按照事先拟定的提纲，回答着那些娱记刁钻古怪的问题。等到记者招待会一结束，她就头也不回地跑进了体育场边的一个房间里，关上灯，把自己蜷缩在一片伸手不见五指的黑暗里，心神不定地等着，等待着。

　　约莫到了放映结束的时候了，韩红英在一片黑暗中凝神倾听着外面的动静。怎么，依然是那么静悄悄的，没有一点声音。对了，一定是窗子关着的缘故。于是她站起来摸索着打开了一扇窗，侧耳倾听，窗外依然是一片宁静，听不见有什么大的声响。糟了，糟了！她心里想，一定是观众看不下去，已经跑光了，留给她的只是一片空寂无人的观众席，还有那些不屑的眼光，那些恶毒不堪的评论。

　　完了，她想，全完了！这部影片看样子是彻底失败了，包括她的声名，她的全部投入，还有她的艺术生命。或许这些还不要紧，她把赵程他们也拖下水底去了。随着这部影片的失败，《东归史诗》和"晶鹰"影视集团的前景也一定会一片黯淡。

　　一声抽泣，韩红英伸出拳头用力捶打了一下窗户，可是她的手重重地击打在了一扇厚重的玻璃窗上。怎么？原来这窗子外面还有一层玻璃。她赶快用颤抖的手摸索着把外面那扇窗子打开，刹那间仿佛是大鹏湾的海水涨潮了，一阵阵汹涌的声浪劈头盖脸地涌进了屋子，把她团团包围起来。愣了好一会儿，韩红英才听清楚了那一片片声浪原来是观众们在热情地呼喊："花木兰，韩红英！韩红英，花木兰！"

　　在一片前所未有的汹涌声浪里，韩红英跌跌撞撞地倒在椅子上，她把头低低地垂到胸前，无声地啜泣了起来……

四

不知道是不是良心发现,或者是心里有些发虚,不过也可能仅仅是因为新官上任三把火,想要借助"晶鹰"集团的实力去争取一些业绩,反正陈昌福当上副区长以后干的一件大事,就是在远郊给"晶鹰"影视集团批了一大块土地,在那儿建起了一个规模宏大的影视拍摄基地,以便接下去完成《东归史诗》等几部大制作影片的外景拍摄。赵程抓紧时间日夜施工,不久之后,一座在全国范围内都具有相当规模档次的影视拍摄基地初步建成,并且很快就在接待剧组的同时,也向外来游客开放,供他们前来参观游玩。

这真是一片让人赏心悦目的游玩目的地,走进景区,游客们所看到的第一个园区叫"汉王宫",它规模巨大,布局十分严谨。园内建有雄伟壮观的各类宫殿,置身其中,只见巍巍城墙与王宫大殿交相辉映。其中主宫名叫"四海归一殿",威严气派,高耸挺拔,淋漓尽致地表现出当年汉朝兴盛时期,那种横扫西域、一统天下的磅礴恢宏气势。园内还有展示那个年代城市街肆风貌的"汉街",一条条道路两旁府宅相连,商铺林立,真实地再现了当时的社会状况。

走过"汉街"尽头,再穿过一道高高耸起的围墙,游客们就进入了展现北宋风貌的"汴河"基地,这片占地好几百亩的园区可分为六个景点,既相对独立,又互为一个整体,各景区的重要景点风格各异、妙趣横生、引人入胜。这里有精致的画舫、耸立的牌坊和美丽的花朵。登上巍峨挺拔的景门城楼,近可俯瞰基地全貌,远可眺望整个影视拍摄基地。"汴河"穿城而过,河水清澈,波光粼粼。河岸两旁栽种着柳树,微风吹过,拂起柳条,河里鱼儿成群,正自由自在地游来游去。桥梁造型独特壮观,尤其走上那座跨度四十米的虹桥,好似踩在彩虹上,真让人心旷神怡。景区内无论是开封府还是蔡童相府,都是古香古色、精致典雅、令人目不暇接,叹为观止。

而紧接着的"明清宫苑",则参照了明清两朝宫廷建筑手法,以影视城特有的营造方式,荟萃了京城宫殿、皇家园林、王府衙门、胡同民宅等四大建筑系列,真实地再现了多个历史时期燕京的官府民居、街市店铺和宫殿风貌。

拥有棋盘街、承天门广场、千步廊、文武台、金水河、玉带桥等许多景观。金碧辉煌的帝王宫殿、浑然天成的花园湖泊、富丽堂皇的龙阙凤檐、气势恢宏的皇宫广场,俨然成为游人深宫探幽、寻古访旧、观赏千年古都的好去处。

这个规模宏大的影视外景基地刚刚建造完毕,就立刻成为正在为漫长假期里无处可去而发愁的深圳市民注目的焦点。那个时候深圳周围虽然已经建成了"世界之窗"等一系列颇具规模的人工景点,但相对于正在急剧增加的人口,尤其是全国各地充满好奇心疯狂涌来的游人潮,景点还是少得可怜。于是每逢假日,通往影视基地的各条道路就会排起长长的车龙,园区各个入口处都是潮水一样汹涌着的人流。园区内草坪等休闲场所虽然不少,但每逢这个时候,仍然会被拖家带口的市民们挤得水泄不通,景区附属的一些酒楼饭店不停地翻桌,甚至一天二十四小时连轴转地营业。就这样,市民们仍然还在喋喋不休地抱怨,说是新建的影视基地场地仍然太小、太拥挤了,还可以再扩大个几倍。

这样的经营状况完全出乎赵程的意料,却让他不由满心欢喜。因为他当时的初衷,其实只是为了给今后拍摄影视作品提供一个外景基地,却没想到作品还没拍摄完成,这旅游的浪潮就已经先声夺人,汹涌澎湃地不期而至了,而且效益还是那样好,收获是那样丰厚。有想法的赵程立刻不失时机成立了"晶鹰"旅游公司,专门负责影视基地旅游开发业务。紧接着又马不停蹄,把拍摄《东归史诗》电影和其他几部电视剧的任务,刻不容缓地提到了自己最重要的议事日程上。

几天之后,《东归史诗》故事影片举行了盛大的开拍仪式,殷董事长请来许多很有声望的嘉宾,其中就有副区长陈昌福。作为政府方面的代表,他受到格外隆重的欢迎。仪式快结束的时候,徐导带着梨儿到了陈昌福身边,介绍说:"这位就是《东归史诗》中扮演女一号阿丽米尔公主的梨儿小姐。"

陈昌福仔细打量了一下梨儿,目光不由有些发直,嘴里说着:"哇,梨儿小姐你可真漂亮呀,是个大美人呀,过去我怎么从来没见过你呢?"

还没等梨儿开口,徐导先说话了:"咦,陈区长,你和赵程不是多年的老战友吗?梨儿小姐已经跟了赵总好多年了,你还没见过她?"

梨儿也笑着说:"是的,我已经跟着赵总好几年了,虽然一直没有见过陈区长,但经常听他们说起你。"

"哦,他们一定在背后说了我不少坏话吧？不会让梨儿小姐先入为主,对我有个很坏的印象吧?"陈昌福开玩笑似的说着,不由自主有一股十分强烈的妒意涌上心头。这个赵程人不怎么样,却天生就有一股桃花运,身边怎么竟是些漂亮女人。当年的韩红英不说,如今又勾上了这么个美丽可人的小丫头,这家伙！这次韩红英拍花木兰的故事,不仅没有伤害到赵程,反而让他顺水推舟捡了个大便宜,让韩红英和他的关系进一步加深。一想起这些,陈昌福就恨得牙痒痒的,恨不得立刻找个机会狠狠整赵程一下,最好是来一个一击致命的大动作。

开拍仪式结束之后,只有几个老战友加上刘猛聚在一起,热热闹闹地围在一张桌子边坐下,还是喜欢热闹的汪泉山话最多,他说:"嘿,赵程你总算是实现当初的理想了。我还记得那次从战场回来的路上,你跟我们说的那些话。"

赵程有些激动地点点头说:"是的,尽管已经过去了那么些年,我们也都已经人到中年,可我总算是一步一步在慢慢地接近自己的理想。还是像当年说的那样,我想在这部电影里,很好地表现我们中国人古往今来的理想、追求和幸福。"

这时刘猛用尖细的嗓音喊起来说:"我有一个建议,不知大伙儿是不是同意？这部电影对于我们大家都太重要了,我们这些人是不是都能在里面客串一个角色？不能演大角色,就是充当一会群众演员也好啊,多少总要留个纪念吧。"

"这倒是个好主意。"大家听了都纷纷点头赞同,又是汪泉山不客气地站起来说:"这些角色就不用徐导来安排了,还是由我来点将吧。我看呀,这第一个安排的就是赵程,别看你是个什么老总,是制片人,可你在这部影片里只能客串一回反面角色。对了,我看过这剧本,最后有一个沙皇俄国的军官,被狙击手一枪击毙了,我看这个角色的替身,就由你来担当吧。"汪泉山说完,吐吐舌头,做了个悲惨死去的表情。

大家一听都哈哈地笑起来说:"对,对,这角色肯定就非他莫属了。"

"至于狙击手嘛,不用再找了,咱们这儿就有现成的。"汪泉山说着,一把把曹征拉过来说,"我现在隆重推出的就是这位,当年战场上我军最优秀的狙击手之一,这回就让他重操旧业,在大银幕上漂漂亮亮地登台表演一回吧。"

"好好,这个角色好,我太有兴趣,太有兴趣了。"曹征频频点头,脸上露出了少有的兴奋表情。

"至于我嘛,"汪泉山得意地摇摇脑袋,嬉皮笑脸地说,"我也早就给自己选好角色了,戏里面有一个沙皇宫廷里的花花公子,光在这个戏里就睡了好几个女人,这样的角色我想谁也演不好,还是我汪泉山最适合了。"

"对对,这样的花花公子,还真是非你莫属了。"大家一片声地笑起来说,"昌福嘛,你如今是个大领导,官大架子也大,我看这些小角色就不劳驾你,这次你就不用上场了吧。"

"对。"韩红英的声音听起来十分响亮,"这个片子里当官的已经太多,你这样的高官,就不用再上场了吧。"

陈昌福看了韩红英一眼,没再说话。

"至于刘猛嘛,"汪泉山看了他一眼说,"没什么适合你演的大角色,你呀,也就跑个小龙套去吧。"

一片哄笑声中,刘猛也只能无可奈何地点头。

曹征又开口了,仍然是平时那副不苟言笑的严肃样子,他说:"这部戏寄托着我们大家共同的希望,可千万不能马虎,创作态度一定要严肃,必须体现出那个时代的真实,不能有一丝一毫走样。我最讨厌的,就是那些刚刚冒出来的什么'神剧',满篇都是胡诌,一点也不严谨。民国时代的士兵,拿的却是现代的兵器,一看就知道是假的,太对不起观众。我建议,这次拍戏一定要在这些细节方面严加注意,比如说这个狙击手手里拿的武器,就必须是一支1891年时沙皇俄国喀山兵工厂制造的'莫辛-纳甘'狙击步枪,总之一定要体现那个年代的真实。"

他的这番话得到了刚刚赶来的徐导的完全赞同,他立刻找来制片主任详细询问了一番,主任说道具库里还真有一支这样型号的模型步枪,模仿得十分相像,他怕这些贵宾不放心,还特意让人去道具库把那支步枪找来,双手捧着递给曹征。

曹征捧着那支枪,十分挑剔地里里外外检查了好长时间,这才满意地点点头说:"你别说,这支枪仿造得还真像,简直就和真的一样,就连那枪栓打开,看起来也和真的差不多。"

赵程他们几个当过兵的轮流接过那支枪,最后传到了陈昌福的手上。他也十分认真地审视了一会儿,突然想起最近收缴社会流散枪械的过程中,曾经收缴过这样一支同样款式的步枪,至今还收藏在区政法委的枪械库里。与此同时,他又想起当初在文化产业高级培训班里听到过的一个案例,说是国外某部影片的拍摄现场曾经以假乱真,有人用真枪冒充道具,当场假戏真做把演员给打死了的事情。他的心不由剧烈跳动起来,一个想法就像一条毒蛇那样,吐着信子慢慢、慢慢地爬上了他的脑际。

那以后《东归史诗》电影拍摄进行得十分顺利,很快就已经完成了大部分拍摄任务。拍摄进行得越顺利,陈昌福心头盘踞着的那条毒蛇也就越来越不安分。一个念头总是在他的心里徘徊着:"君子报仇十年不晚,赵程,我对你已经忍耐得太久太久。不错,现在是你最接近成功的时候,不过你小子等着吧,我一定会在你最得意忘形的时候,泰山压顶一样给你一记猝不及防的猛烈打击,让我们两个都看看,最后的成功者究竟是谁!"

五

《东归史诗》这部引人注目的大片,起用的竟然是梨儿这样一个初出茅庐的不知名演员,引起了业界极大的关注。那些天梨儿成了娱乐媒体集中关注的对象,也成了赵程和韩红英经常谈起的话题。这天韩红英又在提醒赵程了,她说:"赵程,咱们是老战友,感情也不一样,所以我还是得提醒你一句,你这样重用梨儿,势必引起各种各样的猜想和非议,你知道吗?所以你和梨儿之间必须是清白的,你明白吗?"说到这里,韩红英又补了一句:"为了我,更为了小惠。"

赵程说:"怎么?我和梨儿之间,难道还有什么不清白的吗?虽然这姑娘在我身边多年,可是我敢保证,我从来就没碰过她一个手指头。相信我,我和她的关系,就像我和你一样。"

韩红英笑着说:"我才不相信呢。"

"你当然不信,不仅你不信,还有很多人不信。每次我和她一起外出,许多人看我们的目光,就分明带有某种暧昧的意思,似乎这姑娘摆明了就是我的人。可我从来没放在心上。是的,我承认我是个男人,而且是一个正当壮年的男人,有时候我也会恍惚,也会动摇,可是我都忍住了。忍！背地里没人的时候,我甚至会悄悄扇我自己的耳光,为了当初曾经有过的那些卑劣念头。"

"真的？为什么呢？"

"当然是真的喽。为什么？就因为我们曾经是军人,从穿上那身绿色的军装开始,我们的生命里就有了一条坚定不移必须严防死守的底线,我们从来就不会去跨越的心理防线。"

韩红英不由充满深情地望了赵程一眼,说:"我相信,我当然相信你。不过我还是得提醒你一句,你过去可能看不上她,这个姑娘过去只是一根小草,一根许多人都不会在意的小草,可她现在不同,已经开放成一朵鲜花了,一朵让天下所有男人都会垂涎、都会动心的美丽鲜花,你可要多加注意了哟。"

这回轮到赵程惊讶了,抬起头来说:"真的？这我怎么没注意到呢？"

人们总是用鲜花来形容女人的美丽,因为女人的绽放,因为女人的娇艳。但有些女人其实原来只是一棵小草,不那么显眼地开放在田边地头,任何时候都是那么平凡,那么不起眼。可是有一天一场春雨洒落,或者一阵春风吹过,那朵鲜花在一个早晨突然绽放了,开放得那么美丽,那么妖娆,那么让人眼睛一亮,那么让人爱不释手。

这段日子里的梨儿就是这样,她跟在赵程身边好几年了,始终都是默默的、悄悄的,那么不为人所瞩目,可是今天,当她走进了拍摄场,当她的形象出现在荧屏上,那朵鲜花就一下子开放得那么惊人,变得那么耀眼,那样引人注目。梨儿在很短的时间内就成为深圳社交界引人注目的女性,陈昌福已经是第三个星期亲自带着礼品在门口迎候她了。

这些天来,陈昌福不止一次地放下手头的工作,借着关心拍摄进度的理由亲临拍摄现场,围在梨儿身边转来转去。许多时候即使他不来,他的车也会在片场门口久久地等着梨儿。据驾驶员报告,说陈区长又在哪个高级饭店订好了座位,就等候着梨儿小姐光临了。

不过无论陈昌福如何殷勤,也无论他给梨儿送来多少礼品,梨儿对陈昌福总是不冷不热,表现得不那么热情。这是因为她曾经几次听赵程说过这个战友当年在部队时的表现,也听赵程说起过,到深圳后与他打过几次交道,虽然得到一些照顾,可事后总是会有一些莫名其妙的麻烦,有时候还会不知不觉就滑到毁灭边缘,因此在内心深处,赵程对他在其中扮演的角色,总是有一些怀疑。

可是陈昌福的表现却越来越急不可耐了,那天他把车停在剧组居住的宾馆门口,拦住正要去片场的梨儿,动手动脚地要拉她上车一起去饭店,可是突然他们全都停止了动作,因为他们看见,不远处的地方就站着韩红英,正用一双充满怒火的大眼睛死死盯着他们。

两人一下子全都停住了手,梨儿低着头上了剧组的大车。陈昌福快快地正打算钻进车里去,却被韩红英一下子伸手拦住了。"哟,我的陈大区长,你怎么还有空跑到我们这小剧组来呀? 稀客呀,真是稀客。"

"看你说的。"陈昌福轻描淡写地说,"区里要树一个文化产业的先进典型,我想你们几位老战友都在这儿,这不正好嘛。"

"鸡尾巴上插羽毛,冒充孔雀呢。恐怕你,又是被那个小狐狸精给迷住了吧?"

"小狐狸精?"陈昌福愣了一下,突然会心地一笑,点了点头说,"是的,是的,对于你来说,这梨儿还真就是个小狐狸精。恐怕在你心里,早就想把她从赵程身边给赶走了吧。"

"满嘴嚼蛆,你在胡说些什么,陈昌福?!"

"胡说? 你以为我看不出来? 红英啊,这么多年了,你的心里恐怕一直还有赵程的位置吧。要不然那个刘猛整天对你旧情不断,你为什么就不愿搭理他呢?"

"你没有权利对我的生活说三道四。"

"哼哼,红英,打开天窗说亮话,我说到你的痛处,戳到你的伤疤了吧。"

"陈昌福,你当面说人话,背后说鬼话,算个什么东西?"

"是的,韩红英,在你们眼睛里,我是当面一套,背后一套。告诉你吧,这几天我三番五次往你们这儿跑,确实是夜总会、舞厅跑腻了,现在想玩玩新鲜的。梨儿这颗正在冉冉上升的大明星,味道肯定很不错的喽。"

"你还要不要脸?"韩红英杏眼圆瞪地骂了起来。

"怎么? 你心疼了? 你是怕我这么不要脸,会夺走你心爱人儿的女人,会让赵程伤心？别忘了,韩红英,我干这一切,都是在给你扫清今后的障碍啊。"

"我不准你干这样下流的事。"

"不准？"陈昌福冷笑了一声说,"其实你的内心深处,一定还巴不得吧？韩红英,我劝你还是放明白点,早点让我把梨儿带走。告诉我,梨儿今天在哪个片场拍片？"

"我不会告诉你的。"

"会的,你会的。"陈昌福胸有成竹地笑着,用一种像是嘲讽,又像是恳求的目光望着韩红英。

韩红英很想狠狠地往陈昌福脸上吐一口唾沫,然后把他赶走,可是悄悄地,她的心底却有另外一种情绪在蔓延,是的,她不能不承认陈昌福说对了。这个老奸巨猾的家伙早就把一切看穿了,她确实很早就在动脑筋让梨儿离开赵程的身边。虽然理智在告诉她,恐怕陈昌福真正的目的并不只是梨儿,他恐怕还有更加长远的目标,而且是对着赵程去的。不过她还是听见了自己嘴里悄悄吐出来的那几个字:

"她下午在 2 号片场,5 点钟拍摄结束。"说完这句话,韩红英一下子愣住了。这话,真是自己嘴里说出来的吗？

"行,行,谢谢你了。"陈昌福说完,关上车门就要离去,可是韩红英一把拉开车门,对他说:"可是你绝对不能伤害到赵程,如果那样的话,我……"

"哎呀,我的韩大小姐,怎么会呢？赵程不也是我生死与共的老战友嘛,你放心吧,我只是带走梨儿,为了我,也为了你。"

慢慢开动的车子里,陈昌福心里冷冷地蹦出来一句话:"哼,敢拿枪口对着我的脑门！这个仇你忘了,可是我,永远也忘不了！"

那天下午的几场戏拍摄得十分顺利,刚刚卸下戏装,梨儿的眼前就出现了一束鲜花和陈昌福那张笑容可掬的脸。她有些吃惊,不过还是拒绝说:"不,我不能和你单独出去,除非……"

"单独？不不不,梨儿小姐,还有一个人在等着你,一个你很熟悉、很亲切的人。"

"谁？"梨儿问道。

"韩红英呀,你的大姐,她也一起在饭店里等着你呢。"

听说是韩红英在等着自己,梨儿立刻整理好行装上了陈昌福的车。这些日子里她除了拍摄电影,最大的心思就是找到韩红英。她发现公司合并以来,韩红英还是对她爱理不理的,好像仍然对她有什么意见。她想要好好地向她当面解释一下,当初并不是她一定要出演这个角色,直到今天,只要韩红英看上了她演的哪个角色,她就愿意立刻把这个角色让出来,然后心甘情愿地去给她当一个助手或者配角。她觉得直到今天,自己仍然不过是个小小的客串,和韩红英根本就无法比拟。

韩红英是谁?那可是名满深圳和香港的大明星啊!她唱得是那么动听,表演得是那么完美,自己连她的十分之一也比不上。她最近几天一反常态地对陈昌福露出了笑脸,就是想通过陈昌福和韩红英的战友关系,让陈昌福给安排个时间地点,好去和红英姐推心置腹地谈一谈。虽然凭女人的直觉,她在陈昌福的眼睛里看到的,总有那么一些色眯眯的眼光。但她觉得,此人毕竟是个副区长,也毕竟是赵程的老战友。在车上,她把想和韩红英谈谈的想法告诉了陈昌福,陈昌福一拍巴掌说:"对呀,你早就该和韩红英解释一下了,今天就是一个最好的机会。你想想,她那么大的一个明星,那么大的一个角色,这次竟然输给了你,心里当然不会好受。这样,待会儿我帮你一起和她说,劝劝她,她一定会消除误解,对你回心转意的,我和她,毕竟也是老战友嘛。"

可是当梨儿和陈昌福并肩走进"香格里拉"酒店那间豪华套房的时候,硕大的房间里不见有韩红英的影子,只有她和陈昌福两个人,不用梨儿追问,此刻陈昌福脸上的那份笑容,就足以说明一切了。

不过梨儿还是问道:"咦,你不是说红英姐在这儿吗?"

"有你在,我还要她干什么?在你的面前,她就是残花败柳,不过你放心,明天早晨她肯定会出现的。"

"不,我今天晚上就想见到她。"

"今天晚上,梨儿小姐,今天晚上这儿就是我和你两个人的世界,我不会再让第三个人出现,来干扰我对你这一片痴情的。"话刚说完,陈昌福已经一把搂住了梨儿。

梨儿一边挣扎着一边说:"陈……你可是个副区长,你怎么能说出这样的话来呢？"

"副区长？你以为我只是一个副区长，告诉你吧，我很快就会是区长，接着还会是副市长，市长……那个赵程算得了什么？你跟着我才有享不尽的荣华富贵。"

可是梨儿已经不听他说的任何话了，只是不顾一切要冲出屋去，陈昌福也没有动手去阻拦她，只是在她将要走出房门的那一瞬间说了一句话："你想走就走吧，只不过我要告诉你，你今天要是出了这门，明天赵程出了什么事，那可就怪不得我了。"

这句话让梨儿刚要迈出的脚步一下子停了下来，她回身直直地望着陈昌福的眼睛，说："赵程，赵程能出什么事？"

陈昌福从桌子抽屉里掏出一大摞材料，"啪"的一声摔在了梨儿面前，说："你以为那赵程是个什么好东西？我可告诉你，公安部门已经盯了他好久了，他这些年贩卖这个，贩卖那个，还去过澳门赌博。我可告诉你，他贩卖的东西里有很多都是违法的，比如说那次运往香港的鹿茸。而且……恐怕他还有贩毒的嫌疑。"

"不！不！"梨儿喊道，"这些年我一直在跟着他，我知道他是清白的，从来没有贩卖过任何违法的东西。"

"是啊，我也认为他不会违法，不过公安部门正在怀疑他，还准备将他缉拿归案呢。"

"你是副区长，又是他的战友，你要给他帮忙，帮他说清楚呀。"

陈昌福的脸色看上去十分诚恳，他说："是呀，我也知道他是冤枉的，不过现在这一切，就要看你的了。"

"看我的……为什么？"

"为什么？还不是为了你，为了你这个千娇百媚的梨儿小姐。自从看到你那天起，我这眼睛里就没有别的女人了。别的女人算什么？和你比起来只是粪土而已。梨儿小姐，今天我可不是在虚情假意，而是来向你正式求婚的，只要你答应，我立刻就休了家里的那个黄脸婆，你就是未来的区长夫人了。我会让你一个接一个，成为许多部电影和电视的主角，你会很快成为中国影视圈里最大的明星。"

"不要，这些我都不要，我只要赵程平安无事。"

"好啊,好啊,咱们想到一块去了。他是我的战友,我怎么能胳膊肘向外拐呢?你放心,只要你乖乖地答应我,其他的什么都好说。"陈昌福一边说着,一边开始用力撕扯梨儿身上的衣服,然后将她一下子扔在了那张宽大的床上……

过了好一会儿,陈昌福抬起头来惊讶地说:"不会吧,你怎么还是个……处女?"

梨儿无声地哭泣着,把被子拉上来盖住了脸。陈昌福得意地狞笑着,凝视着眼前的一切,哦,这就是她,就是他日思夜想的那个小美人,这个多少次让他神魂颠倒的女人,他不禁又得意地笑起来说:"嘿嘿,赵程这个蠢货,这可就怪不得我,只能怪他自己了。"他说着,又一下凶猛地扑了过去……

过了一会儿,陈昌福从那具赤裸的女性胴体上爬了起来,得意地把眼睛凑了过去,可是他忽然打了个冷战,因为他发现,身子底下这女人的眼睛,竟然像两块冷冷的冰块,没有他通常从女人身上爬起来所能够看到的那种满足和贪欲。这是谁?真的是他梦寐以求的那个梨儿姑娘吗?不,他抱着的,分明是一块冰,陈昌福突然之间好像有些清醒过来了。

梨儿整整一夜都没睡去,直到外面清晨的鸟儿开始啼叫,她才迷迷糊糊闭上了眼睛,然后不知什么时候又醒了过来,只见偌大的套房里静悄悄的,陈昌福已经不知去向了。想起了昨天晚上的那一幕,她心里不由刀绞一般地疼,她从床上爬起来穿好衣服之后,第一件事就是去找昨晚的那些材料,然后把那上面的照片和文字仔仔细细地看了一遍。她发现那上面通缉的并不是赵程,而是和他有些相像的另外一个人。不过在材料最下面,她却发现了两张照片,那是一支老式步枪的照片,长长的,样式有些特别,好像在哪儿见过。旁边还有几发子弹,写了几行字:"经检验,保存时间较长,但杀伤力没有明显减弱。"

梨儿感到有些奇怪,对着那张照片看了半天。这才想起,对了,今天上午将要拍摄《东归史诗》的最后一组镜头,里面就要用到这支外形奇特的古老步枪,而且参加拍摄的是客串演员赵程和曹征。这里面莫非有什么蹊跷,什么阴谋吗?

梨儿坐下来,努力让自己纷乱的大脑尽快冷静下来。她思索着,思索着,总觉得这里面有些什么不对,莫非那支步枪有什么问题?"杀伤力没有明显减弱",莫非从这支步枪里射出的不是道具子弹,而会是一颗真实的子弹?梨儿感到一阵阵紧张,于是她想要立刻赶到拍摄现场去看个究竟。可是门关得紧紧的,怎么也推不开,打电话也叫不到人。推开窗户看看,她现在是在四层楼上,跳下去肯定会摔得很严重,不过窗子旁边有一根下水管道。一般的女孩子根本就不敢想象,可是对于练就了一身童子功的梨儿来说,这压根儿算不上什么太大的冒险。她一伸手,紧紧抓住那条下水管道,然后飞身一跃……

今天是《东归史诗》拍摄最后一个镜头的日子,影片的这个结尾别出心裁,和一般的电影有些两样:经过了漫长的迁徙历程,闯过了无数雄关险道,踏着自己亲人和敌人一具具尸体,这个经历了千辛万苦的迁徙部落,终于踏上了自己的故土,无论老人、孩子,还是正当青春的少年,全都痛哭着匍匐在祖先的热土上,亲吻着那片如母亲一般亲切的土地。

最后的一幕就是部落首领站在这片故土上,迎着东方刚刚升起的太阳,微笑着,微笑着,可是他们都没有察觉到,远处密密的草丛里,一个沙俄政府雇用的杀手正匍匐在草地上,举起那支长长的狙击步枪,瞄准了远处首领微笑的脸庞,然后是一声突然响起的枪声,一片突然袭来的黑暗……

对于这个结尾,许多人都提出不同意见,认为这样的结尾过于悲伤,过于沉重,可是徐导却坚持要用这样的结尾来结束全剧。他认为只有悲剧才更有力量,也更能唤起观众的回味和记忆,使得全剧得到更加有力的提升。

对于自己"抢"来的客串角色,赵程和曹征都非常认真,事先排练了一遍又一遍。当太阳终于升起来的时候,充当首领的赵程穿好了服装,戴着帽子,站在拍摄位置上。而远处的曹征也匍匐在草地上,端起了那支长长的,拍摄前刚刚替换好,还来不及认真检查的道具步枪。

不知怎的,今天陈昌福也显得特别关心,早早便来到了拍摄现场。他说要亲眼看着这部大制作电影最后的杀青,此刻他就带着一丝得意的狞笑,站在不远处仔细地观看着。

所有的工作人员都已经进入岗位,副导演扯着嗓子叫了一声"拍摄开始",摄像机就开始"唰唰"地运转起来,曹征开始瞄准,然后手指稳稳地扣在了扳机上,现在只要他轻轻地一钩……

"小心!"枪口前突然箭一般冲进来一个衣衫不整的女人,她嘶哑着嗓子,又高叫了一声,"小心,那支枪可能是真的。"

可是奇怪,陈昌福的声音此刻也响了起来:"别耽搁了,最后一个镜头了,赶快拍呀!"

徐导有些奇怪,惊讶地站起来看了看梨儿,又看了看陈昌福。

眼看着曹征即将扣下扳机,梨儿不顾一切地朝他扑了过去,伸出手一抬,"啪",一声枪响,一颗子弹,一颗真实的子弹擦着赵程的帽子飞了过去,长长的帽缨突然高高地飞了起来,飞落在突然刮起来的秋风里。

枪声响过之后,陈昌福匆匆地离开了现场……

《东归史诗》的电影非常成功,上市放映以后得到观众的普遍喜爱和追捧,成为当年中国评出的"十佳影片"之一。尤其是女主角梨儿的演技,得到业界和观众的一致好评,好几个剧组争先恐后地向她抛来橄榄枝,高价邀请她出演主角。可是奇怪,自从那天离开拍摄场地之后,梨儿就再也不见踪影了。

六

后来那些年里,赵程开始了寻找梨儿的行程,他的第一站就来到了梨儿的老家——四川的大巴山区。

听说深圳影视业的大老板要来本地投资,四川清宁市的领导们高兴得不得了,这个市地处贫瘠的大巴山区,平时要吸引点外来投资,是件很不容易的事情。因此分管招商引资的刘姓常务副市长十分重视,亲自出面接待了赵程。饭桌上,赵程提出了让他帮忙寻找梨儿的要求。

刘副市长二话不说,拍着胸脯对赵程说:"你放心,放心,别说还有个名字,就是什么名字也没有,只要有个影子,我也能让人去把她给我揪出来。哈哈,错了,错了,不是揪,是请。我看出来了,这一定是在赵总心目中很有分量的人,肯定是请啊。"

大包大揽的副市长这样说了,赵程十分放心,可是两天之后,当他再次碰到这位副市长的时候,却见他脸上多了一丝尴尬的笑容。他问赵程:"你要找的那个女孩,她还有其他名字吗?"

赵程想了想:"有啊,她还有个小名,叫作梨儿。"

这下市长脸上更挂不住了,他对赵程说:"赵总您去过新疆吗? 知道那儿许多的姑娘,都叫一个共同的名字——古丽吗?"

"古丽?"

"对。"市长说着,干脆放下酒杯,随口就唱了起来,赵程听出来了,那是刀郎演唱过的一支著名歌曲:

> 有多少小姑娘都叫古丽
>
> 我不知道哪个古丽就是你
>
> 为什么你有一个花一样的名字
>
> 是不是古丽都比鲜花美丽
>
> 有多少小姑娘都叫古丽
>
> 我不知道哪个古丽就是你
>
> …………

"你听听,和这歌里面唱的一样,'梨儿'也是咱们这大山里一种普通小野花的名字,下雨之后开得漫山遍野到处都是。就因为它太平凡,太多了,所以许多山里父母生了女孩以后,懒得花力气去给她们取名字,随随便便就叫个'梨儿'算了,太多了,不值钱呀。"

赵程沉默了一会儿,说:"辛苦刘市长啦。请刘市长放心,即使找不到这个姑娘,我在你们这儿的投资计划也不会改变,照常执行。"

刘市长开心地笑了,不过一会儿这笑容又在他脸上僵住了,因为他听见赵程下面又说了一句话:"可是,我还有个要求。"

"什么要求?"

"请你派一个人,带我到梨儿花开得最旺盛的地方去看一看。"

"行啊,行啊,这可太容易了。等吃完饭,我让旅游局长亲自陪你去走一趟。"

"不,现在就走。"赵程说着,推开椅子坚决地站起来。

赵程终于看见梨儿说过无数次的那种小白花了,那么淡雅,那么普通,那是一种淡淡的、静静的孕育和开放。赵程默默地凝视了一会儿,眼睛不由慢慢地湿润了,因为他看见梨儿就站在这片同名的小白花中,正在静静地对他微笑着……

"以后影视城的外景地里,一定要种上一大片这样的白花。"他对陪同的旅游局长说。

局长奇怪地看了他一眼,说:"这么普通的小野花,还要放到景区里去?"不过等他再看到赵程的脸色时,就立马改口了,说:"一定,一定,今后我们景区里,一定要种上一大片这样的花,让它漫山遍野开个够,开个够。行吗,赵总?"

那天晚上酒店的卡拉 OK 厅里,赵程半醉半醒,把那支名叫《古丽》的新疆民歌唱了一遍又一遍:

> 为什么你有一个花一样的名字
> 是不是古丽都比鲜花美丽
> 古丽古丽　梦中的你
> 古丽古丽　美丽无比
> 古丽古丽　你在哪里
> 古丽古丽　在我心里
> …………

尾　声
记忆像河流

　　多少年以后的一个下午,江南那座因拥有一千一百多个岛屿而著名的滨湖城市正值暮春时节,桃花、李花、杏花开得那样娇艳,就像是一片片大块大块的颜色涂抹了山野。城郊一座高级住宅区院子里蜂飞蝶舞,暖洋洋的风儿带着一阵阵浓浓的馨香吹过,让人无端地沉浸在一阵阵突如其来的幸福感当中。尤其对于赵程和他的战友们来说,今天更是个充满情感与记忆的日子。远道而来的战友们相聚在赵程家里,一个个脸上挂满激动的神情,分别十年以后,这是他们第一次举家相聚。

　　一个像模像样的"百鱼宴"已经摆好了,中间是一盘清蒸的硕大鱼头,旁边一圈生炒、红烧、油炸的各色鱼虾,每样都是在别的城市想也不敢想的新鲜鱼类。厨师正端上一大盘海碗大小的清蒸螃蟹。那些张牙舞爪、横行惯了的家伙好像是刚刚从湖里面直接爬到这饭桌上的,只是一不小心,浑身上下沾了一层橘红色的颜料。

　　赵程看了看对面的曹征、汪泉山,还有韩红英和刘猛这对夫妻——他们俩成家已经好几年了。他再看看旁边的另外一桌,那一桌早就闹翻天了,一个个大大小小的孩子互相嬉笑打闹,争抢着桌子上好吃的菜肴。再过一会儿,那张桌子干脆就空了,因为孩子们三下两下填饱肚子,已经跑到花园里打闹去了,还有两个孩子干脆就嬉闹到了桌底。

　　望着这热闹情景,曹征十分感慨地说:"哎呀,咱们这些人今天能聚到一起可是真不容易啊,这些年来从军营到地方,咱们经历过战争,经历过波折,有过爱情，也有过背叛，可是今天咱们一个不少，不是热热闹闹地全都坐在这儿吗？"

"谁说一个不少，咱们中间不是少了一个人吗？"

"谁？"赵程问。

"陈昌福呀，他现在还在监狱里服刑呢。贪污受贿的数字实在太大，提起来都吓人，加上杀李木子灭口、电影拍摄场地里图谋杀人的事情，看样子，这下半辈子他都要在监狱里度过，怕是再也出不来了。"

曹征点点头说："不过找个机会，咱们还是得去看看他，不管怎样，也毕竟都在一个部队待过。"

看着小惠去厨房端菜，汪泉山悄悄地问赵程说："梨儿找到了吗？现在在哪儿？"

"据说是在国外。"赵程说，"听说情况还可以。"

韩红英脸上满是歉疚的神情，点了点头说："是我对不起她！唉，当时我真不知道自己是怎么想的……如果你以后碰见，千万要替我向她道个歉。"

汪泉山说："哎，今天是个高兴的日子，过去的恩怨就一概免谈了吧。这辈子咱们都经受得太多太多，就像我刚刚看到的一首诗歌那样。来，我来给你们念念。"

韩红英打趣地说："汪泉山，你不就是个广场舞大叔吗？什么时候摇身一变，又成了诗人啦？听说你那个广场舞蹈团办得倒是挺不错呢。"

"当然不错喽，去年还获得过广东省中老年舞蹈大赛一等奖呢。"汪泉山不无得意地摇一摇头说。

"我说，那里面一定有不少风韵犹存的老太太吧？"赵程打趣地说。

"不说这个了，不说。"汪泉山看了看身边的老伴，赶紧摆了摆手说，"咱们还是念诗吧，是一个叫梁芒的著名诗人写的。"说完他就眯缝着眼睛，摇头晃脑地朗诵了起来：

像一条河流
蜿蜒的忧愁
一觉睡醒
水过三秋

当微风吹散昨日的灰尘
好久都没听见你的歌声
青春啊青春　大海中捞针
我踮起脚尖跳舞　那样的天真

谁在你心里留下指纹
直到泪流满面　又爱又恨
今生啊今生　总答非所问
望着远去的火车一路狂奔

一晃眼就变成几十岁的人
有一些幸福　也有一些伤痕
青春啊青春　满脸皱纹
可岁月掩不住曾经的单纯
青春啊青春　它五彩缤纷
灿烂的回忆将伴随终身
…………

（全书完）